LES DESMICHELS

II

LE PAIN DES PAUVRES

THYDE MONNIER

LES DESMICHELS

II

LE PAIN DES PAUVRES

FRANCE LOISIRS
123, boulevard de Grenelle, Paris

Édition du Club France Loisirs, Paris,
avec l'autorisation des Éditions René Julliard.

ISBN 2-7242-1175-8

LES DESMICHELS

Les terres de la Guirande, en Provence, sont entrées dans la famille Michel par le mariage de Vincent Michel avec Fleurie Guirand. Leur fils Laurent a voulu épouser Thérèse Aiguier pour utiliser sa fortune à les mettre en valeur, mais c'est son fils Firmin qui, par son union avec la riche Félicie Venel, a fait la prospérité du domaine, entraînant le changement de nom de la famille de « Michel » en « Desmichels » (cf. *Nans le berger).*

Comme bien des arbres, Laurent avait fait double souche : Pascal Nans est le fils qu'il a eu de sa servante Pascaline. Ce Nans sera le vrai père d'Antoine, le premier fils de Firmin et de Félicie. (Cf. *Grand-Cap, Le Pain des pauvres et Les Forces vives*).

Après Antoine sont nés Sébastien, Pierre, Marguerite, Louise Florestan et Rosine.

De Rosine et de Marcel Jouve naît Aubette (cf. *La Demoiselle*). Enfin *Le Figuier stérile* relate la destinée de Marguerite et *Travaux* celle de sa fille Vincente.

LE PAIN DES PAUVRES

L'héritière d'Emile Resplandin, le directeur de la tannerie de Bellaïgue, épouser un pêcheur du Lavandou? Allons donc! S'il faut la marier pour empêcher les langues de jaser, ce sera avec un autre, de son choix à lui — et elle oubliera.

Resplandin l'Ardéchois se trompe. Sylvaine n'oublie pas son pêcheur, cet Ollivier Desmichels si étrangement disparu de sa vie. C'est son souvenir qu'elle monte chercher auprès de sa mère Arnaude à Grand-Cap, c'est par amour pour lui qu'elle la soigne et l'écoute conter l'histoire des Desmichels.

Jusqu'au jour où la roue tourne, où quinze ans de peine et de deuils s'effacent parce qu'Ollivier est de retour, parce qu'il n'a pas cessé de l'aimer et parce que Sylvaine, cette fois, a la force d'imposer sa volonté.

De nouveau le torrent qui coule au-dessous de Grand-Cap retrouve son cours naturel et fait tourner le moulin de Sinssol.

Maintenant il y a des Desmichels pour y travailler, pour vivre heureux et s'aimer.

Le Pain des pauvres est le second volume du cycle *Les Desmichels.*

PREMIÈRE PARTIE

BELLAÏGUE

A ma mère

I

Adieu paniers, crie Gina, vendanges sont faites !

Elle jette loin d'elle sa corbeille d'osier, toute tachée du sang noir des raisins et elle rit à gros éclats, les bras en l'air. La lumière coule le long de ses bras nus, comme une eau brûlante, sur le doré de sa joue, sur le clair de ses dents, contre la pulpe rouge de ses lèvres. Au coin de sa bouche, les traces pourpres sont restées, des grains que tout à l'heure, un garçon lui a écrasés sur la peau, dans le jeu de la vendange.

Ce triangle de vignes, que le Gapeau et deux de ses bras verdis de capillaires entourent d'une étreinte liquide, septembre y a conduit les gens de la Tannerie pour couper les lourdes grappes, gonflées du sang précieux de la terre. C'est un des derniers biens des Laurade. Il est resté la part de Gina et de ce raisin gonflé, elle fera jaillir le vin épais à goût de framboise, que boiront les clients à son hôtel du Lavandou.

Elle rit, elle dresse son corps dans un élan de joie, au-dessus des feuilles enflammées et Sylvaine, à grands yeux ouverts, à grands yeux neufs qui semblent s'ouvrir pour la première fois, Sylvaine la regarde :

« Qu'elle est belle ! Ah ! être belle comme ça, oui, ce doit être une chose ! »

Elle appelle d'un cri qui s'élance vers cette beauté :

— Ô tante Gina !

— Quoi ? dit Gina.

Et elle rit pour elle seule.

Rien. Sylvaine ne sait plus. Elle n'avait rien à crier à ce cri. Dire, comment dire... et quoi ? Ce qu'elle dirait, se sont de ces paroles folles qu'on ne dit pas. C'est la beauté qui fait ça. La beauté, la beauté, qu'elle est belle !

Ce corps tendu, dans le voile léger de la robe qui le dessine, ce corps que le soleil prend dans ses mains de feu, ces mains qui sont des langues dorées, comme on en fait au soleil sur les images, ces mains dorées, ces langues dorées qui brûlent les étoffes des robes, se glissent au travers, trouvent la peau, les seins, le ventre, tous ces endroits doux que toujours on lui cache, et passe dessus ces caresses qui mettent dans les corps un incendie. Et parmi les cheveux libres, ce soleil qui vous tape sur la tête, pan, comme un coup de poing ! Et tout ce jus chaud, ce jus qui est la semence de la terre et son odeur et cette beauté...

Des bruits de voix qui arrêtent les rires :

— Sylvaine, ô Sylvaine, qu'est-ce qui t'arrive ?

— Gabrielle, ta fille !

— Gina, viens vite ! Mon Dieu, Sylvaine...

— Allez chercher de la blanche, vite. Mettez-la sur le talus. Non, du vinaigre, ça fait mieux revenir.

— C'est le gros soleil.

— Rien, rien, ce n'est rien. Tout me tourne.

Mains abandonnées à des mains qui frottent les tempes où la glace a remplacé la fièvre subite. L'odeur du vin aigri après l'odeur du vin futur, le secours du morceau de sucre trempé dans l'alcool et tout ce mal venu par la vigne, guéri par la vigne.

— C'est l'âge, va, pas plus, dit Gina. Allez, puisque mes vendanges sont faites et que je vais repartir, donnez-la moi cette petite, je l'emmènerai au Lavandou. L'air de la mer lui fera du bien.

Ce jour de vendange, Sylvaine se le rappelle comme si c'était hier. Pourtant, il y a eu trois mois depuis et sur ces trois mois, celui qu'elle a passé à l'hôtel de sa tante au Lavandou, celui-là surtout, a éclaté comme la fleur du coquelicot : un peu de lumière, un peu de couleur, des bouts de soie entre les mains, puis plus rien tout d'un coup. Oui, pourtant, quelque chose qui reste : cette carte postale, un pin, un rocher, une plage et, derrière, seulement deux mots et une signature :

« Meilleurs souvenirs. Ollivier. »

Et sur ces deux mots, sur ce nom, tout se rebâtit. La mer, jusqu'à cette fois c'était tout, cette mer des vacances, cette eau, ses jeux et ses caresses sur le corps. Elle emplissait toutes les minutes, tous les jours. On la connaissait tellement qu'on ne prononçait même plus son nom. On disait « Elle est belle » ou « Elle est mauvaise ». Tout le monde savait de qui on parlait. Et d'un coup voilà qu'elle n'a plus rien été, qu'elle s'est durcie, immobilisée, comme ces murs, contre lesquels on s'appuie pour s'embrasser et qu'on ne regarde même pas. Et ça, c'est depuis le moment où un jeune homme est entré dans la salle du café, sans regarder Sylvaine qui le regardait.

Tante Gina a dit d'un air contrarié :

— Tiens, vous êtes là, Ollivier ? Je croyais que vous deviez rester tout ce mois à Toulon ?

— Je suis revenu, a dit le garçon, mon copain Provençal est malade. On n'a pas pu partir.

— Je vous présente ma nièce, a dit alors tante Gina, et vers Sylvaine elle a ajouté :

— C'est Ollivier, mon pensionnaire. Il est de la maison, pas vrai, Ollivier ? Et grâce à lui, nous mangeons des belles daurades, il est pêcheur.

Ollivier a joué au billard russe avec des amis, il a lu le journal, debout, ses deux larges mains étalées sur les pages ouvertes, il est allé faire un tour à la cuisine et Sylvaine a entendu tante Gina qui riait. Puis il est sorti en disant :

— Allez ! C'est l'heure de placer le borjin.

— M'oubliez pas s'il y a des loups ! a recommandé tante Gina.

A la porte, le garçon a fait un salut à Sylvaine, mais de tout le temps, il n'avait pas eu l'air de la voir.

Le lendemain, quand il est revenu, il a renversé sur la table en marbre du café, un paquet d'anguilles, de crabes et de rascasses rouges, qui soufflaient leur agonie d'une énorme bouche.

— Juste bon pour la bouillabaisse, a dit tante Gina, en fouillant le tas d'une main dédaigneuse.

C'est à ce moment que les yeux d'Ollivier se sont levés vers ceux de Sylvaine et que leurs deux regards se sont rencontrés.

Lancés droit l'un vers l'autre, semblables à ces deux étoiles qui feront la fin du monde avec leur chaleur et leur flamme et qui, depuis des trois mille ans, sont en course vers cette minute qui les consumera, ces regards de chair pleins d'âmes se sont touchés. Et accrochés l'un à l'autre, ils restent là comme deux bêtes amoureuses mortes dans leur passion.

Les secondes passent et les mondes continuent à rouler, dans le fleuve laiteux, parmi les myriades de planètes.

Enfin, dans un tremblement de tout, dans un déchirement de tout, les regards se décrochent et tombent dans le vide, chacun de leur côté.

— C'est vrai, dit Ollivier, se souvenant de répondre à Gina, c'est guère beau comme pêche, le labé a tellement soufflé cette nuit.

Gina emporte les poissons à la cuisine, Ollivier la suit et Sylvaine reste droite contre la table, où, dans les algues vertes, une étoile de mer oubliée ondule mollement de ses pointes cassées.

« Elle doit souffrir », pense Sylvaine.

Et elle sent que son cœur étouffe dans sa poitrine.

Personne n'est là pour lui dire que ce mal qu'elle vient de prendre, c'est le grand mal et le grand bien du monde et que sa vraie vie vient de commencer, cette année où elle finit d'avoir seize ans, dans cette salle de café, dans cette odeur de cuisine, d'absinthe et de rascasses mortes.

Maintenant qu'elle est revenue à Bellaïgue, dans la Tannerie, elle pense à ces choses et elle voit bien que depuis deux mois, elle n'a pas cessé d'y penser. Elle n'a pas d'amies. Elle vient de finir à Hyères dix ans de pensionnat. Elle en est sortie avec son brevet. Les petites de l'école de campagne, qui n'ont que leur certificat, croient qu'elle est orgueilleuse comme sa mère, Gabrielle Resplandin, qui ne lui permet pas de fréquenter ces filles de paysans. Émile Resplandin, le père de Sylvaine, est le directeur de la grosse tannerie qui donne du travail à tout le village. A part la vieille bonne sourde, il n'y a pas d'autre compagnie que Romain Toucas, le contremaître, qui loge chez eux. Celui-ci, c'est un grand sauvage. Il a vu Sylvaine toute petite, mais il ne parle guère et ce n'est pas à lui qu'elle ira raconter ses secrets. Elle cherche autour d'elle en vain. Son père est toujours à son travail. Il a visage dur, marqué par les soucis.

— Ce n'est pas rien, dit-il, d'être directeur d'une tannerie importante comme celle-là.

Sans cesse, il crie après ses ouvriers, ou se perd dans des comptes de fin de mois. On ne se voit pas lui parlant d'histoires d'amour. Il n'a jamais pris sa fille sur ses genoux et il raconte volontiers que ses parents, artisans de l'Ardèche, s'embrassaient une fois par an, au 1er janvier et qu'encore, ils n'auraient pas osé le faire devant lui.

Sa mère, avec cet air de ne pas être là, si on lui dit quelque chose, elle ne vous écoute jamais jusqu'au bout et elle bâille tout de suite. Heureusement, tante Théonie vient d'arriver à Bellaïgue. Sylvaine pense que dans l'arrangement des choses, un ordre supérieur a dû intervenir. Si tante Théonie est descendue vers le Var, depuis son pays de Vernon en Ardèche, où elle habite avec les vieux Resplandin, c'est certainement pour permettre à un cœur de se délivrer du lourd lingot d'or, dont l'a chargé ce jeune amour secret.

— Pas plus ? demande tante Théonie.

— Pas plus, marraine.

— Tu le jures par ta médaille de baptême ?

— Mais pourquoi vous voulez...

— Je ne te demande pas pourquoi, je te demande de me jurer.

— Je jure, dit Sylvaine. Rien que cette caresse que je vous ai racontée, le matin de mon départ.

— Et les paroles ?

— Les paroles ? Voilà : « Ça me fait une grosse peine de vous voir partir et je voudrais bien vous revoir. Mettez-moi un mot par la poste, j'irai à Bellaïgue si ça vous plaît. » J'ai fait signe « oui », je ne pouvais plus parler, c'est à ce moment-là qu'il m'a pris la main, la sienne était bouillante et puis il m'a embrassée.

— Sur la joue ?

— Sur la bouche...

— Ce n'est pas beau, ça, pour une jeune fille, tu sais Sylvaine ?

— Tante Gina est arrivée, elle n'avait pas l'air d'être contente. Elle m'a dit : « Traversons la voie, autrement tu rates ton train. » Je suis partie, j'ai vu Ollivier devenir petit petit de loin, puis à Toulon, mon père était à la gare. Voilà.

— Et depuis, toi, tu lui as écrit ?

— Sur ma lettre à tante Gina, j'ai mis dans le travers « Le bonjour à Monsieur Ollivier. » Et de lui, j'ai reçu cette carte.

Elle sort le papier dur, chaud et froissé, de sa blouse où il était couché contre un sein.

— Ta mère l'a vue, cette carte ?

— Oui, elle a dit : « Qui est-ce ? » J'ai dit : « Personne. » Elle n'a plus rien dit.

— Et ton père ?

— Il n'a pas mangé avec nous ce jour-là, il avait un gros client. Je ne lui ai pas parlé.

— Tu es encore bien jeune, tu sais, ma petite, pour toutes ces choses.

— Je vais avoir dix-sept ans, marraine, il y en a qui

sont déjà mariées de cet âge. Stéphanie Mazaugues, qui était à la pension d'Hyères avec moi, elle est mariée depuis l'automne et elle va avoir un petit enfant.

— Oui, mais c'est quand même beaucoup tôt.

— Ô vous, marraine, pardi !

— Quoi, pardi ? Tu veux dire : « Vous, marraine, qui avez passé les cinquante et qui êtes restée fille, vous n'y comprenez guère à ces choses d'amour. » C'est ça que tu veux dire avec « pardi », hé ?

— Ce n'est pas ça, dit Sylvaine, mais...

— Mais tu te trompes bien, voilà tout. Tu es comme toutes les jeunes, qui s'imaginent que l'amour a été inventé exprès pour elles, tout de neuf et que personne avant a su s'en servir, pas vrai ?

— Marraine...

— Ah ! crois-le, petite, à voir la jeunesse comme je la vois, toute pressée de faire fleur et de faire fruit, c'est comme si la mienne me remontait dans sa fraîcheur

— Alors, marraine, vous m'aiderez ? Ô oui, marraine, je le vois dans vos yeux que vous m'aiderez. Ils sont encore jolis, vos yeux, vous savez ? Je n'avais jamais remarqué. Ils ne sont pas en fer comme ceux de maman, ils sont comme si un petit morceau de ciel était tombé dedans, c'est doux à regarder. Les yeux d'Ollivier c'est la couleur du Gapeau, quand l'eau coule calme et qu'on voit au fond toutes les pierres vertes. Je le veux, marraine, mon Ollivier. Il est si beau.

— Oui, oui va, je comprends. Alors qu'est-ce qu'il faut que je fasse, masque que tu es ?

— Voilà, je parlerai un peu de lui à midi et puis je m'en irai, par exemple comme si j'allais porter à manger aux poules. Alors, vous, vous ferez dire à mon père ce qu'il pense. Vous êtes sa sœur et je sais, que tout dur qu'il est, vous, il vous écoute. Vous parlerez d'Ollivier, du bon métier de pêcheur et de marchand de poissons qu'il a et que c'est un brave garçon honnête qui me rendra très heureuse et que, même si je suis forcée d'habiter au bord de la mer, le dimanche, nous viendrons manger à Bellaïgue...

Sylvaine est tout élan, toute flamme. Contre le vieux corps de sa tante, sa jeune chair chaude se presse gonflée de la grosse force de son désir.

Ses beaux yeux, plus beaux que tous ceux dont elle a parlé, éclairés par cette joie qu'Ollivier lui a apprise, cherchent le fond de la pensée aux yeux de sa marraine.

— Dites, marraine, c'est promis ? Vous les direz, ces choses, que mon bonheur est au bout ? Oui, marraine ? Dites ? Oui ?

Sous la bonne main de tante Théonie, elle frotte sa tête aux cheveux d'herbe vivante, pleins d'ombres et de feux rouges comme ceux de Gabrielle. Son front lumineux est, au-dessous, un lac plein de secrets accouplements.

— Vous le savez bien, marraine, que je n'ai que vous ? Que de toute petite je n'ai eu que vous ? Que mon père, ce n'est qu'une brute au travail...

— Tais-toi.

— Que ma mère ce n'est rien, ce n'est même pas une mère, que jamais une fois elle ne m'a regardée dans les yeux, pour connaître mes idées...

— Tais-toi, petite.

— Tandis que vous. Ô vous, si vous vouliez...

A ce moment Gabrielle se penche à la fenêtre de la salle. Elle les voit, là-bas, assises dans le Rond des lauriers. Elle leur crie :

— Alors, vous venez à table, oui ou non ? Ces deux bavardes, quand elles sont ensemble, elles ne connaissent plus d'heure.

Et d'un air dédaigneux, elle dit à son mari :

— Que veux-tu, ta sœur n'est pas plus raisonnable que l'enfant.

II

Pour la dixième fois, Sylvaine relit cette lettre. Elle l'avait lue d'abord, debout derrière un fût d'arbre, sous bois, puis dans ce Rond des lauriers, où depuis ses premiers moments de vacances, elle aime à aller se réfugier. Elle l'avait lue comme on boit goulûment, quand on a trop soif et que l'eau vous coule des coins de la bouche. Et ç'avait été en même temps, dans tout elle, une fraîcheur d'eau de source, une chaleur de vin puissant.

Après, elle avait fait quelques pas dans l'allée envahie d'herbes, elle avait ramassé un petit papillon bleu lavande qui se traînait sur trois ailes et elle l'avait posé avec soin sur un dahlia, en pensant :

« Au moins, il ne se fera pas écraser. »

Ce papillon venait de prendre une grande importance dans sa vie et elle resta un long moment devant lui, pour surveiller s'il ne tombait pas de la fleur.

Quand elle se releva, elle aspira à grands traits le rude vent d'un matin d'hiver, qui lui sembla être chargé de parfums nouveaux à ses sens. Elle serra à deux mains sa tête brûlante et secoua tous ses cheveux d'un coup, dans le courant froid de cet air. Ce grand jardin de la Tannerie, qu'on avait abandonné à la fougueuse végétation méridionale, Sylvaine en avait fait son refuge, mais depuis son retour du Lavandou, elle regardait souvent autour d'elle, d'un air égaré, cet endroit où elle avait passé tous ses dimanches d'enfance. Il avait été, dans sa solitude de cœur, un ami dont elle aimait les moindres charmes. Maintenant, sa surprise était grande à constater qu'elle était insensible à tant de plaisirs qu'il lui avait dispensés avec prodigalité et qu'elle se sentait marcher ici avec les pieds indifférents d'une étrangère.

Elle flottait au-dessus de ce sol et s'étonnait de comprendre qu'à tant de dons accumulés, qui lui avaient composé un jardin de merveilles, elle préférait, dans toute l'impétuosité de sa jeune ardeur, un morceau de sable, baigné d'eau, où poussaient pauvrement de hauts lis à fleurs mauves, déchiquetés par les vents marins. Seulement debout à contre-lumière, découpé en bronze sur le clair de la mer, il y avait ce corps et ce visage d'Ollivier, plus beaux que tous les rêves de son enfance.

Aujourd'hui, plus que jamais, elle sent qu'elle est prête à ouvrir des ailes frémissantes et qu'en toute certitude ces ailes l'emporteront par-dessus bois, prairies et montagnes, par le sillon magnétique des routes secrètement ouvertes, vers celui qui l'attend depuis le commencement du monde.

Un souffle vif pénètre ses poumons ouverts à la vie, sa bouche haletante, son corps tout entier offert. Elle lève ses bras qui sont devenus, en effet, des ailes prêtes à l'emporter, elle court vers le Rond des lauriers, elle se jette sur la terre, comme si elle se jetait dans l'air, ainsi qu'au Lavandou, elle plongeait dans les vagues. Elle reste allongée, le ventre, les seins, la bouche contre le sol, où les boules noires tombées des lauriers et durcies par les vies de tant de petits lauriers entassés dans les grains, répandent une amère et puissante odeur ; elle pétrit dans ses mains tremblantes et contre ses lèvres avides d'autres lèvres, cette odeur nourrie d'un suc violent, qui devait rester pour elle, toute sa vie, l'odeur même de l'amour. Enfin, elle se met à relire pour la dixième fois la belle lettre d'amour écrite pour elle par Ollivier.

Un peu plus tard, c'est pour sa tante qu'elle en

recommence la lecture et les mots dits à voix haute chantent mieux encore que dans le silence de son cœur. Elle prend une large aspiration de tout le ciel avec ses batailles de nuages, avant de livrer à sa confidente, ces lignes passionnément préférées : « Je ne veux pas vous emporter comme un voleur, Mademoiselle Sylvaine, et quoique je sois très fier de croire, que si j'arrivais à la Tannerie, sur ce grand cheval noir que mon père avait, qui était si brave et qu'on appelait « Jeunhomme », vous monteriez vite sur lui pour venir avec moi, je pense qu'il vaut mieux faire les choses comme on doit les faire. Aussi je vous le dis dans cette lettre : Tâchez de parler un peu à votre père, que je vous aime, et que je ferai tout pour vous rendre heureuse. Je sais que vous êtes plus riche que moi, mais aussi, je sais que mes bras valent de l'argent, parce qu'ils sont solides, c'est ce qui fait que je n'aurai pas honte d'aller vous demander en mariage le jour où votre père aura dit qu'il veut bien me connaître. »

Tout le ciel, après cette lecture, brille sur son visage.

— Ma petite, dit tante Théonie, à quoi ça te sert cette lettre ? Elle est très jolie, oui, mais à la lire et à la relire, tu te fais plus de mal que de bien. Puisque ton père ne veut pas entendre parler de ce garçon, il vaut mieux arrêter cette correspondance. Tu es trop jeune pour aller contre la volonté de tes parents. Écoute-moi, prends patience, attends tes vingt et un ans, ce jour-là si vous vous aimez encore...

Précipitée comme par un démon du haut de son ciel lumineux, Sylvaine crie :

— Quatre ans ? Vous voulez que j'attende quatre ans ? Mais je serai morte d'ici quatre ans !

— Morte ? Tu es folle !

— Ce sont les autres qui sont fous, les autres, les vieux, qui ne comprennent rien. Ô je voudrais que tout Bellaïgue brûle ! Que tous les murs s'écroulent ! Que mon père soit pris dans les flammes ! Je voudrais que la terre tombe, que mon père soit écrasé, que tout soit écrasé, qu'il n'y ait plus rien, rien, rien, alors moi je partirais droit devant moi et j'irais trouver Ollivier !

— Ô... dit tante Théonie, heureusement que tu ne le penses pas.

— Oui, je le pense, oui je le pense !

La colère fait trembler Sylvaine. Deux larmes de rage restent prisonnières aux coins de ses paupières, mais elles ne coulent pas, brûlées par cette fièvre de révolte qui la possède.

— Ô... dit encore sa tante.

Sylvaine sort de sa démence pour voir ce chagrin, et reprend avec plus de calme :

— Oui, je le pense, puisqu'ils m'empêchent d'avoir mon bonheur. Mais ils n'ont pas fini avec moi, ils ne me connaissent pas. Ils me défendent de recevoir mes lettres, eh bien, ils le verront si je ne les recevrai pas quand même, les lettres de mon Ollivier !

A affirmer son pouvoir et à le sentir si peu sûr, le chagrin abat dans Sylvaine le mistral de rage qui la secoue. Elle se couche dans sa faiblesse, le corps courbé et les bras sur les yeux.

— Allons, allons, dit tante Théonie, ne pleure pas comme ça, tu vas te faire mal !

— Je suis trop malheureuse, gémit Sylvaine.

Quand elle est un peu apaisée, ayant relevé à deux mains ses lourds cheveux sur ses yeux meurtris, à voir ainsi défaite l'enfant qu'elle aime, tante Théonie est prise d'une grande pitié.

— Écoute, dit-elle, celle-là de lettre, comment l'as-tu reçue ?

— Comme ça. Je suis allée vers les 9 heures jusqu'à Font-Froide, vous savez que de là on découvre la route qui suit le Gapeau ? J'ai vu venir le facteur, j'ai demandé : « Il y a des lettres pour nous ? » Il a dit « oui ». J'ai dit : « Je vous épargne de monter ? » Il était content. J'ai laissé au bureau tout ce qui était pour la Tannerie et cette lettre à moi, je me la suis mise dans la blouse.

La carte « Meilleurs souvenirs », vous le savez, marraine, j'en avais parlé à ma mère, elle n'y a même pas fait attention. Alors, je n'aurais pas pu lui confier ma lettre ? A vous je vous l'ai montrée tout de suite. Pourtant une lettre comme ça, ça a de l'importance ! Je n'osais pas l'ouvrir, tellement j'avais peur qu'il n'y ait presque rien dedans... et maintenant je ne peux pas m'arrêter de la regarder.

— Du moment que ton père ne veut pas ! dit tante Théonie.

— Mon père ne veut pas, oui et puis ? C'est tout ce que vous savez dire ! J'aurais bien voulu voir comment ça se passait quand vous aviez dix-sept ans, vous ?

— Ma pauvre petite, ça se passait d'une façon qui ne t'aurait guère plu. On vous mariait avec celui qui faisait l'affaire pour la famille et c'était tout.

— Et vous ne disiez rien ? Je sais qu'il y avait des jeunes filles qui préféraient ne pas se marier ?

— Des fois.

— Comme vous.

— Moi ? Je ne t'ai rien dit de moi...

— Vous, non, mais Justine Marcelin, la femme qui est venue refaire les matelas. Il y a trois semaines, quand j'ai reçu la première carte, je n'avais personne à qui la montrer. Justine était là dans la remise, à carder sa laine. Maman m'avait envoyée lui porter la grosse aiguille et je me suis assise à côté d'elle. Alors, après m'avoir parlé de n'importe quoi d'autre, dont je ne me souviens pas, elle m'a dit : « Il faut espérer que vous aurez un peu plus de chance du côté du cœur, parce que vous savez, dans votre famille, Mademoiselle Sylvaine, les femmes ne sont guère heureuses en amour. Regardez votre tante Gina, elle a été folle de se marier avec ce jeune du Lavandou, et puis il a fichu le camp et elle a été obligée de divorcer. Votre tante Théonie, de Vernon, elle, plutôt que de ne pas avoir celui qu'elle voulait, elle a préféré rester vieille fille. — Ma mère ? J'ai demandé. — Votre mère, elle a dit, n'en parlons pas... Jeune, je l'ai connue tellement orgueilleuse de sa beauté. Je la vois encore danser sur la place de Belgentier avec cet officier de marine si distingué, qu'on croyait qu'il l'épouserait : Sylvain, le fils des riches Delacroze, ceux qui avaient le château de Fontvert, du côté de Solliès. A toutes les fêtes carillonnées il était là, et puis un jour il est plus venu et on a dit qu'il avait marié une demoiselle de Toulon. Votre mère, elle a plus paru de longtemps dans nos bals. Deux ans après, elle s'est mariée avec votre père. Maintenant, ça se voit qu'elle est tranquille et si on parle d'autrefois, même moi qui ai été sa compagne de communion, elle dit qu'elle ne se souvient plus.

— Quelle bavarde, cette Justine ! interrompt tante Théonie, te raconter tout ça...

— Mais moi, je crois que ma mère m'a appelée Sylvaine, en souvenir de cet amour de sa jeunesse.

— Tout ça, ce sont des histoires !

— Voilà pourquoi, peut-être, elle ne rit guère et elle a toujours l'air d'être autre part ?

— Je ne sais pas. Tu nous ennuies. Tu ferais mieux de t'occuper d'être un peu plus sage, un peu plus soigneuse, d'apprendre la couture et le travail de la maison, d'être obéissante avec tes parents et surtout de ne plus penser à un garçon, que ni plus ni moins, ton père...

— Hé ! mon père, mon père ! j'en ai assez, à la fin, de toujours entendre parler de mon père ! Il a bien dû savoir ce que c'était qu'aimer, lui aussi, quand il était jeune ?

— Jeune ?

Tante Théonie est reportée de trente ans en arrière. Elle pense :

« Émile a-t-il jamais été jeune ? »

Elle revoit la haute maison de Vernon, où maintenant elle achève de vivre auprès de deux vieux impotents. La jeunesse d'Émile ? Elle ne sait pas. Mais sa jeunesse à elle, elle a été comme une de ces fleurs qu'on cueille en juin, dans toute sa splendeur et dont on écrase le parfum, en la mettant à sécher entre les pages d'un livre. Ce jour, où elle a déclaré à ses parents, avec cette belle fougue qu'elle vient de voir briller aux yeux de Sylvaine, qu'elle préférerait ne jamais se marier, que de ne pas épouser celui qu'elle aimait, elle se souvient avec quel œil froid le père Resplandin a regardé sa femme et avec quelle voix paisible il a dit : « Eh bien, au fond tant mieux, comme ça, tu resteras toujours avec nous. » Alors, elle s'était tournée vers le frère qui était là, debout derrière elle, pour chercher un secours. Mais rien n'était venu. Et une eau glacée s'était coulée dans ses veines, gelant son sang. Elle avait compris que de ce côté-là non plus, elle n'avait rien à espérer. Le soir même, elle avait écrit à son ami qu'il valait mieux se dire adieu. Il s'était marié avec une autre. Émile, l'année d'après, était parti au régiment, il avait connu Gabrielle et s'était marié, lui aussi. Il était resté dans cette Tannerie lointaine dont il était devenu le directeur. Elle, elle avait continué à aider sa mère au ménage et son père dans son magasin de cordonnier. Et la vie avait glissé de cette manière, comme une rivière grise, qui ne reflète que des paysages désolés. Tante Théonie avait vu dans le miroir ancien de sa chambre ce qu'était devenu le visage de cette jeune fille d'autrefois qui avait été aimée. Elle avait reposé avec les mains froides du désespoir, la lampe à pétrole qui lui avait montré, dans sa jeune lueur, le spectre de cette rose flétrie... Étreignant de ses doigts amaigris que des doigts d'hommes, chauds et durs, avaient serrés, cette tête de vieille fille où les cheveux blancs, les cheveux morts, commençaient à serpenter, elle avait regardé, dans toute leur profondeur, ces yeux où un brasier de joie avait jeté haut ses torches vivantes et qui n'étaient plus maintenant qu'un petit feu de pauvre, où les cendres avaient éteint toute flamme.

Elle avait sangloté toute seule, toute une nuit, dans la grande chambre froide, où son père ne voulait pas qu'on allumât de feu. Elle avait déchiré toutes les lettres pieusement gardées, depuis cet amour dévasté, elle avait vu dans tout son dénuement, la vie qu'il lui restait à vivre avant que s'approchât la mort, elle s'était aperçue qu'elle avait perdu cette vie tout entière, en perdant la raison de cette vie et elle songe aujourd'hui, devant cette ardeur qui lui rappelle la sienne, qu'elle est prête à mentir pour empêcher Sylvaine de faire la même perte.

— Réponds à ton Ollivier, dit-elle, demain je vais à Solliès, je te mettrai la lettre à la poste.

« Qu'elle, au moins, soit heureuse », pense celle qui a été dépossédée et elle dit :

— Tu es contente ?

— Ô marraine !

Sylvaine embrasse de ses lèvres fiévreuses la vieille petite main ridée dans laquelle chantent toutes les voix de l'espérance.

Ainsi, comme le mouvement de la mer se fait avec son rythme harmonieux, commence l'échange des lettres entre Sylvaine et Ollivier. Le flux apporte une page de mots, le reflux en emporte quatre et plus doux que le bercement de l'eau, la joie d'amour engourdit ces enfants séparés. Sylvaine écrit beaucoup, beaucoup plus qu'Ollivier. Sa jeunesse refoulée, son emprisonnement au pensionnat, le romantisme naturel aux femmes, lui ont donné le goût de ces analyses de sentiments poussées à l'exaspération. Elle est née, sans le savoir, brûlante d'une passion qui lui fait jeter feu et flammes sur tout ce qu'elle touche. Ollivier apporte, de son côté, la pondération de ces hommes de la forêt, qui, à se mesurer avec les forces énormes des vents et de la nature sauvage, ont appris de bonne heure, le prix de la patience.

A ce moment de sa vie, où il vient de rencontrer Sylvaine, il sait déjà, de la passion, les désirs et les assouvissements, il en a connu les nausées amères comme le fiel et les hoquets que vous laisse sa saoulerie. Il est devenu un garçon froid, un peu triste, sans beaucoup de paroles ni de gestes et armé d'un calme de montagnard. Sylvaine est pour lui, ce qu'était pour son oncle Florestan, cette source de Bonnefont, où il allait se laver du travail. Ollivier abandonne à tant de pureté, un cœur et un esprit, déjà lassés par une bataille tumultueuse, tout entière dissimulée sous un corps solide de garçon des bois. Il laisse ruisseler sur lui, cette eau dont il sent la fraîcheur, tant de fraîcheur… sans deviner au-dessous d'elle, ce bouillonnement de forces chaudes, monté des volcans intérieurs. Il ne devait comprendre que beaucoup plus tard, combien ce feu caché sous cette innocence, avait projeté loin et profond en Sylvaine, des jets capables de tout consumer.

Pour Sylvaine, plus rien n'existe que ce mouvement de leurs lettres qui imite autant le rythme de l'amour que celui de la mer. Sans rien voir d'autre, ni rien sentir, elle continue à prendre part à la vie des Resplandin. Elle travaille avec sa mère ou la bonne, à ces mille travaux de la maison qu'il faut savoir faire pour se marier avec Ollivier. Elle se lève à l'aube en bénissant la venue du jour qui peut apporter une lettre d'Ollivier. Elle coiffe ses cheveux et lave son visage, pour plaire à Ollivier. Elle apprend à faire la cuisine pour satisfaire Ollivier. Elle coud assise contre la fenêtre par où elle regarde si Ollivier n'arrive pas. Elle fait toutes ces choses, les inutiles et les ennuyeuses, avec la sérénité du contentement, en pensant qu'un jour prochain, elle aura à les faire dans la maison qu'elle habitera avec Ollivier, dans ces bois de la Favière, tout près du Lavandou, où son ami lui avait montré en riant, un cabanon sous les pins, qui s'appelle « J'y suis bien ». Et elle se couche le soir, comme si elle s'y couchait avec Ollivier.

Émerveillée de voir si paisible, l'enfant sauvage du mois précédent, sa tante Théonie se dit qu'elle ne s'était pas trompée et que toute sagesse naissait de l'amour partagé. Elle se félicite d'avoir aidé à cette conjonction qui crée tant de joie. Elle voit Sylvaine s'épanouir, comme une plante qui a trouvé son terrain et qui fuse de tous côtés, en pousses neuves.

Ainsi l'hiver passe sans que Sylvaine en ait senti autre chose que le contact des enveloppes contre sa main et la volupté de déchirer le bord du papier, pour en tirer sa nourriture. Une sensualité secrète répand dans son sang un alcool qui lui met aux yeux des regards de femme.

Le gros souper de Noël arrive, après lequel tante Théonie doit repartir pour Vernon. Sylvaine apparaît soudain à son père, qui par hasard l'a regardée, enveloppée de cette lumière, qui fait flamber les vers luisants au moment de leurs amours.

Il pense : « Elle se fait belle cette petite. Un de ces jours, il faudra s'occuper de la marier. Elle a l'air d'avoir oublié tout à fait son espèce de pêcheur du Lavandou, à qui je ne l'aurais jamais donnée, malgré les conseils de Théonie. Ces vieilles filles, ça vous a des idées... Heureusement que Gabrielle est plus raisonnable. Comme elle me le disait : « Ces amourettes d'enfants, ça ne dure pas. » Peut-être que le fils Lauraguais des Papeteries ferait l'affaire ? Il faudra que je voie son père pour lui en parler. »

Sylvaine a la dernière lettre d'Ollivier sur la poitrine, pendant ce repas où son père la regarde. C'est pour cela qu'elle brûle comme une flamme, serrant parfois sous ses doigts, jusqu'à la faire pénétrer dans le tendre de ses seins, une place de papier où Ollivier a écrit : « L'année prochaine, nous passerons ces fêtes ensemble. »

Quand tante Théonie repart pour Vernon, Sylvaine commence dans ce brasier l'année de ses dix-huit ans.

III

Elle ne devait jamais oublier ces moments de sa jeune vie. Plus tard, beaucoup plus tard, quand le rythmique mouvement passionné se fut éteint jusque dans son sang, elle ne devait jamais pouvoir se souvenir sans un triste sourire, de cette époque lointaine, et elle pensait : « Combien j'étais ardente ! » pendant que quelqu'un qui l'avait aimée sans qu'elle l'ait su, lui faisait remarquer « l'âpreté qu'elle avait mise alors dans la poursuite de son bonheur ». « Comment, se défendait-elle, empêcher un esprit nouvellement éclos dans une chair riche de toutes ses puissances, de se jeter au-devant de ce monde brûlant, qui semble avoir été créé tout exprès pour servir de lice à ses bouillantes forces ? »

Et plus tard encore, en se rappelant combien de fois elle avait touché des épaules le sol de son rude combat, elle se disait avec pitié : « Comme j'ai été vite vaincue... »

Mais en ces heures où elle avait dix-huit ans, où ce qu'elle appelait romantiquement « le plus bel amour du monde », venait de lui être donné, comment eût-elle pu savoir qu'elle serait trahie avant d'avoir livré bataille et que le verre d'eau qu'on lui tendrait serait plus amer que le fiel ?

Ce matin de janvier, elle pleure avec de grosses larmes d'enfant à qui on a cassé son jouet. Tante Théonie est repartie pour l'Ardèche, désolée d'avoir vu se ternir contre elle, au moment des adieux, le visage en fleur de sa petite. La veille encore, elle avait essayé de parler avec son frère, à propos de Sylvaine, mais Émile Resplandin l'avait à peine écoutée, entre deux comptes de cuirs et il avait seulement dit :

— Comment ? Ce n'est pas liquidé cette histoire ?

Dans le bureau où elle s'était assise à côté d'Émile, Romain Toucas, le contremaître, était entré pour apporter le courrier.

Émile ouvrait les enveloppes de son gros pouce, jetait un coup d'œil rapide sur le courrier et disait :

— Comptabilité. Expédition. Pour toi. Personnel.

Et sur le même ton pressé, tandis que Toucas classait les lettres, Émile avait continué à dire :

— J'espérais qu'on ne me parlerait plus de ces bêtises. Tu dois comprendre, ma pauvre Théonie, que j'ai trop à faire pour perdre mon temps dans de pareilles balivernes... Comment, les peaux d'Abriès ne nous ont pas encore été livrées ? Tu as vu ça, Romain ? Fais répondre que le mois fini, nous ne sommes plus acheteurs... Oui, tu comprends ma pauvre enfant, j'ai d'autres affaires à traiter et autrement importantes, que les amourettes d'une fille qui a trop d'imagination. Fais-moi le plaisir de me parler de choses plus intéressantes.

« Quand je pense que tu vas revoir le papé et la mamé... Je voudrais bien être à ta place, mais pas moyen de se tirer une semaine de cet engrenage ! Ah ! dis-moi, Romain, je ne sais pas ce qui s'est passé pour la commande de Séveran, le dessaignage a été mal fait, les cuirs étaient raides, Séveran est furieux, il va en profiter pour nous en demander quatre-vingt-dix jours, je sais qu'il est gêné. Théonie, je te fais préparer un paquet pour porter à la mamé de ma part, tu verras, elle sera contente... Pauvre vieille, j'irai bien l'embrasser un de ces jours, dis-le-lui. La voiture te mènera à Solliès pour le train de 6 heures. Sylvaine ira t'accompagner, ça la distraira... Bon ! mon envoi d'alun qui est retardé ? Romain, Romain ! Il est parti celui-là ? Romain ?

Penchant son gros corps sur la rampe de l'escalier qui conduisait à l'atelier de planage, Resplandin criait de nouveaux ordres.

Théonie s'était vue seule, debout devant cette table où s'étalaient ces papiers qui prenaient dans le cerveau de son frère la place des choses vivantes qu'il méprisait.

Sylvaine, pauvre petite ! Voilà dans quoi elle allait la laisser, petite toute nue, tout ingénue, avec son amour serré sur son cœur, à deux mains comme un bouquet...

— Laisse-la-moi emmener à Vernon ? dit-elle.

— Emmener ? Qui ? Sylvaine ? Ô non ! Je ne voudrais pas te faire de la peine, ma pauvre sœur, mais tu as eu une très mauvaise influence sur elle, je vois qu'elle t'a prise comme confidente et vos conversations (Gabrielle m'avait prévenu, j'aurais dû l'écouter), vos bavardages sur cette bêtise, lui ont donné trop d'importance.

Théonie était sortie du bureau, elle était revenue tristement vers Sylvaine qui lui avait demandé :

— Alors ?

— Ton père ne veut toujours pas entendre parler... Ô je t'en prie, ma petite, oublie ! Tâche d'oublier ! Ne te fais plus écrire, n'écris plus, tu n'arriveras jamais à rien...

Sylvaine avait frémi dans tout son corps comme un jeune arbre secoué par un vent d'orage. Elle avait serré convulsivement ses doigts noués les uns aux autres. Le feu de ses yeux s'était allumé dans la pâleur de son visage. Elle avait dit :

— Tant pis ! il veut que nous soyons des ennemis, nous en serons.

Sa tante, effrayée de cette dureté, avait crié :

— Sylvaine !

— N'ayez pas peur, tante, je me débrouillerai.

Le moment du départ était venu et seulement à la dernière minute, en voyant qu'elle perdait cette douce épaule qui lui avait été un abri, Sylvaine pour la première fois sentit toute sa solitude.

A la gare, et grâce à la complicité arrachée à sa tante,

elle avait pu faire partir vers Ollivier une lettre rapidement écrite.

« La dernière, se disait-elle, la dernière peut-être, puisque maintenant je n'aurai plus personne pour m'aider... »

C'est ce qu'elle avait écrit à son ami, dans ces lignes fiévreusement tracées : « Je ne sais plus comment je vais faire pour vous écrire et recevoir vos lettres, ma tante s'en va chez elle et ici je n'ai personne... plus personne. Ollivier, j'ai peur de votre oubli ! Écoutez, venez dimanche, je serai seule, je resterai tout le jour dans ce Rond des lauriers où ça me plaît tant de penser à nous deux. Je vous verrai venir de loin, sur la route qui suit le Gapeau et même j'irai à votre rencontre. Ne me répondez pas, venez. Je vais vous attendre sans pouvoir regarder autre chose d'ici là, que ce chemin par lequel vous allez arriver... »

Ce dimanche, cinq jours après le départ de sa tante, une douceur de printemps est répandue dans l'air. Dans les prairies, au bord de la rivière où les eaux d'hiver ont retrouvé la pureté bleue de la source, une petite herbe égale met le moiré d'un velours vert. Au long de leurs branches, les cerisiers lèvent des doigts ronds, coiffés de ces bourgeons gonflés, où un paquet de fleurs reste abrité sous la rugueuse carapace, attendant la première tiédeur pour éclater. Les néfliers pressent, entre leurs longues feuilles dures en cuir gaufré, des boules laineuses qui sont des promesses de fruits. Depuis un mois, de toutes parts, les narcisses, les tulipes ont percé une terre qui ne connaît pas la neige et dans le secret de leur couche d'ouate, sous les sept peaux qui protègent la porcelaine blanche de leur bulbe, ils se préparent à fleurir.

Sylvaine, habituée depuis l'enfance à ce précoce printemps du Var qui fait revivre la terre de Marseille à Menton, alors qu'ailleurs, elle dort encore sous la glace, est heureuse que tout se renouvelle autour d'elle en ce moment où Ollivier va venir et où, comme ce printemps courageux qui ne craint pas d'affronter les gelées, leur bonheur va commencer.

Elle sait très bien comment cela se passera. Ce dimanche-là, Émile et Gabrielle Resplandin vont visiter à Toulon une de leurs parentes qui a eu un enfant. Sylvaine sait qu'elle restera avec la vieille bonne sous la surveillance de Romain Toucas, mais aussi que le contremaître descend toujours jusqu'au café de Belgentier et que la domestique, lasse de sa semaine, s'endort après manger contre le fourneau. Elle se sent donc aussi libre que cette mésange à tête noire, qu'elle voit sauter de rameau en rameau, dans l'énorme tilleul qui ombrage la terrasse. Elle se plaît à donner à ses cheveux toujours en désordre, une ondulation régulière, elle cherche dans la chambre de sa mère la poudre de riz et le rouge par lesquels elle s'imagine rehausser sa beauté. Elle choisit la robe qui lui va le mieux et enfin, emportant avec elle sa chanson de joie, semblable à celle que lui jette la mésange du tilleul, elle descend vers le Rond des lauriers qui est son palais de rêves.

Elle s'y fait une place bien installée, entre les longues tiges noires et elle en fait une autre à côté d'elle, ramenant en coussin, un amoncellement de feuilles mortes, pleines encore de leur puissante odeur et s'y voyant d'avance, blottie contre le corps d'Ollivier.

Ainsi, tout le jour, elle attend.

Cependant, quand les ombres rapides du soir de janvier se coulent dans le jardin, elle sort tout à coup de son attente et se dressant en face de ce vide, elle jette un regard épouvanté sur cette nuit qui tue le jour, sans qu'Ollivier soit arrivé. Elle pense avec effroi : « C'est impossible, il peut encore venir. »

Le clocher de Belgentier lui envoie 5 heures, elle les reçoit en se repliant, comme frappée en pleine poitrine d'un coup de feu.

Sa mère, avant de partir, lui a fait mille recommandations pour la fin de la journée. Elle a tout oublié. Une seule sensation existe en elle : cette douleur qui la mord comme un chien fou.

La nuit à présent est répandue autour d'elle ; elle voit bien qu'Ollivier ne viendra plus, elle ne peut plus lui écrire, tout est perdu, le monde est retombé dans les ténèbres du premier chaos, une dernière chose pourrait seulement être douce : mourir...

Elle a promené autour d'elle le regard de celui qui se verrait seul dans un tourbillonnement de planètes, elle plonge ce regard dans la pâte de cette nuit hostile qui a tué son espoir, et de la nuit elle a vu surgir la pâle lumière de l'étoile du berger. Alors les larmes ont coulé sur son visage et pour pleurer plus à son aise, elle a jeté son corps, comme un objet à tout jamais inutile, dans le plus rude du massif de lauriers.

Quand une main se pose sur son épaule, elle lève un œil égaré vers ce contact qui l'arrache à la peine dont elle se nourrit comme d'une manne de fiel.

— C'est vous ? dit-elle.

Romain Toucas est debout dans l'ombre. Il demande :

— Sylvaine, qu'est-ce que tu fais ?

— Rien, dit-elle.

Elle recouche son front chaud sur ses mains fiévreuses.

— Tu vas prendre mal, dit Romain, les nuits sont froides.

— Ça m'est bien égal, crie-t-elle, laissez-moi !

Et elle se rejette de toute sa force sur le sol.

Romain Toucas penche son grand corps vers elle. Il ne comprend pas.

De ses deux mains il tâche de la relever, elle résiste.

— Mais qu'est-ce que tu as ? dit-il. Tu as quelque chose ? On t'a fait quelque chose ?

Il essaie de tourner vers lui un visage où de la terre et des feuilles se mêlent aux larmes. Il la voit mal dans cette ombre d'arbres, cependant il sent qu'elle est brûlante et tremble de la tête aux pieds.

— On t'a fait quelque chose ? redemande-t-il.

— Ah ! crie Sylvaine.

Cela veut dire : « Si l'on m'a fait quelque chose ? Vous me demandez ça, vous, comme si c'était une chose de tous les jours, ce qu'on m'a fait. Ah ! Ce qu'on m'a fait… On ne pouvait pas me faire plus de mal ! Ce qu'on m'a pris, ce qu'on m'a pris, jamais personne ne pourra plus me le rendre : Mon amour ! »

— Ne pleure plus, dit Romain Toucas, tu me fais de la peine.

Il allonge sur ses bras durs le corps secoué de sanglots, ce corps de soie tout neuf que Sylvaine laisse traîner sur la terre comme une bête morte.

Ce paysan des Hautes-Alpes, qui n'avait pas pleuré quand sa mère était morte, sent souffrir en lui une sensibilité inconnue, devant le désespoir où s'abandonne cette fille de riches qu'il croyait heureuse. Troublé, il va tremper dans le bassin proche, un mouchoir qu'il passe sur les joues de Sylvaine. Calmée par cette eau fraîche, elle ouvre ses paupières tuméfiées et voit au-dessus d'elle, sur un solide visage qu'elle n'avait jamais autant regardé, une expression de pitié qu'elle paye d'un sourire.

— C'est fini, dit-elle, c'est passé.

— Mais qu'est-ce que tu as eu ? demande Romain, tu m'as fait peur. Je revenais de Solliès, parce que je ne voulais pas laisser la maison trop seule. Je t'ai entendue de loin. Ma pauvre petite, mais comme tu pleurais ! Pourquoi, dis, pourquoi ?

— Ah ! dit-elle, ce serait trop long à vous raconter !

Elle s'enlève des bras de Romain et elle s'assied à côté de lui. A deux mains elle presse la masse emmêlée de ses cheveux, elle passe encore le mouchoir mouillé sur son visage, si enflammé qu'une buée chaude y remplace aussitôt la bonne fraîcheur. Une grande lassitude la brise soudain, le froid l'envahit, elle se met à claquer des dents. Elle voudrait se retrouver un an avant, à cette époque où elle ignorait l'existence d'Ollivier comme il ignorait la sienne, quand le monde entier était à elle pour une seule tulipe ouvrant dans la plate-bande un étendard déchiré, peint de vert et de jaune. Mais elle sent que cela est aussi impossible à obtenir que de faire remonter le cours du Gapeau jusqu'à sa source de

Chibron, là où un jour elle avait vu sortir de l'herbe comme un fil d'argent, cette rivière qui distribuait ensuite tant de bien et tant de mal.

— Parle, dit Romain, explique-moi. Qui sait si je ne pourrai rien pour ta peine ?

Il croyait à un chagrin d'enfant, car s'il avait entendu de vagues échos se rapportant à l'amourette de Sylvaine, il n'y avait pas ajouté grande importance.

Cependant, à cette minute, un trouble d'une douceur ignorée l'envahit, auprès de ce jeune corps où il sent un frémissement passionné.

Sylvaine ayant rejeté ses cheveux et regardé les étoiles comme si elle y cherchait un secours, baisse ensuite la tête vers le sol. Elle prépare, auprès d'elle, une petite place bien propre, puis elle y arrange soigneusement trois feuilles dures, arrachées au laurier. Elle les place en éventail et pose dans leur écartement deux de ces petites boules noires qui sont les fruits éternels de cet arbre. Elle songe aux fleurs légères qui les ont précédées, à leur fine odeur d'amande, à leur transformation en ces grains lourds. Elle regarde avec plaisir le dessin qu'elle a formé, puis d'un geste vif de la main, elle balaie le tout. Enfin elle relève la tête vers le ciel et elle dit :

— La lune se lève.

Une lueur s'étire du côté de l'Est, creusant des routes blanches entre des landes de feu. Le vol d'une chauve-souris s'y découpe en fer noir. Un souffle froid fait bouger les arbres. Sylvaine tend sa bouche vers lui. Il devait lui sembler plus tard qu'elle était restée des années, sans retrouver le goût de cette gorgée d'air qui lui redonne soudain la force de vivre.

— Vous vous souvenez des vendanges ? dit-elle, eh bien, c'est tout de suite après que ça a commencé, quand je suis partie au Lavandou.

IV

Les Resplandin de Vernon étaient sept frères. Les hommes étaient de l'Ardèche, mais le nom était du Var. C'était une fille Sévénier qui l'avait apporté dans la famille en se mariant avec un garçon du Midi et en revenant faire souche dans sa montagne. Ils étaient tous cultivateurs et souvent cordonniers. Deux ou trois des oncles d'Émile Resplandin étaient partis pour « les Amériques », comme disaient les vieux. Pendant les longues soirées des rudes hivers, on en parlait, espérant qu'il en reviendrait au moins un, pour faire tout le monde riche. Mais le grand-père et « la mamé » moururent sans les avoir revus et le père d'Émile resta seul auprès d'eux jusqu'à leur fin. Ce fut lui qui reprit la boutique de « Cuirs et crépins » où les clients, pendant trente ans, avaient dû, depuis le bas de l'escalier, appeler la patronne qui était dans la cuisine au premier étage, pour qu'elle se décidât à descendre leur vendre quelque chose. Quand tout le monde allait arracher les pommes de terre ou ramasser les sarments de vigne, on fermait le magasin.

La fille vint la première, ce fut cette Théonie, que Sylvaine devait aimer. Trois ans plus tard, Émile arriva. Dès son enfance il se montra ardéchois, du dedans et du dehors. Théonie avait gardé une tendresse de cœur, restée en elle depuis le sang de l'arrière-grand-père, ce

Resplandin de Belgentier transporté dans le noir Vivarais et qui avait, paraît-il, « tant langui dans ce pays de sauvages ». De ce pays de sauvages, Émile s'en affirma, lui, la première fois où, enfant, il préféra se laisser rouer de coups, plutôt que de céder à son père.

— Tête de fer ! disait celui-ci.

— Comme la tienne, aurait pu répondre l'enfant.

Mais le marchand de cuirs se trouvait dépassé en résistance et il ajoutait :

— C'est tout l'oncle de Brujas. Celui-là, tu le tuerais avant de lui faire dire « non » quand il pense « oui ».

L'oncle, têtu comme cette rivière têtue de l'Arc, qui est arrivée avec son eau, à forer la roche dure de ses gorges, jusqu'à s'y percer une porte ronde, c'était un des six frères du père d'Émile. Encore plus farouche et plus renfermé que les autres, il était garde champêtre sur la montagne désolée des Gras-de-Brujas, où les champs de blé noir se déroulent sur l'infini des plateaux survolés par les aigles.

Comme l'enfance de Théonie avait été maladive et demandait tout le temps de la mère, le père Resplandin amena un jour son fils à Brujas et dit à son frère :

— Je voudrais te le laisser, qu'il devienne garde comme toi.

L'oncle prit le petit qui avait six ans. Il l'envoya peu et mal à l'école, dont la neige six mois par an obstruait les chemins. Pourtant le frère directeur le ramena au garde un jour, en lui disant :

— Nous ne savons plus quoi lui apprendre, il en sait autant que nous.

C'était un grand et solide garçon qui traquait avec ruse les énormes lièvres roux de là-bas et leur écrasait la tête d'un seul coup de poing. Fendre d'une lame leur ventre chaud empli de sang, les ouvrir en deux et les coucher dans un lit de serpolet, sur de la braise de chêne, fut le travail de ses quatorze ans. Il gaulait aussi les châtaignes aux branches des gros arbres creusés par la foudre et il les servait bouillies dans leur écorce. Une poignée de noix et des pommes âpres complétaient le dessert.

A la Noël, le père d'Émile montait, apportant le boudin, le lard, le jambon et ces bonnes caillettes farcies d'herbes odorantes, que la mère avait préparées le jour où on avait tué le cochon. Il offrait aussi de tout petits fromages de chèvre, blancs, secs et durs comme de la craie, mais de haut goût, enfilés sur une tige de bois d'où on les tirait un à un, comme des oiseaux en brochette. Ce midi-là, il y avait toujours un civet de lièvre ou des grives tuées par Émile et les trois hommes se gorgeaient de viande faisandée et de vin.

Ensuite les deux frères restaient longtemps à table, réchauffant entre leurs doigts rugueux le verre d'eau-de-vie, dont ils buvaient à grands coups le contenu.

Émile, gonflé d'une nourriture plus généreuse que celle de toute l'année, les écoutait parler du pays, des terres de la famille Resplandin et de la famille Sévénier, de la destinée des cinq frères, dispersés un peu partout, mariés à droite et à gauche et de ceux partis de l'autre côté des océans, dont on n'avait plus de nouvelles. Ils racontaient aussi avec de gros rires et des rots bruyants, des histoires ramassées sur les champs de foire, celle des Vans, célèbre dans la région, où viennent les montagnards de la Lozère, celle de Beaucaire en Provence, où le grand-père descendait autrefois se louer avec ses fils pour le temps des vendanges. Émile croyait voir ce « papé » tel que l'évoquait son père, partant à pied depuis Vernon, par les routes montueuses, encaissées entre les châtaigniers aux pieds feutrés de hautes fougères. Il aurait voulu faire avec eux le voyage si long et après avoir mangé, lui aussi, le pain noir et le dur saucisson de pays, arriver sur la vaste place, ombragée de ces platanes gaillards, aux feuilles d'un vert gras, nourris par l'eau généreuse du Rhône où ils trempent leurs racines.

Le père d'Émile Resplandin avait souvent accompagné son propre père, dans ces descentes où après la montagne ils débouchaient soudain vers Pont-Saint-Esprit, sur le large clair du fleuve. Il en avait gardé un souvenir profond et quand il parlait, il en parlait volontiers.

C'était à peu près le seul jour de l'année où le garçon entendait la voix des deux hommes. L'Ardéchois n'est pas bavard, il économise autant sa parole que son vin ou ses pommes de terre et les Resplandin étaient bien restés Sévénier. Leur tête dure, aplatie à la nuque, leur regard farouche et leur goût de se taire s'étaient conservés purs de la gaieté bavarde que l'aïeul de Belgentier y avait mêlée. Théonie avait puisé dans cette ascendance sa douceur de caractère, qui lui faisait donner avec dédain par ses oncles le surnom de « la Provençale ». Mais elle seule avait pris tout le soleil charrié dans le sang des Sévénier par ce fils du Midi. Émile était comme son père, bâti en pierre de montagne et sa jeunesse chez le garde champêtre de Brujas n'était pas faite pour lui attendrir le cœur.

Il vivait depuis plusieurs années de cette vie de paysan gendarme qui était celle de son oncle. Il l'accompagnait maintenant dans ses tournées au travers des plateaux rasés par le vent glacial, où résistaient seulement ces longues herbes argentées, fines comme des brins de plumes d'autruche, qu'on appelle des frises. Il y en avait de ronds bouquets sur les cheminées de toutes les fermes et avec les pots de géraniums qui étalaient leurs feuilles anémiées derrière les vitres des fenêtres, c'était les seules floraisons qui trouvaient grâce devant le dur climat de Brujas.

Un matin, son oncle lui annonça qu'ils allaient avoir une visite. Le plus âgé des neveux Resplandin venait d'épouser une fille de Joyeuse et il voulait la faire connaître à l'oncle de la montagne, intéressant parce que vieux garçon.

Le jour où arrivèrent en carriole la jeune femme, aussi rouge d'avoir été secouée sur les chemins pierreux, que de l'émotion de la visite, le neveu tout fier dans ses habits noirs de noce, l'oncle chercha Émile. Il avait disparu. On fit plusieurs fois le tour de la maison, on regarda dans la grange et dans la bâtisse où était le four à pain. Enfin, l'oncle ayant entendu un bruit dans la souillarde qui servait de bûcher, le trouva tapi sous les fagots et ramena au jour gris de la maison un grand garçon plus rouge que la nouvelle cousine, couvert de toiles d'araignées et de brindilles de bois. Debout, avec son bras replié sur les yeux, il s'obstinait, malgré les bourrades, à ne pas vouloir dire un mot.

— Laissez-le, disait la jeune femme, qui en avait pitié.

— Dis bonjour, nom de Dieu ! répétait l'oncle.

A la fin, Émile fut poussé en avant par une rude poigne.

— Allez, embrasse ta cousine au moins !

Alors il sortit de ses bras un visage entêté, regarda ces étrangers en dessous et cria d'une voix furieuse :

— J'aimerais mieux embrasser le cul de la chèvre !

Plus tard, il racontait volontiers ce souvenir en ajoutant :

— Surtout que j'avais dit ça en patois ! Ça devait rouler comme du caillou de l'Arc. La cousine en a pleuré, il paraît. Je devais être un beau sauvage !

— Et que tu as guère changé, ajoutait Gabrielle.

L'âge d'être soldat avait fait quitter au garçon des montagnes sa vie solitaire, mais il devait, comme le disait sa femme, garder jusque dans son extrême vieillesse la marque de cette rude vie de Brujas. Le hasard le fit incorporer à Nice, où il resta stupéfait devant cette nature débordante de beauté et de parfums.

Il était à la fin de son service quand il décida d'obéir à sa mère, qui le priait, dans toutes ses lettres, d'aller voir leur cousin Resplandin de Belgentier.

Un dimanche matin, ayant deux jours de permission, il prit le train jusqu'à Toulon et de là, la voiture à chevaux qui suivait, de la Farlêde à Méounes, la vallée verte du Gapeau. A Belgentier, il eut vite trouvé les Resplandin. C'était une des plus grosses familles du pays, grands expéditeurs de cerises et de fleurs de narcisses. Il fut accueilli avec cette spontanéité du Midi qui est si agréable, mangea le poulet tué en son honneur et les artichauts crus, à une table où sonnait la gaieté. Près de lui, une grande fille sèche et noire, sa cousine Léonie, le regardait comme si elle voulait le dévorer. Au dessert, le père insista plusieurs fois sur ce fait que lui parti, « sa fille ne manquerait pas d'oreillers où appuyer sa tête ».

Émile envisagea sans ennui une vie entière dans cette région facile et cette maison cossue où rien ne manquait, avec la perspective de succéder à son beau-père dans la vente des primeurs. Au départ, il secoua avec un sourire la main de Léonie, promettant de revenir comme on l'y conviait, pendant une plus longue permission.

Un mois après, quand il se retrouva à la table des cousins, personne ni lui-même ne doutait qu'il ne repartirait qu'accordé avec Léonie.

Il devait pourtant en être autrement.

La saison des cerises battait son plein. Toutes les maisons de Belgentier, toutes les remises et le seuil même des portes étaient envahis par des montagnes de ces paniers de roseaux à claire-voie et de ces caissettes de bois léger, dans quoi on expédiait les fruits.

Solliès-Pont, au bas de la vallée déjà plus tiède, fait partir ses premiers envois vers le 9 mai. Solliès-Toucas et les Sénès viennent huit jours après. Belgentier prend la suite avec encore une semaine de retard. Enfin Méounes arrive bonne dernière. Là-haut, c'est déjà un peu la montagne et les renards viennent la nuit saccager les poulaillers.

C'est le moment de l'année le plus important avec, en juillet, l'expédition des longues figues brunes et le triage des oignons à fleurs, quand on les enlève du sol pour les dédoubler et les débarrasser de leurs vieilles peaux. Tout le monde travaille et même les filles qui sont prises toute l'année à leur ménage, on les voit sans exception dans les pièces grandes ouvertes où les hommes viennent déverser leurs corbeilles de beaux fruits.

Le père Resplandin occupait plus de trente femmes pour ses expéditions. Dans la vaste remise, autour d'une longue table, elles rangeaient une à une les cerises les plus grosses et les plus rouges sur le fond des caissettes tapissées de papier blanc. Soigneusement, elles recouvraient d'une mince bande d'ouate le moutonnement régulier des fruits précoces et mettaient le couvercle sur le tout. Alors Léonie et sa mère, qui rôdaient autour de la table, entassaient les caissettes sur une banque, par paquets de dix ou de vingt, pour être ficelées et étiquetées. L'Allemagne et l'Angleterre avec Paris étaient les lieux de destination.

Après le repas, vite expédié par le père Resplandin, pressé de rejoindre ses hommes dans les vergers de la rivière où ils ne s'arrêtaient pas de cueillir, Émile suivit les femmes dans la remise et s'offrit à leur aider. Léonie, tout heureuse de produire le futur fiancé qui était tombé du ciel à sa laideur, prit plaisir à le commander devant les ouvrières, presque toutes filles de la vallée, qui la connaissaient bien et ne l'aimaient guère, car elle avait le cœur aussi desséché que la cuisse.

Donc, à son gré et pour lui plaire, Émile allait d'une travailleuse à l'autre, recevait de ses mains la caissette remplie et l'apportait à Léonie ou à sa mère. Un geste maladroit d'une ouvrière fit se renverser le fragile emballage. Avec un cri de surprise la jeune fille étourdie se baissa pour réparer le mal. Émile s'était baissé aussi et leurs doigts se rencontrèrent en même temps que leurs yeux. Ceux d'Émile Resplandin étaient gris de fer, impérieux et pleins du feu de la jeunesse, ceux de Gabrielle étaient noirs, ardents comme un minerai en fusion. Ils flambèrent au contact d'un regard et les mains, mêlées sous la chair répandue des fruits, eurent de la peine à se déprendre.

Léonie s'était approchée, et d'un ton hargneux, elle grondait :

— C'est toujours vous, Gabrielle, qui faites des bêtises !

Le joli visage de la coupable était plein d'insolence, une rougeur rageuse se coula sur la joue dorée en peau douce de brugnon. Gabrielle se remit à sa place en s'excusant et Émile reprit sa promenade autour de la table.

Il s'était passé cinq minutes, rien ne semblait changé et pourtant tout l'était.

Pendant la semaine où Émile resta dans la famille des cousins, chaque fois qu'il s'approchait des ouvrières, il recevait en pleine face le regard de méridionale, chargé de passion, que lui envoyait Gabrielle. La flamme lui en passait dans les veines et toute sa chair brûlait. Il ne lui avait cependant plus adressé la parole et il se sentait uni à elle au-delà de tout.

Le jour de son départ arrivé, comme il avait prévenu qu'il voulait le faire, pour mieux connaître la vallée, il partit à pied vers Solliès-Toucas. Léonie, retenue par ses expéditions, lui dit adieu du seuil de la remise, avec un sourire qui voulait dire « au revoir » et s'adoucissait d'espérance.

Quand il fut parti et qu'elle reçut ses ouvrières, elle s'aperçut de l'absence de Gabrielle. Interrogée, Gina, qui travaillait aussi aux cerises, répondit d'un air effronté que sa sœur était malade.

Émile marchant d'un pas robuste sur cette route encaissée entre des collines étagées d'oliviers, où la vallée étroite laisse seulement la place au cours du Gapeau et à de grasses prairies couvertes d'arbres alourdis de fruits, ne pouvait s'empêcher de comparer cette richesse à la pauvreté dépouillée de son Ardèche natale. Il était arrivé au bois de Montrieux-le-Jeune, quand un bruit de pas derrière lui le fit se retourner. C'était Gabrielle. Elle ne lui dit pas pourquoi elle se trouvait ainsi sur son passage, il ne le lui demanda pas. Elle parla de cerises à aller cueillir pour elle-même, dans un verger que ses parents avaient, vers la Guirande. Quand ils y furent arrivés, ils montèrent tous deux sur l'arbre, puis, ayant mangé tout leur saoul de ces fruits gonflés de fraîcheur dont les cousins se privaient pour grossir les expéditions, ils s'allongèrent sur l'herbe, au pied de l'arbre.

Le désir que cette fille du Midi faisait flamber en lui

lui révéla qu'il y avait peut-être autre chose à aimer dans la vie que des terres et de l'argent. Cette fois-là, cette fois seulement, le grand-père provençal prit sa revanche. La bouche d'Émile avait trouvé celle de Gabrielle, son corps avait soumis celui de la fille et tous deux s'étaient alanguis dans le repos qui suit le plaisir, qu'ils n'avaient pas encore compris comment cela était arrivé.

Ils se séparèrent à la sortie du verger. Il alla vers la gare, elle rejoignit sa maison. Ils s'étaient promis de se retrouver à Toulon, le dimanche suivant. Cette fois, ils allèrent dans un hôtel et Émile en sortit plus ivre que s'il avait bu tout le vin de Resplandin le riche. Léonie ne reçut jamais qu'une carte de politesse et comprit qu'elle était oubliée. Trois mois plus tard, Gabrielle alla passer quelque temps chez sa grand-mère du Mourillon et ce fut là qu'ayant fini son service, Émile l'épousa.

Ses parents écrivirent de Vernon qu'ils auraient préféré lui voir faire sa femme de Léonie Resplandin, cependant ils accueillirent la nouvelle belle-fille, dans la haute et grise maison, où s'ouvrait la boutique de « cuirs et crépins ».

De son côté, le père Laurade, contremaître à la Tannerie de Bellaïgue, et soucieux de ses deux filles trop délurées, se montra si heureux de ce dénouement, qu'il offrit à Émile de le faire employer avec lui. Le montagnard était acharné au travail. Il devint vite le bras droit de Laurade, puis son remplaçant, puis son supérieur, un peu après la naissance de Sylvaine, quand le directeur était mort accidentellement.

Malade de dépit, après avoir appris la trahison de Gabrielle et du cousin, Léonie s'était mariée à Guers, avec un fils de vigneron aussi riche qu'elle. Un an plus tard, les Resplandin quittaient leur domaine et ils allaient vivre près de leur fille. La place restait libre, Émile s'y installa en maître et demeura désormais le seul Resplandin de Bellaïgue. Théonie, du fond de son village, n'avait connu qu'un écho lointain de tous ces faits. Elle n'avait pas pu deviner que sous tant de dureté, son frère pouvait demeurer accessible. Peut-être que si elle l'avait révélé à Sylvaine celle-ci aurait essayé de trouver un peu de tendre, dans cet homme resté d'un abord aussi rude et aussi épineux que les châtaignes de son Ardèche natale.

V

Voilà ce qu'était le père de Sylvaine. Depuis des années, il avait toutes les nuits, auprès de son corps épaissi par l'âge, le corps nerveux de Gabrielle qui ne vieillissait pas. Il en matait la résistance dédaigneuse, les soirs où une ardeur de jeunesse lui remontait aux reins, quand son cerveau lent à digérer les chiffres lui laissait quelque repos. Il faisait l'amour à sa femme dans une conscience de bon ouvrier, comme il faisait toute chose, avec une honnête lourdeur. Gabrielle le rejetait hors de son plaisir, par un bond de bête souple, car elle refusait toute nouvelle fécondation, trouvant qu'un enfant suffisait bien pour l'ennuyer. Elle n'aimait pas Émile, elle n'aimait pas Sylvaine, elle n'aimait rien d'autre qu'elle-même, son corps lisse et son cœur dévasté par le seul souvenir d'amour qui l'ait troublée et qu'elle gardait serré contre elle, comme une ceinture en pointes d'acier qui vous fait saigner et jouir. C'était celui de ce Sylvain Delacroze plus beau et plus riche qu'elle, qui l'avait regardée quelque mois, comme il regardait le yacht ou le cheval dont il avait envie.

En se donnant, elle avait cru s'assurer de ce garçon trop aimé. Ainsi que l'avait raconté à Sylvaine la vieille Justine, elle avait porté à travers les fêtes de village la préférence du jeune officier comme une robe éclatante. Quand il s'éloigna d'elle, elle se vit vêtue de loques par sa déception. Mais cette orgueilleuse cacha les larmes guettées par les compagnes ironiques. Elle sut rire aux éclats alors que tout en elle s'écroulait. Seulement dans ces ruines, la méchanceté s'installa et ne bougea plus de toute une vie.

Deux ans plus tard, sa première vengeance fut de prendre le fiancé de Léonie Resplandin, ensuite de donner à sa fille le nom de ce Sylvain, le seul être humain qu'elle ait pu arriver à aimer.

Elle continua à vivre dans une sorte de rêve, qui faisait qu'on la dérangeait chaque fois qu'on lui parlait. Elle servit de femme à son mari, elle lui accorda des soins d'épouse. Ayant mis sa fille au monde, elle la vit grandir sans l'avoir une fois « regardée dans les yeux pour connaître ses idées ». C'est ce que Sylvaine avait dit à sa tante et c'était vrai.

Quand sa sœur Gina, plus habile en fausses attitudes, lui faisait remarquer cette indifférence apportée dans la maison, elle relevait d'un air haineux son petit visage de marbre aux dents pointues et elle répondait :

— Je fais mon devoir. Je surveille leurs repas, je leur tiens la maison en ordre, ils n'ont rien à me reprocher.

« Rien, que de ne pas les aimer... », aurait-elle pu ajouter si elle avait été sincère.

Et cette tendresse, dont le cœur sensible de Sylvaine a plus besoin que d'air respirable, ne l'ayant trouvée ni chez son père ni chez sa mère, la jeune fille la cherche autour d'elle avec l'élan désespéré de la jeunesse.

Parfois une douce présence la lui apporte. Tante Théonie, en descendant de sa montagne, quelques instants est là, avec ses bons yeux qui toujours regardent vers le bonheur des autres et Sylvaine trouve alors, sous le corsage en laine noire de cette vierge vieillie, un cœur de mère plein d'une chaleur qui lui manque ensuite comme une chose vitale.

Elle est seule. Ce dimanche, elle l'a été encore davantage par l'absence d'Ollivier qui aurait dû être une présence. Elle a étendu autour d'elle des bras hésitants comme ceux d'un aveugle ; elle a crié sa peine à tout écho, et l'écho ne lui a rapporté que des cris ; elle a regardé d'un œil hagard tout ce qui l'entoure, elle a jeté au paysage cet appel de son désespoir : « Et pour moi, il n'y a rien là-dedans ? Rien ? Rien ? » et la terre indifférente qui n'est douce qu'aux morts, a reçu son corps abandonné. Cependant, au plus profond de sa solitude, un bras s'est tendu vers elle pour la relever, des yeux ont versé leur pitié dans ses yeux, une bouche a dit pour sa peine des paroles d'espoir.

Romain Toucas... Elle le connaissait, oui, si l'on peut dire qu'on connaît le chat à qui on donne à manger, le chien attaché devant la porte et qui n'aboie pas après vous, la femme qui vient laver la lessive une fois par semaine. Depuis qu'elle voyait, elle le voyait dans l'usine, suivant, précédant, remplaçant Resplandin aux ateliers et au bureau. Quand elle était petite, il lui apportait du chocolat ou quelque jouet. Pour ses quinze ans, il lui avait donné un bracelet de verre, vite cassé, dont elle avait jeté les morceaux. Chaque fois elle avait dit : « Merci » et Gabrielle avait insinué aigrement que le contremaître tenait à se faire remarquer. Sylvaine, cependant, avait senti parfois sur elle le regard plus appuyé de Romain Toucas : « Il a peut-être quelque part une fille de mon âge », se disait-elle et c'était tout. Même cette supposition devait être fausse, car le contremaître vivait seul, et personne ne l'avait jamais vu avec une femme.

Quand on l'envoyait à Toulon ou à Marseille, ou dans les Hautes-Alpes pour des marchés de peaux, Resplandin le plaisantait au retour sur les amusements faciles des grandes villes. Il ne répondait pas, mais son cou puissant rougissait, entre les cheveux drus et le col de la veste.

Le dimanche qui suit celui où il a consolé Sylvaine, Romain Toucas s'habille dès après le repas, dit au revoir et enfourche sa bicyclette. Gabrielle, qui le voit prendre la route de Toulon, confie à son mari :

— Où il va ce sauvage, lui qui bouge jamais ?

Sylvaine n'a rien entendu. Elle est dans sa peine Ollivier n'a pas donné signe de vie.

Le matin du lundi, dans le bureau où son père l'emploie à classer des factures, elle voit entrer le contremaître. Il s'approche d'elle et lui recommandant d'un geste la prudence il lui glisse dans la main un papier plié tout petit.

De son regard distrait levé vers l'homme, elle interroge, mais son père arrivant, elle cache le billet dans sa blouse et sous un prétexte elle sort.

Deux minutes après, elle est folle de joie : la lettre est d'Ollivier. Les quelques lignes qu'elle contient, écrites au crayon sur un mauvais papier, disent :

« Lundi, à 6 heures, si vous pouvez descendre vers la route de Solliès, je vous attendrai à côté du cyprès de l'oratoire. Je serai bien content de vous voir. Ollivier. »

« Ce soir... Comment je vais faire ? pense-t-elle, comment je vais faire ? »

Cette idée l'accompagne tout le jour, à table, au travail, partout. C'est un taon roux, couleur de bonne nouvelle, qui bourdonne dans son cerveau. A midi, pendant le repas qui les réunit, Romain Toucas se met à dire :

— Sylvaine, tu demandais l'autre jour s'il y avait des bruyères fleuries de ce temps ? Eh bien, il y en a, j'en ai vu dans le bois des Sources, du côté de Solliès.

— Ô bien alors, j'irai en cueillir ce soir.

— Ça me plaît guère de te voir aller seule dans les bois, dit son père.

— Je peux prendre Rose Venel en passant ?

Ses doigts tremblent sur le bord de la table. Elle pense dire ensuite que Rose Venel n'était pas à sa maison.

— Je peux l'accompagner, si vous voulez, dit Toucas, j'ai affaire de ce côté.

— Mais tu te débauches, Romain ? dit Resplandin. Toi qui sors jamais, tu es déjà parti hier...

— J'ai un cousin de passage, dit Toucas.

— Je te connaissais pas de parents.

— C'est un de Gap, du pays de ma mère.

— Enfin, si la petite est avec toi, je suis tranquille, dit

Resplandin, mais pas avant la fermeture des ateliers, y a à faire, la commande Martel est en panne.

Les deux hommes se remettent à parler de la Tannerie comme à tous les repas. Gabrielle ne regarde personne. Sylvaine, seule comme toujours, berce sur son cœur un espoir renouvelé.

— J'ai cru que vous ne viendriez plus… dit Ollivier.

Sylvaine jette sa veste sur l'herbe et serre des deux mains ses cheveux envolés. Ollivier la regarde. Il dit encore :

— Je retrouve vos jolies manières du Lavandou.

— J'ai couru, dit Sylvaine.

Elle est rouge, elle voudrait arracher de sa gorge quelque chose qui palpite comme un oiseau et qui lui coupe le souffle. Enfin, elle peut respirer et elle dit :

— Je languissais…

— Moi aussi, dit Ollivier.

Ils baissent tous les deux la tête, du même mouvement accablé de ceux qui supportent un trop lourd fardeau. Mais leur passion qui est toute-puissance leur redonne la joie :

— Bonjour ! dit Sylvaine, vous ne m'avez même pas dit bonjour !

— Bonjour ! dit tendrement Ollivier.

Il attire vers le sien ce corps frémissant d'être auprès de lui et ils restent silencieux, écoutant le bouillonnement de leur sang.

— Vous n'êtes pas gentil, dit Sylvaine. Pourquoi n'êtes-vous pas venu dimanche dernier? Je vous ai attendu jusqu'au soir.

Maintenant qu'il est là, elle ne se souvient presque plus d'avoir souffert.

— Si j'avais pu… dit Ollivier en baissant de nouveau la tête.

— Qu'est-ce qui vous a empêché ? demande Sylvaine.

— Des choses que ça serait trop long à vous expliquer…

Une source enflammée s'est repandue sous la peau

brune de son visage et il ne sait plus que rester silencieux.

— J'ai espéré jusqu'à la nuit, dit Sylvaine.

Ollivier lui prend la main.

— Ne nous disputons pas, dit-il, pour une fois qu'on est ensemble.

— C'est vrai, dit-elle.

Ses deux mains sont dans les grandes mains d'Ollivier qui se sont refermées sur leur chaleur. Il semble à Sylvaine que, si elle dit encore un mot, le rêve s'évanouira et qu'elle se retrouvera seule comme l'autre jour, dans le Rond des lauriers. Elle écoute attentivement la respiration d'Ollivier répondre à la respiration haletante qui gonfle ses seins. Son ami l'attire vers lui, plus près, d'un bras passé autour de ses épaules et elle retrouve sur sa bouche le goût de cette bouche d'homme, senti au moment de son départ du Lavandou et que tous ses soirs de désir enfiévré lui avaient rendu. Mais le rêve qu'on fait d'une bouche et cette bouche vivante contre la vôtre, ah, ce n'est pas pareil ! Et jamais les songes de Sylvaine, si nourris qu'ils aient pu être de ses souvenirs, ne lui avaient mis dans la tête ce tournoiement d'astres, dans les jambes cette faiblesse amollissante et dans toute la chair, cette brûlure de soleil qui vous fait fondre, comme ces fruits qui s'ouvrent d'eux-mêmes pour donner leur suc.

Ollivier se reprend le premier. Il a peur de lui : « C'est une jeune fille, se dit-il, une jeune fille... » Il sépare le corps de Sylvaine du sien et le repose contre le corps noir du cyprès qui garde l'oratoire où elle se détache sur l'écorce rude, dans une forme touchante et mince d'enfant pas encore femme. Ses dures mains d'ouvrier, qui ont bataillé sur la terre et sur la mer, il les fait glisser depuis les petites épaules tombantes, tout au long des bras. Il prolonge sa caresse sur les flancs, évitant au passage le danger des seins tendus vers lui et du ventre chaud sous la robe légère. Il remonte vers le visage qui est celui d'une morte heureuse, il touche la merveille des cils, couchés comme une herbe noire, soigneusement fauchée. Il suit la courbe pure de la joue, du nez, du menton puérils et du cou qui se gonfle comme un cou de pigeon. La bouche frémissante cherche sa main et l'odeur de sa peau, avec l'avidité du nourrisson qui cherche la mamelle, mais il n'y pose qu'un baiser léger qui s'effraie de lui-même.

— Sylvaine ? dit-il.

Elle ouvre les yeux et pousse un grand soupir.

— Tu es là ? dit-elle.

Elle se soulève et se laisse retomber et se soulève encore.

Elle dit, regardant autour d'elle d'un air égaré :

— Il faut que je rapporte des bruyères, je suis venue pour ça.

— Ah, tu es venue que pour ça ? dit Ollivier.

Ils se rient de toutes leurs belles dents propres de jeunesse.

Il la ressaisit à pleins bras et lui reprend la bouche plus brutalement. Elle retombe allongée.

— Et pour ça, tu es pas venue ? dit-il.

— Tais-toi, dit Sylvaine à voix basse, autrement je suis perdue...

Elle le repousse de la main, elle se relève encore et commence à monter dans le bois, par un chemin entre les chênes-lièges, auquel les bruyères fleuries font des rivages roses.

Elle se met à casser les tiges et à former un bouquet. Ollivier la suit en silence, elle le sent contre elle, elle dit en dedans d'elle.

« Il est là, mon Dieu, il est là. »

Elle croit toujours qu'elle va tomber à la renverse dans ces bras qu'elle devine tendus derrière elle pour la recevoir.

Elle pense à tout ce qu'elle devra arranger pour tâcher de rencontrer Ollivier le plus souvent possible.

— Je te reverrai quand ? dit-elle.

— C'est toi, dit Ollivier, moi je viendrai toutes les fois que tu me le diras.

Sylvaine réfléchit, sachant combien ce sera difficile. Il

va falloir se battre contre tout le monde. Elle se sent de nouveau accablée et sans force pour la lutte.

Quand Romain Toucas, par l'imitation d'un appel de bûcheron, rappelle Sylvaine sur la route où il l'avait laissée cent mètres avant l'oratoire, Ollivier et elle se sont dit et redit tout ce qu'ils ont été l'un pour l'autre depuis leur séparation du Lavandou et aussi ce qu'ils peuvent espérer de l'avenir.

A la fin, Sylvaine est devenue triste.

— Je ne compte guère changer mon père, dit-elle à Ollivier, il est têtu, il n'est pas de l'Ardèche pour rien, mais je suis sa fille et je n'ai que trois ans à attendre pour être majeure.

— Ta mère ? demande Ollivier.

— Ô ma mère... a dit Sylvaine plus tristement encore.

Ils se taisent.

— Si tante Gina voulait parler pour nous ? a trouvé tout d'un coup Sylvaine.

Ollivier change de figure.

— Ô non ! il a dit, ça non !

— Je croyais que tu l'aimais bien ? dit Sylvaine, mon père non plus ne l'aime pas, pourtant elle est gentille. Nous n'avons personne. Ah, si tu étais venu dimanche !

— Eh bien quoi ? dit Ollivier.

— Il me semble que ça aurait mieux marché. Au retour de mon père, nous serions allés au-devant de lui tous les deux pour lui parler. J'avais un si gros courage ce jour-là ! Et toi ?

— Ô moi... dit Ollivier.

Il fait un geste vague.

— Quoi, dit Sylvaine, il te fait peur ?

— C'est pas ça, dit Ollivier, non, c'est pas ça, mais...

Il a l'air tout d'un coup si accablé lui aussi.

— Il y a trop de choses, dit-il.

— Mais pourquoi tu n'es pas venu ? demande encore Sylvaine.

— Parce que. J'ai pas pu, je te dis.

— Tu as travaillé ?

— Oui, j'ai travaillé, j'étais forcé.

— Je t'ai tant attendu !

— Mais c'est fini, tu sais. Bon pour une fois ! Je me laisserai plus prendre.

— Tu ne veux plus travailler ?

— Travailler ? Oui. Mais non, c'est pas ça, tu comprends pas, tu peux pas comprendre. Écoute, ne me dis pas d'aller à ta maison maintenant. C'est pas possible. Il faut que je m'en aille d'abord, que je change d'air, que je me fasse une situation, alors je viendrai te demander à ton père. Tu m'attendras ?

— Oui, dit Sylvaine.

— Même si ça doit durer ?

— Oui, dit Sylvaine. Pourvu que tu m'écrives, je prendrai patience.

— Je t'écrirai, dit Ollivier. Pas tous les jours, parce que je suis guère calé aux écritures, mais tu sauras que jamais je t'oublierai.

— Je t'écrirai moi aussi, dit Sylvaine.

— Oui. Je te donnerai ma nouvelle adresse. Je vais quitter de chez ta tante. Je vais partir sur mer, mais j'aurai toujours tes lettres. En attendant, écoute, tu peux revenir après-demain ?

— Après-demain ? répète Sylvaine. Après-demain ? Je ne sais pas.

— Il faut savoir, crie à voix basse Ollivier, il faut savoir, il faut vouloir, autrement si tu as pas plus d'audace, jamais nous arriverons à rien.

Romain Toucas répète son appel.

— Mon Dieu, dit Sylvaine affolée, je me mets en retard.

— Tu viendras ? dit Ollivier. A la même heure, ici ? Dis, dis, tu viendras ?

— Oui, dit Sylvaine, oui, laisse-moi partir, j'ai peur…

Elle tente en vain de dénouer les deux mains qu'il a attachées derrière elle et elle sent le long corps chaud se gonfler de désir contre son ventre. Elle vacille toute molle de l'envie de rester là, entre ces bras durs qui la serrent, avec cette figure brûlante contre sa bouche.

Pourtant, dans un sursaut de volonté, elle s'en arrache et court vers la route.

Ollivier est resté sous les arbres, les bras vides, tendus encore devant lui. Sous le dernier chêne, elle crie :

— Après-demain à la même heure.

Et elle saute du talus.

— Tu as été longtemps, dit Romain Toucas, dépêchons-nous.

Il marche le premier, à grandes enjambées nerveuses qui secouent son corps robuste.

— Hou ! dit Sylvaine en posant ses mains sur sa gorge, vous allez trop vite, je n'en peux plus !

Il regarde ce corps échauffé, cette jeune poitrine, où les seins pleins de belle chair tendent l'étoffe de la blouse, comme la rondeur des cuisses tend celle de la robe, ce visage enflammé de Sylvaine, si beau, si plein de passion et de vie et il lui semble que c'est la première fois qu'il lui est donné de les voir, dans toute leur splendeur. Et cette bouche gonflée de sang...

Sylvaine tourne vers lui, avec un sourire lassé, son visage meurtri par la passion.

— Vous êtes bien gentil, dit-elle, je ne sais comment vous remercier ?

— Tu n'as pas l'air bien contente ? demande Romain.

— Ô, dit-elle, qu'est-ce que vous voulez ? c'est tellement compliqué...

Des larmes lourdes descendent sur sa joue.

VI

Il n'y a rien, dit Romain Toucas.

— Comment, il n'y a rien ? redemande Sylvaine.

— Il n'y a rien.

— Ce n'est pas possible ! dit Sylvaine, et elle fait une grimace d'énervement.

— J'ai rencontré le facteur dans la cour et je lui ai pris le courrier des mains, s'il y avait quelque chose je l'aurais vu.

Elle était descendue dans l'atelier de planage, où elle savait que le contremaître avait à faire. Pendant qu'il parlait avec les ouvriers, elle avait regardé manœuvrer les gros rouleaux, actionnés par des poulies suspendues au plafond. Les longues courroies luisantes, unissant les poulies aux rouleaux, coulaient comme une eau si rapide qu'on les eût crues immobiles. Un ronflement doux accompagnait ce mouvement. Les peaux étaient livrées à l'aplanissage par les mains machinales des ouvriers et Sylvaine, en les regardant travailler, s'était mise tout à coup à se rendre compte que ces peaux, devenues une marchandise morte, avaient été autrefois des bêtes vivantes qui avaient couru, mangé, vécu dans la liberté verte des prairies.

Quel homme y pensait jamais, parmi tous ceux qui vivaient ici, au milieu de ces dépouilles ? Elle-même, qui avait en naissant respiré cette odeur astringente du tanin, avait-elle jamais accordé quelque pensée à ce que l'industrie utilitaire avait fait de ces peaux d'animaux ?

A table, elle écoutait son père qui vivait à la Tannerie, même quand son corps en était absent. Il disait :

— Figure-toi, Romain, il paraît qu'on remplace maintenant le tannage à la flotte, comme nous le faisons, nous, avec nos extraits de tan, par un tannage électrique. Ça donne un bon résultat, on dit, et c'est beaucoup plus rapide. C'est le directeur de la Tannerie du Barjols qui me l'a expliqué. Tu comprends, au lieu d'être obligé d'agiter les peaux dans les plains pour faire pénétrer le bain de chaux par pression, on a combiné l'agitation dans un tambour rotatif, avec une solution tannante traversée par un courant continu de soixante et dix volts. Les pores des peaux se dilatent plus vite et ça facilite les phénomènes osmotatiques, que tu sais s'ils sont longs à obtenir avec nos méthodes. Il paraît que tu tannes un gros cuir en huit jours, tu parles si c'est intéressant ? Pour les petits cuirets, au lieu de faire le tannage comme nous, au sel marin et à l'alun de chrome, ils emploient le bichromate alcalin avec un réducteur sulfureux. Tu comprends le coup ? Ils disent que les peaux, de cette façon, fixent une petite partie de sel de chrome et qu'elles sont tannées en quelques heures. Il faudra faire un essai, qu'est-ce que tu en penses ?

Sylvaine croit entendre toutes ces conversations, toujours les mêmes, qui emplissent les repas de tant de termes, barbares pour les étrangers, mais pour elle, depuis toujours, familiers à ses oreilles d'enfant : « Dessaignage, craminage, ébourrage, échauffe à l'étuve, etc. » Depuis ses premières vacances, elle a appris à savoir que le « travail à l'orge » se compose de bains successifs, de plus en plus concentrés, avec de la farine d'orge aigrie, avant que les peaux soient remises sur les chevalets, pour être ébourrées avec toute cette série de petits outils bizarres et pointus qu'on lui défendait de toucher quand elle était petite et qu'on appelle : « Couteau à façonner, à écorner, à raser, couteau Biron, couteau de rivière, tranchant, crochet double, pinces de tannerie. »

Elle est habituée à voir dans la cour qu'on leur a réservée derrière les ateliers, les touques pleines de calcium, de chaux et d'alun, auprès de ces cuves à ras de terre, où se font les infusions du vieux tan qui a déjà servi et où on fait gonfler les peaux dans ce que les ouvriers appellent « la jusée ».

Au hasard de ses passages dans les salles, elle a vu d'autres fois queurcer auparavant ces mêmes peaux, pour en assouplir le grain. Les machines : « à écharner, à ébourrer, à façonner en rivière, le tonneau foulon, le turbulent », que son père, toujours avide de moderniser la fabrication, introduit peu à peu dans la Tannerie, ont souvent arrêté ses regards par l'étrangeté harmonieuse de leurs engrenages bien graissés.

Elle se plaisait aussi tout enfant à se pencher au-dessus des cuves à tan, où elle voyait des images de la mer Rouge, elle aimait l'odeur âcre des fosses étanches, où les peaux trempaient plusieurs mois, avant d'être brossées et séchées par courant d'air, dans les greniers, aux plafonds pavoisés comme par des oriflammes.

Jamais, devant tout le labeur qu'exigeaient ces peaux, avant de devenir les cuirs imputrescibles dont on ferait les chaussures, les manteaux, les gants, tant de choses, elle n'avait en rêve recréé l'épiderme doux et chaud, protecteur de la chair et de la course du sang, qu'avait été autrefois cette marchandise.

Aujourd'hui, la pensée lui en est presque douloureuse. Elle regarde autour d'elle et elle se répète : « Que de bêtes mortes, mon Dieu, que de bêtes mortes ! » Elle qui aime tant les bêtes vivantes, qui crie d'émerveillement devant le poussin tout neuf, le chevreau nouveau-né, la boule argentée des petites aragnes, jamais jusqu'alors elle n'avait remarqué qu'elle était venue au monde, qu'elle avait grandi au milieu des cadavres, de ces « peaux en tripes », auxquelles, par une ironie cynique, on redonnait la souplesse de la vie. Elle n'avait jamais senti l'odeur de pourriture qui montait des fosses dans la décomposition des charognes. Aujourd'hui, elle la sent jusqu'au plus profond d'elle et une suffocation la rejette en arrière.

Le contremaître qui s'est rapproché la voit si défaite, qu'il lui dit à nouveau doucement :

— Aujourd'hui, il n'y a rien, mais peut-être demain, tu sais...

— Oui, demain sûrement, dit-elle.

Il lui semble qu'elle va mourir étouffée. Elle remonte dans le bureau et demande à son père :

— Je peux descendre un peu dans le jardin, s'il vous plaît ? J'ai bien mal à la tête.

— Vas-y, dit Resplandin, depuis quelques jours tu as une drôle de figure.

Sylvaine sort. Dehors, elle prend une grande gorgée d'air, chargée de germes neufs et qui lui semble laver ses poumons empuantis. Elle marche dans les allées et vient s'asseoir sur un talus. De grands ruisseaux de violettes, toutes petites et très parfumées, coulent en une eau sombre dans l'herbe courte autour d'elle. Les amandiers sont en fleur sur toutes les restanques. Plantés en carré et taillés en boule comme les oliviers, de loin ils en ont le gris fané, de près ils sont roses. Les cultures de renoncules et de tulipes mettent de grandes plaques rouges et jaunes sur le dessus des petits murs. Les plantations régulières de narcisses sont toutes blanches de leurs dernières fleurs pour la variété « Fil vert », tandis que les champs de « Gloriosa » sont jaunes et blancs et les « Soleil d'Or », d'un soufre éclatant.

Un lourd parfum engourdissant monte de toutes ces grasses chairs épanouies dès ces journées de février, et se traîne comme un nuage au long de la vallée.

Sur Sylvaine pèse à nouveau cet accablement que lui a apporté un amour démesuré. Elle sent qu'elle porte injustement une charge écrasante. Elle songe à ses joies légères du pensionnat, quand il s'agissait seulement de ne pas trop bavarder en classe pour obtenir la paix du cœur. Elle comprend combien il serait difficile, pour elle, d'expliquer à cette mère qui ne la regarde jamais, à ce père lointain envahi de soucis d'échéances, que son amour pour Ollivier n'est pas un amour de petite fille. « Ah, pense-t-elle, si je pouvais être encore petite ! Que ça a vite passé, trop vite passé. »

Elle reste là, avec cette lassitude qui la cloue au sol. Enfin, elle repousse des deux mains ses lourds cheveux loin de son front, par ce geste qui lui est familier. Elle a toujours trop chaud à la peau, partout. Le soir, elle laisserait volontiers refroidir sa chair délivrée des vêtements avant de passer sa chemise de nuit, si elle n'avait pas si honte de toujours penser à Ollivier quand elle est nue.

Elle se lève et marche vers ce Rond des lauriers où elle a coutume de venir, mais une sorte de peur superstitieuse l'en éloigne, à réfléchir qu'elle a déjà, sous ces ombrages noirs, enseveli de mauvais souvenirs.

Elle descend au long d'un chemin et vient s'asseoir sur une murette, d'où l'on découvre la route, comme si elle espérait par là voir arriver Ollivier.

« C'est à n'y rien comprendre... » Il y a juste quinze jours aujourd'hui qu'elle a vu son ami près du cyprès de l'oratoire et qu'à la fin de leur entrevue, il l'a serrée contre lui à briser leurs corps, en lui disant de cette rauque voix chargée de passion qu'elle croit entendre encore :

« Tu viendras ? A la même heure, ici ? Dis, dis, tu viendras ? »

Tandis que toute tremblante, elle répondait :

« Oui, oui, laisse-moi partir... »

Ah ! pourquoi était-elle partie ? Elle n'aurait jamais dû le quitter. Est-ce qu'on devrait se quitter quand on s'aime comme ça ? On dit toujours : « On va se revoir. A ce soir, à demain. » Et puis des fois, on ne se revoit plus jamais.

Eux, ils avaient dit : « A après-demain. » Et deux jours après, Sylvaine s'était péniblement arrangée pour avoir affaire du côté de la route. Elle avait très vite expliqué à sa mère qu'elle courait chez Rose Venel apprendre un point de tricot. A son habitude, Gabrielle n'avait pas accordé une grande attention à ces paroles, et sachant son père absent, Sylvaine se dépêchait de traverser la cour. Sous le portail, elle s'était heurtée à Resplandin qui rentrait.

— Où vas-tu si vite ? demanda-t-il.

— Chez Rose Venel, dit-elle, et elle ajouta d'une voix enjouée : « Je n'arrive pas à comprendre toute seule le point de l'écharpe qu'elle m'a commencé, alors... »

— Elle n'a qu'à venir te l'expliquer elle-même à la maison, puisqu'elle est payée pour coudre chez nous, dit durement Resplandin. Ce n'est pas à toi de te déranger, tu as assez à faire à la Tannerie et quand tu n'as pas de travail au bureau, tu n'as qu'à rester auprès de ta mère. Allez, rentre !

Il avait pris le bras de Sylvaine et le tenant serré dans ses gros doigts, il l'avait poussée vers la cour.

— Je n'aime pas te voir rouler seule sur les routes, comme ces filles de bal, tu le sais, n'est-ce pas ? Fais attention une autre fois, car si tu te manques, je ne te manquerai pas !

Les gros doigts qui serraient la tendre chair du jeune bras, il semblait à Sylvaine qu'elle les sentait s'enfoncer plus durement encore dans sa poitrine où se débattait un cœur affolé.

Arrivée à la porte, elle était passée devant le grand corps, toute petite et chargée de désespoir. Puis le reste du jour, elle n'avait plus songé qu'à attendre le lendemain pour retourner au bois des Sources. Certainement Ollivier allait revenir.

Et le lendemain, armée d'un courage neuf, elle avait réussi à s'échapper de nouveau, quitte à se faire surprendre. Et sa joie, d'avance, l'avait fait bondir au-devant de son bonheur. Seulement, voilà, Ollivier n'était pas venu.

Elle avait passé encore une nuit fiévreuse à faire et à défaire des projets. Dès son réveil, elle avait écrit une lettre et elle avait demandé à Romain de la lui mettre à la poste. De retour, il lui avait fait signe que c'était fait.

Elle avait attendu la réponse, un jour, deux jours, une semaine et puis elle avait compris que cette réponse ne viendrait plus. Alors, elle avait pleuré sur la vaste poitrine de Romain, retrouvé en cachette, au tournant d'une allée de jardin. Elle avait demandé à ce seul confident accordé par le destin, d'aller réclamer à Ollivier de sa part, cette présence qu'on lui arrachait. Romain avait accepté le message avec son air soumis et quand il était revenu, il avait dit :

— Ollivier n'est plus au Lavandou. Il est parti sans rien dire à personne, on ne sait pas où. Sur la mer, peut-être...

Comme l'eau morte se referme sur la pierre qui en a blessé la surface, la douleur de Sylvaine à croire Ollivier oublieux s'étale dans un grand calme immobile. La jeune fille retrouve son visage d'enfant, elle se remet à jour, elle accorde de nouveau quelque intérêt à la vie telle qu'elle était avant son amour, elle regarde d'autres choses et d'autres gens. Elle écrit à sa tante Théonie qu'elle a tout à fait oublié Ollivier. Elle se dit qu'elle avait mal placé sa confiance et trop facilement accordé son attention à qui ne la méritait pas. Le fils Lauraguais, ce riche papetier de la vallée, avec qui son père a plaisir à envisager un mariage, invité à la table des Resplandin, se montre ébloui de son esprit et de sa beauté. Devant lui, Sylvaine échange avec Romain des regards complices, montrant toutes ses jeunes dents pour de grands rires, qui veulent signifier la victoire de son détachement. Elle, elle croit bien, en effet, qu'elle a oublié Ollivier.

Un jour, soudain sans raison apparente, elle plie sur elle-même et toute sa force est abattue.

Quand un jeune arbre se couvre de fleurs avant la saison des feuilles, le paysan sait bien qu'un mal secret lui mange le cœur. Les éclatants bouquets ne le trompent pas et s'il casse une tige, il trouve dedans une moelle noire qui en est le sang pourri. L'arbre a l'air vivant, mais, vers le moment où ces fleurs devraient devenir des fruits, tout d'un coup, tout entier, il se dessèche.

Une nuit, Sylvaine s'éveille. Une pluie rageuse de mars cingle la campagne depuis trois jours. Le vent chaud d'Italie et le rude labé venu de la mer se disputent l'eau qui s'abat en rafales sur les feuilles tendres des amandiers et les déchiquettent. Sylvaine vient de rêver qu'Ollivier était auprès d'elle et lui tenait la main. Et sa main était encore chaude de l'étreinte quand ses yeux s'ouvrent sur sa solitude. Alors elle comprend qu'elle n'a pas oublié, qu'elle n'oubliera jamais et que c'est fini pour elle d'être heureuse, si elle n'arrive pas à obtenir Ollivier.

Elle se met à se rappeler toutes leurs heures ; Ollivier au Lavandou. Son entrée dans la salle du café en même temps que cette forte odeur des rascasses soufflant dans les algues leur agonie ; les étoiles de mer ondulant sur leurs pointes cassées, le vert délicat et le rose verni des poissons mouillés que les grandes mains du pêcheur, toutes brillantes d'écailles, faisaient miroiter pour elle. Et à cette minute même, ce regard, le premier qui avait enchevêtré leurs yeux comme deux bêtes amoureuses. Ce regard, qui lorsqu'il s'est décroché, les a laissés comme vidés de tout. Puis ce baiser, à la gare, au moment du départ, ce baiser maladroit, rapide, mais si nouveau pour sa bouche innocente de jeune fille qu'il lui avait laissé l'impression d'une marque, que tout le long, dans le train, elle tentait d'effacer avec les doigts. Et puis les lettres, grâce à tante Théonie, les lettres échangeant les paroles naïves qui font la vie, les paroles si vieilles et toujours recréées : « Vous, nous, toi, il n'y a que nous au monde, et c'est pour cela que nous vivons, parce qu'il n'y a que nous. »

Ses souvenirs la ramènent au temps où sa tante Théonie parle à son père pour la première fois. Elle essaie d'expliquer cet amour, sa force et son espoir. Émile Resplandin répond par des rires, des rires d'abord, de la raison ensuite, enfin de la colère. Il crie que Sylvaine n'a que dix-sept ans, qu'elle a toute la vie pour songer à se marier. Et puis ce poissonnier, beau mari pour une fille de directeur : « C'est tout ce qu'elle a su se trouver cette bécasse ? On verra à lui dénicher mieux. Elle est assez belle et bien élevée pour prétendre à autre chose. »

Mais Sylvaine s'obstine, alors tout change : « Elle obéira, voilà tout. Les femmes ont toujours obéi chez les Resplandin, ce n'est pas le caprice d'une enfant trop précoce qui changera les choses. »

Sylvaine pleure, elle écrit à Ollivier la dernière lettre que tante Théonie, avant de partir, jette à la poste : « Monsieur Ollivier Desmichels, Hôtel Laurade, Le Lavandou. » La lettre pleine d'appels, qui disait à Ollivier : « Venez » et Ollivier n'est pas venu. Et Romain Toucas a trouvé Sylvaine glacée dans sa déception et il l'a consolée. Le dimanche suivant, il est allé jusqu'au Lavandou et le lendemain Ollivier a été encore là, contre elle, avec son corps qui la brûlait. Elle a pu croire que tout était redevenu beau dans le monde, puisque Ollivier était là. Il n'y avait plus de raison désormais qu'il n'y soit plus. Le surlendemain, ils se retrouveraient encore sous le cyprès de l'oratoire, ils s'entendraient bien sur la marche à suivre pour se revoir et peut-être trouver le courage d'aborder ses parents malgré la peur d'Ollivier et même celle de Sylvaine, qui sait que son père est fait de cette dure terre de Brujas où les herbes ne sont que des frises sèches, et que sa mère la regardera impassible comme une statue.

Seulement, elle se dit : « Dans trois ans, je serai majeure. Qu'est-ce que c'est, trois ans, avec ce grand amour pour vous tenir chaud ? Il n'y a plus qu'à attendre, voilà tout, ça viendra tout seul. »

Mais il faut qu'Ollivier soit là. Et Ollivier n'a pas écrit, Ollivier est parti sur la mer...

Sylvaine étend ses bras comme des tentacules, pour ramener à elle quelque nourriture dans ce désert, quelque chose à boire, à manger, à vivre, ou alors elle meurt.

Quand on crie bien fort bien fort, dans la nuit délivrée des bruits, le nom de celui qu'on aime, est-ce que ça ne se pourrait pas qu'il entende et qu'il vienne, si loin soit-il ?

« Ollivier ! Ollivier ! »

Le nom crié fait de grands ronds dans l'eau noire de la nuit. Le chien a vaguement entendu quelque chose, il aboie comme en rêve et se rendort. Sylvaine, assise sur son lit, regarde par la fenêtre ouverte sur tout le vent, sur toute la pluie, parce que certainement, Ollivier va venir…

Et le matin arrive. Sylvaine voit un jour pâle éclairer les colonnes d'eau que les vents emportent à droite, puis à gauche et jettent parfois sur le carreau de la chambre. Elle déteste le jour, elle ne voudrait plus se remettre à vivre, parce que maintenant ce sera trop dur s'il faut vivre, toujours vivre sans Ollivier. Rester couchée, comme ça, immobile et silencieuse, est-ce que ce ne serait pas bon ? Oui, mais il faut être mort pour cela… Mourir ce n'est pas une chose facile et ça fait si peur. Alors la vie va recommencer ? Avec cette peine si lourde ? Ce manque de joie ? Avec ces autres qui sont sans cesse autour à vous parler ? Pourtant, Dieu merci, aujourd'hui son père part dès le matin, sa mère est toujours inexistante, peut-être à Romain pourra-t-elle dire quelques mots d'Ollivier ?

Donc, ce jour-là, Sylvaine s'est levée, elle a bu son café, elle a embrassé ses parents comme d'habitude, elle a pris son poste de comptable dans le bureau de la Tannerie. Avant de partir pour la journée, son père lui a dit :

— Vérifie-moi ces factures de Revest, de Toulon. Il y a une grosse erreur, je compte sur toi pour la trouver.

Elle a bien arrangé ses papiers autour d'elle et elle a pointé avec soin les livraisons faites à ce Revest. Avant midi, elle a trouvé l'erreur. Fière d'elle, elle a fredonné quelques notes d'une chanson qui lui plaît. Mais elle s'est arrêtée net, il y a si longtemps qu'elle n'a plus chanté, elle ne reconnaît plus sa voix. Il faudra bien se remettre à chanter. Tout le jour s'est passé ainsi, usé par des travaux auxquels elle s'est intéressée, dans un calme apaisant, comme si une liqueur de chloroforme était descendue dans sa poitrine.

A 6 heures, le soir, juste à la sortie des ateliers, elle a à faire dans la cave aux cuirs. La pièce qu'on appelle ainsi est en effet une grande cave, où on entrepose les peaux, toutes prêtes à être livrées. Elles sont entassées par paquets dans leur raideur où se dessine encore la forme de la bête, avec la découpure des quatre pattes, de la queue et cet effilement vers l'endroit où se trouvait la tête.

Elle y descend, elle compte ce qu'elle était venue compter. Il y a Romain qui charge deux hommes et note sur un carnet.

Ployé sous le fardeau, le second des hommes, avant de monter l'escalier, demande :

— Y faut revenir, Monsieur Toucas, ou c'est fini ?

— Non, c'est fini.

— Parce qu'il est 6 heures.

— Je sais, vous pouvez partir. Je fermerai.

— Tout le monde est déjà parti là-haut, dit Sylvaine. Moi, j'étais intriguée pour cette livraison de Gandolfi, j'ai préféré venir me rendre compte.

Elle s'arrête de parler, elle vient de se souvenir que la dernière fois où elle s'est trouvée seule avec Romain, ç'a été ce jour où elle ne pouvait pas s'arrêter de demander :

— Il n'y a rien ? Il n'y a rien ?

Avec toute cette odeur de peau morte autour d'eux, Romain lui avait dit :

— Il n'y a rien.

Elle a vécu depuis... Comment a-t-elle fait pour vivre ? Comment fera-t-elle pour vivre encore ? Cette fois, elle comprend que ce n'est même plus la peine de demander. Il n'y a rien. Romain le lui aurait déjà dit. Il n'y a rien. Jamais, jamais maintenant, il n'y aura plus rien. Ollivier l'a oubliée.

Les coudes appuyés sur les paquets de cuir, elle tient sa tête dans ses mains et laisse tomber de longues larmes silencieuses, qui coulent lentement sous ses paupières fermées sur les yeux fatigués. Ses doigts tremblants de fièvre s'accrochent les uns aux autres. Elle écoute le sang taper sous ses tempes comme s'il allait jaillir de la peau. Elle est brûlante, elle est glacée, le vertige joue avec sa tête. Il lui semble s'en aller par un glissement de tout son être au long d'une rivière. « La mort ! pense-t-elle, c'est peut-être ça la mort... »

Romain Toucas la regarde pleurer. Il flambe lui aussi et tremble. Elle a oublié qu'il était là et il le comprend bien. Sous la peau mince de ses joues, il sent que ses mâchoires font inconsciemment le geste de serrer. Il écoute sans le vouloir, l'énorme silence que fait autour d'eux la grande Tannerie déserte.

Sylvaine lui tourne un dos accablé, elle ne le voit pas s'avancer. Elle ne sent les bras durs que lorsqu'ils sont contre elle, serrés autour de son corps et que son corps et son visage, retournés par force, se trouvent contre un autre corps, contre un autre visage. Elle n'a plus de résistance.

Une bouche écrase sur la sienne le nom qu'elle crie, étouffé comme un appel venu de dessous la terre :

— Ollivier, Ollivier...

VII

Émile Resplandin a vivement relevé la tête quand sa sœur est entrée dans le bureau. Il l'a regardée au profond des yeux en balayant d'une lourde main les papiers amoncelés sur la table.

— Eh bien ? interroge-t-il.

— Elle ne veut rien avouer, dit Théonie.

Sa voix est tremblante et ses doigts se nouent les uns aux autres.

— Le nom ? dit Resplandin.

— Ni le nom ni rien, elle se tait.

Théonie baisse la tête. Elle sent déferler sur elle une vague de colère qui l'épouvante.

— Écoute, Émile…

Resplandin, en se levant, fait rouler son siège sur le sol, d'un geste de menace :

— J'arriverai bien à la faire parler, moi !

Malgré sa peur, Théonie se met devant lui :

— Émile, tu ne vas pas la frapper ?

— Je me gênerais peut-être ? Tu vois qu'avec tes mômeries de sentiment, tu n'es arrivée à rien. Sa mère pas davantage avec de la raison. A moi, il faudra bien qu'elle parle !

— Émile…

Resplandin a repoussé rudement sa sœur et il est déjà sur le palier.

Théonie est restée debout contre la fenêtre. Sans le regarder, elle voit ce jardin où elle a passé tant d'heures innocentes avec sa petite et au centre, cette tache sombre, ce Rond des lauriers, où elle a reçu les premières confidences de l'amour de Sylvaine. Contre la vitre, elle revit ce qui vient de se passer entre elle et l'enfant têtue, face fermée retrouvée à la place du beau visage en fleur.

Elle se souvient de la tendresse mutuelle, qui avait comblé une part de ce vide de cœur auquel l'égoïsme de la famille l'avait condamnée, elle revoit cette bouche heureuse qui lui avait versé comme une eau ardente la confidence d'un jeune amour. Combien de fois, pendant ce tardif printemps qui égayait à peine de quelques couleurs le gris paysage de Vernon, elle avait pensé à son enfant, aussi solitaire qu'elle-même et ployée sous le fardeau trop lourd d'une passion de femme.

Quand elles s'étaient quittées, Sylvaine avait promis d'écrire. Cependant, au long de ces six mois qui les avaient séparées, Théonie n'avait reçu que trois lettres. La première disait : « Marraine, je viens d'avoir un grand bonheur : j'ai revu Ollivier. Si vous aviez été là, vous l'auriez su en même temps que moi, mais vous êtes si loin ! Et j'ai peur qu'on me trouve en train de vous écrire, ne me répondez pas. Quand reviendrez-vous, marraine ? Votre petite aurait tant besoin que vous soyez là. »

Après, il s'était passé plusieurs semaines sans nouvelles, enfin un jour une autre lettre était venue :

« Marraine, je suis bien contente, je vais vous annoncer une bonne chose. Je suis bien contente, je me suis mise à oublier qui vous savez. Oh ! je n'ai pas eu beaucoup de peine, c'est venu tout seul ! Il n'y a pas bien longtemps, mais je suis sûre que c'est fini et que le mal ne me reprendra plus. Je m'en suis aperçue un matin en me réveillant. Avec ça, il fait beau et mon jardin est fleuri comme tout ! Je suis bien contente. Je suis très jolie, c'est le fils Lauraguais, des Papeteries, qui me l'a dit quand il a dîné chez nous. Papa est de bonne humeur, et moi je vous embrasse comme une folle. Votre petite. »

Théonie se souvient encore à présent avec quelle allégresse elle avait lu ces lignes qui grimpaient à l'assaut de la page comme des cabris sur une colline. En allant faire les courses au pays, elle avait monté d'un pas allègre la Grand-Front qui conduit à l'église. Elle avait prié pour l'enfant, de toute sa vieille ferveur, et elle avait remercié sa sainte préférée : « Vous, qui avez dit qu'après votre mort, vous feriez tomber sur la terre une pluie de roses, bonne sainte Thérèse, épouse de Jésus consumée dans son amour, réservez à ma petite une fleur de votre bouquet et que ce soit la rose blanche de l'oubli. » Elle s'était complu dans cette prière poétique qui l'engourdissait et tous les jours suivants, elle avait voulu aller la redire aux pieds de la sainte. En ce temps, elle avait envoyé à Sylvaine une lettre qui pouvait sembler banale, mais dont toutes deux savaient le sens caché :

« Ma petite, je suis bien contente d'avoir reçu ta lettre. Continue à bien te porter, à être obéissante avec tes parents et à bien soigner ton jardin, puisqu'il te donne tant de jolies fleurs. Je suis heureuse de te savoir heureuse et je t'embrasse bien fort pour te récompenser de m'avoir écrit si gentiment. »

Mais une semaine plus tard, une autre lettre était arrivée, sur un papier sali, froissé, où quatre lignes tombaient tristement vers le bord, comme les coins d'une bouche qui ne sait plus sourire :

« Marraine, mon Dieu marraine, que je suis malheureuse ! Je ne sais plus rien d'Ollivier et ce n'est pas vrai, je n'ai pas oublié, je ne vous ai pas dit ça pour vous mentir dans mon autre lettre, mais parce que j'avais bien cru que c'était vrai. Je n'ai pas de chance, je commençais à être contente, maintenant cette chose m'est retombée dessus et elle pèse si lourd, comme une pierre, que mon cœur en est tout écrasé. »

Théonie avait été bouleversée. Son premier mouvement avait décidé : « J'y vais. » Mais quoi, est-ce qu'elle était libre ? Elle savait bien qu'il fallait surveiller la fenaison de leurs prairies, les lessives interminables de l'été, la coupe du bois à rentrer pour le prochain hiver. Que diraient ses parents, à peine elle arrivait ? Que dirait Émile, elle ne devait revenir à Bellaïgue qu'en septembre ? Enfreindre toutes ces consignes ? Si elle avait eu ce courage, elle aurait eu autrefois celui de défendre son amour et sachant trop sa faiblesse, elle était restée. Ses lettres, sous le voile de l'insouciance, avaient été des appels angoissés : « Sylvaine, pourquoi ne m'écris-tu plus ? J'espère que tu n'es pas malade ? Ton père nous dit que tu te portes bien, mais que tu es un peu pâlotte et que tu tournes à la sauvagerie ? » Rien n'avait répondu. « Ma petite, je suis très peinée de ne plus recevoir de toi ces gentilles lettres auxquelles tu m'avais habituée. Tu es bien paresseuse ? Ton père me dit que tu n'es pas bien portante et qu'il finira par te conduire au docteur, mais quand même, tu pourrais bien m'écrire un petit mot ? Si tu veux que j'aille te soigner, demande-le à ton père et je laisserai tout, pour être auprès de toi. » Un seul écho avait répondu à ces supplications, deux lignes en bas de la lettre d'Émile : « Ma chère marraine, je me porte très bien, je vous embrasse bien affectueusement, Sylvaine. »

Ensuite ç'avait été le silence définitif et puis un matin ce télégramme effrayant : « Viens, ai besoin de toi. Resplandin. »

Elle était venue, affolée par l'image de ce qu'elle craignait de trouver, une enfant malade, à bout de force et de courage, qui lui tendrait les bras. Mais cela avait été pire. Elle avait vu devant elle, après que son frère l'eut emmenée dans son bureau pour lui apprendre les choses, le visage nouveau d'une femme qui l'avait regardée d'un œil indifférent et dont ses pleurs ni ses prières n'avaient pu faire jaillir la vérité.

Alors, ne pouvant arriver à croire que ce cœur ouvert et donnant sa confiance aussi naturellement que le chien vous pose la tête sur les genoux, s'était fermé à elle sans raison, elle en avait cherché la cause tragique, sans parvenir à la trouver.

— Vous étiez si amies ? avait lancé Resplandin avec rancune. Gabrielle le dit : « Ce que la petite a à confier, elle l'avouera plutôt à ta sœur qu'à moi. » D'ailleurs, sa mère dit encore : « Moi, je m'en désintéresse. » Va dans sa chambre, il faut que tu la fasses parler, dans son propre intérêt, tu le comprends ?

Sylvaine avait regardé tristement sa marraine en larmes devant elle et, pendant plus d'une heure, elle n'avait su que répondre :

— Je ne peux rien dire, marraine, je ne dirai rien.

— Même à moi ?

— A vous ? Ô non ! Surtout pas à vous !

Et le geste fou de Sylvaine la rejetait loin d'elle. C'est alors que Théonie avait dû retourner vers son frère et avouer son impuissance.

Et maintenant, tout son cœur se tend vers les bruits venus de derrière la cloison, dans cette chambre où déjà elle a essayé d'interroger Sylvaine.

Soudain un éclat de voix plus fort que les autres, un cri, des sanglots, une colère de tueur... Et Resplandin poussant la porte du bureau, jette Sylvaine sur le sol.

— Sylvaine ! cria Théonie.

Sylvaine s'est relevée seule et, d'un geste mou, elle essuie sa bouche où un filet de sang glisse vers le menton. Ses yeux vides rencontrent ceux de sa tante.

— Marraine..., dit-elle, comme on soupire.

Théonie s'est jetée vers elle, mais Resplandin l'arrête.

— Pas d'histoire, dit-il, si elle saigne ça se guérira, mais si ça pouvait tuer ce qu'elle a dans le ventre, ça serait un grand bonheur.

Sylvaine, debout, tremble de la tête aux pieds.

— Écoute-moi, dit son père, n'aie pas peur, je ne te battrai plus. C'est fini.

Il serre ses gros poings, essaie de prendre un ton calme :

— Seulement, je veux savoir les choses. Je n'ai pas besoin de te redire le vilain de ce que tu as fait, tu le vois.

C'est la première fois que ça arrive chez les Resplandin sans qu'on sache tout de suite que ça peut se réparer. Le plus pressant, puisque ce qui est, personne ne peut l'empêcher, c'est que le mariage suive. Pour ça il faut que tu me le dises le nom de celui... tu comprends ? Le nom ? Il faut me le dire et s'il n'ose pas se déclarer, eh bien, j'irai le trouver, moi, et quand vous serez mariés, tout ça s'oubliera. Ce ne serait pas ce pêcheur, ce... comment il s'appelait, avec qui elle avait fait connaissance chez Gina, au Lavandou ? demande-t-il à sa sœur.

— Non ! crie Sylvaine.

« Elle ne l'a plus vu depuis trop longtemps, pense Théonie, à moins que... non ce n'est pas possible. Comment aurait-elle fait sans l'aide de personne ? Et pourtant ? Mais alors pourquoi n'avoue-t-elle pas à moi, son amie, qui ai protégé son amour. Ah ! qu'est-ce qu'il y a, qu'est-ce qu'il y a de si difficile à comprendre là-dedans ? »

— Elle ne sort jamais seule, dit le père. Même dans la campagne, elle est avec Rose Venel ou Romain, qui sont des personnes d'âge.

— Assieds-toi, dit Théonie, en approchant le fauteuil des jambes de Sylvaine, tu ne tiens plus debout.

— Alors ? reprit Resplandin. Le nom ? Qui est-ce ?

Sylvaine baisse la tête et serre les lèvres meurtries.

— Tu ne veux pas le dire ?

— Non, dit Sylvaine.

— Oh ! crie son père.

De ses deux poings tendus il la menace, puis il dit pour lui-même :

— Je ne peux pas la tuer pourtant !

Il étouffe dans la pièce. Avant l'arrivée de sa sœur, il a fermé l'unique fenêtre, de peur qu'on entende la discussion depuis l'atelier qui est sous le bureau. Les vitres brûlent dans le gros soleil de juillet. Resplandin les repousse d'un large geste et, déboutonnant le col de sa chemise, il offre sa poitrine en sueur à l'air du dehors, puis se penchant en avant, il crie :

— Eh petit ! qu'est-ce que tu fous par là ! Tu ne le sais pas que c'est défendu de passer de ce côté du jardin ?

Il se retourne vers Théonie :

— C'est un apprenti, dit-il, le petit d'Eustache, les autres ont dû l'envoyer pour nous espionner.

Il s'assied lourdement en face de Sylvaine et la regarde de tout son visage ravagé. Il dit d'une voix qui pèse sur les mots :

— Tu comprends, dans ma situation, je ne peux pas supporter des histoires comme ça. Je suis le directeur de la Tannerie de Bellaïgue, c'est quelque chose. Il faut que je sache qui t'a mise enceinte, je te l'ai expliqué, il faut que ça fasse un mariage tout de suite. Après on s'arrangera toujours pour le temps de la naissance. Mais je vois que tu es encore plus têtue que l'âne de Brujas. Le nom, tu t'es dit de ne pas le dire et tu le diras pas. Bon. Alors tu l'écriras. Tu as compris ? Je vais t'enfermer ici. La porte sera fermée à clef, la fenêtre, du dehors je clouerai une barre sur les persiennes. Je t'y laisserai tout le temps qu'il faudra, mais pour écrire le nom, je te jure que tu finiras par l'écrire. Ou alors on te sortira morte. Je pense que je te parle clair et tu le vois, la colère m'a passé. Puisque tu as honte de le dire, ce nom, que depuis quatre mois, tu n'as pas eu honte de nous mentir et de te faire faire des saletés comme une fille des coins de rue, eh bien, ce nom, je te le dis, tu l'écriras ! Voilà du papier, tu as de l'encre, tout ce qu'il te faut.

— Je ne l'écrirai pas, dit Sylvaine.

Elle met vivement son bras replié devant son visage, Resplandin s'est jeté sur elle, elle est tombée contre la table.

— Nom de Dieu !

— Laisse-la, crie Théonie épouvantée, elle l'écrira, pas vrai Sylvaine ? Je te dis qu'elle l'écrira !

Elle se penche pour relever l'enfant.

— Allez ! Dehors ! crie Resplandin.

Et poussant sa sœur sur le palier, il sort en jetant la porte derrière lui.

Sylvaine l'entend fermer à clef les deux serrures. Ses

pas s'éloignent. Un peu après que 6 heures ont sonné et que les ouvriers ont quitté la Tannerie, elle entend qu'on cloue la fenêtre du côté du jardin. Alors, de se sentir seule pour toute la nuit, un grand soulagement se fait en elle. Elle s'allonge à même le sol. La fraîcheur des carreaux est douce à ses membres rompus et à sa chair brûlante. Elle étend ses bras et ses jambes nues, bien à plat, pour profiter partout de ce froid, qui est comme un mouillé d'eau au long de la course enflammée de son sang. Elle se relève seulement sur ses deux coudes, pour repousser ses cheveux poissés par la blessure qu'elle a au front, puis elle repose sa joue contre le sol avec un abandon désespéré et se met à réfléchir.

Pour la première fois, elle pense à ce qui se forme dans son corps, à ce qui est la cause de tant de trouble. La fureur de son père, elle la comprend. Si elle-même avait pu se battre jusqu'à faire sortir d'elle la chose mauvaise, elle l'aurait fait. Mais ce qu'elle ne peut pas comprendre, c'est comment cela est arrivé... Elle croyait qu'il aurait fallu beaucoup plus de contact, de caresses et d'amour, pour faire tout ce qui compose un enfant. C'était donc cela, rien que cela, ce grand mystère dont les femmes parlaient en se cachant et qui faisait la vie ? Pas plus ? Comment deviner, comment se méfier, quand on ne vous a rien appris de ce qui touche à ça ? Les bêtes, on trouve si naturel, on voit le chien, le coq, le pigeon. Les poussins sortent de la coquille, c'est amu sant. Le petit chevreau donne de grands coups dans les tétines de sa mère et le lait lui coule de la bouche. La chatte vous empêche de dormir, les nuits, par ses miaulements, puis, calmée, elle traîne sur toutes les chaises un ventre rond de cantaloup, enfin un jour, il y a toute une grouillée de petits chats dont on noie les trois quarts. Ça, ce sont des bêtes, elles sont toutes nues et elles se montent l'une sur l'autre, n'importe où, au plein du soleil et des regards. Personne ne les disperse et ne leur dit que c'est mal. Au contraire, on prend bien soin qu'il n'y ait pas plus de huit poules par coq, on mène la chèvre au bouc, quand elle agace à force d'appeler dans la prairie, et on frotte le ventre de la jument qui accouche pour lui aider, mais pour les gens elle n'aurait jamais cru que ce soit pareil.

Quand son amie plus âgée, Rose Venel, s'était mariée avec le neveu du maire, après toute la grosse fête de la journée, on avait laissé les époux ensemble, dans leur maison neuve bien arrangée, et comme Sylvaine invitée au mariage avait vu Mme Roussin sangloter sur l'épaule de son mari, elle avait demandé à une autre jeune fille :

— Pourquoi elle pleure comme ça ?

L'autre l'avait entraînée dans un coin et elle lui avait répondu d'un ton de mystère :

— Tu comprends, c'est à cause que sa fille est restée avec son mari.

— Alors ? avait demandé Sylvaine.

— Eh ben, ça lui fait du souci.

— Mais pourquoi ? avait encore demandé Sylvaine. Elle va la revoir demain, puisqu'elles sont voisines ?

— Oui, mais tu comprends, demain... demain, ça sera plus pareil.

— Et pourquoi ? s'était obstinée l'ignorante.

— Mais tu comprends pas ? Rose, ce soir, elle va coucher avec son mari. Alors sa mère pleure.

— Il va lui faire du mal ?

— Pas du mal, que tu es bête ! Du mal enfin... Tais-toi, tiens, tu es trop bête !

Et elle avait serré son amie contre elle en riant d'un rire nerveux.

Toute la nuit suivante Sylvaine avait pensé à ce mal. Depuis, elle avait compris, en voyant Rose Venel, heureuse de promener un petit enfant, que ce mal, c'était en même temps un bien.

Mais elle ? On n'avait pas fait en son honneur une grande journée de joie avec du manger et du boire par-dessus la tête, on ne l'avait pas mise pour toute une nuit dans une belle chambre neuve avec son nouveau mari. Pour elle, cela avait été rapide et douloureux, comme l'arrachement d'une dent, quand le dentiste vous dit :

— Laissez-vous faire, ça ne vous fera pas mal.

Une fois, à Toulon, pour une chose pareille, elle avait mordu le dentiste qui riait. Cette fois aussi, elle avait voulu mordre, se défendre, mais c'était trop tard, elle avait déjà trop cédé d'elle-même, dans la douceur qui noyait sa volonté. Ce qu'elle avait consenti au charme avait entraîné le reste, comme l'herbe qui tombe dans le torrent entraîne tout le talus avec ses arbres et ses rochers. Il aurait fallu qu'elle ait pu résister tout de suite, que les baisers ne soient pas ces fruits pleins de suc et que les paroles amoureuses ne soient pas bonnes à entendre comme la voix du petit vent sur les feuilles lisses de l'été. Il aurait fallu qu'elle sache deviner tout de suite ce qu'on voulait d'elle et pourquoi tant de caresses cherchaient sa bouche et tant de mots chauffaient son oreille d'un souffle de sirocco. Mais c'était bon à sentir, bon à entendre : « Laissez-vous faire, laisse-toi faire... »

Le mal ? Le bien ?

Et voilà à présent ce qui était venu.

Les ruisseaux de larmes se mettent à couler d'elle, à l'angle interne de ses paupières fermées, ils coulent dans son cou et dans ses cheveux, elle les laisse couler. Un morne désespoir remplace sa révolte de n'avoir rien compris à rien, de n'avoir pas auprès d'elle une poitrine compatissante où elle aurait si bien reposé sa tête enfiévrée. Elle se sent brisée d'une lassitude qui appelle la mort, elle voudrait pouvoir rester là, inerte dans cette fraîcheur, ne plus jamais se retrouver dans la vie et surtout, ah ! surtout, ne plus avoir autour d'elle, dans elle, cette menace effrayante !

D'un seul coup elle s'endort sans s'en être rendu compte. Dans son sommeil, elle a froid, elle tire sur ses jambes le tapis élimé qui couvre le centre de la pièce et elle se roule dedans, puis un bruit l'éveille, elle se relève claquant des dents, se demandant combien de temps elle a dormi. La pendulette du bureau marque 5 heures. Des raies de clarté pâle encadrent la fenêtre et sur la lumière projetée au plafond, un mouvement d'ailes glisse en ombre bleue. Elle pense : « C'est Pivolo, mon pigeon blanc. » Le bois de la porte remue. Tante Théonie est derrière et murmure :

— Sylvaine, ma petite...

— Oui ? dit-elle.

— Ma pauvre petite. Mon Dieu, tu es toujours là, tu n'as pas froid ? Et tu n'as rien mangé de tout hier...

Sylvaine ne répond pas.

— Et dis, tu as obéi à ton père ? Dis, Sylvaine, tu l'as écrit, ce nom ?

Sylvaine, immobile derrière la porte, écoute. Un monde d'étoiles tourne dans sa tête et un éblouissement fait virer ses yeux.

La vieille voix tendre passe à travers la porte. Le bois doit se chauffer à la fièvre de cette bouche suppliante.

— Sylvaine, dis Sylvaine ? Réponds-moi, tu ne l'as pas écrit ce nom ?

— Mais oui, crie-t-elle avec colère, il y a au moins deux heures que je l'ai écrit ! Allez dire à mon père qu'il me fasse sortir.

Elle s'approche calmement de la table et ouvrant le grand livre de comptes de la Tannerie, elle lisse de ses paumes les pages blanches. Alors, d'une grande écriture sage, elle écrit au beau milieu :

« Ollivier Desmichels. Hôtel Laurade. Le Lavandou. »

Quand elle repose le porte-plume, il lui semble que deux mains douces ont caressé ses épaules. Elle entend s'éloigner dans la maison sonore le pas de tante Théonie. Elle s'assied devant la table et elle attend qu'on vienne la délivrer.

VIII

Quand elle a eu écrit sur le livre de comptes le nom d'Ollivier, Sylvaine est sortie du bureau sur l'ordre de son père. Elle est retournée dans sa chambre où tante Théonie lui a apporté du café. Elle n'a rien voulu d'autre, malgré les supplications de sa tante qui pense à ce corps en souffrance et en travail.

Elle a demandé à parler à sa mère, mais Gabrielle a répondu qu'elle avait eu assez d'embêtements comme ça avec elle et qu'elle ne voulait plus la voir.

Un peu après, son père est venu la trouver et lui a dit

— Alors, c'est lui ?

— Oui.

— Bon. Tu vas mettre dans une valise ton nécessaire pour plusieurs mois. Tu partiras avec ta tante qui retourne à Vernon. Tu te marieras là-bas, ça embrouillera les dates pour les gens d'ici. De toute manière, je ne veux pas que ton ventre me fasse la moquerie de la vallée. Si ce garçon dont tu as écrit le nom accepte de te prendre, tu seras sa femme quoiqu'il me plaise guère. Si ce n'est pas lui, ce sera un autre. J'arrangerai ça pour que ça tienne, mais quand tu reviendras à Bellaïgue, ton enfant sur les bras, il y aura un homme qui marchera à côté de toi et qui obligera les voisins à te saluer. Tu as compris ?

— Oui, a dit Sylvaine.

Tout ce qu'elle a entendu, c'est qu'on va lui chercher Ollivier. Elle en a été épouvantée. Elle a écrit ce nom sur le livre, parce qu'il fallait qu'elle en écrive un pour se délivrer et puis parce que le vrai, comment aurait-elle osé l'avouer ? Et puis encore parce qu'elle aurait tant voulu que ce soit d'Ollivier Desmichels, vraiment, ce nom qu'elle ait eu à écrire... Mais voir Ollivier devant elle, devant son mensonge, ça c'est impossible. Et elle qui a été si résistante jusqu'à présent, elle a pâli, elle est tombée à la renverse dans les bras de sa tante et quand elle a retrouvé la vie, ç'a été pour crier :

— Je veux partir. Partir, partir tout de suite !

— Oui, ma fille, oui ma fille, a gémi Théonie qui ne comprend plus rien.

Elle est partie. Elle a vécu des semaines sans rien regarder autour d'elle, maintenant elle se voit dans la chambre d'une maison grise de l'Ardèche. Ici, l'été est presque fini. Son été du Var est perdu pour elle avec ce chaud parfum des thyms bouillant doucement dans le soleil sur les collines, pendant que de l'autre côté du Gapeau, dans les prés baignés par la rivière, les boutons d'or mettent leurs houppes de fraîcheur.

Dès son arrivée ici, elle s'est assise sur cette basse chaise de prière, devant la fenêtre qui lui livre un paysage de toits d'ardoises, coupé par les vols aigus des martinets. Elle mange peu, elle dort à peine, elle ne parle presque pas. Son père et sa tante échangent des lettres, ou plutôt sa tante reçoit de son père des ordres qu'elle dicte à Sylvaine, qui les exécute sans discuter. Le souci l'a rendue sauvage, elle ne consent à sortir avec sa tante que le soir dans le jardin, où la bonne roule les fauteuils des vieux parents qui la regardent d'un air effrayé.

Cet horizon devant lequel elle mûrit un fruit détesté, Sylvaine à peine lui accorde un regard, depuis ces quatre mois de son arrivée dans la maison où son père est né. Elle préfère encore rester dans cette petite chambre qui a été celle d'Émile et qui ne lui a jamais paru aussi triste que ce soir. Sur la cheminée, une pendule dédorée représente une chèvre escaladant un rocher, autour d'un cadran qui n'a plus ni verre ni aiguilles. Deux vases ronds, de brique rouge, encadrent cette morte. Dans l'un, une fleur artificielle d'un mauve sale penche la tête au bout de sa tige. Elle semble s'être desséchée à force de regarder ainsi du haut du donjon si personne ne venait la délivrer. Dans l'autre tour-prends-garde, l'autre rose est plus vivante, elle lève une rondeur de chou, sur un fil raide où ont poussé trois feuilles de papier vert. Au-dessus, le marbre gris est un champ où rien ne germe que des taches et le grand lac penché du miroir s'emplit du morne reflet de ces choses.

Sylvaine a entre les doigts une lettre, la première que son père vient de lui adresser directement. Émile Resplandin prévient sa fille qu'il a écrit à ce Desmichels, qu'il a cherché à le voir sans y parvenir, que ce garçon doit être parti sur la mer et que d'ailleurs, ayant pris des renseignements, il a su qu'il vivait depuis longtemps avec une maîtresse. Que, donc, il ne fallait compter sur lui en aucune manière, que c'était pourquoi il avait décidé de donner à Sylvaine un mari avec lequel elle puisse rentrer à Bellaïgue où il leur offrirait une situation dans la Tannerie.

Sylvaine laisse tomber le papier sur ses genoux. Tante Théonie qui a eu aussi sa lettre est entrée sur la pointe des pieds comme chez une agonisante.

— Qui est-ce ? dit Sylvaine.

— C'est le fils Granville.

Tante Théonie baisse la tête.

Sylvaine a demandé :

— Il viendra quand ?

— Dimanche, dit tante Théonie. Ton père arrivera le samedi soir.

Ce Constant Granville, Sylvaine l'a vu autrefois. C'est un garçon du pays, le septième enfant d'une grande famille de filateurs ruinés. Il consent, paraît-il, contre une rente faite à sa mère infirme et à ses sœurs, à passer aux yeux de tous pour le père du petit. A Bellaïgue, on dira que le mariage s'est fait à Vernon et que les jeunes époux viendront plus tard à la Tannerie, où une place de sous-directeur attend Constant.

Et les jours maintenant, un par un, réalisent ces projets.

D'abord Resplandin est venu, Sylvaine a revu les poings durs qui s'étaient abattus, quelque temps avant, sur sa tête et les yeux sans pitié qui avaient fouillé les siens. Il a parlé et à tout, elle a répondu : « Oui. » Parce que maintenant tout lui est bien égal. Ollivier est perdu à tout jamais, alors le reste, qu'est-ce que ça peut bien lui faire ?

— Tu as compris, tu mettras ta robe habillée et tu te coifferas un peu mieux ?

— Oui, père.

— Et tu me feras le plaisir d'être plus aimable. N'oublie pas que c'est lui qui te fait une grâce, cet homme, de te prendre dans l'état où tu t'es mise !

— Oui, père.

— Et ne viens jamais te plaindre après. Heureuse ou pas heureuse, tu n'auras qu'à t'en prendre à toi. Tu as compris ?

— Oui, père, Sylvaine a dit encore.

Et le dimanche, sa tante introduit Constant Granville. C'est un maigre garçon de trente ans, à la poitrine creuse et aux yeux sans lumière. Il salue en rougissant et tend à Sylvaine une main molle qui se fond en moiteur. On croirait que c'est lui le fautif. A le voir si timide, elle lui fait un sourire de bon accueil, se disant en dedans : « Ce n'est pas encore celui-là qui m'empêchera de penser à Ollivier. »

Son enfant commence à remuer dans ses flancs, mais aucun instinct maternel ne s'éveille en elle. S'il n'avait pas été si tard, elle aurait tenté de se faire avorter. Elle a appris que des femmes le font avec des herbes ou des aiguilles. Mais elle ne veut demander le secours de personne. Elle ne peut pas arriver à s'imaginer ce que sera sa vie au retour à Bellaïgue, dans cette partie de maison que Resplandin leur aménage, avec cet homme qu'on la force à épouser et cet enfant dont un autre homme l'a chargée.

Cependant le mariage a lieu et Constant habite maintenant la maison des vieux Resplandin, il a touché l'argent, il couche avec Sylvaine. Elle, souffrant toutes les nuits d'insomnies nerveuses, s'allonge sur la chaise longue du cabinet de toilette et le matin, quand Constant part à la filature, dont il achève de régler la faillite, elle pousse un grand soupir de bien-être et revient se blottir dans le lit déserté.

D'ailleurs, il ne touche jamais à ce corps engrossé par un autre et qui lui répugne.

L'enfant vient au monde à la fin novembre. Sylvaine souffre, mais ne crie guère. Elle a des douleurs pendant deux jours sans presque se plaindre et quand elle demande de l'aide, il est trop tard. Tandis que la pauvre Théonie la soutient en pleurant toutes ses larmes et que Constant court chercher l'accoucheur au bout du pont de Rosière, Sylvaine marchant sans arrêt dans le couloir glacé, en tenant son ventre à deux mains, sent couler d'elle, en même temps que le sang qui la souille, un corps d'enfant dont elle voit une jambe contre sa cuisse.

— Couche-toi, couche-toi, supplie sa tante.

— Non, dit-elle, non...

Pourtant, elle se sent mourir.

Enfin elle tombe sur le lit et dans un grand déchirement de chair, son enfant sort d'elle.

— C'est un garçon, dit Tante Théonie.

Le docteur arrive, montant quatre à quatre l'escalier de la vieille maison. Il s'approche du lit :

— Nom de nom, dit-il, vous avez bien attendu !

Il fait ce qu'il faut faire et Sylvaine d'un coup se trouve seule.

Le docteur a emporté le nouveau-né dans la cuisine, il a ôté sa veste et retroussé ses manches, il réclame de l'eau bouillante et de l'alcool dans de grandes bassines, il frappe à larges gifles la chair de l'enfant, toute marbrée de plaques violettes.

— Qu'est-ce qu'il a ? demande tante Théonie, toujours tremblante.

— Asphyxie, dit le docteur, il est resté trop longtemps au passage et comme avec ça, c'est un siège décomplété, il fait de la cyanose ; je ne sais pas si nous le sauverons.

Il malaxe deux heures ce pauvre petit corps livide, le mettant la tête en bas et frappant sur les pieds. Constant, sans rien dire, regarde ce misérable germe humain qui n'a même pas la force de pousser un cri. Il retourne vers Sylvaine, qui demeure épuisée dans ses salissures, au creux de son lit de misère, il lui passe doucement les doigts sur le front, pour relever les épais cheveux que la sueur a collés. Elle met d'elle-même sa main sur celle de son mari :

— Vous êtes bon, dit-elle.

Il a un sourire triste.

— Dormez, il vous faut du repos, à présent.

Quand elle se réveille, on lui dit que son enfant est mort.

Elle pleure sur la mauvaise destinée de ce petit, mais elle ne peut empêcher une voix impitoyable de murmurer en elle :

« C'est mieux comme ça pour tous, même pour lui. »

Et la vie recommence, puisque la vie finit toujours par recommencer.

L'automne est arrivé, Sylvaine marche lentement dans ses forêts ardéchoises, dont les vallons sont jonchés de coques épineuses, vidées de leurs châtaignes. « Que d'épines pour si peu de fruits... » se dit Sylvaine et elle se dit encore : « Vidées, comme mon corps, comme mon cœur, vidées à tout jamais et pourrissantes. » Elle glisse, ombre amincie, parmi ce paysage de rudesse qui lui fait peur. Bientôt, elle va quitter cette terre sauvage, où debout entre les gros arbres tordus et creusés par la foudre, des roches semblent d'autres arbres maudits, pétrifiés par de méchantes fées. Elle va redescendre au long de cette vallée du Rhône, où le fleuve coulait sur sa géographie d'école comme une veine de sang bleu. Elle va revoir la maison de Bellaïgue, les quatre pentes roses de ce toit en tuiles rondes si différentes des ardoises d'ici. Et déjà elle a peur des rêves assassinés, dont elle va, sous ce toit, retrouver les cadavres.

Au retour de sa promenade, un soir, elle voit Constant s'avancer avec un visage figé. Une lettre est arrivée qui dit que Gabrielle a pris froid, en restant trop tard à la tombée du jour, sous le gros tilleul de la terrasse. Une autre lettre, trois jours après, dit que le mal a empiré et que Gabrielle est très bas. Un télégramme presque en même temps que la lettre dit qu'elle est morte.

— Votre mère ! il faut y aller, dit Constant.

— Ah ? dit Sylvaine, qui tient dans ses mains le papier bleu.

— Pauvre Émile ! dit Théonie.

Constant et Sylvaine vont partir tout de suite pour Bellaïgue. Théonie regarde celle qu'elle appelle toujours sa petite. Elle voit bien que Sylvaine va remporter avec elle la grosse tristesse qu'elle a apportée ici et, se souvenant de sa jeunesse gâchée, elle pense que pour les femmes, le bonheur, ce n'est pas facile.

IX

Ce matin où Émile Resplandin a laissé sortir sa fille du bureau, après avoir jeté un regard qui lui a fait lire au beau milieu du grand livre le nom d'Ollivier Desmichels, il a plié la page dans sa longueur, en laissant une marge du côté du brochage. Il a détaché cette page en la coupant soigneusement avec son couteau de poche, il l'a pliée en quatre et il l'a mise sous enveloppe. Ensuite, sur le ruban de papier blanc laissé au livre, il a écrit : « Page détruite par erreur et il a signé : « Le Directeur, Émile Resplandin. » Puis il a refermé le grand livre et l'a remis à sa place, dans le casier fait pour lui.

Renversé sur son fauteuil, il a réfléchi. D'abord, il faut éloigner Sylvaine de la Tannerie. Déjà il n'est pas très aimé à Bellaïgue. Il est un étranger, venu de cette lointaine Ardèche, si différente du Var. La cousine Léonie est rancunière et les Resplandin de Cuers ne lui ont pas fait une bonne presse. D'autre part, Gabrielle est une sèche et une orgueilleuse. Depuis qu'elle est dame de directeur, elle ne salue pas tout le monde et les gens qui l'ont connue petite, coureuse de bals avec sa sœur Gina, lui pardonnent mal sa prétention.

Son histoire avec Sylvain Delacroze, Resplandin l'a apprise un samedi de paye, où un ouvrier congédié lui a jeté au visage qu'il n'avait eu que les restes du château de Fontvert. Romain Toucas était là, il a fait comme s'il n'avait pas compris, il a dit à l'ouvrier : « Tu es saoul ? » et il l'a poussé dehors.

Ce Romain, oui, c'est un bon homme. Quoique depuis quelque temps, il semble un peu se déranger ? Il faut toujours lui courir après d'atelier en atelier et quand Resplandin entre d'un côté, il fiche le camp de l'autre. Pourtant, il a ses gros cinquante-cinq ans celui-là, ce ne sont pas les amourettes qui doivent le troubler... Il a été marié dans le temps, sa femme l'a lâché, ça l'a dégoûté de toutes les autres, il a bien raison. « Les femmes, pense encore Resplandin, ça ne sert qu'à vous donner des embêtements. » Il savait bien ce qu'il faisait, tout petit chez son oncle, quand il répondait qu'il aimait bien mieux embrasser le cul de la chèvre. Les femmes ? Une plaie. Si on leur laisse la bride sur le cou, comme les Laurade ont fait pour Gabrielle et pour Gina, le résultat est beau ! Gina est allée comme une chatte chaude avec qui a voulu d'elle. Ce voyou de Toulon qui a cru faire une affaire en l'épousant s'en est vite mordu les doigts et il l'a laissé en plan avec son hôtel. Un vieux riche lui a aidé ensuite, mais là encore, elle a couchaillé avec tous les clients, l'hôtel ne marche guère, bon ! Gabrielle, elle s'est contentée de le faire cocu avant la mairie et depuis, de lui présenter une tête sinistre tout le reste de leur vie. La première passion contentée à même l'herbe sous les cerisiers a été vite éteinte. Maintenant, combien il y a qu'elle ne l'a plus seulement regardé en tant qu'homme ? D'ailleurs, lui aussi, il a autre chose à penser, mais c'est pour dire, les femmes...

Théonie, c'est par sa douceur qu'elle vous embête ! Elle, au contraire des filles Laurade, on l'a tenue serrée. Elle a préféré ne pas se marier du tout que de ne pas prendre celui qu'on lui a refusé. A son aise ! Elle n'en est pas plus malheureuse pour ça, quoiqu'elle veuille le faire croire avec son air de martyre. Elle a trop d'imagination.

Resplandin comprend qu'il a peut-être eu tort de la laisser si souvent avec Sylvaine, elles ont dû se gargariser à parler d'amour toutes les deux, de ce genre de grand amour qui dure toute la vie, comme si ça existait ? Celle-là alors, Sylvaine, c'est la pire de toutes. Elle les a bien trompés et au lieu de penser à toutes ces femelles en chasse, il ferait mieux de réfléchir au moyen d'arranger cette histoire.

Quand sa femme, par la blanchisseuse, s'était rendu compte de ce qui était arrivé, il ne pouvait pas le croire, et encore aujourd'hui il en reste stupéfait. Faut-il que les filles soient enragées ! Une petite qu'on avait tenue en pension jusqu'à quinze ans et qu'ensuite, on ne laissait courir ni aux bals ni aux fêtes ? Il avait fallu qu'elle aille chez cette tante du diable pour connaître ce garçon. Celui-là, qui devait en avoir assez de pêcher la rascasse et de tirer le borjin, il avait trouvé le moyen de bien se placer. Pas couillon, le petit : « La fille est d'une grosse maison, le père a une place en vue, il préférera casquer que d'avoir le déshonneur sur la tête. » On fait un enfant à la petite et le tour est joué. Oui, mais il y a Resplandin, et il est de l'Ardèche, Resplandin, on n'aura pas sa fille comme ça ! Son calcul, au pescadou, il lui retombera sur le nez comme une grosse merde. Ni l'argent ni l'enfant, il n'aura rien ! Il a eu la fleur, il se la collera sur l'estomac en cataplasme, pour le reste de sa vie, ça lui tiendra chaud...

La colère qui monte fait suffoquer l'homme. Il ouvre l'enveloppe, il relit le nom et l'adresse. Il va lui écrire tout de suite pour lui dire de venir le voir. Celui-là arrivera tout fier, la bouche en derrière de poule, mais Resplandin sait ce qu'il va lui dire. Il a son idée, il en fera une gueule, le salaud ! Et puis il le foutra à la porte avec un coup de pied au cul. Et il l'enverra mettre ses filets à prendre les bogues... Les bogues, oui, ça se prend facilement, mais l'Ardéchois, c'est plus malin, ça casse les mailles et ça passe à travers !

Il se met au bureau et il écrit :

« Monsieur Ollivier Desmichels, Hôtel Laurade, Le Lavandou.

« Monsieur, j'ai besoin de vous voir pour quelque chose, vous devez vous douter de ce que c'est, venez à la Tannerie le plus tôt que vous pourrez, montez directement à mon bureau, j'y suis toujours. Resplandin, de Bellaïgue. »

Il appelle Romain Toucas qui est dans l'escalier.

— Tiens, Romain, fais-moi porter ça à la poste tout de suite.

Le contremaître lit l'adresse, sa grosse main en prend un tremblement, mais il est obligé de donner tout de suite l'enveloppe à un apprenti.

— Eh ! petit, mets ça à la poste.

La lettre est partie.

— Tu peux redescendre, dit Resplandin à Romain Toucas.

Il a besoin d'être seul pour bien réfléchir.

« Voilà :

« D'abord, il faut faire partir Sylvaine avec sa tante pour Vernon. Ça fera deux pleurnicheuses de moins et personne ne pourra se rendre compte des mois de grossesse. Et puis, il faut lui trouver un mari, le plus tôt possible, et que la noce se fasse au loin. Quand Sylvaine reviendra à Bellaïgue avec son enfant et son mari, personne n'osera rien dire et on pourra être un peu tranquille. »

Il est content de lui et de ses combinaisons. Il ne sait pas que la vie en a fait d'autres.

Cinq jours après, il entre dans ce même bureau, le matin comme d'habitude. Sylvaine est arrivée à Vernon depuis la veille. Si Ollivier Desmichels ne vient pas aujourd'hui, il viendra demain au plus tard. Le temps d'avoir reçu la lettre, celui-là sûrement va se précipiter.

Resplandin s'approche de sa table où tout le courrier est intact. Une enveloppe grise couvre les autres : « Monsieur Émile Resplandin (Personnelle). » C'est l'écriture de Romain. Qu'est-ce que ça veut dire ? Ils se sont vus hier au soir au dîner et le contremaître ne lui a pas dit qu'il comptait s'absenter. Par exemple...

D'un coup de pouce il fend l'enveloppe. Il lit. Il va à la fenêtre et il jette les contrevents sur le mur. Il s'étouffe, comme toujours quand la colère lui monte. Il mourra d'une attaque. Il a reçu comme un coup de bâton sur la tête et le sang a pissé dans ses yeux. Il n'y voit plus, il s'attrape des deux mains à la table parce que tout tourne. Cette lettre... C'est pas vrai... Pourtant elle est là, tout ouverte, sur les autres qui doivent parler de vente et d'achat de cuir. Elle n'a que deux lignes qui s'aiguisent l'une après l'autre comme les couteaux de Mazaugues, quand il est venu tuer le chevreau. Les yeux de Resplandin tournent. Les yeux du chevreau tournaient, après qu'on lui a eu enfoncé la lame dans la gorge. Qui sait ce qu'il regardait, la campagne, l'herbe ou sa mère pleine de lait ? Resplandin regarde la lettre. Même s'il ne veut pas la regarder, il faut bien qu'il la voie. Elle est grande, grosse, à remplir toute la pièce. Les deux lignes... Elles sont écrites partout, au plafond, sur le carreau, le long des murs. Elles se donnent la main, elles dansent, elles crient.

Les yeux fermés, les oreilles bouchées, on les voit, on les entend, elles vous rentrent partout. Deux lignes : « Je vous demande bien pardon. Je suis parti parce que c'est moi le père de l'enfant. Je vais me tuer. Romain. »

Pendant que Resplandin tombe, jeté à terre par l'attaque du mal soudain qui lui a bondi dessus, la lettre s'échappe de ses mains inertes, plane autour de lui gracieusement, hésite une seconde devant l'appel d'air frais de la fenêtre et puis se pose sur le corps étendu, morte comme une feuille d'hiver

Cela, Sylvaine ne devait le connaître que très longtemps après. Quand elle revient à Bellaïgue six mois plus tard, elle retrouve son père vieilli et plus que jamais séparé d'elle par une muraille de pierre. Elle revient avec son corps mince dont l'enfant est tombé et ce mari qu'elle ne s'est pas choisi.

Comme Resplandin l'a voulu, un homme marche auprès d'elle et fait que les gens la saluent du nom de Madame Granville. On sait qu'il a été le père et que l'enfant est mort, mais maintenant Constant veut être le mari, l'amant, l'homme, auprès d'une femme dont il a envie.

Cela avait commencé à Vernon, quand après la mort de son fils, Sylvaine passait tristement ses nuits d'insomnie à attendre quatre lignes claires découpant la fenêtre, annonciatrices du jour. Cette grande fenêtre large et haute, toujours traversée l'été par le vol des martinets, elle s'y était penchée autrefois, enfant sans souci, pour rire à sa tante qui l'appelait du jardin. Et de ce jardin, alors, montait vers elle l'odeur mouillée des roses grasses, des dahlias à têtes lourdes, des canas « oiseaux de feu », orgueil de ce parterre ombragé, qui au temps de ses vacances était pour elle chargé d'un attrait mystérieux. Elle aimait tante Théonie, elle aimait Vernon, elle aimait cette Ardèche rude où une rivière puissante roulait des eaux lourdes, si différentes de son Gapeau transparent. On lui a raconté que toute petite, à chaque séjour que sa tante faisait dans le Var, elle pleurait pendant une heure après les adieux et plus tard, vers ses douze ans, elle se souvenait qu'une nuit avant le retour à Bellaïgue, elle avait veillé, sauvagement enfoncée dans cette idée : « Je ne partirai pas, je me jetterai de la diligence. Avant le pont de Rosière, je me jetterai, il faudra bien qu'on me ramène... », et elle avait cru sentir d'avance sur tout son corps déchiré par la chute, les mains douces de sa tante Théonie.

Cette fois elle était partie sans regret, elle n'avait pas eu envie de se jeter sur la route pour rester à Vernon. Vernon, le beau jardin, son souvenir et celui de sa tante, on lui avait tout gâté en l'emmenant ici avec ce corps où un enfant qu'elle n'avait pas voulu se formait.

Cet amant qu'elle n'avait pas voulu...

Ce mari qu'elle n'avait pas voulu...

Cet enfant qu'elle n'avait pas voulu...

Ce serait donc cela sa vie ?

Pourquoi s'était-elle donnée ? Personne d'autre que la voix de pitié de sa tante n'avait osé le lui demander et elle n'avait pas répondu. Jamais. Ne jamais répondre, ne jamais plus en parler. Faire cet enfant puisqu'il fallait le faire, comme on rend une purge parce qu'on vous la fait boire, mais expliquer ? Non. Non, ne jamais expliquer !

Mais maintenant qu'elle a fait tout ce que les autres ont exigé, maintenant que sa vie est une terre écroulée où le mauvais est par-dessus le bon, « … ah ! maintenant, qu'on me laisse tranquille dans mes décombres, c'est tout ce que je demande ! »

Cette nuit de l'Ardèche où le jeune homme triste qui lui a vendu son nom est entré dans sa chambre, elle ne pourra jamais l'oublier. Elle voit encore bouger dans le gris de la pièce le bouton de porte qu'une main fiévreuse fait tourner, elle entend les mots pauvres, avec lesquels il a tenté de lui expliquer qu'il ne pouvait pas dormir parce qu'il la sentait trop proche et elle revit ce dédain qui l'emplissait, bousculé tout à coup par sa peur de le voir se jeter sur elle, repousser les draps et tenter de la saisir nue et froide, dans ce lit solitaire que n'a pas chauffé l'amour.

C'était elle à la fin qui, lasse de lutter contre un contact qui l'effrayait, s'était enfuie dans la lingerie voisine, où elle avait entendu le bruit que font des pas qui s'en vont, au long du grand couloir dallé.

A table, le lendemain, vers Constant qui ne dit pas une parole, vers Sylvaine qui a les yeux fermés de la nuit sans repos, tante Théonie lève son bon regard qui cherche à deviner pour consoler.

Le jour suivant, c'est le télégramme des Resplandin qui suit les lettres parlant de la maladie de Gabrielle : « Mère défunte. » Ils partent, Sylvaine pleure, ce n'est pas parce que sa mère est morte, ce n'est pas parce qu'elle quitte Vernon et tante Théonie, c'est parce qu'elle va revoir Bellaïgue, la Tannerie, son père. Elle n'aime plus Vernon, elle n'aime plus Bellaïgue, elle ne s'aime plus elle-même, elle n'aime plus rien que l'envie de mourir.

« Ollivier. Toute la vie maintenant sans Ollivier ? »

Gabrielle est dans le cercueil quand Sylvaine arrive à Bellaïgue. Tout est resté pareil. Le chauffeur de l'autobus a dit :

— Votre pauvre mère, c'est un gros malheur !

Et tout de suite après, pour lui faire plaisir :

— Alors, on vous dit Madame Granville à présent ?

Pour entrer dans la maison, il faut toujours faire attention aux basses branches du tilleul qui cherchent à vous passer sur la figure leurs petits doigts porteurs de fleurs blondes.

Gabrielle a gardé dans la mort la bouche fermée sur ce qui fut son goût et son dégoût de vivre. Comme quand elle était vivante, elle ne regarde pas entrer sa fille dans la chambre et Sylvaine fait seulement semblant d'effleurer la joue froide. Qu'y a-t-il entre cette morte et elle, qui puisse faire couler ses larmes ? On ne pleure bien que sur soi et rien de Sylvaine ne s'est mélangé à ce qui fut Gabrielle.

Émile Resplandin a les yeux gonflés d'avoir veillé trois nuits la malade. Il la regarde, devenue cette immobilité détachée de lui. « C'est quelque chose, perdre sa femme, il se dit. Me voilà tout seul après vingt ans de vie commune. C'est bon dans un sens que Sylvaine soit là avec Granville. Si elle avait épousé son pêcheur, elle habiterait les bords de la mer. Comme ça, elle me soignera. Le docteur me l'a dit hier : « Une attaque peut vous surprendre, ne restez jamais seul. » Je donnerai à Sylvaine la grande chambre contre la mienne, la nuit en tous les cas, je n'aurai qu'à l'appeler. Constant prendra l'emploi de ce sale Romain à la Tannerie. Je le lui ai gardé. Là aussi, je serai aidé. Je le connais, de tout petit c'était un garçon timide et obéissant. Une fois au courant de tout, ça marchera. Sylvaine se remettra un peu aux écritures. Ils ont l'air bien d'accord tous les deux, ça fera un bon ménage malgré que ça soit mal parti. Il peut venir un autre enfant que cette fois on aimera. Je ne serai peut-être pas trop malheureux. »

Sylvaine prend la place de sa mère. Elle transporte ses objets de sa chambre de jeune fille à celle que son père lui a fait préparer pour y être avec son mari. En rangeant ses robes dans la penderie, elle se dit : « Mais pourquoi j'installe tout ça ? Je ne peux pas rester cependant.

Qu'est-ce que je fais ici ? C'est moi, c'est Sylvaine, cette longue fille triste, qui pend ses robes dans ce placard ? Une fille ? Pas même. Une fille, au moins elle est encore libre de son corps. Moi je l'ai donné, je l'ai vendu, par deux fois je l'ai abandonné à des gens que je n'aimais pas. Pour ce qu'il appelait l'amour et pour lui peut-être c'était l'amour, je l'ai prêté à Romain et il en a fait ce qu'il a voulu dans cette cave aux cuirs où j'allais chercher mon désir d'Ollivier, ses baisers, sa chair, où je croyais que c'était Ollivier qui me prenait... »

Sylvaine pousse un cri sourd en dedans de sa poitrine. De ce couteau enfoncé en elle, jamais elle ne se débarrassera ! Ollivier. Ses pensées le lui ont rendu au jour du rendez-vous sous le cyprès de l'oratoire et quand il disait :

— Tu es venue pour ça ! tu es venue que pour ça ?

La bouche d'Ollivier gonflée de désir, froide de désir contre la sienne, la bouche avide de Romain, la bouche fiévreuse de Constant. Celui-là, elle savait bien que si elle restait, une nuit ou l'autre, il faudrait arriver à lui céder, sinon ce serait la guerre et elle était trop lasse pour l'accepter. « Si elle restait... » Mais où aller ? Elle aurait voulu un pays neuf, des gens inconnus autour d'elle. S'en aller loin, rêve de tous les blessés de la vie. Mais où ? Mais avec quoi ? Avec quel courage ? Avec quel argent ? De l'argent, elle n'en avait jamais manqué, elle n'en avait jamais eu. Il passait au-dessus de sa tête, comme dans ces histoires de magiciens, où les sacs d'or ont des ailes. Enfant, elle ne payait nulle part. Elle était Mademoiselle Resplandin, on la connaissait, elle disait : « Maman passera », ou bien : « Faites encaisser au bureau. » En partant pour Vernon, c'était sa tante Théonie qui avait tenu l'argent du voyage, au retour ç'avait été Constant. Il avait reçu la somme contre laquelle elle s'appelait Mme Granville et son père, elle le savait, leur servirait une rente en échange de leur travail à la Tannerie.

Elle-même, comme cet argent, elle était passée de main en main depuis sa naissance, ses parents, son mari ;

maintenant son père et son mari réunis. Et elle ? Jamais elle ? Jamais se commander, s'appartenir, faire ce que l'on veut de soi ? Mais quoi ? Qu'en faire ? Son père, sans qu'elle demande rien, lui a dit cette nuit, devant le cercueil de sa mère morte, alors qu'ils veillaient seuls :

— Je suis content de te voir d'accord avec ton mari, Sylvaine. Ça aurait pu finir plus mal pour toi après ta grosse bêtise. Romain Toucas, quand il m'a envoyé cette lettre qui m'a jeté par terre, parce que je n'aurais jamais pu croire ce qu'elle disait, le bruit a couru qu'il s'était noyé. Tant mieux si c'est vrai ! Ça m'a évité d'avoir à lui casser la figure. Et ton pêcheur... Écoute, j'aime mieux te le dire, quoique je pense que tu ne devais guère l'aimer pour avoir fait cette chose avec Romain ? Eh bien, ton pêcheur, je lui ai écrit et il ne m'a même pas répondu. Je lui ai dit de venir me voir et il n'est jamais venu. Et mieux que ça, maintenant que tu es femme, je peux te dire la vérité, il paraît qu'il avait des relations avec ta tante Gina, avant qu'elle mette les clefs sous la porte pour ficher le camp avec son type d'aujourd'hui. Alors tu vois ?

Sylvaine pense à ce jour où son père lui avait donné une ratière emplie de rats à noyer. Des souris avaient envahi le bureau et on avait posé le piège bien appâté. Au matin, la cage de grillage était pleine.

— Va tremper ça dans le bassin, avait dit son père.

Dans le bassin, au froid de l'eau, les bêtes s'étaient affolées et elles avaient toutes voulu remonter au-dessus. Alors Sylvaine avait pensé : « Mon Dieu, mais je les fais souffrir, je les noie ! Jamais je ne pourrai... » Elle avait reporté la ratière au bureau et elle avait dit : « Faites-le faire par quelqu'un d'autre, moi je ne peux pas. » Tous les hommes avaient ri et Romain Toucas avait emporté la ratière dans la cour. Là, il l'avait arrosée de pétrole et avec son briquet, il avait mis le feu. Une grande fumée lourde avait roulé dans l'air et on avait entendu des cris aigus. Quelques secondes ç'avait été un grouillement de petits corps cherchant à échapper au supplice, puis tout s'était tu et Toucas avait jeté au tas d'ordures les rats grillés. L'un d'eux était tombé en route sur le sol et on avait pu voir ses yeux éclatés, blancs comme des boutons d'aubépine. Sylvaine se disait : « Comment je ne me suis pas méfiée de lui depuis ce jour-là ? »

Elle disait encore : « Moi aussi j'ai crié, j'ai voulu échapper et quand même je suis retombée au fond, dans ce feu qui a brûlé tout le bon de moi. Je suis là à présent, dans le fond de tout, comme morte, comme morte... Je sais qu'Ollivier m'a menti et c'est pire que d'être ainsi que ma mère couchée dans du repos, et c'est pire que d'être comme des rats enfermés qui fuient la flamme. Et mon père qui dit : « Ça aurait pu finir plus mal pour toi ! » Comment ça pouvait finir plus mal, que d'apprendre au bout de tout qu'Ollivier en aimait une autre ? Que non seulement elle ne l'aurait jamais plus, mais qu'elle ne l'avait jamais eu et qu'il était à Gina quand elle le croyait à elle ?

« Peut-être, pensait-elle, il a fait comme moi, il a cherché à s'imaginer que c'était moi ? Mais lui, ce n'est quand même pas pareil, parce que lui, il n'avait qu'à venir me prendre. Un homme, ça étend la main, la femme qu'il veut est dessous. Nous, c'est un autre sort, il faut attendre que la main se pose. Alors, même si nous ne voulons pas nous laisser prendre, c'est toujours trop tard, parce que c'est trop bon d'avoir cette grande main chaude sur soi. C'est le malheur et le bonheur des femmes, je le comprends. »

La bonne main d'Ollivier, où était-elle ? Sur quelle épaule mettait-elle sa chaleur ? Elle ne saurait peut-être jamais plus rien de lui ? Bientôt, il faudrait permettre à Constant d'être son vrai mari. L'amour avec lui, qui sait si ce ne sera pas ça qui lui fera oublier la bonne main d'Ollivier et l'étreinte brutale de Romain ? Un autre enfant viendra qui enterrera définitivement le souvenir maudit du premier. Resplandin sera parrain, il dira : « Si ta pauvre mère était là, elle serait bien heureuse. » La vie se reformera autour, comme la chair quand on a enlevé le cancer. Ils seront tous contents. Tous, tous, mais Sylvaine restera seule, comme ce rat grillé qu'ils avaient arrosé de pétrole pour y mettre le feu, avec son cœur brûlé, son cœur éclaté comme des yeux de rat.

— Sylvaine, dit Louisa, qui est une cousine éloignée des Laurade venue pour la mort, qu'est-ce qu'on fait pour le dîner ?

Elle est entrée trop vite dans la chambre où Sylvaine est à genoux par terre devant le placard aux vêtements, avec des robes fripées dans les mains. Elle voit les larmes lourdes figées sur les joues.

Elle dit :

— Tu es malade ?

— Non, dit Sylvaine.

— Ça se comprend, va ! dit la cousine. Moi aussi, la pauvre Gabrielle je l'aimais bien, et toi que c'était ta mère, je comprends que le chagrin te ronge. Mais que veux-tu, il faut se faire à la raison des choses. Tu as encore ton père et avec ça un bon mari qui semble doux comme un agneau. Et si ton pauvre petit premier tu l'as perdu, le Bon Dieu te fera bien la grâce de t'en envoyer un autre.

« C'est ça… se dit Sylvaine, c'est ça… Elle dit ce qu'il faut dire. »

Elle se relève et défroisse une robe pour la prendre.

— Alors, dit Louisa, pour le dîner ?

— On pourrait faire des épinards, dit Sylvaine. D'habitude, à cette époque, il y en a au jardin.

— Bien sûr, dit Louisa

— Et un morceau de veau rôti. Prends-le dans la côte, père n'aime pas que ce soit sec.

— Et ton mari ? Il faut faire aussi le goût de ton mari ?

— Mon mari non plus.

— Bon, dit Louisa.

« La vie », pense Sylvaine.

X

Pourtant, dit Fifi Fournier, tu fais bien l'amour.

— Qu'est-ce que tu veux, ça ne doit pas être son avis, dit Constant.

Ils sont couchés nus tous les deux dans une chambre du bar de *la Girelle.* La fenêtre est ouverte, c'est le gros plein de l'été. Les cris de la poissonnerie montent vers eux.

Sur la table de nuit il y a une bouteille d'anis, un seau de glace et un seul verre.

Le corps blafard de Constant paraît plus fluide auprès de la chair ronde de Fifi. Constant suit du doigt, au plus gras de la cuisse, une ligne en biais au-dessus de laquelle la peau est bronzée.

— C'est la marque du maillot, dit Fifi, les bains de mer, j'en prends deux par jour au Mourillon. Ça me plaît beaucoup et puis j'ai pas honte de me montrer, au contraire.

— Tu es belle, dit Constant.

Fifi sépare son corps de celui de l'homme et s'étale bien à plat sur le lit. Sa chair épanouie prend tout le large et elle croise ses bras sous sa tête. Elle bâille, puis elle demande :

— Alors tu dis qu'avec ta femme y a pas moyen ?

— Elle ne me refuse pas, dit Constant, mais on sent que ça l'ennuie.

— Peut-être elle aime pas l'amour, dit Fifi, il paraît qu'il y a des femmes comme ça. Elle était vierge quand tu l'as eue ?

— Oui, dit Constant.

— Alors peut-être que ça viendra. Tu as de l'espoir. Parce que si avant toi y en avait eu un autre et que quand même ça ne lui plaise pas, tout serait foutu.

— Oui, dit Constant.

— Moi, y me semble que le manque doit venir de son côté parce que toi, je te connais guère, mais tu es sympathique. Tu es doux pour une femme. C'est pour ça que quand je t'ai vu tout seul et l'air si triste à *la Frégate* je t'ai fait signe, parce que je n'aime pas de voir quelqu'un malheureux, tu en avais beaucoup l'air ! Après, quand on s'est mieux connus, que je t'ai donné l'adresse et puis tout à l'heure quand je t'ai vu arriver, j'étais bien contente.

— Tu étais déjà venue ici ? dit Constant.

— Je suis la patronne, dit Fifi.

— Ah, c'est chez toi ? C'est bien, c'est bien arrangé. Tu es seule ?

— J'avais un ami, dit Fifi, un barbeau pour mieux dire, il a mis les voiles avec une poufiasse, il a autant bien fait, ça me fait d'économie.

— Tu n'y tenais pas ? demande Constant.

— C'était lui, dit Fifi, qui tenait à moi, comme la linguaste tient au chien. Gorgée de sang, elle tombe. Toi, tu es pas toulonnais ?

— Non, je suis de plus haut, dans le Centre, mais je vis à Toulon depuis pas mal de temps.

— Tu es employé ?

— Oui, dit Constant, dans un bureau.

— Oh, dit Fifi, je te demande pas par indiscrétion ! Tes secrets, tu peux te les garder, je sais ce que c'est. Mais j'ai vu que tu avais les mains beaucoup propres et après, c'est toi qui m'as dit que ta femme ne t'aimait pas.

Elle se tait et caresse de la main le torse de son amant :

— Toi, tu me plais beaucoup, elle dit. Tu as plus envie ?

Constant passe le bras sous le corps lourd et attire à lui cette chair complaisante.

— C'est bon, dis, c'est bon...

Il a envie de pleurer.

Comme Sylvaine l'avait prévu, il avait fallu se donner et encore une fois à l'homme qu'elle n'avait pas voulu. Ç'avait été le premier soir où ils avaient couché ensemble, dans cette chambre de Bellaïgue. Elle avait vu le pâle visage de son mari devenir rouge et déchaîner dans ce maigre corps une fureur passionnée qu'il s'efforça en vain de lui faire partager.

Ce n'était pas que Sylvaine n'aimât pas l'amour, mais elle détestait un amour qui ne respectait pas ce songe intérieur qui ne la quittait pas. Elle aurait voulu au moins le silence et dans les bras de Constant, sous le corps sec qui la soumettait, pouvoir, nouant les sensations l'une à l'autre, imaginer :

« Dans ce bois des Sources, sous ces deux pins que le vent a renversés, là où l'herbe est épaisse dans l'ombre, où les bruyères n'arrivent plus à fleurir, c'est là que je suis couchée avec Ollivier. Nous sommes nus et je connais tout son corps, les peaux de nos poitrines se touchent et nos jambes sont ensemble depuis la cuisse jusqu'au pied.

— Ollivier...

Mon Dieu ! elle a crié.

— Qu'est-ce que tu dis ? a demandé Constant. Ça ne te plaît peut-être pas comme ça ? Tu veux que je change ?

— Non, non !

Elle n'a pas crié, alors ?

— Comme ça, tu aimes mieux ?

« Ô, finis, finis... » elle voudrait dire. « Occupe-toi de toi... » elle voudrait crier. « Moi, ça ne fait rien, ça n'a pas d'importance ! Tout ce que je voudrais, c'est que tu ne bouscules pas mon rêve et ça, je vois que ce n'est pas possible... »

« Fais vite ton affaire, disent les putains à l'homme trop lent, j'ai du travail. »

— C'était bon ? a demandé Constant. Tu as été heureuse ?

— Oui, a dit Sylvaine.

Elle a envie de pleurer.

Constant a cru qu'elle pensait encore à celui qui l'avait rendue mère.

Il ne comprend pas.

Depuis qu'il est arrivé dans ce Bellaïgue en Provence, il a essayé de savoir, mais il est étranger et personne n'aime à le renseigner. Quand Resplandin était venu le voir, lui expliquant le malheur arrivé à sa fille, après que tante Théonie eut fait sur l'ordre de son frère les premiers sondages, il n'avait d'abord pensé qu'à la grosse libération que cet arrangement leur apporterait. Quand son père était mort, après avoir dirigé pendant quarante ans la filature la plus importante de l'Ardèche, où il y en a beaucoup, on avait découvert dans ses papiers que toutes les propriétés, usines, maisons, étaient hypothéquées pour plus de leur valeur. Les bénéfices des années précédentes avaient disparu mystérieusement, il restait des dettes écrasantes et un nom menacé du déshonneur.

La mère de Constant se trouvait veuve sans un sou, avec ce garçon en train de faire de longues études, plus cinq filles laides, sans esprit et de mauvaise santé. Elle se vit perdue et s'enferma dans sa chambre pour se lamenter. Elle n'en sortait que pour rappeler à ses enfants qu'elle était née Mademoiselle de Bois-Luzy, noblesse du Tarn, et que son père à elle, commandant de cavalerie, n'avait jamais failli à l'honneur. Ces litanies n'arrangeaient rien, les jeunes filles, qui étaient courageuses, parlaient de se placer femmes de chambre. Constant les écoutait faire leurs projets, mais il ne comptait guère sur elles pour sauver la famille.

Au moment où la situation semblait tout à fait désespérée, la proposition d'Émile Resplandin fut communiquée au jeune homme. D'une part, la ruine, la misère, les fronts qui se détournent, les mains qui se refusent. D'autre part, une fiancée de dix-huit ans, belle et malheureuse, ayant commis une faute et cherchant un chevalier pour la défendre, plus de cent mille francs. Il n'hésita pas, il dit oui, n'exigeant qu'une chose : le secret. Il voulait bien troquer un déshonneur contre un autre déshonneur, mais il ne voulait pas qu'on le sache. Pour tout Vernon et pour ses sœurs même, il fut convenu que Constant aurait connu Sylvaine au cours de ses dernières vacances et que les jeunes gens, trop ardemment amoureux l'un de l'autre, auraient mis, comme disait Mme Granville en découvrant pour sourire, ses dents de cheval, « la charrue avant les bœufs ».

Ayant assisté aux premiers pourparlers, aux visites de son fiancé, à la cérémonie du mariage, sans avoir pris conscience de tous ces événements, le soir quand tous les invités furent partis et qu'elle se trouva seule avec Constant, Sylvaine passa si naturellement dans son ancienne chambre, que le jeune homme n'osa pas la rejoindre et finit la nuit sur un divan. D'ailleurs il n'aimait pas Sylvaine, plus encore, il la détestait pour tout ce que ce sacrifice consenti avait tué en lui d'espoir de bonheur. Sous des allures puritaines, il cachait une avide sensualité. Il avait espéré, au début qu'un lien, d'abord normal, ensuite physique, se nouerait entre cette fille malheureuse et lui, mais Sylvaine le regardait comme elle regardait le monde entier depuis qu'elle avait perdu Ollivier et son regard passait à travers lui comme si Constant eût été transparent.

Les jours vinrent ensuite où Sylvaine commença à porter les marques de sa grossesse : elle fut pris dès l'aube de vomissements qui l'épuisaient, ses hanches élargies tendirent les robes étroites apportées de Bellaïgue, un masque terreux cacha la beauté de son visage. Souvent une expression de souffrance hagarde tirait ses traits, à moins qu'ils ne fussent momifiés dans une résignation abêtie. Le prétexte de ces malaises fut commode pour lui permettre de passer ses nuits sur une chaise longue.

Mais quand l'enfant fut né, puis mort, et que Sylvaine

eut l'envie de crier sa joie à se sentir délivrée, et de quelle servitude, Constant trouva auprès de lui une jeune fille qu'il n'avait pas connue. Ce don défendu qu'elle avait fait d'elle-même à un autre, ces souffrances qu'elle avait subies ne firent qu'exaspérer le désir de cet homme qui portait le nom de mari. Resplandin lui avait dit que sa fille avait été plutôt victime d'un viol que de son consentement propre. Personne ne pouvait croire qu'elle avait aimé cet amant d'occasion et qu'elle pouvait vouloir se garder pour son souvenir. Aussi Constant n'hésita pas à se rapprocher de Sylvaine, maintenant qu'elle lui revenait libre et parée d'une nouvelle beauté.

Quand il insista, surpris de la trouver rétive, elle compris qu'il faudrait céder ; elle se donna comme limite l'instant où, rentrée à Bellaïgue, elle pourrait demander à son père si Ollivier était venu et ce qu'il avait dit. Elle pensait : « Si Ollivier est encore dans la région et que je sois sûre qu'il m'aime toujours, je laisse tout en plan et je vais le rejoindre. »

La mort de Gabrielle bouscula le retour dans le Var et dès le premier moment où il se trouva seul avec sa fille, ce fut Resplandin lui-même qui parla d'Ollivier et détruisit impitoyablement les derniers espoirs de Sylvaine. Le lendemain au soir, elle partageait le lit de son mari et s'abandonnait tristement aux gestes de l'amour.

C'est à tout cela qu'elle pense, maintenant qu'un an de cohabitation la fait se résigner à ce qu'elle n'a pas pu éviter. Mais elle sait bien que si elle n'est pas heureuse, Constant ne l'est pas davantage.

Cette acceptation morne qu'elle offre à la passion de son mari, elle sent bien que ce n'est pas cela qu'il voudrait d'elle. Elle le plaint de tout son cœur de persister dans cet espoir têtu, elle qui sait comment on souffre d'aimer dans l'incertitude, mais elle ne peut faire mieux pour lui que de lui abandonner son corps quand il le demande, sans pouvoir s'intéresser à ce qu'il en fait.

A la fin, Constant se lasse d'être le mendiant auquel on jette un morceau de joie, d'un air méprisant. Il se dit qu'après tout il y a d'autres femmes aussi belles et plus ardentes que cette statue, qui n'a su s'animer que lorsqu'il ne l'aurait pas fallu. Il décide qu'il saura dans les bras d'une autre, s'il mérite ou non d'être aimé, il prend l'habitude d'aller à Toulon à tout bout de champ pour d'illusoires affaires. Mensonges qui n'en imposent pas au père Resplandin, mais qu'il supporte, parce qu'il a deviné le drame du ménage. Lui-même, privé de Gabrielle et conservant quelques ardeurs, ne néglige pas de s'amuser. Il pense : « Il finira par prendre une maîtresse, ce garçon, puisque cette imbécile de Sylvaine n'a pas su le garder ! »

De femme facile en femme facile, Constant, un jour, tombe sur cette Fifi Fournier qu'il rencontre à *la Frégate,* croisant ses jambes arrogantes sur le haut tabouret d'un bar. Quelques heures de connaissance et ils sont couchés nus dans le même lit.

Maintenant elle est sa maîtresse, il ne l'aime pas, il ne peut pas l'aimer, mais il se venge des mépris de Sylvaine, quand Fifi se roule sur lui comme une chatte folle et vient au-devant de ses pires désirs.

En femme pratique, elle ne perd pas de vue qu'il a toujours des sous et que l'argent est fait pour rouler. Constant se laisse faire. Quand il revient vers Bellaïgue dans la nuit, ce n'est pas la lourdeur de son portefeuille qui le fait marcher de travers. Il se sent chanceler et s'arrête pour réfléchir :

« Je me fous de tout. Tant pis pour elle, elle l'a bien voulu. »

Mais quelquefois, dans la chambre solitaire où il échoue pour ses retours nocturnes, il crie désespérément son dégoût dans le seul nom où se plairait son amour :

— Sylvaine...

Personne ne l'entend, ou si on l'entend faire du bruit dans la nuit, on pense : « Le gendre des Resplandin se dérange. »

C'est tout.

XI

La vie peut passer comme ça pendant des années, sans qu'on se rende compte.

Sylvaine travaille à la Tannerie, elle a son bureau près de celui de Constant, ils se voient à travers une petite vitre. A la maison, la cousine Louisa qui a définitivement remplacé la vieille bonne sourde s'occupe de la maison où d'ailleurs rien n'intéresse Sylvaine. Elle préfère encore ses chiffres qui l'absorbent et l'empêchent de penser. Aussi le matin, en donnant ses ordres pour le ménage, elle dit toujours très vite :

— Fais à ton idée, ça sera toujours bien.

Aujourd'hui, Louisa a dit :

— Tu sais, je vais faire refaire les matelas de ton lit. Il y a deux ans qu'on y a pas touché, ils sont plats comme des panisses. Après ce sera ceux de ton père.

— Bon, dit Sylvaine.

Et elle n'y pense plus.

Le hasard, dans la journée, l'amène devant la grande remise à l'entrée de la cour, elle voit carder, elle s'approche et regarde, c'est la même femme qui vient refaire les matelas à Bellaïgue depuis des années.

— Tiens, bonjour Justine, dit-elle, alors vous voilà revenue chez nous ?

— Bonjour Mademoiselle Sylvaine, dit la femme, ô pardon ! Je pense jamais que vous êtes mariée...

— Ça n'a pas d'importance, dit Sylvaine.
— Et alors, ça va bien ? dit Justine. Vous vous êtes faite magnifique depuis que je vous avais plus vue !
— Il y a longtemps, dit Sylvaine.
— Votre pauvre maman était encore en vie et votre pauvre tante Théonie aussi, qu'on m'a dit qu'elle était morte l'hiver dernier ?
— C'est vrai que vous l'avez connue ? dit Sylvaine qui a envie de s'en aller.
— Si je l'ai connue, vous me dites ? Mais je vous crois : y me semble encore la voir, votre brave tante, avec ses bons yeux ! Et vous aussi quand vous étiez demoiselle, si fraîche, si pleine de gaieté !
— Ah oui ? dit Sylvaine.
Elle fait un pas en avant pour partir, mais Justine a arrêté le balancement de sa machine à carder et elle se penche pour dire d'un air malin :
— Vous vous rappelez, Mademoiselle Sylvaine, ce matin que je faisais les matelas dans cette même remise, je vous parle de longtemps et que vous étiez venue me porter la grosse aiguille ?
— Ah oui ? redit Sylvaine qui ne se souvient pas.
— Et alors vous m'avez fait voir une carte que vous aviez reçue de ce jeune du Lavandou, que vous sembliez en être folle ! Ô c'était pas un garçon pour vous, je le sais bien, mais comme je le connais, je me demandais...
— Vous le connaissez ? dit Sylvaine.
Qu'est-ce qu'il y a ? Justine relève la tête. Elle est toute surprise de cette voix que la demoiselle vient de prendre.
— Oui, je le connais, dit-elle, ou plutôt je connais sa mère parce que c'est mon amie, mais lui, y a un bout de temps qu'on l'a plus vu ! Il est reparti sur la mer et y donne seulement pas de ses nouvelles.
— Ah ! dit Sylvaine.
— Sa mère, ma pauvre, elle mange plus de larmes que de bon pain ! C'est pas qu'elle soit dans la misère, parce qu'elle touche la pension de son garçon et de son homme qui sont morts à la guerre, mais de se voir

toujours seule comme ça, après avoir eu ses trois fils, elle ne peut pas reprendre le dessus. Ô elle ne fera pas de vieux os ! De temps en temps je monte lui tenir compagnie. Nous avons fait la communion ensemble, ça s'oublie pas, même quand on est devenues des vieilles plus bonnes qu'à jeter, comme elle et moi !

Sylvaine reste immobile. Son cœur bat à grands coups. Justine a peur de l'avoir ennuyée.

— Mais pardonnez-moi, mademoiselle, je vous raconte tout ça, que ça doit guère vous intéresser ? Que voulez-vous, quand on est vieux, on rabâche les choses. Et qu'avec ça, j'ai un gros travail...

Elle active sa machine à carder qui mange des paquets de bourre.

— Elle est belle votre laine, je le dis à qui veut l'entendre. Pour trouver de la laine plus blanche et plus longue que celle de la Tannerie, y faudrait aller loin.

Sylvaine s'assied sur la borne de pierre à côté de la matelassière.

Elle respire un bon coup.

— Et, dites-moi, Justine, cette femme dont vous parlez ?

— Arnaude Desmichels ?

— La mère de ce garçon, où habite-t-elle ? A Solliès ?

— Ô pardi pas mademoiselle, bien plus loin ! Tout là-haut dans la montagne, sur les pentes de Grand-Cap. Vous savez bien, cette grande roche rousse qui s'avance comme un bec ? Eh bien, c'est là-haut dedans les bois qu'elle habite, toute seule je vous dis, dans cette cabane où elle restait avec le pauvre Antoine, son mari, et avec ses fils, quand y faisaient le charbon de bois. Ah ! c'est pas gai ! Mais pas moyen de la faire descendre, c'est une femme que... Et puis, elle dit : « Si je reste pas là, où il ira me chercher quand il reviendra, Ollivier ? »

La machine à carder se balance... Le vertige se balance dans la tête de Sylvaine... Elle met les deux mains dans l'échancrure de sa blouse comme si elle étouffait, elle s'est agrippée au mur. Justine la regarde pâlir avec étonnement. Elle se lève :

— Vous avez mal, mademoiselle ?
— Chut, dit Sylvaine, pas la peine de tant crier.
— Vous faites peur, pauvre demoiselle !
— Ce n'est rien, dit Sylvaine qui s'appuie contre le portail. C'est une espèce d'éblouissement qui m'a prise tout d'un coup.

Elle se passe la main sur le front. Elle soupire :

— C'est fini.
— Des petits pieds peut-être ? dit Justine d'un air malicieux.
— Oh non !
— Le soleil alors ? Ce premier soleil d'été, c'est traître comme tout. Un gros rayon qui a dû vous tomber dessus ?
— Oui, dit Sylvaine, un gros rayon...

Elle se serre le front à deux mains.

— Allez vous reposer, mademoiselle. Vous voulez que je dise à Louisa de vous faire une infusion ? Vous êtes toute blanche !
— Non, merci, ce n'est pas la peine, c'est passé, dit-elle.

Elle s'en va devant Justine qui la suit des yeux de peur de la voir tomber.

« Un gros rayon, elle se dit, un gros rayon de soleil, un gros rayon d'espoir... »

Et elle retourne dans son bureau où Constant la regarde entrer.

— Tu es bien pâle ? dit-il. Tu n'es pas malade ?
— Ô non, répond-elle, j'ai eu un éblouissement, ce n'est rien.

Et une minute après :

— Mais je crois que je finis par être privée d'air, à force de me renfermer ici. Il faudrait que je reprenne l'habitude d'aller un peu marcher dans les bois. J'aimais bien ça avant.

« Un gros rayon, un gros rayon sur la tête, comme sur la tête du prisonnier qui lève le front vers lui à travers les barreaux de sa grille et se baigne dans sa chaleur. Ollivier... Combien y a-t-il de temps que personne n'avait plus dit ce nom devant elle ? La dernière fois, ç'avait été son père pour lui dire qu'Ollivier l'avait oubliée et encore, elle se souvient qu'il avait dit : « Ton pêcheur. »

— Nous irons promener ensemble si tu veux ? dit Constant.

« J'irais », s'était dit Sylvaine. « Nous irons », dit Constant.

« Je suis encore moins libre qu'avec mon père maintenant que j'ai cet homme », pense Sylvaine. Elle ne parle plus de rien.

— Et tes envies de promenade ? demande un jour son mari.

— Ô ça m'a passé, dit-elle.

— Tu es changeante, tu sais ? dit Constant.

Il ne comprend pas.

Justine, la matelassière, a achevé son travail. Elle en a pour deux ans avant de revenir à la Tannerie. Un jour, Sylvaine demande de ses nouvelles à Louisa.

— Je ne sais pas trop ce qu'elle devient, dit Louisa, je crois qu'elle habite par là vers les Sénès. Quand on a besoin d'elle, on le dit à Mazaugues, le boucher de Belgentier, il la connaît. Tu voulais la voir ?

La cousine est gênée, elle détourne les yeux. Tout le monde commence à savoir les relations de Constant avec Fifi Fournier, cette mauvaise femme de Toulon qui est la fille de Justine.

Louisa était en train de repasser quand Sylvaine est venue lui parler et elle continue à promener lentement son fer sur le linge en réfléchissant. Sûrement Sylvaine se doute de quelque chose et combine d'aller se plaindre à la mère. A la fin elle redit :

— Tu voulais la voir ? Ton matelas a été mal refait ?

Son regard, en dessous, cherche celui de Sylvaine.

— Ô non, dit Sylvaine, je pensais à elle, voilà tout. Je ne sais pas pourquoi...

Tout un été qui est beau, passe encore ainsi. Et tout un automne. Le tilleul fleurit en son temps, la vigne fleurit, les oliviers fleurissent. On cueille le tilleul avant que les étamines tendues par les feuilles au bout d'un fil de tige ne deviennent une boule de graines. On le met à sécher en l'étalant sur la table du salon où l'on ne va guère et longtemps après, en entrant dans la pièce, l'odeur vous ensuque, comme dit Louisa, tellement ça sent bon. La fleur de vigne est poudrée quatre fois de soufre et baignée deux fois par la douche bleue du sulfate. On ramasse les olives vertes pour les préparer à être mangées à table. D'abord on les met dans la jarre avec une lessive de cendres pendant neuf jours. Après, bien rincées, on jette sur elles une eau bouillie et refroidie, parfumée de laurier et de fenouil.

En fin septembre, comme d'habitude, la vigne donne son raisin, malgré les orages qui toujours font craindre pour la vendange. Il y a toujours les jeux et les rires des femmes engagées pour ce gros travail, il y a toujours l'odeur de ce vin nouveau qui entre partout et un gros tas de grappes écrasées dans un coin de la cour. Il y a de la piquette à boire pendant quinze jours et, dans la cave, de nouvelles bouteilles d'eau-de-vie sur lesquelles on colle des étiquettes blanches. Vers décembre, on fait tomber des arbres, avec des bambous, les olives noires dont le jus violet tache les doigts.

Au repas, comme quand Sylvaine avait seize ans, on parle de la Tannerie et des travaux de la terre.

— Il faudrait voir un peu ce vieux moulin de Sinssol, dit Resplandin. Je ne sais pas s'il pourrait encore tourner ? C'est bête d'envoyer faire notre huile chez Giraud et d'avoir un moulin à nous.

— Où est-il, ce Sinssol ? demande Constant.

— Là-haut, sous Bramafan, répond son beau-père, du côté de Grand-Cap. Il marchait avec le torrent de Coulepierre dans le temps, mais l'eau s'est détournée, il y aurait du travail…

— Il faudrait aller voir ça quelque jour, dit Constant.

— Oui, dit Resplandin.

« Du côté de Grand-Cap, pense Sylvaine, oui, il faudra aller voir ça quelque jour… »

Elle a repris sa chambre de jeune fille. C'est vrai qu'elle dort si mal... Elle se couche tôt, lassée dès la tombée du jour. Constant, lui, se couche tard, soit qu'il veille sur les livres de la Tannerie, soit qu'il parte à Toulon pour la soirée. Souvent, Sylvaine l'entend revenir vers les 6 heures du matin. Il a une auto à présent, cela le rend plus libre. Elle pense qu'il va chez une femme. Elle n'en dit rien à son père, il doit entendre le bruit du moteur aussi bien qu'elle. A quoi bon les discussions ?

Resplandin pense les mêmes choses et Constant est sûr que personne n'osera une critique. Il travaille d'ailleurs, il travaille davantage, à cause des complications qu'il a dans ses comptes.

Le jour il s'abrutit dans les chiffres, la nuit dans les bras de Fifi. Il se regarde avancer comme un homme qui marcherait sur le bord extrême d'une montagne rongée par les eaux, qui se verrait glisser parmi des arbres arrachés, des coulées de terre pourrie et qui se dirait : « Je vais y aller... » C'est forcé qu'il finisse par être emporté, mais pendant ce temps au moins, il ne pense plus à lui-même, à Sylvaine, et à ce gâchage de leur vie.

Sylvaine est dans le profond de son sommeil, ce matin. Elle s'est tellement énervée par l'insomnie que, vers 2 heures, elle s'est levée, elle a fait chauffer un peu d'eau sur son petit réchaud et elle a fait fondre dedans deux cubes de somnifère. C'est son grand remède. Elle en prend chaque nuit le double de la dose normale. Ça l'abrutit. Au moins après, elle ne pense plus à elle-même, à Ollivier et à ce gâchage de leur vie.

Ainsi côte à côte et souffrant leurs passions jumelles, un homme et une femme gaspillent leur temps de vivre qui est si court.

Mais ce matin, Sylvaine dort d'un bon sommeil. Le bromure a coulé dans ses veines avec son apaisement, elle est partie dans un monde où tout est si bien qu'elle voudrait ne jamais en revenir.

Un bruit de voix, de pas, un bruit qui insiste et veut se faire entendre, la tire du trou de rêve où elle est tombée. La voix de son père, la voix de Louisa, des heurts contre sa porte ? Est-ce qu'il est très tard ? Mais non, il fait à peine jour.

Elle s'assied sur son lit pour écouter.

— Qu'est-ce qu'il y a ? crie-t-elle. Vous pouvez entrer, je suis éveillée.

Un grand silence se fait derrière la porte. Elle ne comprend plus. Pourquoi a-t-on détruit son sommeil, si maintenant personne ne bouge ? Resplandin, enfin, prend courage. Il entre. Il dit : « Bonjour », sans regarder le lit qui est dans l'ombre. Il va droit à la fenêtre, il l'ouvre à deux bras et se penche. Toujours, dans ses émotions, il a un immense besoin d'air. Celui qui entre après son geste est tout humide du mouillé du dehors. Il pleut depuis une semaine, les arbres sont alourdis d'eau.

Par la porte restée ouverte, Sylvaine voit Louisa debout dans le couloir. Elle voit son père à peine habillé, avec la chemise mal rentrée dans le pantalon.

— Mais enfin, qu'est-ce qu'il y a ? dit-elle.

Resplandin vient contre le lit. Il la regarde.

— Écoute, dit-il, c'est une mauvaise nouvelle...

Elle le regarde.

— Constant... dit-il.

— Constant ? dit-elle.

— Constant, oui... Il est mort !

Il n'a pas su mieux le dire. Un cri de surprise a jeté Sylvaine à demi nue dans la ruelle. Louisa lui tend les bras et pleure.

— Sylvaine ! Sylvaine !

— Mort ? dit Sylvaine.

La pitié l'emporte vers le pauvre Constant.

— Où est-il ?

Elle passe vite son peignoir sur sa chemise de nuit et cherche ses pantoufles.

— Dans sa chambre ?

— Non, dit Resplandin qui baisse la tête. Non, il n'est pas ici. Il est resté… Il est mort à Toulon.

— Ah, dit-elle, chez une femme ?

— Oui, dit son père.

Il baisse la tête comme si c'était lui le coupable, puis il se tait.

— Il faut le ramener ici tout de suite, dit Sylvaine, c'est sa maison.

XII

Constant s'est tué à l'hôtel de *la Girelle*.

Il était venu comme tous les soirs retrouver Fifi. Dès la fermeture de la Tannerie, à 6 heures, il a pris l'habitude de sauter dans son auto et de filer vers Toulon. Quand il arrive, le bar est plein, c'est l'heure de l'anis. Fifi est assise à la table du fond, près de la cuisine, avec des hommes, ou avec Nine, une de ses amies qui raccroche les types dans les cafés du boulevard de Strasbourg. D'ailleurs, c'était ce que faisait Fifi quand le restaurant ne marchait pas beaucoup et que Constant l'a rencontrée à *la Frégate*. Après, lorsqu'ils se sont mieux connus, elle lui a expliqué qu'elle était de la vallée du Gapeau, comme son amie Nine, mais sans lui en dire davantage : « Cette cambrousse, bien heureuse de l'avoir quittée. Et la famille, quelle barbe ! Mon frère, un sauvage de la montagne qui prétendait me garder prisonnière... Ma mère n'est pas mauvaise, mais bête comme tout. Elle préfère se lever la peau du cul à carder les matelas des gens, que de venir ici vivre pépère. »

— Je ne la connais pas ? demande Constant.

— Ô je ne crois pas, dit-elle. Elle est toujours d'un côté de l'autre.

Puis elle lui explique que Fournier, c'est le nom de ce mari qui l'a lâchée, après lui avoir mangé toute sa galette : « Une belle cagade que j'ai fait là ! » Elle l'appelle : « son barbeau » quand elle en parle. Alors elle prend un air dur, sinon elle est bien gentille. Elle raconte aussi les histoires de Nine :

« Celle-là, sa mère lui a fait un bon débarras de mourir ! Elle était tombée faible depuis longtemps et elle servait à rien qu'à empêcher sa fille de faire son idée. Maintenant, Nine est installée en plein à *la Girelle.* Elle y mène tous les hommes qu'elle trouve. Elle se fait des grosses journées et elle est pas ingrate. Elle est même agréable, mais des fois il lui prend ses espèces de cafard... Alors elle vous adresse plus la parole, ou bien elle se saoule et elle se met à vous raconter pour la trois centième fois son amour avec cet Ollivier, un jeune de Grand-Cap, que malgré tous ses amants, elle a pas pu arriver à l'oublier ! Déjà, quand elle l'a eu, elle a fait bêtise sur bêtise, un peu plus cette histoire lui faisait perdre sa situation avec le marchand de coquillages qui a des économies. Elle lui donnait l'amour à ce petit et l'argent et tout et vers la fin il l'engueulait. C'est encore lui qui l'a quittée, tu crois pas ? D'abord, il parlait de faire affaire avec Provençal, un pêcheur d'ici, qui voulait s'installer au Lavandou et alors Nine serait allée avec eux. C'était son rêve. Puis, une nuit qu'Ollivier était sorti seul, il a rencontré une espèce d'oncle qu'il avait, qui naviguait et qui l'a fait embarquer. Jamais on l'a revu par ici, son bateau doit toucher à Marseille. Y a près de dix ans de ça, tu te croirais qu'elle l'a oublié ? Mais non, cette imbécile ! »

Quand Constant a assez écouté les bavardages de Fifi, il va jouer l'apéritif au poker d'as, avec ces gens qui sont devenus ses amis. Saturnin vieilli, mais toujours gaillard, vient chercher de l'eau pour mouiller le carbure de sa lampe en plein air. Il rit à gros éclats et embrasse Nine dans le cou. Il dit :

— Je t'offre le pastis. L'eau, j'en use beaucoup, voui ! De la douce pour ma lumière, et de la salée pour arroser mes moules, mais pour moi je préfère l'anis, chacun son goût !

Constant en boit un avec lui et un avec un autre et

encore un avec un troisième. Quand les clients s'en vont manger, vers les 8 heures, Fifi étend une serviette sur la table de marbre du fond et elle sert pour Nine et pour lui une cuisine à la tomate, relevée de piment. Ça brûle où ça passe, mais la patronne a une réserve de chianti rouge qui aide bien à avaler.

Après, Nine sort « pour faire la chasse au bisteck » comme elle dit et Constant passe du dîner au café, du café à la fine, et de fine en fine vers les bocks, quand les clients sont revenus. Minuit fait fermer le café, la patronne compte la caisse et met l'argent dans un vieux sac à main, d'où elle le versera dans le coffre en fer de sa chambre.

Lui, il éteint tout en bas et monte l'escalier derrière Fifi qui pèse sur les marches et grogne quand la recette est maigre. La chambre est jaune d'or, avec des dentelles à volants aux vitres et sur le couvre-pieds. Constant accroche ses vêtements au dossier de la chaise, près du lit, et dans ce lit Fifi se couche, étalant sa chair brune dans une veste de pyjama qui s'ouvre sur le corps nu.

Elle dit :

— Tu viens ?

Il se couche auprès d'elle. Quelquefois il finit sa cigarette et il lit *Le Petit Var,* ou bien il sombre d'un coup dans le sommeil. Ils ne font plus l'amour tous les soirs. Quand il la veut, il la prend, il n'a qu'à étendre la main. Mais il a perdu son ardeur des premiers mois. Elle lui fait des reproches, elle lui dit :

— Ça m'étonne pas que ta femme t'ait pas voulu. Tu sais, des amants comme toi, y en a des douzaines sur le quai de Cronstadt. Je te suis fidèle, je me demande bien le pourquoi ? Si je voulais, j'en trouverais, je suis pas encore décatie…

Il ne répond pas. Souvent d'ailleurs, il dort pendant qu'elle parle. Il n'y a que quand elle attaque Sylvaine qu'il se réveille. Il a fait la sottise de lui raconter toute l'histoire de ses malheurs conjugaux et elle s'en sort pour le bafouer :

— Si tu avais su mieux la prendre, ta femme, tu lui

aurais sorti du ventre le souvenir de son premier, mais si tu es aussi mou avec elle qu'avec moi, je comprends, la pauvre, qu'elle pense encore à celui qui lui a fait son enfant ! Et qui sait si elle ne le revoit pas ? Pour moi, elle doit te faire cocu avec lui ?

Elle le guette du coin de l'œil pour savoir jusqu'où elle peut aller avant de recevoir la gifle. A la fin ça tombe, n'importe où, sur le visage, à toute volée. Alors elle ne dit plus rien et elle pleure. Il trouve que c'est drôle, cette grosse femme avec ses paupières au charbon, sa bouche en tomate trop mûre et qui a peur de lui.

Il y a des soirs où, pendant qu'elle soupire dans son coin de lit après des caresses qui ne viennent pas, lui, il pense à Vernon, à l'Ardèche. Il revoit sa maison immense et les aubes grises où la glace recouvrait les carrés de buis du jardin. Cet hiver où il a connu Sylvaine, il était resté bien des nuits à calculer l'actif et le passif de la filature en faillite. Ses quatre sœurs dormaient dans leurs lits, deux par deux, la cinquième avec la mère. Son père, lui, était étendu sous une large pierre, une de ces pierres du Vivarais comme il y en a debout dans la forêt de Païolive. Avec cette lourde pierre sur la poitrine, il dormait tranquille, celui-là. Et Constant, voilà le destin qui lui avait sauté sur les épaules, juste au milieu de ses études. Il avait fallu abandonner ce droit qui lui plaisait et renoncer à devenir quelqu'un parce que d'abord il s'agissait de nourrir les siens.

Alors cette fille était venue, plus fille que cette Fifi qui se colle maintenant contre son corps, cette mademoiselle Resplandin qui n'avait su demander sa joie qu'à un autre mâle que lui, cette impudente qui s'était fait engrosser et puis était venue le chercher pour signer l'enfant. Pourtant il avait accepté malgré tout son mépris, sûr qu'un jour il serait le plus fort et qu'il la soumettrait. Et voilà où il en était. Un de ces matins ce serait la catastrophe : la terre qui glissait par paquets, les arbres arrachés, la pente qui l'emportait vers le précipice...

Fifi ronfle, le nez dans sa lourde poitrine. Lui, il pense.

Depuis des mois il contrefait la signature de son beau-père, il met dans sa poche l'argent des clients et ne paye pas les fournisseurs. Un acheteur de Marseille a téléphoné qu'il viendrait s'expliquer avec Resplandin sur ce fait qu'on lui fait encaisser à nouveau une facture réglée au gendre.

Et cette fille, qui depuis des tas de nuits déjà a repris sa liberté de coucher seule, cette Sylvaine dont il n'a jamais pu avoir les bras autour du cou. Et cette Fifi qui n'a jamais assez d'amour, jamais assez d'argent, qui le sèche comme la martre, surprise une nuit d'hiver dans le clapier de Bellaïgue, en train de sucer vivants les petits lapins dont elle ne laissait que la peau.

Il pense. Sa chair brûle et en même temps il claque de la mâchoire, plongé dans une eau glacée de torrent.

Le torrent. L'Ardèche froide, serpent gris qui glisse sous les peupliers, les iris que le bondissement de l'eau couche sans répit, les projets qu'il faisait pour son avenir, quand il se targuait orgueilleusement d'être le fils de Philippe Granville, le riche filateur de Vernon...

Sa mère a dit : « Que veux-tu, mon pauvre petit, il te faut accepter. Il n'y a que cela pour nous sauver. Dieu te récompensera, je le lui demanderai beaucoup dans mes prières. » Il lui envoie de l'argent à celle-là, chaque mois, pour la faire vivre. Elle engraisse et se rassure. Elle lui expédie en échange des chaussettes tricotées par elle, trop chaudes pour le climat du Var et de longues lettres, écrites en tous sens, que Constant ne lit jamais jusqu'au bout et dont la dernière disait : « Le mariage de ta sœur Françoise avec ce garçon de Joyeuse est fixé au mois prochain. Je compte sur toi pour l'accompagner à l'autel. J'ai aussi de grands espoirs de fiançailles pour Marie-Claire. Le plus jeune des fils Mounier, des Vans, tourne beaucoup autour d'elle. »

Il s'en fout. Il se dit : « Je m'en fous. Elles peuvent bien se fiancer, se marier, se faire faire des gosses, en crever, en vivre, je m'en fous. Je me suis vendu pour elles, je me suis gâché, j'ai fait une pourriture avec ma vie. J'ai une femme que j'aimerais et qui ne veut pas m'aimer et moi je couche avec une putain. Et, un de ces jours, on s'apercevra que j'ai volé... » Il se répète cent fois ces choses, sa tête éclate.

Il saute du lit d'un mouvement sec de jambes projetées vers le sol. Fifi s'éveille en sursaut, ouvre des gros yeux, étend un bras vers lui et demande :

— Qu'est-ce que tu as, mon beau ?

Il rejette le bras et dit :

— Rien.

Il reste debout, les pieds nus sur le carreau froid. Fifi s'est retournée du côté du mur. Le lampadaire électrique de la place à l'Huile découpe en rayures noires et blanches, l'ombre de la persienne sur le lit, d'un trait net comme un couperet de guillotine. C'est la nuit dans tout le reste de la chambre.

Constant marche avec précaution vers le cabinet de toilette ; on n'y voit rien, mais il sait que le revolver toujours chargé est dans le tiroir de gauche de la coiffeuse. Avec son pouce, il fait glisser le cran d'arrêt...

— Mon Dieu ! crie Fifi.

Ça a fait un bruit épouvantable.

Constant est couché par terre, avec un visage paisible. Il verse doucement son sang par un trou qu'il a au côté de la poitrine.

XIII

Les gens ont dit :

« Ils ont pas de chance, ces Resplandin, avec tout leur argent. Voilà quatre corps qu'ils perdent dans quelques années. Le premier, ç'a été ce petitou, né dans l'Ardèche, un peu trop vite après le mariage de la fille, que déjà ça avait fait parler, puis la pauvre Gabrielle, qu'on avait vu grandir ici avec sa sœur Gina. Après, leur tante Théonie, qui était pas du pays, mais bien brave quand même. Et maintenant, ce garçon que Sylvaine s'était choisi pour mari et qui donnait beaucoup la main à Émile Resplandin pour la Tannerie. Quand ça commence, les malheurs dans les familles, ça s'arrête plus ! »

Une grande sérénité est descendue dans Sylvaine. Il lui semble qu'elle se retrouve rajeunie et qu'elle a encore toujours sa vie neuve devant elle. Comme quand sa tante lui disait : « Écoute-moi, prends patience, attends tes vingt et un ans et ce jour-là, si vous vous aimez encore… »

Et elle, dans tout le feu de son ardeur, elle avait crié :

« Quatre ans ! vous voulez que j'attende quatre ans ? Mais je serai morte d'ici quatre ans ! »

Tante Théonie avait souri. Pourtant c'était Sylvaine qui avait raison.

Aujourd'hui elle se dit :

« Oui, voilà je suis morte… C'est pour ça que je ne

sens plus rien. Depuis tout ce temps, je suis morte. On m'a prise, on m'a aimée, on m'a battue, on m'a parlé, j'ai donné la vie, j'ai mangé et j'ai fait semblant d'être vivante, mais j'étais morte déjà, je le vois bien. »

Une douceur qui ravit tous ses sens s'épand en elle, à se dire qu'elle est soustraite pour toujours aux complications qui troublent l'existence des autres. C'est comme si on lui avait ouvert les veines et que depuis des années tout le sang de son cœur se soit vidé goutte après goutte dans une eau tiède.

L'image de ce sang vidant un cœur lui fait revoir Constant jeté de côté sur un petit tapis bleu, dans la salle de bains de Fifi Fournier. Et il lui semble revivre cet instant :

Aux appels de la femme, les premiers qui avaient répondu avaient été deux agents qui venaient de quitter le bar de *la Girelle* à sa fermeture et bavardaient appuyés au mur d'angle de la rue Méridienne. Ils étaient montés en courant et tandis que l'un d'eux recevait dans ses bras une Fifi secouée par une crise de nerfs, l'autre avait constaté la mort de l'homme et interdit d'autorité l'entrée de l'appartement. Le docteur avait tout de suite vu que la vie était partie par ce trou que la balle avait fait avant d'atteindre le cœur et de le tuer.

Malgré ce que cela avait eu d'ennuyeux pour Fifi, il avait bien fallu prévenir la famille. Nine, revenue dans la nuit avec un client, était tombée en plein milieu du drame et elle qui connaissait bien la vallée avait donné tous les renseignements nécessaires. Deux hommes étaient partis pour Bellaïgue dans l'auto de Constant et Sylvaine vaguement, lors de l'arrivée, avait entendu le bruit connu du moteur. Elle s'était rendormie aussitôt pour ne s'éveiller qu'aux voix de son père et de Louisa, conférant devant sa porte. Quand Resplandin eut fini de lui expliquer la chose, elle avait dit : « Attendez-moi, je vais avec vous. » Et malgré les protestations de son père, elle était partie avec lui pour Toulon.

La place à l'Huile s'éveillait dans le décor de ses étals de poissonnières. Un grand parfum frais montait des paniers plats, emplis de ces poissons tout mouillés de la mer, que Nine Desmichels avait dépeints à Ollivier la nuit de leur amour.

Sylvaine était descendue de l'auto et rien ne lui avait dit que ce pavé où elle posait son pied, ce sol carrelé de blanc et de noir du bar de *la Girelle,* cet escalier étroit qu'elle montait, elle aurait pu y trouver la trace d'Ollivier, si les souvenirs se marquaient dans la pierre comme dans les sens.

Fifi Fournier, debout près des agents, avait baissé ses lourdes paupières gonflées, devant le regard limpide de Sylvaine. Elle croyait que cette veuve la maudissait et ses lèvres tremblaient sous le rouge déteint de la veille. Sylvaine avait traversé la chambre où les odeurs de la nuit restaient encore dans les dentelles du satin bouton d'or. Nine la regardait avec curiosité, surprise de trouver si jeune et si belle cette femme que Constant trompait avec Fifi.

Sylvaine, enfin, vit le corps de Constant et deux longues larmes descendirent sur sa joue. Les autres femmes suivaient sur son visage les marques d'une douleur qu'elles s'imaginaient comprendre, alors qu'à ce moment même, Sylvaine pensait : « Pauvre Constant ! Voilà comme elle a fini pour toi cette triste histoire. »

Agenouillée près du corps dont Resplandin avait pris dans ses mains la tête aux yeux sans regard, elle s'était redressée soudain d'un seul jet, comme la plante se relève hors de la boue durcie qui la tenait prisonnière et debout, après avoir posé son large regard sur toutes ces choses qu'elle ne voulait pas oublier, elle avait dit à son père :

— Nous partons ?

Elle était sortie et les regards des deux filles avaient pesé sur elle comme deux singes accroupis.

Après, de tous les gestes qui suivirent, elle ne s'était guère mêlée. Elle était arrivée à se soustraire à l'enterrement, aux visites, à toutes les stupidités qui suivent la mort. A la voir si calme, son père, Louisa et les autres, avaient conclu à une sorte d'inconscience née de son chagrin et ce jugement lui avait permis d'obtenir la paix. C'était tout ce qu'elle demandait. Elle vécut de longues journées de silence dans le vieux jardin envahi de lis, derrière la maison où on n'allait jamais que pour étendre le linge. Elle s'asseyait sur le banc de bois pâli et ses mains vides sur sa robe faisaient le geste de modeler.

Il lui semblait alors qu'elle tenait sa vie comme une boule de glaise et elle marmottait pour elle des mots sans raison : « Voyons ici, il faut arrondir... Ce creux, cette bosse... » et son pouce aplanissait ou creusait un relief.

Maintenant encore six mois sont passés depuis la mort de son mari. C'est si long cette existence et ça passe si vite. Tout un printemps encore est venu fleurir et défleurir la vallée. Un été encore a chargé de fruits les arbres patients et quand Sylvaine sort du travail absorbant de son rêve, elle voit que les soirs sont frais, que septembre est revenu, encore revenu, et que l'hiver est là. Elle pense : « Quand est-ce que je me remettrai à sentir les saisons ? »

« L'hiver est là... » Une voix dans la tête de Sylvaine a parlé et cette voix, le silence entier de l'être l'écoute, une attention extraordinaire tend tous les sens de Sylvaine vers les mots dits par cette voix : « L'hiver est là. Ah ! ce n'est pas gai, l'hiver là-haut, sous Bramafan, dans une cabane, quand on est une vieille qui habite toute seule ! Tout là-haut, dans la montagne, sur les pentes de Grand-Cap. Oui, mais pas moyen de la faire descendre ! C'est une femme qui... une femme que... »

Sylvaine est penchée sur deux narcisses qui déjà lancent hors de leurs feuilles des tiges grasses avec la grappe de fleurs au bout, bien enveloppée dans son papier fin qui en garde la beauté et le parfum.

« Comme ils sont courageux ! » se dit-elle et elle leur dit : « Mes petits comme vous êtes courageux ! Depuis le temps que vous fleurissez comme ça, que vous faites tout ce travail pour mener vos boutons jusqu'à la graine, est-ce que vous n'avez pas compris que toujours on vous cueille ? »

Et tout le murmure tendre de la plante lui répond : « Oui, mais si une fois par hasard, si une fois on ne nous cueillait pas ? »

Sylvaine sourit à cette voix qui se mêle à une autre plus insistante qui répète : « Là-haut, toute seule sous Bramafan... Et pas moyen de la faire descendre ! »

La faire descendre ? Non, pas moyen, mais on peut monter. Ça oui, on peut monter si elle ne descend pas ? Ça oui. On peut fleurir pour rien, pendant des années sans faire de graines, parce que toujours quelqu'un vient et vous cueille. Mais pourtant si une fois, une fois seulement on ne vous cueillait pas ?

Là-haut sous Bramafan... De Bellaïgue, on n'a qu'à prendre la route, c'est facile. On suit cette route de Solliès, on passe devant le cyprès de l'oratoire. Le cyprès n'est plus là, le vent a dû le casser ou quelqu'un l'a tué exprès, on ne sait pas. Mais tout ce grand paquet d'oiseaux qui vivaient dans lui, où se cache-t-il à présent ? L'oratoire a sa porte de fer arrachée, à laquelle pend encore un bouquet d'œillets secs. Mais Sylvaine ferme les yeux, la grille se remet bien droite dans son cadre, les œillets retrouvent leurs couleurs, le cyprès se dresse auprès de l'oratoire, portant son poids d'oiseaux et Ollivier est là, avec son beau sourire, debout contre le cyprès.

Mais n'est-il pas là aussi, de l'autre côté de la route ? Dans ce bois des Sources. Dans ces caches d'ombres où les bruyères n'arrivent pas à fleurir, mais où les bouches savent si bien se trouver ? N'est-il pas derrière ce pin à attendre Sylvaine ? Ollivier derrière ce pin. Ollivier contre le cyprès. Ollivier au milieu de la route et qui fait signe de venir plus vite. Ollivier, Ollivier, partout et nulle part...

Il faut traverser Solliès-Toucas qui couve dans le dernier gros soleil d'été ses figues mielleuses d'automne. Les platanes de la promenade vous douchent de froid, mais, après la place de l'Église, le portail rond vous rejette dans la chaleur de l'après-midi. Le chemin du cimetière est pierreux, entre ses hauts talus où juillet a brûlé les herbes. Quelques jardins encore après celui des morts vous tendent des vergers de feuilles, derrière leurs barrières de bois. Puis c'est une brise fraîche qui vient vous frôler. La source de Bonnefont est là, elle sort au jour entre deux pierres rondes. Celle d'en haut est toute veloutée de mousse et de capillaires. Un sureau a poussé dessus, en gros bouquet. La pierre d'en bas est nue, lisse et brillante. L'eau la couvre d'un glacis transparent où se joue le soleil. Dans une caresse mutuelle, elles se plaisent, puis se quittent et la pierre déjà se laisse caresser par une nouvelle eau et l'eau s'en va, pressée, vers de nouvelles pierres. Elle s'étale sur un lit de cresson, dans un plaisir de paresse. Des cordonniers avec leurs longues pattes tissent sur elle un entrelacs de traits qui la mesurent en tous les sens. De menus poissons en verre filé la traversent vivement pour un grand voyage, et s'arrêtent net, soudain, pour réfléchir.

Puis l'eau repart. Dans le profond d'une gorge, elle se jette contre ses rochers et, avec un rire gai, elle s'éclabousse elle-même. Elle repart encore avec ce rire et en donne un peu à tout ce qu'elle voit sur sa route. Joie à ce pré nourri de son contact, qui jette en gratitude sur elle des poignées mauves de pétales d'asters. Joie à la rainette verte, cachée sous une touffe d'iris et qui chante comme une tourterelle, en gonflant son gosier. Joie à la libellule qui prend son gain d'ailes et fait jaillir des perles dans son vol. Et ce martin-pêcheur si bleu et si beau et tout seul, n'est-il pas l'image même de la joie ?

Sylvaine a le cœur gonflé. Elle voudrait pouvoir ouvrir à deux mains la prison de sa poitrine et libérer son cœur comme le martin-pêcheur, la libellule et la prairie. Peut-être alors chanterait-il le chant de la joie, ce chant de tourterelle qu'exhale la rainette sous sa touffe d'iris ?

Mais l'eau poursuit, poursuit toujours sa route d'eau et Sylvaine lui dit adieu et prend au flanc de la montagne une route de pierre. Le bord de sa robe commence à s'imprégner des odeurs de thym qu'elle foule et des romarins qui viennent se mettre sous ses doigts. Les hauts genêts défleuris font éclater leurs cosses noires pleines de grains plats. Les grains sont jetés sur le sol au plaisir du vent. L'un brille sur une pierre blanche, un oiseau le verra, il est perdu. Un autre... un autre encore sera perdu, qui sait ? Mais il y en a un qui est tombé dans un creux de roche. Là, une terre humide l'attendait depuis le commencement de la création. Dans cette terre douce, il se vautre, il se pousse et s'enfonce et déjà en lui, s'élabore la radicelle qui l'accrochera au sol. Après peuvent venir vents et tempêtes, une tige naîtra et deux feuilles et puis cent et quelque jour, un grand genêt de plus parfumera la montagne de juin.

Ce chemin que Sylvaine a pris, devient sentier entre les arbres plus épais. Sylvaine voit autour d'elle le moutonnement de la forêt ; au-dessus, accroché au bord du roc, rougissant à peine de ses quatre toits délavés, c'est le hameau de Bramafan et là-haut découpé sur le ciel, c'est Grand-Cap.

Sylvaine s'arrête. Elle croit que c'est pour se reposer, parce qu'elle a grimpé dur depuis Bonnefont. Elle ouvre large sa bouche à l'air de la montagne et l'air lui fait un plaisir comme l'eau devait faire à la prairie. Elle ouvre les bras pour s'offrir plus entière, l'air lui passe la main sous les aisselles et lui glisse un doigt frais entre les seins. Elle ouvre les yeux et l'air se plaît à lui baigner le dedans des paupières et elle pense qu'elle voudrait être nue pour mieux sentir partout sur elle la bonne main de cet air.

Elle repart. Elle suit le chemin. Il lui semble qu'il y a quatre ans qu'elle le suit et que maintenant elle va arriver là où il mène. Et comme s'il la comprenait, ce chemin en tournant lui montre en clair, entre les branches, un terre-plein, sur ce terre-plein une cabane et il dit : « Tiens, c'est là ! » Sylvaine le remercie dans le dedans de son cœur.

Alors elle s'arrête sans honte, pour se baigner dans sa joie.

Cette joie… Elle est meilleure que l'eau de la source avec son chant de bête heureuse, elle est meilleure que l'air de la montagne avec ses parfums de forêt, cette joie, comment elle fait pour être meilleure que tout ?

XIV

Mais, dit Sylvaine, c'est bien naturel, père, vous êtes à l'âge de vous reposer.

Elle est assise dans le bureau de son père où il l'a conduite et il vient de lui dire qu'il se retirerait de la Tannerie.

— Ce n'est pas une question d'âge, dit-il. Mais depuis que Constant ne m'aide plus, cette direction est une charge trop lourde pour moi. Toi, je ne t'en ai pas encore fait le reproche, mais il y a pas mal de temps que tu laisses le plus gros travail à la comptable et que tu disparais pendant des jours. Je ne t'ai rien dit, parce que je comprends bien qu'il faut que tu refasses ta vie et que peut-être tu t'occupes de te remarier. Seulement, tout me retombe dessus.

— Vous avez cru ça, père ? dit-elle.

— Oui, je sais que le fils des Papeteries Lauraguais te recherche toujours et je pensais que tu allais te promener avec lui ? C'est une grosse fabrique qui marche bien, tu sais que depuis longtemps j'aurais volontiers donné mon consentement.

— Pas possible ? dit Sylvaine, d'un air ironique.

Elle se lève du fauteuil et va vers la fenêtre.

— Voilà le tilleul qui recommence à fleurir, dit-elle.

— C'est comme ça que tu réponds ? dit son père.

— Et que répondre à des bêtises pareilles ?

— Comment, tu ne le veux toujours pas ce fils Lauraguais ?

— Non, dit-elle sèchement.

— Un autre alors, peut-être ?

— Laissons ce sujet, dit Sylvaine d'une voix nette ; parlez-moi plutôt de vous, père.

— Eh bien, c'est simple, je quitte la direction de la Tannerie. Le neveu du patron doit arriver d'un jour à l'autre. Je le mettrai au courant, puis je le laisserai avec Rousselet qui a remplacé ton mari et je prendrai ma retraite. J'avais pensé à m'en aller dans mon Ardèche, j'aurais bâti une jolie maison moderne à côté de notre vieille baraque de Vernon et j'aurais vieilli en paix. Seulement, toi ?

— Moi ? Et qui vous empêche de partir si vous en avez envie ? dit Sylvaine. Moi, je peux très bien rester ici toute seule.

— C'est toi qui dis des bêtises maintenant, dit Resplandin. Tu nous vois, moi seul à Vernon et toi toute seule ici, une veuve de ton âge, qu'est-ce que les gens diraient ?

— Ô les gens ! gronde Sylvaine.

Elle pense : « Les gens ? Est-ce que vous ne leur avez pas assez donné de moi, comme à des chiens, en me jetant à eux toute saignante de ma misère ? En me sacrifiant comme vous l'avez fait ? »

— Bon, dit-elle, alors n'en parlons plus, mais moi, je ne veux pas aller habiter Vernon.

Revoir la maison de Constant, ce carré de buis qu'il appelait son jardin, revoir ses sœurs mariées dans le pays, revoir le cimetière où sa mère avait fait emporter le corps au cœur troué par la balle de revolver et la tombe où cette mère allait prier...

— Tu as répondu à Madame Granville ? demande Sylvaine.

— C'est tout répondu, dit Resplandin. Je lui ai expliqué déjà deux ou trois fois que ses démarches sont ridicules. Non, pendant combien de temps croyait-elle que j'allais l'entretenir ? Quand Constant était en vie, qu'il lui envoyât une pension, c'était dans nos accords, mais à présent, il y a près de cinq ans que Constant est enterré. Ça suffit, j'arrête les frais.

— Elle n'a rien pour vivre, dit Sylvaine, elle est vieille et infirme.

— Qu'elle aille habiter avec ses filles mariées. J'ai déjà été bien bon, après toutes les irrégularités que j'ai découvertes dans les comptes de la Tannerie tenus par son fils. Et puis que diable, elle a l'air d'oublier que ton mari s'est suicidé chez une fille ?

— Comment, vous le lui avez dit ?

Sylvaine a vivement relevé la tête.

— Et pourquoi je ne le lui aurais pas dit ?

— Vous m'aviez promis !

— Je t'avais dit ça pour te faire plaisir, mais il était normal que la mère soit au courant.

— Vous avez fait à votre idée, dit Sylvaine.

Elle se sent tout à coup très lasse, de cette sorte de lassitude qui la prend si souvent depuis son mariage. Après ces nuits d'insomnie qu'elle combat avec des somnifères, elle s'éveille les matins, lasse de vivre avant d'avoir commencé. Elle traîne sa journée comme un poids lourd, essayant en vain de s'intéresser à quelque chose. Et quand le soir vient, elle l'accueille comme un libérateur, parce qu'il rapporte la promesse du sommeil, où l'on oublie son bien et son mal.

Pendant un certain temps, son travail à la Tannerie l'avait forcée à rester attentive à autre chose qu'à elle-même. Mais ainsi que le disait son père, elle s'en est désintéressée autant que de la maison et son seul plaisir est de courir les bois.

Elle décroche dans le vestibule sa grosse pèlerine beige et elle s'en va par le fond de la cour et le vieux jardin aux lis. Louisa, qui la voit par la fenêtre de la cuisine, pense bien qu'elle va retrouver un amant et ceux qui, cueillant leurs fruits ou arrosant leur prairie, la regardent passer sur les chemins, se demandent où va ainsi par tous les temps, la demoiselle de la Tannerie.

Quand elle se souvient de cette grosse montée de joie,

qui l'avait submergée le jour où elle avait pris pour la première fois le sentier de Grand-Cap et où elle avait vu surgir, soudain vivante devant ses yeux, la maison d'Ollivier, elle se dit que c'était trop beau pour être une chose vraie et que c'est pour cela qu'enfin, arrivée au seuil de la cabane, elle l'avait trouvée déserte et abandonnée.

Un grand silence avait répondu seul au heurt de ses doigts contre la porte. A côté, le bûcher était grand ouvert, il y avait une vieille veste d'homme sur les fagots.

« La veste d'Ollivier peut-être », s'était dit Sylvaine.

Elle avait vu que des rats avaient mangé les poches, elle l'avait remise sur le tas de bois.

Puis elle était descendue.

Une semaine après, elle s'était éveillée une nuit en se disant : « Il faut que je remonte. »

Elle était partie dès le matin. Mais elle avait vu de loin que tout était resté pareil. Un jeune pin, abattu par l'orage, était tombé en travers du terre-plein et personne ne l'avait relevé. Elle s'était assise dans ses branches et elle était restée là-haut jusqu'à midi, se complaisant dans une tristesse passionnée, à se faire croire que si elle avait rencontré ici la mère d'Ollivier, quelque chose aurait changé pour elle.

Ensuite, elle fut des mois sans avoir le courage de remonter.

Elle y pense à cette minute où en face de son père, elle dit : « Vous avez fait à votre idée. » Oui, comme toujours, il a fait à son idée, comme quand il l'a séparée d'Ollivier, comme quand il l'a mariée avec Constant...

— Je vais me coucher, dit-elle, j'ai mal à la tête.

— Reste encore un peu, dit Resplandin, je n'ai pas fini de te parler.

— Bon, dit-elle et elle se rassied en face de lui.

— Alors, en Ardèche, ce n'est pas la peine que je compte t'y emmener ? Bien. Alors je resterai ici. Maintenant écoute-moi : ce fils Lauraguais que je croyais qu'il te plairait, il n'est pas le seul à t'avoir demandée en mariage, ils savent tous que j'ai des sous. Ton histoire, si tant est qu'on l'a sue, grâce à mes précautions, on a fini par l'oublier. Donc, c'est te dire que des maris, tu n'en trouveras pas un, mais cent. Y a personne qui te plaît ?

— Personne, dit froidement Sylvaine.

— Alors, tu allais retrouver qui, tous ces temps derniers, quand tu t'échappais ?

— Personne.

Comment pourrait-elle dire : « J'allais retrouver un souvenir, pas même, l'ombre d'un souvenir… »

— Tu me prends pour un imbécile ! crie Resplandin.

— Ne criez pas, père, dit Sylvaine d'une voix paisible, vous avez toujours eu cette manie de crier !

— Enfin, dit-il, garde ton secret, il faudra bien qu'il sorte.

— Ô les secrets, dit-elle, ça peut se garder très longtemps.

Son père la regarde au fond des yeux et lui dit d'une voix dure :

— Seulement, je te préviens, ne recommence pas les bêtises de tes dix-sept ans, hé ? Cette fois je ne pardonnerai pas !

— Vous prétendez avoir pardonné l'autre fois ? dit Sylvaine doucement.

Resplandin se lève de son fauteuil et fait quelques pas dans la pièce.

— J'aurais préféré te marier à mon idée, dit-il.

— Merci, dit Sylvaine, une fois m'a suffi.

— Mais si tu ne veux pas, après tout je m'en fous, reste vieille fille…

— Vieille femme, dit Sylvaine.

— Ô, dit son père en relevant les épaules, femme tu l'as été si peu ! D'abord je crois que c'est dans ton tempérament, tu n'as pas de tendresse.

— Non, dit Sylvaine de sa voix calme, pas de tendresse.

— Tu n'as jamais beaucoup aimé ta mère. Moi ? Je

n'en sais rien. Ton mari, je crois que le pauvre garçon... N'est-ce pas ?

— Non, dit Sylvaine, je n'ai jamais aimé personne.

Elle se lève, soulève le rideau de la fenêtre et regarde à nouveau au-dehors. « Le tilleul recommence à fleurir, pense-t-elle, à fleurir, encore à fleurir. Toujours, toujours. Et moi... »

La forte voix de son père la secoue. Il dit :

— Eh bien, nous vieillirons ensemble, voilà tout, mais tu ne pourras pas dire que c'est ma faute, j'ai assez fait pour te rendre heureuse.

— Oh ! oui, dit Sylvaine, vous avez assez fait.

Elle étouffe. Une envie de pleurer lui serre la gorge et ne laisse plus passer sa respiration. Elle n'a plus pleuré depuis la mort de Constant et ces larmes, elle se souvient qu'elle les avait versées, non sur elle, mais sur le pauvre corps jeté de côté sur le tapis bleu de Fifi Fournier.

Maintenant, elle sent une souffrance aiguë lui fouiller la poitrine. Depuis le jour où elle avait vainement espéré retrouver Ollivier dans sa mère et sa maison, elle avait recommencé à sentir la vie et à comprendre qu'elle pourrait encore avoir mal. Cet espoir, qu'elle avait enterré, était ressuscité et lui avait sauté au cœur. A cette minute, elle voit si nettement la sottise de cet entêtement, qu'elle pense dire à son père qu'elle accepte une entrevue avec le fils Lauraguais, mais quelque chose encore une fois — et c'était la force de son amour pour Ollivier — met une main sur sa bouche.

Elle entend à travers une brume que son père continue à parler, à faire des projets pour leur existence.

— Nous aurons de quoi vivre, dit-il, nous ne serons pas malheureux, beaucoup de gens voudraient être à notre place, sans soucis, sans ennuis. Nous ne manquerons de rien jusqu'à ma mort et même après moi, tu pourras vivre tranquille.

« La mort, la mort ? Quelqu'un venait de parler de la mort. Quelle mort ? Celle de son père ? Puis après, la sienne. C'est comme ça que tout finit. Elle vivrait dans cette maison avec son père, avec Louisa, elle vieillirait, puis elle mourrait. Ce serait fini… On t'a donné une existence sur cette terre, une seule existence et c'est tout. Il faut te débrouiller pour savoir t'en servir, pour être heureuse avec ça, si tu ne te débrouilles pas, tant pis pour toi ! tu n'auras rien d'autre, jamais. Même si tu dois revivre, tu ne le sentiras pas, alors c'est sans valeur. Une vie, une vie et tous les gens autour pour t'empêcher de la prendre dans tes mains comme un bon fruit, et de te nourrir de ses sucs. Une vie, c'est tout et puis la mort… »

— Ah ! père, père ! crie Sylvaine.

— Qu'est-ce qui t'arrive ? dit Resplandin. Tu es bien nerveuse depuis quelque temps ? Qu'est-ce que tu as ?

Le flot de larmes, monté de son désespoir, s'arrête net, se glace sur les joues à la rudesse de cette voix qui redemande :

— Qu'est-ce que tu as ?

— Rien, dit-elle.

Constant aussi, avant de se tuer, avait répondu :

— Rien.

XV

Ce premier jour où Sylvaine était montée à Grand-Cap, septembre finissait dans le rougeoiement de ses feuilles de vigne et de ses arbousiers flambant comme des torches. Maintenant février fait couler des ruisseaux de pâquerettes au bord de tous les chemins et le bois noir de l'aubépine se gonfle de bourgeons.

Sylvaine se trouve à nouveau assise sur ce jeune arbre qu'un orage a allongé en travers du terre-plein devant la cabane et que personne n'a relevé.

Elle est montée encore une fois. Après s'être dit pendant des jours et des jours : « A quoi bon, puisqu'il n'y a plus personne ? » elle est quand même, quand même montée encore une fois. Et ce matin, assise toute seule dans ce silence des bois qui est fait de mouvements d'oiseaux et de mouvements de feuillage, elle regarde la porte du bûcher restée grande ouverte comme une porte qui n'a plus rien à garder, sauf une vieille veste mangée par les rats.

Elle pense à cette vieille veste, au corps que cette vieille veste a réchauffé et qui, à ce moment même peut-être, grimpe avec des pieds prenants d'animal libre, au plus haut d'une vergue barrant un mât, au-dessus de l'étendue bleue d'une mer. Où peut être ce corps, est-il nu, puissant, brillant de sueur sous la brûlure de quelque tropique ou peut-être, peut-être tout défait, vert, mou et gonflé d'eau, au fond de quelque océan ?

A ce moment où elle pense, elle voit tout à coup un chien devant elle, un chien de berger dont les yeux vifs la fixent à travers la frange de poils retombant sur son front.

Elle avance la main pour le caresser et le chien avance sa tête vers cette main.

— Tu es bien gentil, lui dit Sylvaine, tu n'aboies pas, tu ne cherches pas à mordre ? Tu te promènes ? D'où es-tu sorti ?

Elle lui gratte doucement le dessus du museau et le chien ferme ses paupières sur les deux lacs dorés de ses yeux.

— Ça te fait plaisir qu'on te caresse, dis, ça te fait plaisir ? Tu t'ennuies, tu es tout seul ? demande Sylvaine. Qu'est-ce que tu fais là, tout seul ? Et tu n'es pas gras...

Elle lui passe la main sur les côtes qui saillent.

— Tu as l'air d'avoir le ventre creux, tu n'as pas mangé ?

A ce mot magique, le chien bondit vers la porte de la cabane, puis se retourne vers Sylvaine et gémit.

— Qu'est-ce que tu veux ? dit Sylvaine. Tu veux entrer ? Il n'y a personne là-dedans, plus personne mon pauvre chien, ni Ollivier ni sa mère.

Le chien, d'un nouveau saut, se jette sur les genoux de Sylvaine et lui lance dans le visage deux grands aboiements de joie.

Elle se met à jouer avec lui. Elle redit :

— Manger ? La soupe ? Le sucre ? C'est ça que tu veux ? Viens avec moi à ma maison, je t'en donnerai. Mais ici, il n'y a rien, il n'y a personne. Ollivier est sur mer, peut-être en haut d'un mât, peut-être au fond de l'eau, peut-être marié dans une île bleue avec une femme noire. En tout cas, tu vois, il n'est pas là. S'il était là, il aurait une clef pour ouvrir la serrure de sa maison, j'entrerais et tu aurais à manger. Et moi, ah ! moi aussi, j'aurais à manger pour ma faim. Seulement, il n'y a personne, personne ! Nous n'avons plus qu'à repartir tous les deux.

Sylvaine se lève, alors le chien se met à faire une course de folie heureuse tout autour du terre-plein. Enfin il s'arrête et revient se dresser contre la porte de la cabane.

Sylvaine soulève le loquet, le chien se jette contre le bois. Elle reprend :

— Mon pauvre chien, tu es têtu ! Puisque je te dis qu'il n'y a personne, que c'est fermé ?

Mais Sylvaine reste stupéfaite, la porte cède sous l'assaut des pattes et le chien est retombé dans la maison.

— Tu es là, Michel ? dit une vieille voix. Qui t'a fait rentrer ? C'est Marcelin ?

— C'est moi, dit Sylvaine.

Elle demeure sur le seuil de la porte, surprise et n'osant avancer.

— Entrez, mademoiselle, dit la voix, je croyais que c'était le fils Marcelin, vous, je ne vous connais pas, mais ça n'y fait rien, vous pouvez entrer, parce que moi je ne peux pas sortir, je suis malade.

— Excusez-moi, dit Sylvaine, je me promenais, j'ai rencontré ce chien…

— Mais il n'y a pas de mal, au contraire, vous me faites plaisir de faire entrer Michel. C'est mon chien, Michel. Je l'ai bien entendu pleurer et gratter à la porte il y a un moment, mais je suis trop faible pour aller lui ouvrir. Je suis couchée. Moi, vous ne me voyez guère parce que mon lit est dans l'ombre, mais vous, qui êtes debout dans la lumière du dehors, je vois que vous êtes une belle demoiselle.

— Je croyais qu'il n'y avait personne ? dit Sylvaine.

— Et il n'y a pas grand monde, allez, il n'y a que moi ! Mais avancez et venez vous asseoir, quoique je n'aie pas grand-chose à vous offrir. Oui, il n'y a que moi, seule et malade. Une pauvre femme qui a eu son mari, ses trois fils et qui maintenant attend son bol de lait du bon vouloir des autres !

— Je vous connais, dit Sylvaine, oui, je vous connais par votre amie. Justine Marcelin, qui m'a parlé de vous et si je peux vous aider...

— Ah ! vous connaissez Justine ? dit Arnaude. Eh bien, elle aussi est malade en ce moment. Moi, j'ai attrapé un mauvais froid au commencement de l'hiver et depuis je me traîne. Il y a trois mois, j'ai eu tellement la fièvre qu'on m'a emmenée à l'hôpital de Solliès. On m'a bien soignée, à la fin j'en suis partie. Ils m'auraient gardée si j'avais voulu, ils m'auraient occupée à la cuisine tout en me soignant encore, mais je suis une testarde, je leur ai dit : « Arnaude Desmichels, elle veut mourir chez elle. »

Ce nom de Desmichels, jeté ainsi à l'avidité de son souvenir, fait ressentir à Sylvaine la même émotion qu'en ce jour où la matelassière avait prononcé celui d'Ollivier.

C'est bien, ici dans cette cabane solitaire, celle vers qui elle vient depuis quatre ans. C'est bien cette vieille femme pauvre et malade qui est sa mère depuis toute éternité, puisque c'est elle qui a mis au monde l'homme qui a été fait pour elle depuis toute éternité, celui dont on n'a plus d'autre présence qu'une vieille veste où des rats ont fait leur nid, celui qui vivant ou mort... Ollivier, où est-il ? Ollivier ! Ollivier ! Elle voudrait qu'on en parle tout de suite.

— Si je peux vous aider ? redit-elle et tout son cœur est dans sa voix.

— Vous êtes bonne, dit Arnaude, je n'ai jamais été abandonnée en plein. A l'hôpital, Justine est venue me voir et son fils, qui reste là-haut à Bramafan (même j'ai cru que c'était lui quand vous êtes entrée), il me garde ma chèvre et mon chien. A ma sortie, c'est le brave Marcelin encore qui m'a ramenée dans sa camionnette et les chemins n'étaient pas trop bons ! Après, Justine est encore venue me ranger la maison, traire la chèvre, me faire chauffer du lait, mais depuis avant-hier, elle est malade elle aussi et je me débrouille comme je peux.

« Et Ollivier ? pense Sylvaine, qu'est-ce qu'il fait

pendant ce temps, Ollivier ? Pendant que sa mère aurait tant besoin de lui ? » Il lui semble que si elle se mettait sur le seuil de la porte et qu'elle crie vers la route : « Ollivier ! Ollivier ! » elle le verrait arriver, comme au jour du Lavandou, avec les mains pleines de ces poissons brillants qu'il venait de pêcher...

— Je vous remplacerai Justine, dit Sylvaine.

— Ô, une belle demoiselle comme vous ? dit Arnaude. Je ne voudrais pas vous donner ce travail ! C'est des choses qui abîment les mains. D'abord vous ne savez peut-être pas traire, ni allumer le feu de bois ?

— Mais oui, dit Sylvaine, je sais.

Un rire heureux monte à son visage, elle se sent frémissante de toute une bonne volonté nouvelle pour aider la mère d'Ollivier.

— Vous ne vous êtes pas seulement assise, dit Arnaude. Approchez un peu. Dans le placard, y a encore un peu de mon vin orange, plus beaucoup parce que je n'en ai plus fait depuis longtemps, mais assez pour que nous en buvions deux petits verres. Alors, vous dites que vous connaissez Justine ?

Les yeux de Sylvaine, habitués maintenant à l'ombre de la cabane, en voient toute la sévère pauvreté, l'âtre noirci au ras du sol et le potager en carreaux rouges. Contre l'autre mur, le lit étroit où la malade est couchée, puis deux chaises, une table.

— Vous regardez mon intérieur ? dit Arnaude, c'est pas riche, mais je l'aime beaucoup. J'ai aussi une chambre avec un grand lit, une commode avec sa glace et un fauteuil. La cuisine date de mon mariage. Ç'a été le plus beau cadeau du berger Nans, un de nos amis, un homme qui avait un mystère, mais qui était beaucoup brave. La chambre, mon pauvre Antoine, vous pouvez croire qu'il était heureux le jour où y me l'a apportée de la Guirande, quand le père Desmichels a été mort et que Sébastien est devenu le patron. Sébastien, c'était le frère aîné d'Antoine, il a été bon pour nous. Pas comme Pierre, mon autre beau-frère. Celui-là, y pétait dans la graisse de son argent, mais ça ne le rendait pas plus généreux. Aussi, ça lui a guère porté bonheur, sa femme est partie avec un jeune de Méounes et on dit que ça lui travaille le cerveau. Moi, je l'ai plus vu depuis des années, y s'est jamais occupé de nous, pourtant il était tuteur d'Ollivier.

Sylvaine encore une fois ressent ce frémissement de tout elle à recevoir ce nom comme un choc sur la tête. Elle s'était habituée à ne plus l'entendre, maintenant si elle veut, elle l'entendra tous les jours, elle n'a qu'à revenir ici, qu'à revenir...

— Mais je vous ennuie peut-être à vous raconter tout ça ? Moi je parle... je parle et ce sont des histoires de famille qui peuvent guère vous intéresser.

Arnaude fixe sur Sylvaine ses yeux au bleu lavé et elle demande :

— Mais est-ce que je vous connais, mademoiselle ? Vous êtes du pays ?

— Bien sûr, dit Sylvaine, je suis Sylvaine Resplandin, de la Tannerie de Bellaïgue, et c'est en venant refaire les matelas chez nous que Justine...

— Ah ! dit Arnaude, c'est vous la demoiselle de la Tannerie ? Je vous ai jamais vue, mais j'ai beaucoup entendu parler. Vous avez perdu votre mari, je crois ?

— Oui, dit Sylvaine.

— Et moi qui m'entêtais à vous dire mademoiselle !

— Ô ça ne fait rien, dit Sylvaine.

L'allégresse élève sa voix. « Mademoiselle... Redevenir ici Mademoiselle Resplandin, se retrouver ici, comme ce carnet qu'on a cru perdu et qui est plein des cris de foi de sa jeunesse... »

— Alors c'est vous qui êtes la fille de ce directeur qu'on dit qu'il est si riche ? Et qu'est-ce qui vous a amenée par chez nous ?

— Je suis venue vous voir, dit gaiement Sylvaine.

Arnaude la regarde avec méfiance.

— C'est rare, dit-elle, des riches qui se dérangent tout exprès pour porter un bonjour aux pauvres, c'est beaucoup rare !

— Je ne suis pas si riche, dit Sylvaine, et vous n'êtes pas si pauvre, puisque vous avez votre pension.

— Ma pension ? Qu'est-ce que je m'en fiche pas mal de ma pension ? Pour mon lait, ma chèvre me le donne et pour la nourrir, le sous-bois me donne l'herbe. Y se figurent qu'avec leur quatre sous qu'y me jettent, y me payent mon pauvre mari, mon pauvre Joseph et mon pauvre Félicien ? Que sans leur cochonnerie de guerre, je les aurais encore auprès de moi.

— Vous avez perdu vos deux fils à la guerre ?

Sylvaine le sait bien, mais elle veut arriver à parler d'Ollivier. Elle sent qu'elle s'en approche. Il lui semble qu'elle boit une cuillerée d'huile d'olive. Sur ce chemin de velours qui se glisse de sa gorge à son cœur, une moelleuse douceur s'étale et apaise tous les points qu'elle touche. Les deux aînés sont morts à la guerre, oui, on le sait. Mais du troisième, quand est-ce qu'on va en parler du troisième ? Du petit ?

— Oui, dit Arnaude, les deux. Et le troisième, y m'a abandonnée pire que s'il était mort .

Réveillée de son rêve, Sylvaine baisse la tête et se répète à elle-même : « Oui, c'est ça, pour moi c'est pareil. Il m'a abandonnée pire que s'il était mort. »

Arnaude dit :

— C'est comme ça la vie !

Sylvaine allait demander : « Et où est-il maintenant ? » Mais Arnaude s'est penchée sous le lit et elle parle au chien :

— Tu as fini de bâiller et puis de gratter ma couverture ? Tu as faim ? Ah, tu es jeune, toi, tu penses qu'à manger, tu as bien de la chance ! Mais que veux-tu, je peux pas te servir.

— Qu'est-ce qu'on pourrait lui donner ? demande Sylvaine.

— Du pain dans du lait, je lui donne, mais c'est tout un travail, il faut traire...

— J'y vais, dit Sylvaine, où est-elle votre chèvre ?

— Vous sortez par le bûcher, vous verrez l'enclos, mais ça m'ennuie, vous allez vous salir.

— Comment on l'appelle ?

— Cabrettoune.

— Parce qu'il vaut mieux savoir leur nom, n'est-ce pas ? Et le toupin, je prends celui-là ?

Sylvaine touche sur l'étagère un pot de grès jaune.

— Oui, dit Arnaude, c'est juste celui-là, on croirait que vous l'avez deviné ?

Elle se débarrasse de sa cape et va vers le bûcher. Quand elle en revient, Arnaude lui dit :

— Elle s'est laissé traire ?

— Très bien, nous en avons une nous aussi et je sais comment il faut leur parler.

Elle pose le pot débordant de mousse sur la table.

— Et maintenant ? dit-elle.

— Le pain est dans le sac contre le placard, le plat de Michel est sous l'évier.

— Je vois, dit Sylvaine.

— Oui, vous êtes bien dégourdie, mais ça m'ennuie de vous faire travailler. A votre maison, vous en faites sûrement pas tant ?

« A ma maison ? A ma maison, pense Sylvaine, rien ne m'intéresse, tandis qu'ici, dans la maison d'Ollivier... »

— Vous voyez bien que ça me fait plaisir ? dit-elle.

— Oui, justement je le vois, dit Arnaude, et c'est bien ce qui m'intrigue, de vous voir là dans ma cabane, avec vos gestes doux et gracieux, qu'y me semble de les avoir toujours eus autour de moi. Ah, si le Bon Dieu m'avait envoyé une fille, j'en aurais eu plus d'aide que par mes garçons !

— Eh bien, ce sera moi votre fille, dit Sylvaine.

Elle rit pour cacher le grand trouble qui prend ses racines dans le plus profond d'elle et lui fait trembler les mains.

Elle a versé le lait sur les morceaux de pain et elle pose le plat par terre.

— Allez, Michel, mange !

Se retournant vers la malade, elle ajoute :

— Et pour vous ?

Arnaude s'est assise sur son lit, elle regarde encore Sylvaine comme tout à l'heure dans les yeux. Elle dit :

— Oui, je vous vois, je vous regarde, vous êtes beaucoup jolie et bien habillée et je peux pas comprendre... Vous êtes là, dans ma cabane de misère, avec votre joli visage, votre belle tournure, votre gentillesse, vous êtes là à vous salir pour faire la soupe de mon chien, au lieu d'être à côté d'un homme qui, de sûr, vous aimerait... Vous n'allez pas vous remarier, non ?

— Non, dit Sylvaine.

— Votre mère est morte aussi, je crois ?

— Oui, dit Sylvaine, Justine vous a raconté ?

— Vous pensez bien, à l'hôpital, on n'avait que ça à faire de blaguer et même avant, quand elle venait des fois coucher ici pour me tenir compagnie, elle me parlait des uns et des autres, chez qui elle allait refaire les matelas. Alors cette grosse maison de la Tannerie où y avait de si belle laine, elle disait qu'il y avait dedans une fille qui en serait héritière, et que cette fille était pas toujours heureuse.

— Ah ! oui ? dit Sylvaine, elle disait ça ?

— Oui et que vous aviez un père que son écorce était dure comme du marron d'Ardèche et que votre mère ne s'occupait pas de vous avec sa tendresse et que le mari que vous aviez pris, elle n'était pas si sûre que vous l'aviez choisi dans la volonté de votre cœur.

— Tout ça ? dit Sylvaine. Eh bien, elle en voyait des choses en cardant sa laine !

— Et puis qu'après votre petit est mort, puis votre mère, puis cette tante que vous aimiez bien ?

— Ma tante Théonie ? Ah ! oui, celle-là, je l'aimais bien.

Et pourtant... Oui, pourtant, elle se souvient du jour où est arrivé le télégramme disant : « Théonie décédée subitement. » Elle se souvient que cela ne lui a presque rien fait. Quand son père revenu de Vernon a raconté comment Théonie, au retour du jardin, s'était affaissée dans un fauteuil en disant : « Je ne vais pas bien », puis était demeurée immobile à tout jamais, elle se souvient qu'elle est restée insensible et froide comme si elle avait été cette morte qu'il aurait fallu pleurer.

— Et puis votre mari ?

— Oui, dit Sylvaine.

— Ça fait beaucoup de deuils autour de votre jeunesse, dit Arnaude, ça lève la gaieté.

— Ô la gaieté… dit Sylvaine.

— Je l'ai souvent pensé, vous voyez, moi, dans mon ignorance de charbonnière, la gaieté, elle ne vient pas de ce que les coffrets sont pleins de billets de banque. Et je le vois encore une fois, pour une dame qui a de l'argent, des belles robes, la maison pleine de linge et des gros meubles que vous pouvez pas les remuer, ça c'est Justine qui me l'a dit, eh bien, la gaieté quand même elle est pas là, elle est dans le contentement du cœur. Et moi, toute vieille, malade, sans le sou que je suis, si j'avais encore mes trois petits et mon Antoine, je me mettrais à danser de joie.

— Oui, dit Sylvaine, et elle pense : « Si j'avais encore Ollivier, mon corps se mettrait à danser tout seul ! » Elle se baisse vers l'âtre glacé.

— Je vais allumer le feu et vous faire chauffer du lait. Vous devez avoir faim, il est midi, ça vient de sonner aux Sénès.

— Midi ! mais il faut descendre, dit Arnaude. On va vous attendre chez vous !

— Oh ! dit Sylvaine, ça ne fait rien, personne ne m'attend !

Elle se met à casser des bouts de bois et à préparer du feu avec des mains qui tremblent de plus en plus. « Mon feu, pense-t-elle, le feu de la mère de mon mari. » Arnaude la regarde faire avec un air si doux. Alors elle, sans oser la regarder, elle lui dit :

— Votre troisième, votre plus jeune, votre fils Ollivier, vous savez, je l'ai connu dans le temps…

Une petite flamme rouge monte au-dessus du bois mort.

XVI

Et il n'est jamais revenu ? demande Sylvaine.

— Si, dit Arnaude, une fois, je crois, une fois il me semble qu'il a dû revenir…

Nu-tête et sa cape accrochée derrière la porte, Sylvaine est chez elle ici, maintenant. Elle ne demande plus : « Qu'est-ce qu'on donne à manger au chien ? » Elle dit : « Attends, Michel, attends un peu ! Ce n'est pas parce que tu me mordras le pied que je te servirai plus vite. »

En ce moment, sur le réchaud à essence apporté par elle, elle surveille minutieusement la montée crémeuse de la bouillie d'avoine qu'elle a mêlée au chocolat pour le rendre plus digestible. Elle pense que cette crème d'avoine est plus onctueuse que celle de la dernière fois et elle se félicite d'être allée elle-même la choisir à Toulon. Elle regarde la crème d'avoine, elle regarde le chocolat qui se chauffe doucement à côté, avec des bouillonnements de lave qui sentent la vanille. Elle regarde la cuisine blanchie à neuf, elle sait que la chambre est toute bleue sous son beau papier peint, toute brillante par les reflets de ses meubles nourris de cire. Elle sait que c'est elle qui a choisi le parfum du chocolat et l'onctuosité de la crème d'avoine, elle promène sur tout ses regards amoureux, comme si elle eût bâti de toutes pièces un palais de merveilles où la joie serait assise sur un trône d'or. Elle pense : « C'est moi qui... C'est moi que... C'est moi qu'elle appelle si elle a froid, si elle a faim, si elle a mal à ce ventre qui a porté Ollivier. C'est moi qui suis là, toujours, avec mon attention, avec mon sourire, avec mon amour, avec mon argent... »

Comme une fille ? Non. Une fille aurait dit : « Vous comprenez, maman, c'est ennuyeux, vous ne vous décidez pas à aller mieux et moi mon mari m'attend, j'ai ma maison, j'ai mes petits ! » Pour elle, c'est ici que tout est réuni : sa mère, son mari, ses petits, sa maison. Tout ce qui lui a été donné par la vie, tout ce que la vie pourra lui donner encore : ce garçon qu'elle voit marcher sur la mer comme un archange, cette vieille femme qu'elle a élue pour mère, cette maison qui a brillé pour elle de loin, avec les feux de l'étoile des Rois mages, jusqu'à ces petits qu'un jour peut-être Ollivier lui fera, tout s'est réuni ici pour la prendre et pour la garder.

— Qu'est-ce qui vous fait croire ! dit-elle.

— Qu'Ollivier est revenu ? Beaucoup de choses, mais vous savez, de celles-là qui peuvent guère s'expliquer avec des paroles. En provençal ça s'appelle « la sentie ». Vous avez jamais entendu dire ? C'est vrai que vous avez été instruite dans les écoles et là, le provençal, on le parle pas. Mais moi, tout italienne que je suis née, je suis venue provençale par mon amitié pour Antoine et j'ai pas d'autres mots pour vous faire comprendre. N'est-ce pas, j'ai pas vu la trace du pas sur l'herbe cassée ni la marque de la main sur le coin de la table, ni la boue restée par terre de la chaussure de mon enfant et pourtant j'ai su qu'il était venu. C'est drôle, vous allez dire ? Mais vous avez pas attendu aujourd'hui, pas vrai, pour savoir qu'il y a des choses drôles sur la terre ?

— Buvez votre chocolat, il est à point, dit Sylvaine.

Arnaude boit deux gorgées et repose le bol.

— Ne croyez pas qu'y soit pas bon, dit-elle, mais j'ai trop envie de parler.

Sylvaine s'assied sur le pied du lit.

— Voilà, dit Arnaude, y a plus de dix ans bien sûr.

J'avais Cabrettoune qui était en chaleur. Je lui disais toujours : « Je te mènerai, va, je te mènerai ! » Mais un bouc, y en a qu'un à Bramafan et vous pensez si c'était haut pour mes vieilles jambes ! Enfin, un jour que le fils Marcelin était venu, y me dit : « Écoutez-moi, je vais vous la conduire, et vous, vous viendrez la prendre. Au retour, vous aurez moins de peine, à la descente les courges y vont seules. » Y l'emmène et trois jours après, comme convenu, je me décide à monter la chercher. J'y ai mis le temps, mais par les petits sentiers qui longent la grosse roche, j'y suis arrivée quand même et enfin j'ai fait mon ouvrage. « Restez à dîner », les Marcelin me disaient. C'est tous des gentilles gens, les parents de la femme, la femme et jusque leur fils, Justin, qui me faisait le sourire. Mais moi j'ai dit merci et j'ai dit non. Je me sentais si faible et j'avais toujours peur de tomber malade chez les autres et de mourir ailleurs que dans mon lit. J'accepte le café comme de juste, que je les aurais fâchés de faire autrement, puis je reprends ma route. « Allez, Toune, je dis à ma chèvre, maintenant tu es mariée, tu seras plus calme, j'espère ? » Ça les a tous fait rire. Y me font adieu et je descends. J'avais laissé ma grosse soupe sur le feu et malgré que j'aie mis dessous que du souquet de bruyère qui se consume lentement, je me faisais souci de trouver tout brûlé. J'y tenais, que c'était mon dernier sac d'épeautres, la toute fin de la provision faite par mes garçons, après les dernières semailles dans le terrain du haut.

« La terre, elle est si maigre là, qu'il y vient guère que cet engrain, même pas du vrai froment, juste un seul grain dans l'épillet et dur et pointu comme de l'avoine. Ça fait une soupe que j'aimais bien et rien que d'en sentir l'odeur dans ma maison, y me semblait que mon pauvre Antoine allait revenir pour me dire : « Té, tu as fait de soupe de blé ? » et se mettre à table pour manger avec moi.

« Alors, j'y pensais à ma soupe, le long de mon chemin de descente, où Cabrettoune me tirait au bout de la chaîne. Et je lui disais à ma chèvre : « Tu es bien comme les gens ! Tous ces jours derniers, tu pensais qu'à l'amour, tu miaulais plus fort que la chatte, tu cassais les cordes, tu savais que regarder vers le haut de la montagne, là où tu sentais qu'y avait ton bouc, mais maintenant que tu en as de reste, c'est ton étable qu'y te faut et ton calme, dans tes quatre murs, pour commencer à faire tranquillement tes petits chevreaux...

« Y m'avaient gardé Michel là-haut, y me l'avaient enfermé pour qu'y descende pas en même temps que moi : « Autrement, de sûr y vous fiche par terre, avait dit Marcelin, à sauter après la chèvre, y vous la rendra folle. » Arrivée à la cabane, je mène la Toune à son enclos et je viens tout de suite dans la cuisine pour voir ma soupe, si elle avait pas attaché au fond. J'avais pas encore enlevé la marmite du feu que je sens... comme vous dites ? Pas l'odeur de ma soupe, non, pas une odeur, une... Comment dire ? Une sorte de chose, oui, c'est ça, une présence qui y était pas avant mon départ et qui était installée pendant que j'étais là-haut. Ça ferait rire bien des gens à qui je le dirais. Pourtant c'est vrai ! Et je me disais, toute seule, debout dans ma cuisine : « Qu'est-ce que c'est ? qu'est-ce que c'est ? J'ai une drôle de sentie ! La sentie de quelque chose que je ne peux pas voir et que pourtant j'en suis entourée comme du vent dans la montagne. » Je me tournais, y me semblait que quelqu'un était derrière moi, puis je me retournais d'un coup, parce que je croyais me le voir à côté. Enfin, je me suis assise et j'ai réfléchi : « Si je sens tant quelque chose ici dedans, c'est que quelque chose y est. » J'ai ouvert mon nez, ma bouche, mes mains, toute ma peau, tout ce que je pouvais envoyer au-devant de la comprenure de cette chose. Et, sans le vouloir, je me suis entendue dire : « Ollivier ? » Alors je me suis pensé : « Oui, c'est lui, il est venu ici. » Et j'ai compris que je ne me trompais pas.

« Alors je me suis mise à chercher. J'ai ouvert le placard, tout était en ordre. J'ai regardé les carreaux par terre, les murs, le plafond, y me semblait qu'y fallait bien que quelque part y soit resté une trace. Sur la table, l'assiette creuse où j'avais posé avant de partir la louche toute crémeuse, elle était restée pareille. Ma soupe bouillait doucement sous son couvercle. Oui, c'était comme ça, j'ai rien trouvé et pourtant, j'étais sûre, comme j'ai cinq doigts dans la main, j'étais sûre que mon garçon était venu.

« Vous savez pas ce que j'ai eu le lendemain, comme seule marque d'un passage, et qui m'a montré que j'avais raison ? Je balayais, la porte était ouverte et j'envoyais au-dehors, du bout de mon balai, toutes nos saletés de campagne : des bouts de bois, des feuilles, de la poussière mêlée à des poils de chien. Et tout à coup, j'ai vu sous la table un petit tas de cendre fine, plus fine que celle de mon feu. Je me suis baissée, je l'ai touchée, j'ai compris, mes hommes fumaient dans le temps, c'était de la cendre de cigarette. J'ai frotté mon doigt dedans, j'en ai pris dans le creux de ma main. C'était doux comme une souris morte. Tenez, je l'ai encore dans un papier, dans le pot des épices, sur la cheminée. Prenez-le, vous voulez la voir ? »

Non. Cette cendre, Sylvaine croit qu'elle va mourir si elle la touche. Cette cendre qui a tenu à une cigarette avant de tomber, cette cigarette qui tenait à une bouche, cette bouche qui tenait au visage d'Ollivier, ce visage qui tenait à son corps. Ollivier tout entier retrouvé dans ces quelques grains de cendre douce comme une souris morte.

— Buvez votre chocolat, madame Desmichels, il va être tout à fait froid.

— Ça me fait drôle que vous m'appeliez Madame Desmichels, nous sommes trop amies maintenant et vous avez eu trop de bontés pour moi. Il faudra que vous me donniez un autre nom.

— Lequel ? dit Sylvaine.

Il y en a bien un. Un qui est venu de lui-même aux lèvres de Sylvaine dès qu'elle a su qu'Ollivier avait sa mère. Mais pour le donner, ce nom, à cette femme qui est là, il aurait fallu qu'Ollivier lui-même eût fait entrer Sylvaine en la tenant par la main.

— Quand mon garçon était petit, y m'avait baptisée d'un drôle de nom, je me rappelle plus... J'ai mal à la tête.

— Vous avez trop parlé, dit Sylvaine, il faut vous allonger et rester un peu tranquille.

— Comment c'était déjà ?

Arnaude parle comme en un rêve. Ses yeux tournent parmi ces objets familiers que parfois ils ne reconnaissent plus, ainsi que deux globes perdus à la recherche de leur éther. Sylvaine a remarqué ces absences de l'être matériel, que le mal dépouille des sensations présentes. Elle regarde avec pitié tourner les yeux de la malade, ses lèvres marmonner des mots mystérieux, ses doigts rouler et dérouler le bord du drap. Elle écoute la voix cassée qui égrène les souvenirs vieux de trente ans, comme s'ils étaient d'aujourd'hui !

— C'était comment... comment, qu'y disait ? C'était comme ça, oui, comme ça... Pas Arnaude, non, Arnaude, c'était Antoine qui me le disait ! Arnaude Cumiana, c'était mon nom de l'Italie, mais tout de suite je l'ai oublié. Le premier soir que nous nous sommes promenés ensemble après le bal, y m'a dit : « — Comme tu t'appelles ? Arnaude, j'ai dit. » Pas plus. « Passe-moi le fichu, Antoine, j'ai froid. » Mais non, j'ai pas froid, que je suis bête, on est en plein juillet, je peux pas avoir froid ! La fin d'août, après les moissons, je sèvre Ollivier. Les chaleurs seront près de finir de ce moment, y supportera mieux la privation. Maintenant y faudrait que j'aie une fille. « Ça te plairait pas une fille, dis, Antoine ? Dis, mon chéri ? Une fille qu'elle aurait le nom d'Antoinette et que ce serait peut-être notre dernier fruit ? Dis, tu veux pas me la faire, cette fille ? » Mais comment c'est qu'y me dit, Ollivier, que ça te fait toujours rire ? Ma... Ma... C'est trop difficile, ma langue se refuse...

Le murmure, devenu indistinct, se perd comme le fil d'eau qui a trouvé un trou, les yeux d'Arnaude se ferment et Sylvaine reste seule, assise au chevet de cette femme de la montagne, qui se représente ce qu'elle a de meilleur à aimer.

Alors, quand elle la voit endormie, elle se met aux humbles travaux ménagers de la maison campagnarde. Il faut donner à manger à Cabrettoune pour la nuit, la traire, faire bouillir le lait afin qu'il se conserve, coudre, laver. Arnaude souille facilement ses draps et son linge. Dans la maison il n'y a pas l'eau et elle n'est pas chaude en ce printemps tardif, dans le lavoir de l'enclos. Le feu de bois à refaire constamment. Pas d'électricité. Une lumière jaune et tremblante de pétrole jette sa flamme de pauvre au centre de la pièce, tout le reste demeure dans l'ombre.

Sylvaine s'enfonce dans cette misère, dans ces ouvrages pénibles, avec une volupté qui la laisse surprise. Ses doigts s'abîment au contact du savon et du fourneau. Elle sourit. Elle pourrait partager sa peine avec quelqu'un, elle ne le fait pas, elle sait qu'elle y viendra, mais elle veut le plus longtemps possible assurer à elle seule cette besogne de servante dans laquelle elle se plaît.

Le soir, il lui faut bien redescendre dans la vallée. Le moment venu, elle traîne encore un peu, enfin elle embrasse Arnaude, elle lui met auprès du lit la table chargée de la veilleuse, où tiédit la tisane des quatre-fleurs, parfumée à l'alcool, elle revient sur ses pas, elle dit à Michel : « Garde-la bien ta maîtresse, hé ? » Enfin elle part.

Tous les soirs, à cette heure-là, elle déteste Ollivier, parce qu'elle pense que tandis que sa mère et elle doivent séparer leurs nuits, lui, il est au loin, peut-être joyeux auprès d'autres femmes.

Le lendemain, elle a toujours peur de retrouver Arnaude morte, mais au contraire, la malade puise dans son repos des forces neuves et elle demande à Sylvaine avec une moquerie au clair de ses yeux bleus :

— J'ai pas radoté hier au soir ? Tu sais, le soir, je radote toujours un peu, y faudrait pas m'écouter...

Sylvaine réfléchit :

« Ça ne pourra pas durer comme ça, je ne peux pas la

laisser seule toutes les nuits. Il faudra que je lui trouve quelqu'un pour la garder. Justine, peut-être ? Je verrai. Ou moi. Alors il faudra que je quitte la Tannerie en plein, mon père, ça fera un beau raffut ! » Elle frémit de plaisir enfantin à cette idée.

Encore un printemps qui passe comme ça et l'été qui le suit permet à Sylvaine l'excuse de grandes promenades dans la forêt. Elle tremble toujours que son père ne la fasse suivre et qu'elle se le voit devant, un beau matin où, protégée par son tablier de toile bleue, elle fait le ménage dans la cabane des Desmichels.

L'automne rend les sorties plus difficiles, alors elle monte à Bramafan s'entendre avec Justine qui a cessé son travail de matelassière. Celle-ci s'installera auprès d'Arnaude toutes les fois où Sylvaine ne pourra monter. Et une semaine de gros mauvais temps, c'est ce qui arrive. Mais dès que ça se peut, elle renvoie la vieille amie chez ses enfants, en disant :

— Vous pouvez partir, je suis là.

Elle s'assied près de la malade, elle prend dans sa main vivante cette main fluide toute en os menus, légère comme le corps d'un becfigue et elle attend que le soir ramène l'heure trouble où Arnaude commence à perdre la sensation de la vie présente et remonte péniblement le cours de sa vie passée. Alors Sylvaine se penche, haletante, sur la bouche entrouverte qui laisse couler les souvenirs comme un torrent, et à travers les flots tumultueux, elle voit la jeunesse misérable en pays de Piémont, la mort de la mère, le départ du père Cumiana avec sa fille maigre aux beaux yeux, par les routes des Alpes, vers les rivages de douceur du Var. La rencontre d'Antoine, l'amour où cette enfant de quinze ans avait apporté tant de passion, l'adieu à la Guirande, l'aide du berger Nans, le dur métier de charbonnier, le doux de la naissance des trois fils, puis la guerre : « La Tarasque », la destruction des trois hommes, le départ d'Ollivier, et cette fidélité passionnée répandue sur tout, comme un vernis qui se coagule avec les années et ne s'écaille pas.

Elle apprend ainsi ce qu'Ollivier devait ignorer encore

longtemps, le fond du cœur et des sens de sa mère, qui s'offrait dans l'inconscient, à la connaissance de Sylvaine, avec des impudeurs de bête nue.

A la fin, il lui semble que sa tête se trouble à elle aussi et qu'elle a vraiment vécu avec les Desmichels toutes les périodes de leur existence. Effrayée, elle se lève, elle arrache sa main à celle d'Arnaude et fait quelques pas au-dehors pour se sentir vivante. Mais une force impérieuse l'attire de nouveau auprès de cette couche enfiévrée, où elle attend qu'une vieille femme qui ne lui est rien, lui fasse le cadeau toujours renouvelé de la jeunesse d'Ollivier.

Arnaude dit :

— A présent que ma grosse rancune est passée, je comprends mieux ce que Félicien voulait m'expliquer à propos d'Ollivier... Ce petit, non, il a pas eu une jeunesse comme il aurait fallu ! Seule, pendant cette guerre, je l'ai enfoncé avec moi dans mon deuil, à toujours pleurer mes hommes dans ma cabane des bois. Et quand Félicien est revenu, alors ç'a été un autre genre de trouble qui lui est tombé dessus, notre solitude, ça l'avait pas préparé à cette passion... Il a fait le mal, après il a plus osé me revoir. Moi, depuis, j'ai bien compris ça.

« Nos petits, vois-tu, nous les aimons trop avec notre ventre, si jamais tu en as, des enfants, pense à ce que je dis, aime-les un peu plus avec la tête. Tu entends ?

— Je n'en aurai probablement plus jamais, dit Sylvaine.

— Ô ! qui sait la vie ? dit Arnaude.

XVII

C'est ainsi que Sylvaine s'habitue à avoir deux maisons. Dans l'une elle se laisse servir par Louisa, elle prend sa part du confortable et de l'agréable que l'argent de Resplandin y fait régner. Dans l'autre, elle se fait la domestique d'une bûcheronne et c'est dans celle-là seulement qu'elle se plaît.

Le jour de sa première visite à Arnaude où elle était revenue à Bellaïgue bien en retard sur l'heure du repas, son père s'était montré surpris, il ne savait pas encore qu'elle devait lui donner d'autres sujets d'étonnement. Le lendemain, elle ne sortit pas. On aurait pu la voir fouiller les armoires où étaient les réserves de linge et de lainages et parcourir d'un air préoccupé les couloirs de la grande maison, pour entrer ensuite dans sa chambre, les bras chargés.

Son père ne faisait pas attention à elle, il lisait dans son ancien bureau qu'il avait conservé, ou se perdait dans des nombres au sujet de vieilles créances qu'il fallait faire rentrer. Louisa était dans sa cuisine.

L'heure venue du repas, qui réunissait le père et la fille, dans la vaste salle à manger où ils avaient conservé leurs places depuis la mort de Gabrielle, un soir Sylvaine dit :

— Père, voudriez-vous me donner de l'argent, s'il vous plaît ?

— De l'argent ? dit Resplandin.

Il s'arrête net de manger, c'est la première fois que Sylvaine lui demande de l'argent. Jusqu'à présent, il ne s'était jamais aperçu qu'il ne lui en donnait pas et elle ne s'était jamais avisée d'en avoir besoin. Elle ne se mêlait pas de la dépense et son père payait ce qu'elle commandait comme lorsqu'elle avait quinze ans. Gabrielle avait tenu la bourse du ménage, puis ç'avait été Louisa sous le contrôle de Resplandin et quand Sylvaine sortait, c'était pour aller se promener dans les bois.

— De l'argent, pour quoi faire ?

— Je connais de pauvres gens, je voudrais leur aider, dit Sylvaine.

— Je fais beaucoup de charités, dit Resplandin. Je paye un lit toute l'année à l'hôpital de Solliès, je verse à la Caisse des écoles et pour le Noël des vieux de l'hospice.

« Oui, tout ce qui se sait », pense Sylvaine.

— Je ne peux pas donner partout.

— Mais ce n'est pas… père, enfin, je voulais… J'ai aussi besoin d'argent pour moi, j'ai à m'habiller et je voudrais commander à Toulon.

— Si c'est pour ça, dit Resplandin, c'est autre chose, je tiens à ce que ma fille soit bien arrangée. Combien il te faut ?

— Cinq cents francs, dit Sylvaine.

— Tu les auras. Et ne les gaspille pas.

Un mois plus tard, Resplandin lui demande tout d'un coup :

— Et ce costume que tu devais te faire faire à Toulon ? Je ne l'ai pas encore vu ? Tu y es pourtant allée deux fois la semaine dernière.

— Il n'est pas encore prêt, dit Sylvaine.

Elle avait peur que son père apprenne qu'elle n'allait pas à Toulon et qu'elle n'avait jamais commandé de costume.

Parfois Louisa demande :

— Mon Dieu, Sylvaine, tu vas te promener avec cette pluie ?

— Ça va passer, il y a du bleu dans le ciel et puis j'ai ma cape et mes bottes.

Elle dit aussi à son père :

— J'ai besoin d'air.

De derrière les vitres, ils la regardent partir.

— Je me demande où elle va ? dit Resplandin.

Parfois elle s'enferme dans la lingerie et Louisa entend marcher la machine à coudre et chanter Sylvaine. Elle pense :

« Qu'est-ce qu'elle se fait qui la rend si contente ? »

Le lendemain, Sylvaine reste tout le jour dehors.

— Mais tu manges où ? demande Louisa.

— Dans les fermes, avec des œufs et du lait.

Son père pense toujours :

« Elle a beau dire non, il doit y avoir un mariage sous roche, un de ces jours elle me sortira ça. »

Un soir où la nuit est tombée quand Sylvaine est de retour, en arrivant, elle voit de la lumière dans la chambre de son père.

« Il se couche déjà ? pense-t-elle, mais il est bien tard ? »

A peine a-t-elle quitté sa cape dans le vestibule, que la voix de Louisa l'appelle de l'étage :

— Monte vite, Sylvaine, ton père est bien malade.

— Qu'est-ce qu'il a ? dit Sylvaine.

Louisa descend à sa rencontre dans l'escalier.

— Il a une attaque, dit-elle tout bas, mais on le lui cache.

— Tu as appelé le Dr Venel ?

— Oui, il ne va sûrement pas tarder.

Sylvaine entre dans la chambre. Son père est allongé sur le lit où il fait une masse grise.

— Tu vois, dit Louisa, il est beau !

— Vous souffrez, père ? dit Sylvaine en l'embrassant.

Un ba-ba-ba d'enfant sort des lèvres molles de Resplandin.

— C'est un lumbago, dit Louisa en regardant Sylvaine d'un air navré.

Assise dans un fauteuil de l'autre côté du lit, il y a la

femme du nouveau directeur qui loge à côté et que Louisa a appelée à son secours.

— Vous êtes là, madame Rousselet ? dit Sylvaine.

— Monsieur Rousselet m'a aidée à porter ton père, dit Louisa et même on n'était pas trop de trois. Il était tombé dans son bureau tout en avant. J'ai entendu le bruit, je suis venue, je l'ai trouvé là. C'est une faiblesse.

Elle fait signe à Sylvaine de dire comme elle. Resplandin les regarde.

— Oui, c'est une faiblesse, dit Sylvaine, ce ne sera rien.

— Alors, Louisa nous a appelés, dit Madame Rousselet, et nous sommes vite venus, vous pensez, j'étais en train de faire goûter le petit...

Sylvaine s'approche de son père. Il ne fait pas un mouvement. Un souffle court sort de sa bouche grande ouverte. Son large visage, déjà toujours congestionné, est gorgé d'un sang noir qu'on devine coagulé dans les veines. Ses gros poings fermés semblent violets sur le blanc des draps.

« Et moi ? pense Sylvaine, qu'est-ce que je faisais pendant ce temps ? »

Quand j'ai vu Madame Desmichels abandonnée dans sa cabane, j'ai dit en dedans de moi : « Et Ollivier, qu'est-ce qu'il fait, pendant que sa mère attend son bol de lait du bon vouloir d'une autre ? » Pour mon père, c'est tout pareil, c'est une servante et des étrangers qui l'ont ramassé et porté sur son lit. Oui, mais la mère d'Ollivier, ç'a été une mère.

— Il va falloir bien vous soigner, dit-elle en se penchant vers le lit.

Le docteur est venu et reparti, après avoir laissé entendre que la paralysie des membres inférieurs pourrait bien suivre cette attaque : « Et ça ne l'empêchera pas de vivre longtemps, vous savez, ajoute-t-il. » Sylvaine installe sur la chaise longue un lit de fortune et elle envoie Louisa se coucher.

— Tu meurs de fatigue, dit-elle.

La lumière mise en veilleuse, elle passe toute cette

nuit les yeux ouverts et entre les instants où elle s'occupe de son père, elle rêve à son autre maison, perdue dans la solitude nocturne des bois. Le matin, vers 5 heures, comme Louisa vient aux nouvelles, elle lui dit :

— Garde-le, je vais dormir cinq minutes.

Elle s'étend sur son lit, tout à coup le grand jour l'éveille.

— Mon Dieu, j'ai dormi longtemps. Qui sait comment il va ?

Resplandin est inerte et mou comme la veille. Le docteur revient dans la matinée.

— Ce sera long, dit-il.

Après dîner, Sylvaine appelle Monsieur Rousselet :

— Je voudrais vous demander un service, dit-elle, vous ne pourriez pas envoyer un de vos apprentis me faire une course ? C'est loin, il en a pour deux heures, je le récompenserai.

— Oh ! madame, dit le directeur, c'est tout naturel.

— C'est une lettre à porter, je vais l'écrire.

Soudain, elle pense qu'Arnaude ne sait pas lire.

—Non, écoute, dit-elle à l'apprenti, tu sauras bien faire la commission toi-même ? Là où je t'envoie, tu diras que tu viens de ma part, que Monsieur Resplandin est malade, que je ne peux pas monter, qu'elle te dise de quoi elle a besoin, que je monterai le plus tôt possible, oui, le plus tôt possible, répète-t-elle anxieusement. Elle l'accompagne jusqu'à la grille en lui parlant :

— Tu as bien compris, hé ? Tu prends par la route jusqu'à Solliès-Toucas, puis, après le cimetière, tu passes devant Bonnefont et tu montes par le sentier au flanc de la montagne. C'est bien plus court que par le chemin de Bramafan. Ta bicyclette, tu n'as qu'à la laisser à la source, de là, presque tout de suite, tu apercevras la cabane des charbonniers. Tiens, voilà cinq francs.

Sylvaine revient dans la chambre de son père.

— Je ne bougerai plus, Louisa, tu peux te reposer. Madame Rousselet est retournée à son enfant. Sylvaine s'assied auprès du lit et se met à garder son père.

« Il n'a pas l'air de souffrir, pense-t-elle. Qui sait s'il pourra encore marcher ? Le docteur a l'air de croire que non. Violent comme il est, s'il avait à choisir, il aimerait peut-être mieux la mort que la paralysie. »

La mort ? Sylvaine s'aperçoit qu'elle vient de l'accepter pour son père ainsi qu'elle l'avait acceptée pour sa mère, son fils et son mari. Son visage brûle. Elle se dit :

« Je suis peut-être un monstre ? »

Mais une douceur soudaine flotte en elle et l'apaise d'une fraîcheur. C'est comme un pigeon familier, qui, posé sur votre épaule, vous évente doucement à petits coups d'ailes, une palpitation de plaisir qui détonne dans cette chambre parmi l'odeur de la maladie.

« Non, elle pense encore, je le sais bien, que je suis capable d'aimer... Seulement, pas ceux-là. »

Elle voit son autre maison, cette cabane où Ollivier est né, ces murs grossiers bâtis dans la roche de la montagne. « La maison de mon cœur », elle se dit. Deux femmes sont là-haut dans cette maison, dans une chambre où elles parlent d'elle. Arnaude Desmichels est couchée bien propre dans son lit, les jambes au chaud sous l'édredon qu'elle lui a apporté. Une camisole de bazin, qui vient de Gabrielle, l'empêche d'avoir froid et, par-dessus, une pèlerine en laine rose que Sylvaine a fait tricoter exprès pour elle.

— Je semble une jeunesse ! a dit Arnaude en la mettant sur ses épaules.

Justine Marcelin, assise au pied du lit, dans un grand fauteuil que Sylvaine a acheté à Solliès-Pont, « fait son bas » en bavardant avec Arnaude.

Sylvaine les voit.

Justine glisse son aiguille dans ses cheveux et pose son tricot pour remarquer :

— Quand même, dis un peu, Arnaude, si on est bien ? Et grâce à la demoiselle. On a chaud, on a rien à faire qu'à se parler et si tu veux boire et manger, te gêne pas, hé, ma belle ? Ton armoire est toujours pleine. Tu as du bon vin, des légumes tout frais, le pot-au-feu qui cuit, des galettes, de tout ! Ô mon Dieu, et la demoiselle qui m'a bien recommandé de te faire le chocolat avec un jaune d'œuf !

Un beau sourire heureux se plaît aux lèvres de Sylvaine. Puis, tout à coup, elle revoit son père et elle s'accuse encore d'un manque de cœur.

Des jours passent ainsi, tous chargés d'ouvrage et de pensées diverses. Un matin où Louisa lui sert son café, elles entendent un grand bruit. Elles courent. Resplandin est par terre. Son gros corps, mort à demi, est tombé entre le lit et le fauteuil. Ses yeux écarquillés, regardent devant lui sans voir, une salive glaireuse coule de son épaisse bouche.

Les deux femmes le relèvent et veulent le recoucher, mais il pèse trop lourd dans leurs mains et elles doivent appeler à l'aide.

Sylvaine le croit perdu. Il reste plusieurs jours inerte, entre des périodes où il semble retrouver ses sens et vouloir parler :

— La Tannerie... balbutie-t-il.

Sylvaine pense : « Comme il me ferait de la peine si je l'aimais. »

Enfin après des semaines, il retrouve le calme et quand il a dormi des heures et des heures, il pose sur sa fille un regard qui la reconnaît. Il dit :

— Je vais mieux ?

— Mais oui, père, vous êtes guéri.

— Seulement, ajoute-t-il avec une contradiction qui tire tous ses traits, seulement je ne marcherai jamais plus, je le sens, mes jambes sont mortes.

Sylvaine évite son regard douloureux, ne sachant comment le rassurer. Pâle et amaigrie par la fatigue des veilles, elle se tient debout auprès du lit.

— Tu m'as bien soigné, dit-il, viens auprès de moi que je t'embrasse.

Elle se penche sur la malade et reçoit un baiser qui lui fait se dire : « C'est bien la première fois de toute notre vie qu'il me fait un baiser qui ne soit de bonjour ou d'adieu, un baiser pour la tendresse. »

Il lui a pris les doigts. Ceux de Sylvaine restent glacés. Elle écoute une voix de délivrance chanter en dedans d'elle : « Enfin, s'il est guéri, je vais pouvoir remonter à Grand-Cap. »

XVIII

Le lendemain, Sylvaine reprend le chemin de pierre et pendant qu'elle grimpe comme une chèvre libre à travers les pins, il lui semble que jamais elle n'a aussi bien respiré. Depuis qu'elle soignait son père, elle avait perdu la saveur de cet air de montagne qui vous comble comme une nourriture. Elle se tend vers lui de toute sa bouche ouverte, afin qu'il fasse bien le tour intérieur de son corps.

Louisa, la voyant habillée dès le matin, lui a dit :

— Tu pars ?

Elle a répondu :

— Oui, je vais loin, je ne rentrerai pas ce soir, si mon père me demande d'ici demain, tu diras que je suis fatiguée et que je dors.

Et elle l'a regardée bien en face pour défier toute critique, mais Louisa n'a rien répliqué. Sylvaine a alors embrassé son père en disant :

— Père, je dois faire une course, ensuite je me coucherai car je ne tiens plus debout. Ne me faites pas déranger si c'est possible.

— Va, a dit Resplandin et il abaisse ses regards vers le sol.

Il est maintenant allongé sur la chaise longue, ne prenant aucune part à la vie de la maison, et se distrayant seulement d'un petit morceau de ciel que lui livre la fenêtre.

« J'ai pu rester avec lui quand il en avait besoin, pense Sylvaine, mais maintenant je ne pourrais plus. »

A mi-chemin de la montée, au moment où on voit la cabane à un détour de sentier, une boule de poils pleine de joie et de cris roule entre les arbres à sa rencontre.

— Michel ! Michel ! appelle-t-elle.

Le chien se traîne à ses pieds, la lèche et la mordille avec un éclatement de bonheur si sensible que Sylvaine en est émue :

« Mon bon chien ! »

Elle caresse le pelage rude en crin de sanglier, tandis que Michel la regarde d'un air d'adoration.

Et de sentir la même joie éclater en elle-même, elle pense :

« C'est épouvantable, j'aime mieux ce chien que mon père. »

Quand elle pousse la porte de la cabane en disant : « Bonjour ! » la voix d'Arnaude, faible et cassée, crie depuis la chambre :

— Enfin, c'est toi !

— Ah ! dit Sylvaine, vous m'avez tutoyée ? Vous ne vouliez jamais et ça est venu tout seul !

— C'est le cri du cœur, dit Arnaude.

Elle est penchée hors de son lit, elle tend les bras le plus loin possible pour rencontrer plus vite Sylvaine, elle la prend, elle la serre contre elle, comme une chose précieuse perdue et retrouvée.

— Je t'ai tant languie… tant languie !

— Et moi Manaude, si vous saviez !

— Oh ! non, pas tant, pas tant, c'est pas possible ! Moi, c'est toutes les minutes du jour et de la nuit qui me faisaient mal, de pas t'amener vers moi.

— Oh ! vous pleurez ? Mais ne pleurez pas puisque je suis là ! Je ne partirai plus jamais, non, je ne partirai plus, je vous le jure, je vais m'arranger.

— Tu pensais à moi ?

— Si j'y pensais ? Le matin, dès la première aube,

quand je me levais de ce fauteuil de garde où Louisa allait prendre ma place, je me disais : « Elle doit s'éveiller là-haut. La huppe a chanté, c'est 6 heures. » Elle doit dire : « Qui sait si ce n'est pas aujourd'hui qu'elle montera ? »

— Oui, dit Arnaude, c'est ça que je pensais.

— Et puis ça n'arrêtait pas dans ma tête, tout le jour, les questions l'une après l'autre, comme des poussins qui se suivent : « Qui sait si elle a bien bu son chocolat ? Si elle a mangé le ris de veau que je lui ai fait monter par Mazaugues ? Si elle néglige pas sa potion de digitaline ? Qu'est-ce qu'elles vont encore faire tout le jour sans moi ? » Et le soir, reprenant ma veille, je me disais de nouveau : « Qui sait ce qu'elles ont fait ? »

— Et qu'est-ce que vous vouliez que nous fassions, demoiselle, autre que de parler de vous et de vous languir ? Et de nous user les yeux à regarder par la fenêtre si vous ne veniez pas ? D'abord vous pourriez pas me dire bonjour, à moi aussi ?

Sylvaine se retourne :

— Vous êtes tellement dans votre coin, Justine ! Je ne croyais pas que vous étiez là ?

— J'allais pas me mettre en avant peut-être, quand je vois qu'il y en a que pour une autre ! Et ne pas être là ? Où vous voulez que je sois ? La demoiselle me paie pour que je reste ici, j'y reste !

— C'est vrai que quand vous n'étiez pas payée, vous n'y restiez pas ? dit Sylvaine en riant.

— J'y restais en amateur, maintenant j'ai la responsabilité.

Une gaieté de bonne entente les fait se sourire toutes les trois.

Sylvaine se sent remonter au cœur un goût de la vie qu'elle ne retrouve plus qu'ici, dans cette chambre où la première carte d'Ollivier, « Souvenir de Rio de Janeiro », est toujours plantée dans la rainure entre la glace et le cadre, au-dessus de la commode. Et dans cette commode, il y a encore le vieux linge abandonné par Ollivier à son départ. Aux murs de la cuisine, accrochée en travers, il y a cette arme qu'Ollivier, quand Félicien craignait la venue des gendarmes, avait regardée en disant : « Et puis il y a le fusil ! » Arnaude a raconté la scène à Sylvaine et il lui semble qu'elle y a assisté en personne. Oui, ici, c'est l'air qui lui plaît, l'air qui baigne toutes ces choses qui ont touché Ollivier et de savoir que sur la hotte, dans le petit pot : « Épices », il y a cette cendre de cigarette...

Elle s'arrache à son plaisir pour le parfaire. Elle dit à Justine :

— Eh bien, vous pouvez me la passer la responsabilité et monter embrasser votre petit-fils, parce que je me suis arrangée pour rester ici jusqu'à demain.

— Quel bonheur ! dit Arnaude. Et comment avez-vous pu obtenir ça ? Votre père est guéri ?

— Oui, Louisa ne le quitte pas, mon père croit que je me repose.

— Et vous êtes là, à soigner une autre malade ?

— Manaude, si vous recommencez à me dire « vous », je vous appelerai « Madame Desmichels ». Arnaude a un regard tendre.

— J'aime mieux Manaude.

— Puisque c'est comme ça qu'Ollivier vous appelait...

— Et pourquoi y t'appelait comme ça, ton Ollivier ? demande Justine.

— Tu le sais pas ? C'est parce que, entre le pauvre Antoine qui me disait Arnaude et les deux autres, Joseph et Félicien, qui me disaient maman, y s'y retrouvait plus, alors dans sa petite raison, mon Ollivier, y m'avait fabriqué ce nom qui tenait un peu des deux : « Manaude ».

— C'était pas mal trouvé, dit Justine.

— De tout petitou, il était beaucoup intelligent, dit Arnaude.

— Ça, nous le savons et aussi qu'il y a une demoiselle à qui ça fait jamais peine de l'entendre répéter...

— Monte à ton fils, va, crie Arnaude, monte à ton fils, que la jalousie te mange !

— Sûr que j'y monte ! dit Justine.

Et encore cette fois, elles se mettent à rire comme deux jeunes filles.

— Emmène Michel, dit Arnaude et garde-le un peu. Ici, y s'embête, chez toi y retrouve son père, ce noir de Bramafan qui venait me débaucher Michelle.

Justine partie, Sylvaine passe une blouse de toile sur sa robe et vient s'asseoir auprès de la malade.

— Comment allez-vous ? dit-elle. Est-ce que vos forces reviennent un peu ?

— J'ai fait quatre pas l'autre jour en me tenant aux meubles, mais la tête me tournait trop.

— N'allez pas trop vite, dit Sylvaine. Il faut surtout que vous mangiez. J'ai apporté des bonnes choses et je vais vous faire un dîner qui vous plaira.

— Écoute, Sylvaine, oui, tu vois, je te tutoie et je crois que maintenant je ne pourrais plus faire le contraire, depuis que tu m'as confié comment, dans tes seize ans, tu avais aimé mon garçon et que cette amitié ne t'a plus quittée. Depuis aussi, j'ai compris que reporter sur la mère cette grosse tendresse que tu avais pour le fils, ça te faisait un semblant de bonheur. Et moi, de mon côté, je me suis mise à t'aimer comme ma fille, pour tes bons soins. Ça, je voulais te le dire depuis longtemps, mais je n'osais pas, parce que je sais guère parler...

Arnaude a saisi au passage la main de Sylvaine et elle la tient serrée dans les siennes, à la fin, elle dit encore :

— Assieds-toi, que je te parle aussi sur une chose que je veux te dire.

Elle réfléchit et pendant quelques secondes Sylvaine écoute une souffle haletant.

« Elle ne va pas bien », se dit-elle.

— C'est ça, oui, c'est ça que je voulais te dire. Je suis pas contente que tu délaisses ton père pour moi. Oui, parce que moi, depuis qu'Ollivier est parti, j'ai compris ce qu'avant je ne comprenais pas et qu'alors de penser à mon père, ça me fait penser au tien.

— Il n'est pas seul, dit Sylvaine, il a Louisa.

Elle s'assied sur le lit. Arnaude continue :

— Il est seul. Il est sans sa fille, il est seul. C'est ce que le mien disait et j'y faisais pas attention : « Alors, je repars sans ma fille ? y disait le soir de notre mariage, quand il m'a laissée dans cette maison avec Antoine. Et Nans le berger, notre ami, lui demandait en riant : « Vous comptiez pas la ramener, non ? — Je sais bien... y disait, mais ça me fait peine. » Moi, j'étais avec Antoine, je le regardais plus. Toi, je te vois faire : ici tu es avec Ollivier, alors ton père, tu le regardes plus.

— Si vous saviez... dit Sylvaine. Oui, vous dites : « Je sais. » Vous croyez savoir, parce que je vous ai avoué que j'aimais Ollivier et qu'on m'a mariée avec un autre, pour me faire oublier mon amour, mais vous ne savez pas.

— Je vais t'expliquer : je ne voudrais pas qu'un jour tu aies le remords que j'ai, dit Arnaude, et que si tu arrives à voir ton fils t'abandonner comme mon fils l'a fait, tu puisses penser que c'est la punition de ce que toi tu as fait à ton père, tu comprends ? Voilà ce que je réfléchis quand je me vois seule avec mon mal et c'est pour ça que je pardonne à Ollivier.

« Seulement je te l'ai dit, je pense à mon père... Je le vois, dans ce costume en velours noir, qu'il avait apporté du Piémont et qui était tout usé d'avoir promené sur tant de routes. Ma mère morte, un jour, y m'avait dit « Petite, tu viens ? Je peux plus me souffrir dans ce pays de malheur. Passons en France, la vie s'y gagne mieux qu'à Delmonte. » Moi, je demandais qu'à voir large. Tout le long mon père criait : « Rémouleur ! » Nous mangions. Quand mon père travaillait, je regardais son pied balancer la pédale et les étincelles sauter entre la pierre et la lame, et cette eau qui tombait goutte à goutte du chiffon mouillé, tout ça me plaisait. En route, je marchais à côté de Bellot, un brave chien. Avec une bricole à l'épaule, je l'aidais à tirer, mon père poussait. Quand j'étais fatiguée, je m'asseyais dans la caisse aux chiffons sous la voiture, entre les roues, et je me laissais promener. Le soir, le chien détaché, je faisais la course avec lui, puis nous dormions tous les trois bien serrés, dans les foins.

« Arrivés vers le Var, mon père trouva Belgentier agréable : Y me dit : « Ces eaux qui courent, ces grands arbres et avec ça le bon soleil, c'est beau. » Y se mit à s'installer sur la place tous les matins et toujours il avait du travail. Puis nous faisions les environs jusqu'en haut de la montagne ! Draguignan, Faïence, Salerne, je connais tout ça, et même c'est drôle, des noms que j'avais oubliés, maintenant y me reviennent...

— Vous vous fatiguez, dit Sylvaine, qui la voit haleter plus fort.

— Non laisse. J'avais seize ans quand Antoine m'a jeté des cerises du haut de son arbre, je t'ai raconté. A dix-huit, j'étais mariée, après cette fameuse dispute de la Guirande. Nans, le berger, qui n'a pas craint de se fâcher à mort avec le père Desmichels pour suivre Antoine, nous a donné cette cabane et son bois d'alentour. Nous avons travaillé dur. Nans se louait pour garder les moutons, crainte de nous être à charge. Antoine et moi, nous faisions tout. J'ai eu Félicien, puis Joseph. A dix ans, y nous aidaient déjà bien. Le pauvre berger s'était ouvert le ventre en tombant d'un rocher et il était mort.

« Je t'en ai parlé de ce Nans ?

— Ô ! oui, dit Sylvaine.

— Je t'ai dit que c'était un drôle d'homme, un homme tout de bon cœur, mais fermé comme un coffret, je te l'ai dit ?

— Oui, dit Sylvaine.

— Mais je t'ai pas raconté l'histoire du morceau de bois ?

— Je ne sais pas, dit Sylvaine, je ne crois pas.

— Ça te montrera quel genre c'était, ce Nans :

« Figure-toi, un dimanche que mon pauvre mari et moi nous étions devant le feu, à nous ranger les choses du travail dans la tête, mon Antoine il avait ramassé dans la gerbe du bois à brûler, un morceau de branche et tout en me parlant, y s'amusait à y lever l'écorce à cette branche, avec son couteau et puis à y creuser et puis à y donner une forme. Et y travaillait ! Et des bosses, et des creux. Moi je le regardais. A la fin, du morceau d'arbre, il en est sorti une sorte de corps avec des bras en corbeille, comme ces bergers qui portent les agneaux sur les routes, derrière les brebis qui viennent de mettre bas. « Qu'est-ce que c'est ? Je dis. — Pas grand-chose », Antoine dit et y veut jeter le morceau de bois travaillé dans le feu. « Le brûle pas ! je dis, on croirait Nans ! » Je lui retiens le bras. « Donne c'est joli, je dis encore. Qui t'a appris à faire ça ? — Personne ! y répond, de tout petit... ». Je prends cette chose et je la mets sur la cheminée, debout bien en équilibre. Bon. Le soir, d'hasard, Nans vient se mettre devant le feu. « Qu'est-ce que c'est ? y demande. — C'est Antoine qui l'a fait pour s'amuser, je dis. Y paraît que de tout petit, il en faisait déjà de ces tailleries dans le bois. Toi qui étais à la Guirande, tu en as jamais vu ? — Oh ! des fois... » y dit. Y me répond ça comme un homme qui est dans le rêve. Et puis, et c'est ça qui m'a fait rappeler l'histoire, tout d'un coup, j'y ai vu une larme qui coulait sur la joue et il a poussé un soupir, quelque chose d'énorme, un de ces soupirs qui vous fendent le cœur. Je le regardais, je savais plus quoi dire. Après y s'est essuyé la figure. « Le gros froid vous fait couler les yeux », j'ai dit. Il a dit « C'est vrai. » Que comprendre ? J'étais jeune. Tu vois que ce Nans c'était un drôle d'homme ?

« Quand il s'est tué, tu peux croire que ça nous a fait peine.

« Après Ollivier est né, je te l'ai avoué, j'aurais mieux aimé une fille, mais quand même j'étais bien heureuse. Mon père était reparti gagner sa vie sur les routes, avec Bellot, et l'idée m'était pas venue de lui offrir : « Père, restez avec nous, reposez-vous un peu. » Nous savions lire ni l'un ni l'autre, c'est te dire que des nouvelles on ne s'en est guère donné. Un jour, un mot d'imprimé est arrivé d'un hôpital de la Savoie, il y avait dessus que mon père était mort d'un fluxion de poitrine et qu'il avait laissé mon adresse avant de mourir. Y m'envoyait aussi une petite bague qui venait de ma mère, avec un cœur gravé dessus, c'est celle-là, tu vois ? (Arnaude montre une mince lanière d'or à son annulaire.) Ça et ma bague de mariage, ça été mes seuls bijoux. Plus tard ce sera pour la femme de mon dernier fils. Si Ollivier ne me l'amène pas ou s'y revient sans femme, je veux que la bague te reste. Après Ollivier, tu es mon enfant.

— Vous parlez trop, dit Sylvaine, pour cacher son émotion, vous vous fatiguez.

— Y le faut bien que je me dépêche de te parler, puisque le docteur a dit que mon cœur était faible. Ô j'ai bien compris, va !

— Justement, dit Sylvaine, c'est parce que votre cœur est faible, qu'il ne faut pas trop le fatiguer. Je vais faire votre dîner, comme ça étant seule, peut-être vous ne parlerez pas.

Elle affecte de rire en arrangeant les couvertures autour de la malade et passe dans la cuisine. Elle est triste, elle a trouvé Arnaude très affaiblie. Elle se souvient que le Dr Venel, qu'elle avait fait monter depuis Solliès, l'avait prévenue :

— Vous ne la sauverez pas, ça non, mais vous pourrez la prolonger avec de gros soins. Cette pleurésie, longue et mal soignée, lui a terriblement touché le cœur et elle n'est plus jeune... Elle peut finir en vous parlant, en faisant un geste, sans même se rendre compte, sans souffrance. « Pour elle », avait pensé Sylvaine.

Maintenant elle se redisait combien sa vie serait de nouveau inutile, quand la mère d'Ollivier ne serait plus là. Et cette peine lui gâtait le grand plaisir qu'elle prenait d'habitude à s'occuper ici de ce qu'elle appelait son ménage.

Cependant l'espoir qu'Arnaude aurait bon appétit à manger ce qu'elle préparait avec tendresse, la fit revenir souriante vers la chambre. Mais la malade repoussa vite l'assiette et dit :

— J'ai le cœur trop gonflé de cette joie nouvelle de t'avoir. Ça passe pas.

L'après-midi, quand Sylvaine changea Arnaude de linge, elle s'aperçut que les pieds étaient ronds, tout gonflés, elle suivit la marche de l'enflure jusqu'aux genoux. Elle connaissait les conséquences de l'œdème.

« Si ça monte au cœur, elle est perdue. »

Un désespoir aigu serra sa poitrine. Ce dernier lien qui la rattachait à Ollivier, il allait donc se rompre avec la vie de cette vieille femme qui la regardait tristement...

— Tu me trouves pas trop bien ? dit la malade, je vois ça sur ta figure.

Sylvaine se domina

— Mais non Manaude, je vous trouve faible voilà tout, j'ai envie de dire au docteur de monter vous faire des piqûres.

— Ma pauvre petite, dit Arnaude, je veux pas charger ta peine, mais ce long mois sans toi, j'ai cru d'en mourir ! Maintenant que je t'ai, il me semble que c'est ça que j'attendais, que tu sois là à me tenir la main pour passer le mauvais pas. Et que maintenant, je vais pouvoir aller me reposer.

— Taisez-vous, supplia Sylvaine que le chagrin étouffait.

Le soir ramenait la nuit autour de la cabane, les oiseaux fouillaient le plafond des branches pour s'y faire une cache de sommeil. De la vallée, la chanson des grenouilles blotties dans les roseaux de la rivière montait, régulière et douce. Le vent qui courait d'arbre en arbre faisait le tour de la maison et se jetait contre les murs avec de grands éclats de rire « ou de sanglots, pensait Sylvaine, le vent, c'est comme l'eau, on ne sait jamais s'il rit ou s'il pleure ».

Tout d'un coup, elle se sentait terriblement seule, dans cette cabane de bûcherons où quelqu'un allait mourir. Elle se mit à pleurer devant la fenêtre, doucement, sans peine, à pleurer sur elle-même et sur cette certitude qu'elle ne pourrait jamais rien conserver de ce qui lui faisait du bonheur. Une chauve-souris tapait du dehors contre la vitre, avec son poids mou d'ailes en fourrure. Sylvaine alluma une lampe et revint vers le lit. Deux larmes restées au coin de ses yeux glissèrent sur la joue d'Arnaude, qui souleva ses paupières et dit péniblement :

— Pleure pas, ma fille, je vais mieux.

Elles restèrent ainsi un long moment, les mains mêlées et Sylvaine s'exaltait du stupide espoir de faire passer sa force et sa chaleur vivantes dans cette pauvre main froide.

Elle sentit un peu plus tard que le sommeil la prenait et comme Arnaude respirait calmement, elle se laissa aller au repos, contre le dossier du fauteuil.

Elle ouvrit les yeux tout à coup, effarée d'avoir dormi et entendant une voix qu'elle ne reconnaît pas. Arnaude est assise sur son lit et c'est elle qui parle :

— Tu diras bien tout à Ollivier, que je lui ai pardonné et que j'espérais toujours le revoir, que c'est pas de ma faute s'y faut que je m'en aille avant. Que veux-tu, puisque c'est la volonté du Bon Dieu, de me ramener avec mon pauvre Antoine et mes deux aînés, je suis bien contente d'obéir. Mais avant je veux te dire : « Ma fille, tu auras été mon dernier bon sur cette terre. Tu es brave. »

Une faiblesse la renverse sur son oreiller. Sylvaine lui frotte les tempes avec de l'eau de Cologne et glisse par force une cuillerée de potion entre les mâchoires crispées. Des larmes jaillissent de ses yeux. Torturée, elle pense : « Mon Dieu, quel malheur… et je suis seule ! Si Justine avait été là elle aurait pu envoyer Marcelin chercher le docteur, mais moi toute seule et elle… »

Arnaude est au creux du lit, un paquet sans forme et sans mouvement que seule soulève une aspiration saccadée vers un souffle qui fuit. Sylvaine la regarde, cette mère de trois fils, qui a porté un si grand amour dans l'étroite poitrine où le cœur à présent s'étouffe… Et alors elle voit les yeux ouverts qui cherchent les siens, mais elle voit bien aussi qu'ils n'ont plus de regard et que la voix qu'elle entend n'est plus une voix de la terre.

— Écoute, dit Arnaude, approche-toi bien...

Et cette voix est si faible que Sylvaine doit se pencher sur la vieille bouche grise, tout à fait dessus, pour pouvoir entendre.

— Écoute, cette bague, tu le sais, elle vient de ma pauvre mère, c'est mon père qui me l'a fait adresser, de cet hôpital où il est mort... de cet hôpital où il est mort tout seul, oui... et ça c'était pour mieux m'envoyer mon pardon de l'avoir abandonné... Eh bien, cette bague, tu la vois Ollivier ? elle est pour ta femme. Tu as bien choisi, mon Ollivier, oui, tu as fait comme le pauvre Antoine. Celle que tu t'es prise, elle t'aimera toute les vie. Tu as bien fait, je suis contente. Parce que cette Sylvaine, oui, c'est une brave petite, une petite qui te rendra heureux.

« Tiens, la bague donne-la-lui... Donne ta main, toi ma fille, donne la main à mon garçon, pour que la bague, la bague...

Arnaude tente de se relever, ses bras vont devant elle à la rencontre de quelque chose. Elle tire l'anneau de son doigt qui n'est plus que de l'os. Sa voix indistincte est devenue un murmure mystérieux. La lanière d'or tremble devant Sylvaine au bout des vieilles mains qui la lui tendent, mais avant de toucher sa main à elle, la bague roule sur le drap et le corps de celle qui a été Arnaude Desmichels retombe mollement en arrière.

La mort est venue.

— Maman ! crie Sylvaine.

XIX

Qu'est-ce que tu as ? interroge Resplandin.

— Rien, dit Sylvaine.

Elle tressaille, elle est tirée de son rêve comme par quatre chevaux qui l'écartèlent. Elle fait la même réponse que lorsque, étant montée à Grand-Cap les premières fois, elle avait encore trouvé la maison fermée et qu'elle était si triste qu'on l'avait interrogée.

Maintenant, elle était bien plus vide encore, cette cabane, qu'Arnaude à la fin, par force, avait dû quitter.

— C'est vite fait de répondre « rien », dit son père, mais tu fais une figure de six pans de long. Et tu ne manges rien.

Sylvaine laisse retomber un petit visage pointu sur sa poitrine d'où la respiration oppressée sort par soupirs. Elle pense :

« Il y a un an j'étais là-haut, le tilleul recommence à fleurir. Je lui en ai monté une branchette, avec cette pèlerine de lit tricotée qui lui avait fait tant plaisir. C'est Justine qui la met maintenant. Qu'est-ce que j'en aurais fait ? Ça me fait trop mal à regarder. Le reste c'est la propriété d'Ollivier, personne ne doit y toucher que lui ; c'est lui, quand il reviendra, qui lèvera les scellés de cire. »

Son père parle :

— Tu sais ce gros client d'Abriès ? Celui que tu es allée relancer ? Il y payé à la fin. Ta visite l'a décidé.

— Ah, tant mieux, dit Sylvaine. Et elle pense :

« Quand il reviendra » je dis... « S'il revient ? » je devrais dire. »

— Y a une chose... reprend Resplandin, on m'a parlé d'une coupe de bois importante qui va se faire dans le haut de Montrieux. Il paraît qu'il y aura des lots intéressants, j'ai envie d'acheter, ça peut donner un bon bénéfice. C'est un de Toulon qui a entrepris l'affaire. On pourrait voir. Qu'est-ce que tu en penses ?

— Sûrement, dit Sylvaine.

— Si j'avais encore mes bonnes jambes, dit Resplandin, j'y serais allé faire un tour, mais je suis là attaché sur ma chaise, comme un vieux couillon ! Tu n'irais pas, toi ?

— Moi ? dit Sylvaine.

— Y a de quoi s'étonner ? dit son père. Avant tu étais toujours par monts et par vaux. A présent tu ne bouges plus.

« Et il ne reviendra pas, non, non, se répète Sylvaine pendant que son père parle. S'il avait dû revenir, ce serait déjà fait. Jamais plus maintenant... »

— Si vous voulez, dit-elle.

— Ça me rendrait service. Quand iras-tu ?

— Quand vous voudrez, dit Sylvaine.

Une morne indifférence s'installe dans sa voix, elle le sent, elle ne fait rien pour la masquer. Elle n'a plus la force de combattre.

— Bonsoir père, dit-elle, je vais me coucher, je suis trop fatiguée.

— Mais il fait à peine nuit ! s'exclame Resplandin.

— Je sais, mais je ne tiens plus debout, j'ai mal à la tête.

— Toi, tu as quelque chose ! dit son père.

Elle fait un geste vague d'accablement. Elle a quelque chose, oui... Elle sort. En passant devant la cuisine, elle dit à Louisa, assise devant sa table comme quelqu'un qui réfléchit :

— Je vais me coucher, tu pourrais me monter une infusion, s'il te plaît ?

— Qu'est-ce que tu as ? dit Louisa.

— Je suis trop fatiguée.

— Écoute !

Louisa sort vivement de la cuisine pour rappeler Sylvaine qui est déjà dans l'escalier. Alors elle se dit : « Puisque je vais monter... » Elle revient au fourneau, elle met dans la théière une pincée de feuilles parfumées et verse dessus l'eau bouillante.

« Bientôt il n'y suffira plus, se dit-elle, ce gros tilleul de la terrasse. Si elle n'est pas plus calme avec ça et tous ses cachets par-dessus. . »

Elle prépare le plateau, puis s'arrête et se dit encore : « Ah, que je n'oublie pas la lettre ! »

Elle cherche dans le tiroir de la table, sous le carnet des comptes, une enveloppe qu'elle glisse dans la poche de son tablier.

Quand Louisa entre dans la chambre, Sylvaine a jeté ses vêtements au hasard des chaises, dans un désordre qui exprime sa lassitude de tout et elle est allongée sur son lit, roulée dans une grosse robe de chambre.

— J'ai froid, dit-elle.

— Je vais te faire une bouillotte chaude. Mais c'est pas naturel. Toi, tu es malade !

— Peut-être... dit Sylvaine d'une voix morte.

— Tu as pas honte de dire ça comme ça ? gronde Louisa. A ton âge ? Tu vas me dire que tu t'en fiches de la vie ?

— Ô oui ! dit Sylvaine. Ô ça oui ! je m'en fiche bien de la vie. Pour ce qu'on en fait.

— Tu as pas honte ? redit Louisa. Moi qui suis vieille, seule, en service, je me plains pas. Et toi...

— Tu es peut-être plus courageuse, dit Sylvaine.

Sur la table de chevet, un tube de somnifère est ouvert, elle y prend deux cachets qu'elle verse dans sa main.

— Encore tes cachets ? dit Louisa.

— Mais enfin, il faut bien que je dorme, dit Sylvaine avec colère.

— Ça t'abrutit, dit humblement Louisa.

— C'est fait pour ça.

Louisa verse l'infusion et met deux morceaux de sucre. Une vapeur odorant le miel se répand dans la pièce.

Louisa regarde encore Sylvaine :

— Ce que tu as maigri ! dit-elle.

— Oui, crois-tu ? dit Sylvaine et elle sourit, moi qui étais toujours furieuse de ma gorge et de mes hanches, je suis devenue mince. Je suis ravie !

— C'est intelligent ! et ta figure est jaune comme un coing et petite comme les pommes qui tombent de l'arbre. Mais qu'est-ce que tu as, qu'est-ce que tu as ? Madame Rousselet me le disait l'autre jour : « Vous la voyez, la tête de votre Madame Sylvaine ? » J'ai dit : « Oui, j'y comprends rien. » Qu'est-ce que tu veux que je réponde ?

— Pauvre Louisa, dit Sylvaine.

— Jusqu'à ton père qui s'en est rendu compte ! Et alors, sans vouloir dire du mal de lui, pour qu'il s'en aperçoive, il faut que ça se voie.

Elle se remet à fixer Sylvaine.

— C'est pas possible... dit-elle.

Sylvaine lève les yeux et leurs regards se rencontrent.

Puis Sylvaine abaisse les paupières et dit :

— Qu'est-ce qui n'est pas possible ?

— C'est pas possible que ce soit la mort de cette vieille qui t'ait tant touchée ? Pourtant c'est depuis que tu es comme ça.

— Qui t'en a parlé ? dit Sylvaine.

— On m'en a parlé cet après-midi et justement là-dessus, j'ai quelque chose à te dire, mais réponds-moi, c'est pas possible que ce soit cette mort ?

— Tu ne peux pas comprendre... dit mollement Sylvaine.

Elle s'arrête. Elle pense : « Comment expliquer ? Qui comprendra ? »

— Ça c'est sûr, dit Louisa, je peux pas comprendre, je te l'ai bien dit. Je peux pas comprendre pourquoi cette mort d'une vieille femme de la montagne, d'une charbonnière qui a passé toute sa vie en dehors de la tienne, dans la misère d'une cabane de pauvre, pourquoi ça a pu te lever le manger et le dormir, et le sourire pour les autres et la pitié pour toi-même, au point de te laisser aller, bras liés, vers la maladie.

— Tu exagères, dit Sylvaine.

— J'exagère ? Mais tu te vois pas, alors ? Je sais bien que je suis que la bonne ici et que ma place elle est aux fourneaux, mais dans la chose que je porte le nom de Laurade comme ta pauvre mère, j'ai un peu le droit de parole. Eh ben, crois-moi, tu y vas à la maladie et même plus loin.

— Tu es sinistre, dit Sylvaine.

— Écoute-moi, dit Louisa, j'ai à te parler. Allonge-toi. Là ! Couvre-toi les jambes, que ta peau est froide comme celle d'un poulet mort. Cette femme, tu la connaissais bien ?

— Cette femme... dit Sylvaine.

Encore une fois, la mollesse de la fatigue arrête sa parole. A quoi bon ? Il faudrait expliquer trop de choses. Qui sait si Louisa est déjà renseignée sur ce qu'Ollivier à été pour elle, ou s'il faudra le lui raconter ?

Et même quand elle aura tout dit depuis la rencontre du Lavandou et toute la vie qui a passé sur ces heures, sans que ces heures puissent être effacées, qui sait si Louisa comprendra ? « Oui, se dit-elle encore, qui comprendra ? Justine peut-être ? Justine est à Bramafan, chez son fils, couchée avec la pèlerine de Manaude sur les épaules. Elle se bat, elle aussi, contre ce mal de vieillesse qui a emporté son amie. »

— Tu la connaissais d'où, cette femme ? Jamais j'ai entendu personne en parler dans ta maison. Alors je me demande comment ? Bois ton tilleul qu'y sera froid à la fin et avale-les tes deux cachets si ça doit te faire du bien. Y a au moins un an qu'elle est morte, cette femme ? Moi j'aurais jamais pensé...

Sylvaine écoute parler Louisa, sans entendre le détail des mots, dans le bruit monotone de la voix. Elle écrase le sucre dans le fond de la tasse, elle avale un cachet, elle boit deux gorgées, elle avale l'autre cachet, elle boit deux autres gorgées, elle pense : « Ah, je vais dormir ! Qu'elle parle, qu'elle parle, moi je vais dormir, ça c'est un bonheur... »

C'est tout ce qu'elle demande à présent, de perdre pied dans cette vie, de rouler doucement sur les pentes du repos, comme sur un bon pré d'herbe fraîche et de tomber au fond... au fond sans rien sentir.

Tout d'un coup qu'est-ce qui est arrivé ? Elle a crié :

— Qu'est-ce que tu as dit ?

Elle crie :

— Quoi ? Qu'est-ce que tu as dit ? C'est toi qui as dit : « Ollivier ? »

— Oui, c'est moi, dit Louisa surprise. Pourquoi ?

— Mais pourquoi as-tu dit : Ollivier ? Qui a dit ça ? C'est mon père ?

Dressée d'un bond, Sylvaine a pris les deux bras de Louisa, elle la tire vers elle.

— Hou, dit Louisa, tu as encore de la force ! Mais si tu me tirailles comme ça, je pourrai jamais parler ! Je te l'avais dit tout à l'heure qu'y fallait que je te parle, mais je croyais pas que ça te ferait cet effet !

— Louisa...

Sylvaine est retombée sur son lit. Maintenant ce sont ses yeux, sa bouche qui se tendent vers les paroles.

— Louisa, je te supplie... Pourquoi as-tu dit ça, dis-moi, qui t'a dit ? Comment sais-tu ?

— Laisse-moi parler, dit Louisa, autrement j'arriverai jamais et je vois que ça t'intéresse beaucoup.

Sylvaine attend. La fièvre bat dans ses tempes.

— Voilà, dit Louisa. Tout à l'heure, je suis allée aux commissions, une chose que j'avais oubliée. En revenant de Bellaïgue par le raccourci, je rencontre le facteur, tu sais, le borgne ? Celui qui fait la montagne ? Y m'appelle, moi ça m'étonne parce que je le connais pas beaucoup. Y me dit : « J'ai une lettre et j'en suis embarrassé. C'est adressé à Madame veuve Desmichels, à Grand-Cap. La destinataire est morte, la cabane est fermée. J'ai pensé : Si je la glisse sous la porte, les souris risquent de la manger. L'apporter aux Desmichels de la Guirande ? Je sais qu'ils étaient fâchés avec. Je me demandais qu'en faire de cette lettre ? J'allais la retourner parce qu'il y a l'adresse derrière. Alors Teisseire m'a conseillé : « Monte-la à Bramafan chez la mère de Marcelin, Justine, qu'elle était beaucoup amie avec la charbonnière. » Je monte, bon. Justine me dit : « Et qu'est-ce que je vais en faire, moi, de cette lettre ? Écoute, descends-là à la Tannerie de Bellaïgue. La fille de l'ancien directeur, Mademoiselle Sylvaine, elle la connaissait bien Arnaude, même que c'était elle qui était là pour la mort. Cette lettre, elle saura faire ce qu'y faut, c'est une dame qui a de l'instruction. »

Louisa reprend son souffle :

— Le facteur y me dit tout ça, puis y me dit encore : « Écoutez, puisque je vous rencontre, la lettre je vous la donne, remettez-la à votre dame, si elle ne sait pas quoi en faire, vous la rapporterez à la poste et on la renverra à l'expéditeur. » Je l'ai prise...

— Tu l'as ? dit Sylvaine.

Elle a de la peine à parler, comme si sa poitrine était écrasée sous une grosse pierre.

— La voilà, dit Louisa, j'ai pas voulu te la donner devant ton père, parce que j'ai compris qu'y a des affaires que tu lui dis pas.

Sylvaine étend la main et Louisa met dedans un carré de papier jaune, l'enveloppe qu'elle vient de sortir de sa poche de tablier. Une enveloppe jaune, comme celles que le marchand de tabac vend les deux trois sous.

— Tu vois, dit Louisa, derrière le dos de l'enveloppe, il y a écrit ce nom que j'étais en train de te dire quand tu as crié.

Sylvaine lit :

« Ollivier Desmichels. Poste restante. Toulon. » Elle regarde le nom, elle regarde la lettre.

— Eh ben, tu l'ouvres pas ? dit Louisa.

— Elle n'est pas pour moi, dit Sylvaine.

— Mais puisque la pauvre femme est morte et que tu

l'as assistée jusqu'au dernier moment — Justine l'a dit au facteur — c'est comme si tu t'étais chargée de son héritage.

La lettre est lourde et légère à la fois, dans les doigts de Sylvaine. C'est peut-être un oiseau tombé qui n'a plus qu'un petit cri d'agonie, c'est peut-être un grand oiseau d'espoir, qui, là-dedans, a refermé ses ailes et qui attend qu'on lui ouvre pour se lancer dans l'air. Ce qu'il y a sous cette enveloppe jaune si ordinaire, que le marchand de tabac la vend un sou et demi aux terrassiers qui veulent écrire, ce qu'il a là-dessous, c'est peut-être un grand malheur…

Elle l'ouvre :

« Mère, dit la lettre, depuis le temps, j'ose plus vous demander mon pardon ; mais je serais bien content de vous voir, je suis placé bûcheron dans une entreprise qui va faire une coupe à Montrieux. Si vous me faites répondre que vous voulez me voir, je monterai à Grand-Cap. Autrement, de moi-même j'oserais jamais, parce que j'ai trop mal agi envers vous. Répondez-moi vite, je vous embrasse bien. Ollivier. »

— Répondez-moi vite… relit Sylvaine.

Louisa la regarde.

— Nous sommes le combien, Louisa ? demande-t-elle.

— Le vingt-cinq de mai.

— Il va y avoir un an qu'on l'a enterrée.

« Quels regrets pour tous les deux ! » pense-t-elle, puis elle voit la naïveté de sa réflexion. Plus rien, ni joie ni regret, ne peut atteindre la mère, et le fils seul supportera tout le poids.

Elle pense à Arnaude, elle pense à Ollivier, elle pense à elle-même. Un grand calme descend sur la fièvre. Il y a maintenant un endroit du monde où elle peut trouver Ollivier.

Elle sent sa vieille peine se détacher d'elle, comme ces écorces sèches d'eucalyptus, qui tombent droites, d'un seul bloc, et laissent l'arbre neuf et nu.

« Il fallait bien, elle se dit, il fallait bien que je le

revoie, sinon depuis longtemps la mort m'aurait détruite, et je comprends que c'est parce que aujourd'hui devait venir, que j'ai continué à vivre. Pas plus. »

DEUXIÈME PARTIE

PLAN-BERNARD

A mon frère Victor Monnier

I

Jusqu'ici, Sylvaine a marché sans rien regarder autour d'elle.

Elle a marché d'un pas égal à l'autre pas, comme emportée par une mécanique qui fait bouger ses jambes.

Arrivée au bord de la rivière elle s'arrête. Le Gapeau est tout plein de ses eaux de printemps. Sylvaine s'assied sur la pierre du pont et elle regarde couler l'eau. Les petits chevaux d'écume sautent par-dessus les branches arrachées qui se sont mises en travers. Sylvaine pense : « Combien d'années qu'il coule comme ça, ce Gapeau, sans voir ce qui se fait sur ses bords ? »

Tout le grand massif de la montagne de Montrieux domine de sa verdeur cette route d'eau et on devine à peine, à travers le moutonnement des feuillages, la flèche haute du monastère. Sylvaine reprend son chemin, elle passe par les sentiers qui se faufilent sous les arbres, son pied chaussé de toile ne fait pas de bruit, elle passe entre les arbres, elle voudrait voir sans être vue.

Devant la chapelle de Sainte-Roseline, elle demande à une femme qui lave au ruisseau :

— Pardon, madame, où est la coupe de bois s'il vous plaît ?

La femme lève la main pour un geste haut, une mousse de savon roule en cascade au long de son bras.

— Il vous faut encore monter, dit-elle ; tournez

derrière le couvent et vous verrez vite la coulée des arbres qu'on fait glisser d'en haut. Vous n'aurez qu'à suivre par le côté.

Sylvaine côtoie le couvent qu'elle voit bientôt en dessous d'elle avec son cimetière planté en plein cœur et le grand bassin, que le reflet de la forêt comble d'une pâte verte de feuilles neuves. Alors tout de suite, les bruits viennent à sa rencontre, ces bruits de bûcherons : coups sourds des haches, grand fracas d'arbres qui tombent, signaux de voix que les hommes se crient les uns aux autres.

Elle s'assied encore au bord du chemin. Elle veut se donner encore un répit. Elle n'a pas encore assez réfléchi. Cette chose de revoir Ollivier après avoir lu cette lettre, cela lui a semblé d'abord tout naturel. A ce moment, elle a dit à Louisa, qui était restée debout sans parole devant elle, continuant à ne pas comprendre :

— Il faut que tu le saches, Louisa, ce garçon je l'ai aimé plus que tout et on nous a séparés.

Louisa a dit :

— Ah ! maintenant je comprends, et elle a eu un visage tout éclairé.

— Ne parle de rien à personne.

Louisa a encore dit :

— Je comprends bien. Puis, après un silence : Alors moi, je descends à ton père.

— Oui, a dit Sylvaine.

Elle s'est couchée avec cette lettre contre elle, cela lui a rappelé le temps de ses dix-sept ans, où elle s'endormait en mettant entre ses seins la carte postale du Lavandou. Mais cette nuit, elle sait qu'elle ne dormira guère, il faut réfléchir à tout cela.

D'abord, il faut annoncer à Ollivier qu'Arnaude est morte. Lui expliquer comment la lettre est venue de Justine à Louisa et puis jusqu'à elle. Enfin, lui répéter tout ce qu'Arnaude a dit pour lui. Et leur première entrevue sera pleine de paroles de mort... Non, il ne faut pas faire ça. Sylvaine réfléchit encore. Tout à coup, une terrible idée tombe sur elle et elle suffoque de l'avoir reçue : « Et s'il était marié ? » se dit-elle. Elle n'avait pas encore pensé à ça. Elle se voit, arrivant à la coupe et qu'Ollivier lui apprenne, après avoir écouté la triste nouvelle de sa mère :

« Tiens, justement ma femme m'a apporté le déjeuner et elle est là, je vais vous la faire connaître », et la femme arrive auprès d'eux. Et qu'il dise encore en regardant Sylvaine : « C'est une dame que j'ai connue quand j'étais plus jeune. » Que répondre ? Elle n'aurait plus qu'à redescendre en disant au revoir.

A force de ne pas dormir, vers le petit jour, elle a compris comment il fallait s'organiser. Elle fera savoir la nouvelle à Ollivier et elle n'ira le voir qu'ensuite. Mais par qui ? Le matin, tout son plan est fait, elle se lève tôt et elle confie à Louisa.

— Il faut que je monte à Bramafan, n'en dis rien à mon père.

Louisa fait un fin sourire et demande seulement :

— Tu prendrais pas un chocolat avant de partir ?

— Mais oui, dit Sylvaine.

Leurs yeux échangent un bon regard.

Elle part avec la compagnie d'une petite chanson qui sort toute seule de sa bouche et le chemin lui paraît court. Michel qui la reconnaît, saute au-devant d'elle.

— Il faut l'attacher, dit Marcelin, sinon il va tout le jour se coucher devant la cabane. Pauvre Michel, y languit !

Justine, qui va mieux, est toute ravie de la revoir. Elles s'embrassent. Sylvaine lui explique son idée. La vieille lui dit : « Vous avez raison. » Aussitôt Marcelin écrit une lettre à l'adresse de : « Desmichels Ollivier, Poste restante, Toulon », pour expliquer comment depuis un an bientôt Arnaude est morte. « Range-lui bien ça, recommande Justine, que quand même qu'il l'ait laissée, ça va lui faire beaucoup peine. » Le garçon signe : « Justine Marcelin, de Bramafan. » Il dit à la fin :

— Je descends à Solliès, je la mets à la poste.

Sylvaine reste un peu auprès de la malade à parler

d'Ollivier, puis elle redescend à travers le bois. L'après-midi, elle tourne et elle retourne dans la maison sans pouvoir s'intéresser à rien. Elle attend encore péniblement tout le lendemain ; enfin quand elle est sûre qu'Ollivier a eu la lettre, elle se décide à aller à Montrieux.

Mais son autre idée, c'est de ne pas se montrer tout de suite, de regarder de loin, d'entendre sa voix, après si elle comprend qu'il est toujours comme elle le croit, elle se fera voir.

Et maintenant qu'elle est là, après toutes ces années d'attente, si proche de cette minute où peut-être elle va retrouver Ollivier, elle pense que toutes ces combinaisons sont bien enfantines et elle n'ose plus avancer. Elle reste là, sans pensée, prise de lassitude qui lui serre les poignets comme deux mains méchantes. Si Ollivier n'allait plus la reconnaître ? Quand elle l'abordera, si elle voyait qu'il pense : « Qui est-ce celle-là qui m'appelle par mon nom ? » Quel nouveau visage allait-il lui montrer ? Qu'est-ce qu'elle venait chercher ici ? Du chagrin encore peut-être ? Cet amour, vieux de quinze ans, pouvait-il porter autre chose qu'un fruit pourri, sur ses rameaux desséchés ? Comment n'avait-elle pas réfléchi plus tôt que tout cela n'est qu'une illusion et qu'elle est seule à se souvenir ?

Tout d'un coup elle comprend qu'il vaut mieux s'en aller, elle se lève d'un bond pour redescendre, les pierres roulent sous son pied. Alors des pierres sautent sous le pied d'un homme qui descend le sentier en courant. Leurs yeux se rencontrent : c'est Ollivier.

De l'avancée de pas qu'il retient, il manque de tomber en arrière.

— Ô ! dit-il, Sylvaine !

Elle dit :

— Ça va bien ?

Un tumulte bouillonne en dedans d'elle, un tumulte plus fort et plus nourri que le grondement d'un fleuve, que les sursauts d'une montagne, que les révoltes d'une forêt, quand la terre se soulève, s'ouvre en volcan et jaillit une lave de feu.

Et elle dit d'un ton paisible :

— Ça va bien ?

A ce calme, la voix d'Ollivier s'apaise comme une tombée de mistral.

Il dit :

— Vous êtes par là ?

— Je me promenais, dit Sylvaine.

— C'est agréable au printemps.

Il dit ça et rit bêtement. Ils sont debout l'un devant l'autre dans l'étroit sentier.

— Vous travaillez par ici ? demande Sylvaine.

— Oui, je suis à la coupe du bois. Je descendais au couvent pour demander une corde.

— Ah, vous vous servez de cordes ?

On entendrait un halètement de moteur qui cogne, si les cœurs battaient hors de la chair.

— Oui, pour retenir les arbres quand ils tombent. J'ai appris ça avec mon père quand je faisais le bûcheron.

— Vous avez fait le bûcheron ?

— Oui, puis j'ai fait le marin, puis je fais encore le bûcheron. C'est la vie...

Il a un rire sec, il dit :

— J'ai eu une mauvaise nouvelle, ma mère est morte.

Sylvaine a la gorge serrée.

Il s'arrête de parler, puis reprend :

— Vous la connaissiez pas, c'est vrai. J'espérais bien la retrouver vivante et passer nos derniers jours ensemble. J'ai eu de grands torts avec elle, je suis resté loin trop longtemps sans donner de nouvelles et maintenant je reviens, c'est elle qui n'y est plus. Ah, la vie, c'est une belle cochonnerie !

Il y a deux lignes qui descendent droit des coins des yeux vers la bouche et les coins de bouche tombent vers les os du menton.

— Vous n'êtes pas marié ? demande Sylvaine.

Pour dire cela, elle a serré à deux mains sa poitrine sous sa cape.

— Non, dit-il.

Ils ont dévalé côte à côte jusqu'à la terrasse du couvent, maintenant ils se regardent. Ils se voient tous les deux comme au bord d'un trou noir.

— Je vais redescendre, dit Sylvaine.

— Moi, je vais faire ma course, dit Ollivier.

— Au revoir.

Le silence est tombé comme une pierre jetée.

Elle lui a tendu la main, une main froide et dure comme de la pierre, il ne l'a pas serrée, elle est retombée comme une pierre jetée.

Ollivier regarde Sylvaine :

— Je vous accompagne encore un morceau, dit-il.

Il se tourne vers un garçon qui passe et crie :

— Demande une corde au jardinier du couvent et monte-la à la coupe, qu'ils l'attendent.

En quittant la terrasse, ils retrouvent le chemin sous les arbres.

Maintenant, même les paroles si bêtes de tout à l'heure n'ont plus le courage de sortir d'eux.

Sylvaine écoute ce pas qui suit le sien.

« C'est Ollivier, elle se dit, ô, que je ne me réveille pas, que je continue de me figurer que c'est lui... »

Le sentier court entre les cistes, ils marchent le long du sentier. Tout à coup, elle n'entend plus le pas, elle sent qu'il s'est arrêté, un frémissement l'entoure comme un filet des épaules aux reins, ses forces sont coupées... Elle s'arrête, elle se retourne. Ollivier la regarde. Elle est sur lui de tout l'élan de son corps, avant d'avoir prévu son geste.

Elle dit :

— Ollivier !

— Je croyais pas possible que tu m'aies oublié... dit-il.

Ils sont debout l'un devant l'autre, Ollivier a mis ses deux mains sur les épaules de la femme. Ils font bloc comme ces roches poussées entre les arbres et qui sont là, depuis l'éternité.

II

Sylvaine n'a encore pas dormi. Le lendemain à la même heure elle était là.

Cette fois comme autrefois, il y a eu entre eux les paroles qui préparent les rendez-vous.

Cette fois, il est descendu à sa rencontre jusqu'au Gapeau, il la regarde arriver, elle court entre les chênes pour être là plus vite. Il dit en souriant :

— Tu es toujours pareille, aussi dégourdie !

Elle aussi s'arrête pour le regarder. Après, ils sont tellement proches l'un de l'autre qu'ils ne se voient plus. Lui aussi, il est à peu près pareil, sauf qu'il porte sur le visage la marque de la vie. Mais ses cheveux sont toujours luisants aux courbes de leurs boucles et il a toujours dans la bouche la lumière de ses belles dents.

— Assieds-toi, dit-il, que je te regarde, je n'en suis pas encore revenu de t'avoir.

Sylvaine s'assied, lui donne la main, sa peine lui remonte. Elle dit :

— Depuis que je te cherchais !

Elle ajoute peureusement :

— Et toi, tu ne me cherchais pas ?

— Comment veux-tu ? dit Ollivier, moi je n'aurais jamais cru, moi je pensais que c'était fini, que jamais nous nous retrouverions.

— Tu croyais que je t'avais oublié ?

— Je savais que tu t'étais mariée avec un autre, j'avais perdu l'espoir…

— J'ai fait comme toi, moi aussi, à un moment, dit Sylvaine, et puis l'espoir m'est revenu.

— Il y a si longtemps ! dit Ollivier.

— Quinze ans, j'en avais dix-huit, j'en ai trente-trois, tu ne me trouves pas trop vieille ?

— Toi ? crie Ollivier.

Puis il dit :

— Moi, j'en ai bientôt quarante.

— Je sais, dit Sylvaine. Sûrement autant que toi-même, j'ai compté tes années.

— Quinze ans ! soupire Ollivier. Et tu dis que pendant tout ce temps tu as pensé à moi ?

— Oui, dit Sylvaine, tout le temps.

— Les femmes, dit Ollivier, quand ça vous aime, ça vous a une espèce de fidélité…

Il baisse la tête et il tire un nœud de laine dans le tissu de sa veste en ajoutant :

— Si je l'avais su, ça m'aurait mis beaucoup de bon dans ma vie.

Il continue d'arracher les brins de laine.

— Tu as la manie de ton père, dit Sylvaine qui lui sourit.

Il relève vivement la tête :

— Comment tu sais ça ?

Elle dit paisiblement :

— J'en sais bien d'autres. Ce n'est pas vrai que ton père faisait ça à son costume du dimanche et que toujours ta mère le grondait ?

— C'est moi qui ai dû te le raconter autrefois, dit-il, tu as bonne mémoire.

— Tu m'as raconté aussi comment ton grand-père de la Guirande a mis son fils à la porte ?

— Hé ? dit-il surpris.

— Oui, quand Antoine a voulu prendre pour femme la fille d'un rémouleur. Tu me l'as raconté ?

— Je crois pas, dit Ollivier.

— Et que tu t'es caché dans le bûcher quand les

gendarmes sont venus arrêter ton frère Félicien ? Tu me l'as raconté ?

— Non, dit Ollivier.

— Quand tu faisais les fagots sur la pointe du Grand-Cap, au-dessus de Bramafan, tu regardais toujours la mer en disant que tu partirais dessus, c'est pas vrai ?

— C'est vrai, mais je me demande ?

— Laisse-moi parler. Ta cabane des bois, elle est bâtie en pierres rousses comme les os de la campagne où elle s'accroche. Dedans, il y a la cuisine qui est grande, on y a mis un lit pour les garçons. Joseph et Félicien y couchaient avant la guerre. Après, quand Joseph a été tué à Poperinge et que Félicien était au front, tu y as couché à ton tour. A côté du foyer, à droite, il y a un carreau vernis, rouge, qui tombe toujours. Vingt fois, vous l'avez cimenté et vingt fois il s'est détaché comme une feuille sèche…

— Après ? demande Ollivier.

— Après ? Il y a la chambre de tes parents. C'est ton oncle Sébastien qui a donné les meubles. Il y a le portrait de ton pauvre père au-dessus de la commode. Dans le troisième tiroir, il y a ton linge. Tu as dépareillé la douzaine neuve des mouchoirs de fil et tu as pris tes trois plus belles chemises quand tu es parti à Toulon. C'est pas vrai ?

Ollivier ne répond pas, Sylvaine continue :

— Michelle ne pouvait pas se consoler de ton départ…

— Tu connais ma chienne ? crie Ollivier.

— Elle est morte, mais elle a laissé un petit. On l'appelle Michel, puisque c'était le genre de la Guirande de donner aux chiens le nom des maîtres, comme ça, de mère en fils pendant des années.

— Tu connais Michelle… redit Ollivier.

— Je connais tout ce qui te touche, dit Sylvaine, ta maison, ta chienne et même Jeunhomme, ce cheval que ton père aimait et qui avait la manie de se reposer si longtemps au bout de chaque sillon : « On te portera la pipe et le café ! » lui disait ton père. Tiens, dans le moulin de Sinssol, j'ai ramassé un livre que tu lisais le soir, quand tu restais là pour surveiller les gendarmes, c'est une géographie...

— Ne m'en dis plus, dit Ollivier.

— Je te dis tout ça pour te montrer si j'ai vécu de toi, même quand tu n'étais plus là depuis longtemps. Alors, tu comprends, aujourd'hui j'arrive à croire que nous ne nous sommes jamais quittés.

— Tu mérites d'être aimée comme une sainte !

— Je préfère que tu m'aimes simplement, comme toi je t'aime pour l'homme que tu es.

— Y a des femmes comme ça ? dit Ollivier.

Il la regarde dans le profond des yeux. Il lui semble qu'il entre par ce chemin de belle lumière calme, au plus secret de ce qui remplit tout le tendre de son amie. Il dit :

— Tu m'aimes toujours pareil ?

— Toujours pareil, dit Sylvaine, et toi ?

— Moi ? dit Ollivier.

Ses mains roulent devant lui comme un écheveau embrouillé.

— Moi, si tu savais... Je me sens un cœur si vieux. Pour moi, la vie a été si vide, si longue...

— La mienne, non ? dit Sylvaine.

— Toi, ce n'est pas la même chose, tu as aimé un autre homme, oui, je sais, tu m'avais perdu, c'est ton excuse, c'est ma faute, mais enfin tu as fait ton bonheur et même contre tous, puisque ton mari a été le père de ton enfant avant qu'il t'épouse. Tu as été heureuse.

D'un coup brusque Sylvaine se tourne tout entière vers lui :

— Moi heureuse ? Qui t'a dit ça ?

Elle crie comme Ollivier tout à l'heure.

— Ton père, dit Ollivier, quand je suis allé le voir.

— Je ne comprends pas, dit Sylvaine.

Un vol de bourdons gronde dans sa tête.

Ollivier reprend :

— Ton père. Quand je suis allé le voir à la Tannerie. C'est lui qui m'a raconté. Alors. Alors j'ai compris.

— Tais-toi, dit Sylvaine.

Et elle lui met sur la main, une main de fer.

— Répète, tu dis que tu es allé voir mon père ?

— Oui, dit Ollivier.

— Mais quand ?

— Quand il m'a écrit que j'aille le voir. Seulement j'étais sur mer en ce temps et ce n'est qu'un mois après, à mon retour, que j'ai trouvé sa lettre sous la porte, avec les tiennes.

— Ah, dit Sylvaine, c'est pour ça que tu n'as pas répondu !

Des larmes jaillissent de ses yeux comme si elles avaient été d'avance toutes prêtes au bord de ses paupières.

Ollivier baisse la tête :

— J'ai eu beaucoup tort, je le reconnais. D'abord, j'aime guère écrire et puis il y a des raisons qui m'ont forcé à quitter l'hôtel de ta tante... Pourtant quand j'ai eu cette lettre de ton père, ça m'a comme réveillé, j'ai eu un espoir, j'ai couru à la Tannerie, c'est alors que ton père m'a dit que tu t'étais donnée à ce Constant parce que tu l'aimais et que tu allais te marier avec lui. Je suis reparti. Qu'est-ce qu'il fallait que je fasse, dis, qu'est-ce qu'il fallait que je fasse ?

La main dure de Sylvaine est tout en os et en ongles sur celle d'Ollivier, elle en serre la forme comme on tient un couteau.

— Répète ! Répète ! elle dit, ce n'est pas possible ! Tu dis que tu es allé voir mon père ? Toi ?

— Moi, dit Ollivier. Je te le jure sur ma mère.

— Et mon père t'a dit que j'en aimais un autre et que j'allais l'épouser par amour ?

— Oui, dit Ollivier, c'est ça qu'il m'a dit.

— Ah ! crie Sylvaine.

Elle s'est levée toute debout et Ollivier, resté à terre, la voit grandir commc si elle était une flamme et d'une flamme, elle a l'embrasement fou dans le visage et, comme des langues de feu, ses bras se tordent autour de sa tête.

Et comme une flamme elle retombe lourdement abattue au ras du sol. Ollivier ne voit plus rien d'elle que ses cheveux d'ombre, couchés sur son visage et la tempête de sanglots qui secoue son corps.

Il s'effraie de cet ouragan qui l'a jetée contre la terre. Il voudrait la calmer. Il l'appelle :

— Sylvaine ?

Elle dit :

— Donne ta main.

Cette main, elle la serre contre sa joue brûlante et puis à petits coups de bouche, elle se met à l'embrasser doucement.

Enfin, elle dégage ses yeux des cheveux qui la cachaient, elle regarde tristement Ollivier, puis après un long silence elle dit :

— Ce n'était pas vrai, il faut que tu le saches. On nous a rendus bien malheureux.

— Mais comment ? demande Ollivier.

— N'en parlons plus pour aujourd'hui, va, dit Sylvaine. Ce qui est fait est fait et j'ai ma grande part de tort dans la chose. Toi aussi sans doute. Quand nous nous raconterons nos vies, nous nous en rendrons compte, mais nous, nous étions deux enfants qui s'aimaient comme des maladroits et qui ne savaient pas conduire leur amour. Moi surtout, il me semble que ma vie s'est arrêtée cette dernière fois où tu es venu me voir dans le bois des Sources... Nous devions nous retrouver le surlendemain...

Elle s'arrête de parler. Elle se revoit avec le cœur tout neuf de sa jeunesse.

— C'était dans l'hiver, dit Ollivier, je me rappelle.

— Un peu vers le printemps, au moment des bruyères. Je ne sais pas comment tu as vécu, toi, depuis quinze ans, mais moi je sais bien que je me suis arrêtée ce jour-là et que c'est seulement maintenant que je recommence à sentir la vie.

— Mais alors, ton père ? interroge Ollivier.

— Mon père ? Mon père t'a menti, dit Sylvaine. De ça, c'est avec lui que je m'en expliquerai. Pour nous deux à présent, ça va changer, c'est moi qui te le dis ! Mais c'est une chose sur laquelle je veux encore me taire aujourd'hui. Oui... Demain ça aura changé, tu peux me croire !

Elle s'arrête, sa lèvre tremble de colère. Puis elle dit soudain, d'une voix devenue brève :

— Il faut que je rentre, je reviendrai à la même heure. Tu seras encore par là ?

— Bien sûr, dit Ollivier. La coupe de bois n'est que commencée.

— Ce n'est pas toi qui la finiras, dit Sylvaine.

Une douceur revient dans ses yeux et elle caresse les cheveux d'Ollivier. Elle lui sourit :

— A demain et pense à moi ce soir, parce que je vais bien m'occuper de nous deux.

— J'y penserai toute la nuit, dit Ollivier, quoique je ne comprenne guère...

— Non, dors tranquille, dit-elle tendrement, et demain tout sera fait.

— Dormir ? il dit, j'ai guère dormi la nuit dernière.

— Toi non plus ? Pourquoi ? dit-elle.

Il baisse les paupières, puis les relève sur un regard troublé :

— Parce que je me suis couché avec la faim...

— La faim ? dit Sylvaine.

— La faim de toi. Et tu sais, on dort mal quand on a faim. On dirait qu'on avait le monde entier et qu'on vous l'a volé. Toute la nuit on se fatigue à sa recherche d'un côté de l'autre, après le corps est bouillant.

Sylvaine n'ose pas répondre, elle n'ose pas croire que ce soit si beau. Elle n'ose pas dire : « Moi aussi. » A la fin, elle met sa main sur la main d'Ollivier qui est à plat sur l'herbe. Elle défait les cinq doigts durs et entre eux, elle met ses quatre doigts. Puis par-dessus le pouce pour tout serrer. Il fait chaud dans ce paquet de mains.

Sous cette étreinte qui rappelle l'amour, Ollivier gémit de désir. Il enfonce sa bouche au creux du cou de Sylvaine, au-dessous de l'oreille, là où c'est plein d'une odeur de cheveux et de peau.

— Chérie, il dit, je te voudrais...

Leurs bouches chaudes ne savent plus se quitter. La main d'Ollivier cherche l'ouverture de la blouse. Sylvaine se dégage.

Elle dit :

— Non, je veux être à toi dans ta maison, comme ta femme.

Et elle lui rend la main qu'il glissait vers elle. Ollivier a un visage triste.

— Sois sage, dit Sylvaine en lui lissant la joue. Dors bien cette nuit, à partir de demain, tu ne coucheras plus avec la faim, va, parce que je serai là pour te nourrir.

III

Après avoir dit au revoir à Ollivier au bout du petit pont sur le Gapeau, Sylvaine est descendue sur la route. Un pas vif naît du mouvement de ses jambes. Elle respire à grands traits un air qu'elle sent descendre en elle par coups réguliers. Son cœur lui paraît assez fort pour porter un monde. Une harmonie heureuse se forme dans son corps entre les avancées de ses cuisses et celles de ses épaules. « Je ne suis pas vieille », se met-elle à penser. Elle pense encore qu'il y a eu trois hommes dans sa vie… Deux qui ont eu son corps sans qu'elle le veuille et ce troisième, Ollivier, qui ne l'a presque pas touchée. Pourtant elle est sienne. Et d'être sienne, il faut croire que c'était bien sa raison de vivre, puisque avant de le retrouver, il lui semblait toujours qu'elle était morte.

Arrivée à Bellaïgue, elle passe le portail et sent l'odeur de la Tannerie comme jamais elle ne l'a sentie. Elle monte directement dans l'ancien bureau de son père, où il se tient assis tout le jour sur ses cuisses paralysées.

— Je voudrais vous parler, père, dit-elle.

— Bonsoir petite, dit Resplandin. Si tu as du neuf à m'apprendre, tant mieux, parce que je m'ennuie bien.

Depuis la mort de Constant et depuis aussi que les attaques ont tué le bas de son corps, il a complètement cessé de prendre part aux affaires de la Tannerie.

Seulement par sa fenêtre, il en jalouse tristement l'activité.

— Père, dit Sylvaine, je suis allée à Montrieux.

Debout contre la table, tout elle est tendu vers la bataille.

— Je sais, dit Resplandin, je t'avais demandé d'aller visiter la coupe de bois ? Elle sera bonne ? Tu l'as vue ?

— Non, dit Sylvaine, je n'ai pas vu la coupe de bois, j'ai vu Ollivier Desmichels.

— Ah, dit Resplandin. Et alors ?

Il se racle la gorge et crache dans son mouchoir.

— Alors, j'ai su une chose, père, que j'aurais mieux aimé vous voir mort que de penser que vous l'aviez faite. Vous m'avez trompée, père.

— Trompée ?

— Oui, autrefois, la nuit où nous avons veillé ma mère ensemble, vous m'avez dit que jamais Ollivier ne s'était occupé de moi, que jamais il ne m'avait écrit, que jamais il n'était venu à la maison. Et dans tout ça, vous mentiez.

— C'est vieux, dit Resplandin d'une voix paisible.

Sylvaine a appuyé ses mains sur le bois et elle ouvre vers son père deux grands yeux qui regardent dans le passé. Elle hoche la tête.

— C'est vieux, vous dites, et en disant ça, vous croyez que vous avez tout réglé. Mais à moi, ce mensonge m'a gâché la vie.

Sous les sourcils raides du vieillard, le regard fait une flamme.

— Ta vie ? dit-il, il me semble que tu te l'es gâchée de toi-même avec ta mauvaise conduite et je ne comprends pas que tu aies le courage…

— Le courage, dit Sylvaine, d'une voix triste, le courage, si je l'ai, il m'est bien venu tard, mais pas trop tard, non, pas trop tard, vous en saurez quelque chose.

— Tu veux dire quoi, par là ? jette Resplandin. Tu oublies ce que tu as fait, que tu as déshonoré ta famille et que de mon droit de père, j'aurais pu te tuer ?

— Vous auriez mieux fait peut-être, que de me faire tant souffrir, dit Sylvaine, mais maintenant...

— Quoi, maintenant ? Tes menaces...

— Je ne vous menace pas, dit Sylvaine. Je voudrais vous faire comprendre les choses. Vous vous rappelez comment vous m'avez traitée quand cela est arrivé ? J'avais les cheveux longs de ce temps et trois peignes de corne qui les tenaient. Vous me les avez brisés dans la tête, j'ai eu le front plein de sang, c'est bien vrai ?

— Oui, c'est vrai, crie Resplandin, et tu aurais mérité plus de mal !

— En me mentant sur Ollivier, vous m'avez fait tout le mal que vous pouviez me faire, dit Sylvaine. Pire que de me tuer.

— Les filles perdues comme toi... crie encore Resplandin.

Puis il s'étouffe dans les dernières paroles et retombe dans son fauteuil d'infirme, sur ses muscles morts.

— Laissez-moi parler, dit Sylvaine, j'ai beaucoup à dire. Si j'avais su qu'Ollivier soit venu, je n'aurais pas épousé Constant et j'aurais pu être heureuse.

— Si tu voulais être heureuse, dit Resplandin, il fallait y penser avant de coucher avec ce sale contremaître.

— Je sais, dit Sylvaine, seulement à cette époque je ne savais pas. Et si je voulais me défendre, maintenant que je peux vous parler comme une femme à un homme, peut-être que j'y arriverais. Mais je n'en ai plus besoin aujourd'hui, alors ce n'est pas la peine... Non, je ne savais pas et c'est ce qui a fait toute ma misère. Mais à présent que je sais, et c'est cela que je suis venue vous dire, père, à présent que je sais, je vais partir.

Émile Resplandin a relevé la tête, droit vers sa fille, et le dur regard interroge :

— Partir ?

— Oui, dit Sylvaine, je pars, je quitte la maison, je vous quitte, père.

— Tu es folle ?

— Je ne suis pas folle. Je veux être encore un peu

heureuse, voilà tout. Autrefois vous m'avez empêchée de l'être et maintenant je le serai même malgré vous. J'ai encore vingt ans de bon, je veux les prendre.

Elle s'arrête de parler. Resplandin continue de la regarder, elle le regarde à son tour et ses yeux deviennent toute douceur. Les paroles qu'elle va prononcer lui coulent à l'avance dans la gorge comme un ruisseau de miel.

— Je vais habiter avec Ollivier, elle dit.

— Et moi ? crie Resplandin.

Sur les bras du fauteuil, un tremblement fait sauter ses doigts gonflés et il a les yeux de pauvre.

Sylvaine s'est assise en face de lui. Elle a bien étalé sa robe sur la chaise pour ne pas la froisser.

— Vous ? Vous avez Louisa pour vous soigner. Je ne pourrai jamais plus vous aimer maintenant, père, vous comprenez ? Il vaut mieux que je parte. Alors voilà, il faut que nous parlions bien calmement.

— Calmement ? dit Resplandin, et il hoche son visage ridé où deux larmes glissent.

— Calmement, calmement, dit Sylvaine, et sa voix paisible semble moduler une chanson.

— Tu me vois pleurer... dit son père.

— Moi aussi, je pleurais, dit Sylvaine.

— Tu n'as pas de cœur, dit la vieille voix.

— J'ai un autre cœur qu'avant, voilà tout.

Sylvaine se lève et va vers le secrétaire. Elle l'ouvre, elle tire du tiroir une liasse de papiers qu'elle défait sur la table et elle dit :

— Faisons nos comptes.

— Quels comptes ? dit son père.

— Les vôtres et les miens.

— Tout est à moi, j'ai tout gagné !

— A vous ou pas à vous, dit Sylvaine, je prendrai ma part.

— Putain ! dit sourdement son père.

— Je sais, dit Sylvaine avec calme, il y a plus de vingt ans que vous me le dites. Seulement aujourd'hui, c'est moi qui suis la plus forte. Alors tâchez de comprendre ce qui doit se faire, parce que autrement ça se fera sans vous.

« Voilà : le moulin de Sinssol vient du côté de ma mère, n'est-ce pas ? Je le prends. En bas de Sinssol, il y a la terre de Plan-Bernard qui appartenait au grand-père Desmichels et qui devait être la part d'Antoine. Cet Antoine, vous ne le connaissez pas, mais moi je le connais, ça suffit. C'est mon beau-père à moi, le vrai.

« Quand son père a voulu épouser par force celle qu'on appelait à la Guirande « sa coureuse de routes », cette terre, on l'a vendue, pour être sûr qu'il ne l'aurait pas. Eh bien, ce sera son fils qui l'aura, ce sera Ollivier, parce que je sais qu'elle est à vendre et qu'elle vaut vingt mille francs et que moi, je vais en offrir trente mille. Ces trente mille francs, je les prends.

Elle retourne vers le gros meuble qui était la fortune des Resplandin et d'un portefeuille usé, elle tire trente billets de mille francs qu'elle pose sur la table.

Elle voit le bras de son père qui se tend. Alors elle reprend les billets et les met dans sa blouse.

— Pardon ! dit-elle.

Un gémissement fait onduler Resplandin.

Elle reprend :

— Seulement, ce pauvre moulin de Sinssol est bien vieux. Personne, ni les Laurade ni vous-même, ne s'est jamais soucié de le réparer. Je pense que nous pourrions prendre des moutures à façon. Il y a encore des oliviers dans la vallée et bien des gens seraient contents de ne pas avoir à aller jusqu'à La Verte où est le moulin Giraud.

Elle semble parler pour elle-même et avoir oublié de réfléchir pour dire :

— Il faudra bien dix mille francs pour la réparation, c'est en mauvais état. Ça fait quarante mille. Mais les travaux ne seront pas finis demain, il y aura à vivre plusieurs mois avant la récolte des olives. En faisant réviser le toit de la cabane, nous pourrons y habiter en attendant mieux. Je compte encore dix mille francs pour vivre et préparer la mise en culture de la terre de Plan-

Bernard. Le père Desmichels disait qu'elle était de choix pour les primeurs.

Elle relève la tête :

— Voilà, je prends cinquante mille francs, père. Avec ma chambre de jeune fille et du linge de maison que je me choisirai, c'est tout ce qui m'intéresse, le reste, vous pouvez le garder.

Elle remet le vieux portefeuille et la liasse de titres dans le tiroir du secrétaire, ferme et pose la clé devant son père.

Resplandin secoue la moitié vivante de son corps hors du fauteuil et appelle :

— Louisa ! Louisa !

— Je l'ai envoyée à Solliès, dit Sylvaine, nous sommes seuls.

— Voleuse ! crie Resplandin, je le dirai que tu m'as volé ! Je te ferai arrêter par les gendarmes !

— Il n'y a pas vol entre père et fille, dit tranquillement Sylvaine, et puis moi alors je dirai combien vous avez dissimulé de vos bénéfices de guerre. N'oubliez pas que j'ai tenu les comptes de la Tannerie.

Un tremblement de folie agite le vieillard, il penche sa tête de côté.

— Je vais mourir... dit-il.

— Non, dit Sylvaine, il n'y a pas de raison, on ne meurt pas pour de l'argent. D'ailleurs, il vous reste plus de cent mille francs et vous avez toujours votre part de bénéfices de la Tannerie. Vous n'êtes pas pauvre et si vous vous trouvez trop seul, vous n'avez qu'à épouser Louisa. Elle sait très bien vous soigner et elle sera très contente.

Resplandin pleure maintenant à petits sanglots doux. Sylvaine le regarde, se demandant comment cela peut ne rien lui faire. Cependant c'est vrai, ce désespoir ne la touche pas. Elle serre ses deux mains sur les papiers cachés dans son corsage. Elle se sent si détachée de ce vieil homme et de cette maison, qu'elle s'étonne d'avoir pu passer, auprès d'eux, plus de trente ans de sa vie.

« C'est vrai que je ne vivais pas, elle pense, seulement je n'en savais rien. »

— Alors voilà, dit-elle encore, puisque nous sommes seuls depuis la mort de maman et de Constant, je n'ai pas besoin de votre signature. Je ferai emporter mes choses quand ce sera temps. D'ici là, ne me faites pas demander, car je ne viendrai pas.

— Ô, comment peux-tu faire ça, Sylvaine ? Tu n'étais pas méchante pourtant ?

— Pas assez, dit Sylvaine, ça m'est venu. Mais non, tenez, j'aime mieux vous dire le vrai. J'aurais pu rencontrer Ollivier il y a un an et je n'aurais peut-être pas osé m'en aller d'avec vous. Mais vous vous souvenez que le mois dernier vous m'avez envoyée à Abriès, dans les Alpes, pour cette affaire de peaux de moutons ?

— Comment ? dit son père.

— J'ai fait votre travail là-bas et puis après, en attendant le car, je me suis promenée sur la place. J'ai regardé de vieilles halles qui sont là, en pierres anciennes et en gros bois. Et tout le tour, sur les murs de ces halles, il y a des choses écrites, qui datent de longtemps. Alors je les ai lues. Ce sont toutes de bonnes paroles qui font agir pour le bien et qui expliquent qu'il faut être honnête. Une, elle m'a paru meilleure que les autres. Je l'ai bien regardée, bien répétée en moi-même, car il me semblait qu'elle avait été inventée exprès pour que je la lise... Tout le long du retour, je me suis dit et redit encore cette chose écrite sur un mur et je sentais que dans moi elle s'enfonçait, gravée plus dur que dans la pierre. Et c'était :

« Faites poids et mesures, car comme vous
mesurerez, il vous sera mesuré. »

Alors j'ai compris qu'à la justice, tous les gens de la terre y ont droit, même une fille de seize ans que la chaleur de son sang emporte et qui ne sait pas ce qu'elle fait. Et je pense que si on la punit de l'égarement de son ignorance par la condamnation de toute sa vie, et que si on ne lui fait pas son droit parce qu'elle est la plus faible, quand elle sera devenue la plus forte, ce droit, elle aura la permission de se le faire elle-même et que ce sera honnête. Vous comprenez ? J'ai compris que tout mon malheur et ce grand gaspillage de mon existence étaient venus de ce que, poids et mesures, vous ne me les avez pas faits. Père, vous comprenez ? Vous m'avez mesurée à de fausses mesures et pesée avec des poids trop gros, et la justice que vous me deviez, elle a été faussée par votre orgueil. C'est votre orgueil, qui de toutes ses forces mauvaises, a pesé sur le plateau de mes torts et il est devenu si lourd, si lourd... Ah ! père, je m'étais bien promis de ne pas pleurer aujourd'hui et pourtant je pleure, parce que je sens remonter tout mon mal d'autrefois et qu'il m'étouffe.

Tout à coup une voix appelle, du bas de l'escalier :

— Sylvaine !

Sylvaine essuie les larmes qui mouillent son visage et elle crie :

— Monte, Louisa.

Son père n'a pas fait un mouvement. Louisa entre.

— J'ai fait ta commission, commence-t-elle.

— Assieds-toi là, dit Sylvaine, je veux te parler.

— A moi ? dit Louisa.

— Oui, tu es notre cousine du côté de ma mère, puisque tu es une Laurade des Aiguiers. De nous apporter ton aide et qu'on te la paie, ça n'enlève rien à notre parenté et à l'estime que nous te devons. C'est pour ça que je veux te mettre au courant.

Resplandin fait un geste de refus.

— Oui, père, cela vaut mieux, dit Sylvaine. Voilà : Louisa, je suis d'accord avec mon père pour le quitter.

— Hé ? dit Louisa.

— Oui, de plus longues explications, s'il veut, il te les donnera. Moi, je te dis seulement ceci : prépare-moi toutes mes affaires, je m'en vais. Il te restera le soin de la maison et de mon père, tu t'en débrouilleras puisque c'est déjà toi qui t'occupes de bien des choses. Arrangez-vous pour vous entendre tous les deux. Et même je vais te dire... si vous voulez vous marier, je serai plus tranquille.

— Mais toi ? demande Louisa.

— Moi ? dit Sylvaine.

Elle relève un visage enivré.

Et Louisa raconta plus tard qu'elle avait retrouvé, à ce moment, le sourire et la voix des seize ans de Sylvaine.

— Moi ? Je vais avec Ollivier. Tu te rappelles bien d'Ollivier Desmichels ? Ce garçon que j'aimais et qu'on n'a pas voulu me donner ? Eh bien, je vais le retrouver et vivre avec lui.

— Tu vas te marier ? dit Louisa.

— Je ne sais pas, dit Sylvaine, je n'y ai pas pensé.

— Mon Dieu, ton père ! crie Louisa.

Resplandin s'est renversé sans force contre le dossier de son fauteuil.

— Soigne-le, dit Sylvaine, moi je ne suis plus d'ici.

Et elle sort du bureau.

IV

Ce pont sur le Gapeau, où la veille Sylvaine a laissé Ollivier, c'est une vieille arche de pierre que les capillaires légers habillent de vert. Ollivier est assis au bout du parapet et il regarde une touffe de fines feuilles que l'eau voudrait emporter et qui se tient tant qu'elle peut, par ses racines accrochées dans le ciment.

Sylvaine arrive par le raccourci des prairies. Elle voit Ollivier, elle pense qu'hier en partant, elle l'a laissé à la même place, on croirait qu'il n'a pas bougé.

Elle aime ce sourire doux et lassé qu'il a pour elle, dès qu'il l'aperçoit. Elle dit :

— Je suis en retard, peut-être tu t'impatientais ?

— Un peu, dit-il, et puis hier déjà j'ai laissé tout le travail aux copains.

— Je comprends bien, seulement notre vie passe avant ce travail. J'ai encore à te parler longuement. Bonjour d'abord.

Ollivier noue ses mains derrière la taille de Sylvaine. Il la regarde :

— Tu es là, tu es encore là !

— Encore ? dit Sylvaine en riant.

— Oui, encore... C'est tellement beau que tu sois encore là ! La première fois que je t'ai revue, j'ai trouvé ça tout naturel et maintenant chaque fois que je te vois, c'est une nouvelle bonne surprise.

Il appuie la tête contre les seins de Sylvaine.

— J'ai toujours peur que tu ne reviennes plus...

— Mais voilà, je reviens, dit Sylvaine et même si tu veux, je reviens pour toujours.

— Pour toujours ? dit Ollivier.

Il a vivement relevé le front.

— Oui, à partir de demain, c'est une chose possible, si tu veux. Je reste avec toi. Toujours.

— Ne t'amuse pas, dit Ollivier, je te pardonnerai pas de t'amuser avec ces choses.

— Je ne m'amuse pas, je ris parce que j'ai beaucoup de rire de joie en réserve et qu'il faut bien qu'il sorte. Mais c'est vrai, si ça te plaît, demain matin je monte à Grand-Cap avec ce qu'il me faut et je m'installe dans ta cabane. Le soir, tu n'auras qu'à arriver et crier : « Femme, la soupe est prête ? » Et la soupe sera prête. Et la table mise et la maison en ordre.

— Et toi ?

— Et moi, je serais là.

— Tu dis de ces paroles...

— Pour moi ce ne sont pas des paroles neuves, tu sais ? Il y a quinze ans qu'en rêve je suis ta femme et que tous les soirs j'attends que tu viennes te coucher avec moi.

— Tu me rends fou, dit Ollivier.

Tout à coup, il éloigne Sylvaine de lui.

— Je savais bien que ce n'était pas si simple, dit-il, et ton père ? Ton père, tu te figures qu'il te laissera faire ça ?

— Tu crois que j'ai encore dix-sept ans ? dit Sylvaine.

— Non, je sais bien, mais quand même...

— Tout est réglé avec mon père. Je lui ai annoncé que je quittais sa maison pour aller dans la tienne. Et tiens, regarde !

Elle sort de son sac un portefeuille où les cinquante billets de mille font une liasse épaisse.

— Tu l'as volé ? demande Ollivier.

— Ô, dit Sylvaine, tu ne voudrais pas ? J'ai pris ma part, voilà tout.

Ollivier ouvre des yeux stupéfaits.

Elle explique :

— Tu vois, c'était ça la grande chose que j'avais à faire hier et pour laquelle j'ai dû te quitter de bonne heure. Et c'est fait ! A présent, notre bonheur est en train. C'est notre bonheur, tous ces papiers, tu vois ? Ils nous l'auront fait attendre longtemps, mais nous aurons fini par le prendre, ce droit d'être heureux.

Elle déplie une feuille.

— Ça, c'est le titre de propriété du moulin de Sinssol. Il appartenait à la famille des Laurade depuis des siècles, mais le grand-père de ma mère est le dernier qui ait fait marcher les meules. Le cours du torrent de Coulepierre s'est détourné depuis les déboisements.

— Oui, je sais, dit Ollivier. Mon père prétendait que ce ne serait pas un travail terrible de ramener l'eau dans l'ancien lit, pour arriver à faire à nouveau tourner les meules et que si c'était à lui…

— C'est à toi maintenant, dit Sylvaine. Ce travail, tu pourras le faire.

— A moi ? demande Ollivier.

— Mais oui, dit Sylvaine, tu n'as rien compris alors ? Ce qui est à moi est à toi.

— C'est à réfléchir, dit Ollivier.

— C'est tout réfléchi. Et ça, dit-elle, en pressant la liasse de billets dans ses doigts, c'est de quoi racheter la terre de Plan-Bernard, qui touche Sinssol et que ton grand-père avait fait vendre pour être sûr que son fils Antoine, ton père, ne l'aurait jamais.

— Tu sais tout, dit Ollivier. Et je te demanderais comment tu sais tout sur mes parents, mes frères et moi-même, si depuis hier au soir, je n'en avais pas appris le pourquoi.

— Ah ! dit Sylvaine.

— Je suis monté à Bramafan et j'ai parlé avec le fils Marcelin.

— Ah !… dit encore Sylvaine.

Son cœur bat de se demander ce qu'il va ajouter.

— J'ai vu Justine, j'ai su tout ce que tu avais fait pour ma mère. Pourquoi tu ne me l'as pas dit toi-même ?

La voix d'Ollivier s'est étranglée.

— Justement parce que je ne voulais pas.

— Et pourquoi ? demande Ollivier.

— J'aurais trop eu l'air de venir chercher ma récompense, oui, c'est ça... Tu me vois arrivant vers toi, après tout ce temps que nous étions restés sans nous voir, ignorant ce que tu pensais de moi, si tu t'en souvenais encore ou si tu avais oublié ? Tu me vois, arrivant avec les mains pleines de ce bien que j'avais fait à ta mère, comme pour te dire : « Voilà, moi, ce que je t'apporte, et toi ? Qu'est-ce que tu vas me donner ? » Et te voir forcé de m'accueillir avec un air de plaisir, même si depuis longtemps j'avais été remplacée par une autre dans ton amour. Cela, je ne l'ai pas voulu justement, pas plus que je n'ai voulu t'annoncer la mort de ta mère, afin qu'il n'y ait pas entre nous, cette première fois, autre chose que nous-mêmes. Tu ne trouves pas que j'ai eu raison ?

— Peut-être, dit Ollivier, mais je n'aurais pas eu besoin de ça pour t'aimer encore tout de suite comme avant.

— J'avais peur, dit Sylvaine.

— Enfin, hier au soir, je suis monté pour remercier Marcelin de sa lettre et j'ai su que c'était toi qui la lui avais fait écrire et que tu avais été pour ma mère malade la meilleure des filles. « Meilleure que la meilleure. » Justine m'a dit. Et elle m'a dit :

« De nuit, de jour, par le beau et par le mauvais temps, la demoiselle de la Tannerie, elle a été là, avec des bonnes choses dans les mains et un si bon sourire sur le visage, qu'il nous refaisait des cœurs de vingt ans, à ta mère et à moi. Et on aurait dit que le dernier regard et la dernière parole de la pauvre Arnaude, le bon Dieu les lui avait réservés, puisqu'elles étaient seules quand ta mère est partie. » D'une autre, on m'aurait dit ça, tu penses que déjà ça m'aurait fait plaisir, mais de toi ! Ah, il m'a semblé que ma vie commençait à ce moment où je venais de comprendre en plein ce que tu valais !

— Ne me fais pas tant de compliments, dit Sylvaine, je n'ai pas grand mérite, va. Ce que j'ai fait, je l'ai fait avec tellement de bonheur, que je ne dois pas en être remerciée. Si tu savais ce que ça a pu être pour moi, après cette interminable période où je croyais t'avoir perdu pour toujours, de me trouver dans la maison qui avait été tienne, auprès de la femme qui t'avait mis au monde et de me faire aimer de cette femme, et de me sentir comme si j'étais de ta famille et de savoir tout de toi... Ah ! tiens, des fois, j'étais si bien, là-haut, seule avec ta mère, à l'écouter me parler de tes idées de petit garçon, de ta manière de comprendre les choses, que je m'appuyais au fauteuil, je fermais les yeux et je me racontais cette histoire : « Voilà, je viens d'avoir dix-huit ans et de me marier avec Ollivier. Après la rencontre du Lavandou, il est venu à la maison. C'était un dimanche, je l'attendais dans ce Rond des lauriers où j'aimais à rester seule. Il est arrivé par le petit sentier qui monte de la route et tout moi venait avec lui à la rencontre de notre bonheur. Il m'a demandé tout de suite : « Votre père est là ? Non ? Alors je vais l'attendre. » Et quand mon père est arrivé, il lui a dit : « Monsieur Resplandin, je voudrais bien me marier avec votre fille. » Et mon père a dit : « Je veux bien. » Et ça s'est fait. Le soir du mariage, nous sommes montés ici, à la cabane. Arnaude était bien contente. Elle m'a embrassée et elle a dit : « Tu as bien choisi, Ollivier, tu as fait comme le pauvre Antoine, tu t'es trouvé une fille qui t'aimera toute la vie. » Après, il n'y a pas eu d'histoire, nous avons continué, chacun faisant sa part de travail. Puis voilà qu'Arnaude est tombée malade, alors je la soigne, oui, c'est ça que je fais en ce moment, je soigne la mère de mon mari. Ollivier va rentrer ce soir comme tous les soirs. Il sera tellement fatigué qu'il me laissera lui aider à ôter ses grosses chaussures de coureur des bois. Il aura plaisir à manger le dîner préparé par moi et puis nous irons nous coucher ensemble dans notre grand lit qui est celui où Félicie Desmichels, de la Guirande, a mis au monde ses sept enfants. Et je m'endormirai contre Ollivier. » Tu vois, c'est ça que je me racontais à moi-même. Et alors parfois ta mère me disait : « A quoi tu penses, petite ? » et je répondais : « A Ollivier. — Je le savais, disait-elle, mais je voulais te le faire dire. » Puis elle disait encore en se moquant : « C'est une maladie, tu sais ? » Je répondais : « Je sais, mais c'est une maladie qui me fait vivre, au lieu de me faire mourir. — C'est beau l'amour ! » alors elle disait.

— Oh ! oui dit Ollivier, s'il y avait dans le monde quelques amours de la qualité du tien, on verrait moins de guerres et de méchancetés.

— Et chez toi, dit Sylvaine, tu y es allé ?

— Oui, dit Ollivier, en redescendant. Ça m'a fait quelque chose de revoir la cuisine, le bûcher où tout est resté pareil, où tout semblait me dire : « Tu te rappelles ? » Seulement je ne pouvais pas être heureux, je sentais trop le remords d'avoir abandonné ma mère et Félicien... Alors le souvenir me serrait tellement à la gorge que j'ai préféré m'en aller. Ça m'a rappelé la première fois où je suis revenu.

— Nous y remonterons ensemble, dit Sylvaine.

— Oh ! oui, avec toi, il me semble que j'entendrai moins les reproches de tout. Toi, tu me poses la main sur les cheveux et toute sa fraîcheur me coule dans le sang comme un ruisseau. Et ça me fait tant de bien que je voudrais m'endormir là, dans ce fond de lit de source...

— Pauvre petit, dit Sylvaine.

Elle relève vivement la tête :

— Tu n'as pas vu ton chien ? dit-elle.

— Mon chien ? dit Ollivier.

— Oui, chez les Marcelin, dans le bois ou sur le terre-plein de la cabane ?

— Non, dit Ollivier, mais je n'ai pas de chien.

— Mais oui, dit Sylvaine, tu as un chien. Michel, le petit de ta Michelle ? Je voulais le prendre, mais il aimait trop sa liberté des bois, toujours il remontait, les Marcelin le nourrissent. Tu ne le veux pas ?

— Oh oui, dit Ollivier, tu penses que je le veux bien, mais je ne l'ai pas vu.

— Il devait être à courir, il est jeune, il ne pense guère qu'à jouer. Et puis il ne te connaît pas.

— Si ç'avait été sa mère, elle serait restée devant la porte à se laisser mourir jusqu'à ce que l'un de nous revienne...

— Oui, je te crois, puisqu'il paraît que cette Michelle, quand tu as été parti, elle t'a cherché sans repos pendant des jours et des jours. Avec ça, elle était blessée, quelqu'un l'avait blessée, on n'a jamais su qui, elle avait la fièvre, elle se tenait à peine sur trois pattes et elle allait par tous les chemins de la montagne et vers la route pour voir si tu ne revenais pas. Ta mère me disait que quand elle lui donnait ta vieille veste pour se coucher dessus, alors seulement la chienne consentait à rester un peu tranquille et qu'il lui venait sur le museau une espèce de sourire de bonheur.

Ollivier regarde à terre. Il demande :

— Elle est morte de la suite de ses blessures ?

— Oh non, dit Sylvaine. Elle a eu le temps de faire encore des petits chiens, puisque celui qui est chez Justine en est un. Non, elle est morte de vieillesse, je crois, tout simplement.

— Ah, dit Ollivier, tant mieux ! Ça me soulage.

Et comme Sylvaine s'étonne :

— Parce que, dit-il, c'est moi qui l'ai blessée.

— Toi ? Toi qu'elle aimait tant ? Tu ne l'as pas fait exprès ?

— Oui, dit Ollivier, je l'ai fait exprès... Pour m'en débarrasser. Bien des fois depuis, en y pensant, j'en ai ressenti autant de peine que d'avoir quitté ma maison et ma mère. Que veux-tu, à cette minute où je venais de décider de partir, la chienne, qui ne pouvait pas deviner quelle bataille se faisait en moi, elle voulait jouer. Je voulais partir, j'essayais de lui faire comprendre, il n'y avait pas moyen... J'ai couru à travers les bois, en bas, vers la route, je l'ai retrouvée, le car allait venir, je la savais capable de le suivre à la course jusqu'à Toulon...

J'étais fou, j'ai attrapé des pierres, je les lui ai lancées après, elle a saigné, j'ai vu ses yeux qui me regardaient. Un regard que j'ai jamais pu perdre. Une fois, tiens, une fois, je les ai revus, ses yeux, oui, les mêmes yeux ! C'était sur la mer, dans mon second voyage ! On avait eu un coup de tabac terrible en sortant du Saint-Laurent, et tout d'un coup, voilà qu'au plus fort du gueulement du vent et de la mer, on entend des cris pointus à vous tordre le cœur en deux. « Qu'est-ce que c'est ? » nous disions tous. C'étaient les cochons. Figure-toi, on avait embarqué cinquante cochons et on les avait bien parqués sur le pont arrière, mais avec le mouvement de valse que nous prenions par le long et par le travers, les barrières avaient cédé et tout roulait ensemble d'un bord à l'autre et chaque fois, quelque chose passait par-dessus, une planche, un cochon... Si tu avais vu ça ! On a bien essayé d'arrimer, c'était impossible, on était emporté, avec des bêtes par-dessus soi qui criaient et qui vous mordaient dans leur peur. Moi, j'ai voulu essayer aussi et j'ai été enlevé comme les autres, je me suis retenu au bord, je roulais dans la graisse, dans le sang que les cochons ouverts en morceaux laissaient couler d'eux sur les cochons encore vivants. Ô, c'était une chose ! Dans la dernière fois où j'ai essayé, avec une corde, de passer un nœud coulant autour d'une des bêtes, nous avons été poussés tous les deux contre la rambarde, du même glissement et le cochon a été jeté par-dessus bord. C'est là que j'ai revu les yeux de Michelle... Dans les yeux de cette bête qui se sentait mourir, j'ai revu le regard de cette bête blessée parce qu'elle m'aimait trop... J'en ai eu toujours du regret.

Il se tord les doigts. Sylvaine écoute silencieusement.

Puis elle dit :

— Un jour, moi aussi, j'ai fait du mal comme ça et c'était pire parce que je l'ai fait pour rien. J'étais à la fenêtre de ma chambre et je regardais le matin qui semblait un matin neuf sur le monde, tellement il était clair. Et moi, j'étais claire et toute légère comme lui, j'avais quinze ans, je ne savais pas encore la vie. C'est pour te dire que ce matin-là où j'étais tout heureuse et où je n'avais aucune raison de faire du mal, quand même j'en ai fait.

— Oui, c'est pour m'excuser, dit Ollivier.

Il lui embrassa doucement la main.

— Non, c'est pour te faire voir. Alors j'étais à ma fenêtre, je t'ai dit et je prenais le bon du matin, comme une plante qui élargit bien ses feuilles. En dessous de moi, sur le mur, une tarente faisait la même chose, elle était là, collée à la pierre par ses vingt petites ventouses, on voyait la respiration de sa gorge et ses yeux brillants qui clignaient devant le soleil. Je la regardais et j'admirais les taches régulières de sa peau et la forme fine de sa tête. J'aurais voulu la gratter entre les deux yeux comme on fait aux chiens, pour leur faire plaisir. Et puis, elle a bougé, alors je suis rentrée dans ma chambre, j'ai pris le pot d'eau bouillante, prêt pour ma toilette, et d'en haut je lui ai tout versé dessus.

— C'est pas méchant pourtant, les tarentes? dit Ollivier.

— Non, dit Sylvaine, je le savais, c'est pour ça que je ne comprends pas. Et en versant l'eau je regardais. La bête s'est tordue comme dans la flamme, elle a fait un bond, elle est tombée dans l'herbe, sous la fenêtre. Tout de suite, j'ai dit : « Mon Dieu, qu'est-ce que j'ai fait ? » J'étais folle, j'ai couru en chemise dans l'escalier. En bas, ma mère m'a dit : « Qu'est-ce qui t'arrive ? » J'ai dit : « J'ai fait tomber quelque chose. » Je cherchais dans l'herbe avec les deux mains, si je l'avais trouvée, j'aurais voulu la soigner de la même manière que mes poules malades, avec de la pommade et du vin sucré. Je n'ai rien vu, je suis remontée et j'ai tant pleuré qu'à la fin ma mère est venue : « Qu'est-ce que tu as ? » — Rien », je disais. Et je pleurais toujours. « Tu es folle », disait ma mère. Je suis restée triste tout le jour. Et la nuit, j'ai rêvé qu'une tarente énorme me marchait dessus, avec ses pattes et que chacune des vingt ventouses me brûlait comme du feu. « Elle est morte, je pensais, et c'est elle qui revient dans mes rêves. » Je disais des prières pour elle comme au catéchisme pour les âmes du Purgatoire. Et puis un matin je l'ai revue, figure-toi. Elle était sur le mur, presque à la même place. Elle prenait encore le soleil avec sa belle petite gueule ouverte et sa gorge toute palpitante de son souffle. Seulement elle n'avait plus sa queue. J'ai compris que l'eau bouillante la lui avait rongée, ça lui faisait un drôle de corps qui finissait d'un coup. Et puis après, un autre jour où j'étais encore là à l'attendre, j'ai vu que sa queue repoussait. Et bientôt elle a tellement repoussé qu'on ne voyait même plus la soudure, alors j'ai été bien contente.

— Je te comprends, dit Ollivier. Si tu m'avais appris que Michelle était morte de ma méchanceté, jamais plus je ne m'en serais consolé.

— Oui, mais tu vois, elle n'est morte que longtemps après et bien gâtée par ta mère. Et ta mère a gardé un petit parce qu'elle pensait que quand tu reviendrais, tu aurais plaisir à le trouver. « Les Michel, elle me disait, c'est comme les Desmichels, c'est un nom qui doit pas mourir. Famille de chiens, famille d'hommes, quand c'est race de braves gens, y en a pas assez sur la terre pour en laisser perdre la graine. »

— Je languis de le voir ce chien, maintenant, dit Ollivier.

— Il est gentil, dit Sylvaine. Il me connaît bien, on le prendra avec nous quand on habitera là-haut.

Ollivier fixe Sylvaine dans le fond des yeux et il y voit briller une si douce lumière qu'il ne peut en détacher sa vue.

— Tu me regardes bien, dit Sylvaine. A quoi tu penses ?

— Je pense que tu es belle et que je n'ai pas mérité tant de bonheur.

— Le bonheur, dit Sylvaine, tu vois bien, c'est comme les queues de tarente, ça repousse tout seul. Après, on arrive à ne plus même voir l'endroit où ça a été coupé, tellement la soudure se fait bien. Et alors on est content, pas vrai ?

— Oui, dit Ollivier.

Après un silence, Sylvaine demande :

— Quand nous monterons chez toi ensemble, il faudra aller aussi au moulin de Sinssol pour voir dans quel état il est. N'est-ce pas ?

— Oui, dit Ollivier.

— Il va y avoir du travail, tu sais, pour tout remettre en ordre. Heureusement que nous n'habiterons pas loin, tu pourras facilement venir manger à la cabane, j'irai à ta rencontre par le bois avec Michel, hé ?

— Oui, dit Ollivier.

— Tu ne parles guère ? dit Sylvaine. Pourquoi ? Ça ne te plaît pas ?

— Oh ! oui, dit Ollivier, au contraire.

« La maison, il pense, la maison, la femme, le chien. Peut-être l'enfant... Le bonheur. »

Il se sent un cœur comblé comme s'il contenait le monde.

V

Après la pénombre verte du bois, les dalles ensoleillées de la terrasse devant le moulin étalent un lac de clarté vive. Les deux tours de clé donnés, Ollivier doit pousser le battant d'un bon coup d'épaule.

— On voit qu'il y a longtemps qu'on ne l'a plus ouverte, cette porte, dit-il.

— Entre, dit Sylvaine.

— Non, entre, dit Ollivier en s'effaçant, tu es chez toi.

— Je suis chez moi, mais tu es maître de tout et un bon maître doit entrer le premier.

Sylvaine rit. Ils se poussent doucement l'un l'autre vers l'ouverture.

— Tu veux faire un bon maître d'un mauvais ouvrier, toi ? dit Ollivier.

— Oui, mais mauvais ouvrier, pourquoi tu dis ça ?

— Parce que c'est vrai.

— Je ne te crois pas, dit Sylvaine.

Elle le dirige par les épaules et le suit dans le large vestibule de l'ancienne maison.

— Il fait sombre, dit-elle.

Elle va pousser une porte au fond du couloir qui les conduit dans une grande pièce obscure. Enfin, quand Ollivier a encore ouvert par force les volets d'une fenêtre dont les gonds rouillés résistent, le beau matin de juin entre, lui aussi, avec sa lumière.

— Les araignées doivent avoir bien peur, dit Sylvaine.

Ils regardent autour d'eux. Cette pièce immense, que trois fenêtres éclairent, garde encore aux murs un papier peint à personnages, à quelques endroits détaché du plâtre et pendant par longs rideaux.

Dans les tons verts et rouges, il répète à l'infini un groupe de deux jeunes gens échangeant des anneaux, devant un homme qui est sûrement le père. La jeune fille a une jupe à gros plis sur laquelle se relèvent aux hanches des paniers de soie raides et gonflés. Elle tient un bouquet tout rond dans l'une de ses mains et tend l'autre à celle du jeune homme. Lui, est vêtu d'une culotte collante et d'un habit à basques, flottant autour de son corps. De la dentelle en flots légers, à son cou et à ses hanches, garnit l'habit de grande fête. Il tient son tricorne renversé, avec le même geste que la jeune fille pour son bouquet, et comme elle, tend l'autre main vers l'anneau. Le père, dans son costume épais d'homme mûr, jette sur eux un regard bienveillant. Ils ont tous trois des visages candides. C'est vieux et frais...

— Cela devait s'appeler « les accordailles », dit Sylvaine.

Elle fait le tour de la pièce où quelques meubles sont restés, comme oubliés.

— Quelle belle armoire provençale ! dit-elle, et regarde ce bahut ? Je m'étonne qu'on les ait laissés ici. Mais ma mère n'y a jamais mis les pieds, je crois, depuis que le grand-père Laurade est mort. Quant à mon père, s'il est venu, il n'aura pas pris garde à ces vieilleries. Allons voir le reste de la maison, tu veux ?

De hautes portes, à moulures arrondies peintes en vert clair, ouvrent sur deux chambres qui, elles-mêmes, communiquent par des portes semblables, avec deux autres pièces plus petites, prenant jour sur une terrasse où un vieux jasmin a fait son nid, enlaçant la pierre de ses gros bras noirs chargés de fleurs.

— Mais c'est superbe ! crie Sylvaine.

Un rire d'enfant éclate sur sa bouche.

— Que tu es jeune... dit Ollivier.

Depuis leurs entrée ici, il la regarde qui détaille le papier peint, passe le tendre de sa main sur les reliefs patinés de la vieille armoire, se baisse pour mieux voir les ferrures du bahut. « La vie l'a moins abîmée que moi », pense-t-il.

— Pourquoi ? dit Sylvaine, pourquoi ? Tu n'es pas heureux, toi ?

Elle lui prend tendrement les mains.

— Tu y penses bien ? C'est notre maison ici. La nôtre ! A nous deux !

— Je ne sais pas, dit Ollivier.

— Quoi, tu ne sais pas ?

— Je t'expliquerai mieux...

— Il n'y a rien à expliquer, dit Sylvaine, tu as une maison, tu me la donnes. Tu ne me la donnes pas, ta maison ?

— Ma cabane, tu veux dire ?

— Moi, j'ai une maison, je te la donne. C'est ça l'amour.

— Oui, dit Ollivier, sauf que ce que tu as, ça vaut quelque chose, et ce que j'ai, ça vaut rien.

— Et alors ? dit Sylvaine. Tiens, tu m'ennuies, continuons la visite.

Elle lui garde une main dans les siennes et l'entraîne en une ronde enjouée le long des murs. Et chaque fois que quelque chose lui plaît mieux, son beau rire d'enfance lui sort à nouveau de la bouche.

— Cette fenêtre, tu l'as vue ? dit-elle, on ne peut plus l'ouvrir. Ce gros jasmin qui monte du jardin a profité de ce qu'il n'y avait personne pour s'étaler bien à son aise contre les volets et même, au travers des lamelles, il a poussé dedans de longues tiges qui semblent des serpents. Il faudra que tu le tailles, mais pas trop, juste au ras de l'ouverture, et puis je le palisserai pour qu'il se tienne. J'aime bien avoir des fleurs comme ça sous mon nez, en me levant.

Elle s'appuie à la fenêtre, serrant Ollivier contre elle.

— Nous ne serons pas bien ici ? dit-elle.

— Tout me vient de toi et j'avais rêvé que tout te viendrait de moi.

— Tout me vient de toi, dit Sylvaine, puisque jusqu'à aujourd'hui, ayant tout je n'avais rien. Ne me marchande pas mon bonheur, va, je l'ai attendu si longtemps ! Qu'est-ce que ça fait qu'une maison soit à toi ou à moi ? Pourvu qu'on l'habite ensemble, c'est l'essentiel.

— Oui, dit Ollivier, mais...

— Je suis si heureuse, dit Sylvaine. Quand je pense que là-dessous, il y a cette salle du pressoir, ces « infers », comme disait ta mère, où tu as dormi, avec Félicien ; il me semble que c'était tout naturel que tu reviennes ici, que nous en fassions notre maison. S'il fallait habiter toujours ta cabane, je l'habiterais, mais ici nous serons mieux. Tu verras comme j'arrangerai bien tout ça. On aura la cuisine — la souillarde communique avec le bûcher. Ce sera bien commode — la salle à manger, notre chambre... Je ferai un cabinet de toilette dans la pièce du fond, plus tard on pourra installer une salle de bains. Dans la belle pièce aux trois fenêtres, nous serons toujours tous les deux, il y aura ton bureau. Tu auras des comptes à faire, tu sais, pour les moutures ? Si ça t'ennuie, je t'aiderai, j'ai assez aligné de chiffres à la Tannerie. Moi, j'aurai ma petite table à côté avec mon ouvrage et mes livres. Ça fera une aussi jolie image que « les accordailles ». Nous ne serons pas bien ?

Ollivier baisse la tête, sa voix se fait humble pour répondre :

— Je ne suis pas habitué, tu sais...

— A quoi ? demande Sylvaine.

— A tout ce que tu dis : à la salle à manger, au cabinet de toilette...

— Tu t'habitueras, va, on s'habitue vite au bon.

— J'ai été élevé au dur, moi, je suis un garçon de la montagne, j'ai plus souvent mangé mon pain avec le saucisson au bout des doigts, que sur une nappe blanche et je me suis lavé beaucoup dans le clair des fontaines, mais guère dans une baignoire. J'ai été un petit de pauvres.

— Alors, tu crois que pour manger à une table et se laver sous un robinet, on est riche ?

— Toi, tu l'as toujours fait, dit Ollivier, nous avons pas eu les mêmes manières.

— Et toi, tu le feras. Quand le moulin sera en marche, tu gagneras bien ta vie, tu redeviendras un Desmichels qui compte dans le pays.

— Oui, mais d'ici là...

— D'ici là ? Si tu avais épousé une fille de la campagne, tu n'aurais pas refusé de travailler le morceau de terre qu'elle t'aurait apporté ?

— Non, dit Ollivier.

— Et tu crois que tu n'auras rien à faire ? Tu le disais, il faut nettoyer l'ancien lit du torrent et détourner l'eau de notre côté pour faire marcher les meules. D'abord ça.

— Nous avons le droit ? dit Ollivier.

— Bien sûr, puisque c'est le cours naturel de Coulepierre. Il n'y a qu'à aller voir le cadastre à la mairie.

— Oui, dit Ollivier.

— Quand nous aurons l'eau, tout ira bien, dit Sylvaine, tu défricheras l'ancien potager qui a existé à côté de la terrasse et nous pourrons avoir de beaux légumes. Tu sais te servir de l'eïssade et du lichet ? Moi, je sais greffer les rosiers et faire les semis. Tu verras si nous aurons un joli jardin. Je voudrais beaucoup d'œillets, ça sent tellement bon !

Ollivier la regarde.

— Tu es jeune, dit-il encore.

Sylvaine rit à nouveau et reprend :

— Et puis quand ça rapportera...

— Oui, coupe net Ollivier, mais d'ici que ça rapporte, je vivrai sur ton argent.

Son visage est devenu sérieux et même un peu dur, par deux plis aux angles de la bouche.

Sylvaine lui lâche la main :

— Ah ! c'est ça ? dit-elle, qui depuis qu'on est là, te tenait en souci ?

— Oui, dit Ollivier.

Il baisse la tête.

— Il n'y a pas de quoi avoir honte, dit Sylvaine, moi non plus, je n'aime pas qu'il y ait des histoires d'argent entre nous. Pourtant, il y a tellement à faire pour tout relever et tout remettre en train, que l'argent est nécessaire.

— Oui, dit encore Ollivier, mais pas le tien. Ça ira plus lentement, mais je ne voudrais pas que ce soit l'argent de ton père qui paie tout ça. Voilà ! j'ai fini par te le dire, ça été difficile à sortir. L'autre jour, quand tu es arrivée de chez toi, tellement triomphante de ta victoire, je n'ai pas eu le courage de te contrarier. Je sais que le moulin a besoin de beaucoup de réparations, mais je voudrais être seul à les supporter. Cette maison de Sinssol qui vient de ta mère, oui, je l'accepte de toi, comme tu dis que j'accepterais le bien d'une fille de campagne que j'aurais épousée, mais que tu prennes l'argent de ton père pour racheter la terre de Plan-Bernard et même, vivre nous deux jusqu'à la marche du moulin, ça non, tu comprends, qu'est-ce que je serais si j'acceptais ?

Sylvaine ne répond pas. Enfin elle dit :

— Il me semblait tellement que c'était à moi...

— D'abord quoi que tu dises, ce n'est pas à toi, c'est à ton père, ensuite, si entre père et fille il n'y a pas vol, moi là-dedans...

— Tu es orgueilleux, dit Sylvaine.

— Beaucoup dit Ollivier, parce qu'il ne me reste plus que ça, avec ton amour.

Sylvaine s'est assise sur le rebord de la fenêtre, devant le grand jasmin venu de dehors et qui, sous la caresse du vent, lui jette une neige de fleurs. Elle n'a pas lâché la main d'Ollivier et elle joue avec. Il s'est arrêté de parler et il la regarde.

— Qu'est-ce qu'il faut faire ? demande-t-elle.

— Rien que des choses pas agréables, dit Ollivier : d'abord rendre l'argent à ton père, après, te contenter de la vie que je te ferai, qui sera une vie de pauvres.

— C'est bête, dit Sylvaine, quand on pourrait…

— Quand on pourra avec notre argent, je dirai comme toi, parce que, moi aussi, j'aime bien le bon et le beau, mais avec l'argent des autres, je ne veux pas.

Sylvaine réfléchit :

— C'est peut-être toi qui as raison.

— C'est sûrement moi, penses-y, dit Ollivier, mais même si j'avais pas raison, ça me plairait que tu suives mon idée.

— Ça me coûte, dit Sylvaine.

— C'est juste pour ça que ça me plaît. Puis non, corrige Ollivier, c'est parce que c'est juste.

— Cette fois, tu as dit le bon mot, dit Sylvaine.

Ils restent encore un peu silencieux, chacun pensant aux conséquences de ses paroles.

— Je voudrais bien descendre au moulin, dit Ollivier.

Dans la serrure rouillée du portail, arrondi sous son porche de pierre, ils mettent la grosse clé apportée par Sylvaine. Ollivier rit :

— Moi, j'entrais par l'étable.

— Moi aussi, dit Sylvaine. Je suis venue ici un jour en montant à la cabane. Ta mère m'avait tant de fois parlé de cette salle du pressoir, où tu venais aider Félicien à supporter sa prison, que j'ai eu envie de la voir. C'est cette fois où j'ai trouvé un livre de géographie sur lequel il y avait écrit : « Ollivier Desmichels. »

— Ah ! oui, c'est un livre que j'avais gardé de l'école et qui me plaisait, parce qu'il me parlait de tous les pays que je rêvais de connaître. Je regardais les cartes plutôt que de lire, parce que je n'avais pas une grosse lumière. Ce bout de bougie ! On le soufflait des deux, trois fois de suite, de la peur d'entendre des pas de gendarmes. « Y nous viendra des yeux de taupe ! » mon frère disait… Pauvre Félicien !

Appuyé contre la cuve de fer, où Arnaude avait arrangé jadis le lit de son garçon, Ollivier regarde un grand moment autour de lui, sans parler.

— Ne sois pas triste, lui dit Sylvaine.

— Comment veux-tu que je ne sois pas triste ? dit

Ollivier. Quand je pense à tous ces moments que nous avons passés ensemble, mon frère et moi ? A tout ce que je l'ai vu souffrir par son mal de corps et son mal de cerveau, par toutes ces idées qu'il tournait et retournait sur cette dégoûtation de guerre et ce mauvais destin qui était sur lui de tuer ou d'être tué ? Quand il restait là à réfléchir des heures, avec son visage devenu pâle comme une salade de cave, je le regardais, lui que j'avais connu de peau brune, nourrie de soleil et d'air de montagne, je me disais : « C'est lui ? » et je lui demandais : « A quoi tu penses ? » Alors il sortait de ses mains maigres, ce visage de plante sans sève, et il me disait :

« Toute désertion en présence de l'ennemi est punie de la peine de mort. »

« Je ne répondais pas.

« C'est dans le Code de justice militaire », il disait encore, puis il se taisait.

« J'écoutais les souris qui se couraient après derrière les infers, des fois je l'entendais pleurer...

— Tu pleures ? dit Sylvaine.

— Non, mais ça me fait beaucoup de peine, dit Ollivier. Quand je pense qu'après, le jour où ils l'ont arrêté, j'ai laissé faire...

— Et qu'est-ce que tu pouvais d'autre ? dit Sylvaine. Ta mère me l'expliquait bien : « Pauvre petit, jamais les gendarmes étaient venus chez nous. Qu'il se soit donné peur, c'est naturel. »

— Ce qui est pas naturel, dit Ollivier, c'est d'être parti de la maison sans avoir attendu son retour et d'avoir profité qu'il n'était pas là...

— Pour lui prendre la femme qu'il aimait, achève Sylvaine.

— Tu le sais ? crie Ollivier.

— Je vais finir par t'ennuyer à force de tout savoir, mais ce n'est pas ma faute si ta mère m'a raconté tant de choses.

— Elle le savait alors ?

— Bien sûr. Quand on ne t'a plus trouvé à la cabane, le brigadier Angiollini a fait une enquête, on a su que tu avais passé la nuit chez Nine Desmichels et que tu étais parti avec elle à Toulon.

Elle hésite un peu, puis elle continue :

— *A la Girelle.*

— Tu connais ça aussi ?

— Ah ! oui ! Ça, je connais ça, *la Girelle !* Mais ce n'est pas par ta mère. *La Girelle,* c'est là où Constant s'est tué, dans la chambre de Fifi Fournier.

— Ton mari ?

— Oui. Celui qu'on m'avait donné pour mari, celui qui avait accepté de l'argent pour me prendre comme femme. Tu vois, tous les hommes ne sont pas comme toi, l'argent des autres ne leur donne pas mal au cœur, même quand il faut faire un reçu en saleté. Oui, celui que, tu le sais maintenant, je n'ai jamais aimé.

— Et le hasard a voulu que ce soit à cette même *Girelle ?*

— Oui, c'est drôle, mais le jour où j'ai vu mon mari mort, sur ce tapis de salle de bains, je ne savais pas que dans cette vilaine maison j'aurais pu retrouver la trace de ton passage. Ma pensée, certainement que comme toujours, elle était pleine de toi et pourtant rien ne m'a parlé. Rien ne m'a dit : « Regarde bien, il est passé ici. Cette Nine qui te guette pour voir si tu pleures, cette fille des rues qui apporte ses seins nus dans un peignoir rose à côté d'un mort, cette rien du tout, elle l'a eu à elle, ton grand amour. Celui que tu as passé une vie à regretter, parce que tu ne pouvais oublier ni son regard ni sa parole, elle l'a tenu contre son corps et si tu lui disais : « Ollivier » ? elle te répondrait : « Ollivier. »

A leur tour, les yeux de Sylvaine ont perdu leur éclat de joie et semblent prêts aux larmes. Elle redit :

— Non, rien ne m'a parlé. Je suis repartie comme j'étais venue, avec ma lourdeur de cœur dans la poitrine...

— Je comprends que tu as beaucoup souffert, dit Ollivier. Et toi, ce n'était pas par ta faute.

— Toi non plus, dit Sylvaine. La faute ? Qu'est-ce que ça veut dire ? Ce n'est pas nous qui avons mal fait, c'est la vie, ou plutôt il me semble que c'est parce que la vie et nous, c'était mal mélangé. C'est difficile à expliquer, tu comprends ? Ça a l'air bête quand on le dit.

— Je crois que je comprends, dit Ollivier.

— Je m'imagine que si la vie et les gens c'était bien mélangé, si ça faisait la bonne pâte que ça devrait faire, comme quand tu mets ensemble la farine, les œufs, le sel et le sucre et qu'après tu ne peux plus les séparer, eh bien, ce ne serait plus du mal, ce serait ce qui devait être fait. Tu ne comprends pas comme moi ?

— Oui, dit Ollivier, parle-moi encore.

— Tiens, le jour des gendarmes... Naturellement que tu as eu peur. Ton frère Félicien, une fois il a été obligé de mettre les deux pieds contre le corps d'un grand Allemand, pour en retirer sa baïonnette qui s'était trop enfoncée. Crois-tu, quelle chose ? Est-ce que le bien, le vrai bien, ce n'est pas de rester caché dans un moulin, plutôt que d'en arriver à ça ? Quand tu as eu peur, à ton tour, tu ne faisais pas plus mal que Félicien, moi, je le sais.

— On voit tout son dedans quand tu parles, dit Ollivier. C'est comme si tu éclairais...

— Après, cette force qui t'a fait descendre aux Sénès, chez Nine, vers cette joie d'amour que tu avais tant désirée pour l'avoir regardée prendre à ton frère, cette force, qui t'a fait faire ce que tu n'aurais jamais fait, c'est la grande force contre laquelle nous ne pouvons rien, celle qui mène les bêtes des rivières et des fleuves vers les lointaines mers. Et je les vois, moi, toutes ces bêtes qui sont dans l'eau, dans la vase, sous les forêts noyées, dans le ventre des bateaux morts et qui tout d'un coup lèvent la tête et se disent : « Il faut que j'y aille. » Elles n'y sont jamais allées et pourtant elles savent le chemin. Elles savent que là-bas, il y aura la grande mer pleine d'herbes, auxquelles elles suspendront les chaînes d'œufs. Et qu'après, les mâles iront se traîner dessus et les féconderont.

— Oui, j'ai entendu raconter, dit Ollivier.

— Et tu le sais aussi, que cette grande force, elle fait

pousser des ailes aux fourmis mâles ? Qu'elle emporte vers l'odeur femelle des vols de papillons gros comme des nuages ? Alors, qu'est-ce que tu veux faire contre cette force ? Les chiennes que tu enfermes...

— Ça brise tout, dit Ollivier, ça je l'ai vu.

— Les filles, c'est pareil, dit Sylvaine, seulement, elles, on les appelle des filles perdues. On aurait mis une barrière de fer entre toi et moi après notre rencontre du bois des Sources, je me serais arraché les ongles dessus pour l'enlever, mais moi, ce qui a fait mon mal, c'est qu'à côté de la barrière, j'ai trouvé quelqu'un avec un visage de confiance, qui m'a dit : « Je vais t'aider. » Quelqu'un qui a vu que la grande force était sur moi, et lui aussi il était sous la grande force, seulement moi, je ne le savais pas. Et pas plus à lui qu'à toi, qu'à moi, je ne donne tort, parce que tous, ce que nous avons fait, ça n'a pas été en plein de notre volonté...

— Tu as raison, dit Ollivier.

— Tout toi entier, quand tu allais chez Nine, ça allait vers la vie parce que c'était le moment que tu vives. Moi, quand je suis allée vers l'autre chose qui m'a tout gâché, c'était le moment qu'il fallait que je vive, tu comprends ? Ce moment, il avait commencé pour moi, chez tante Gina, quand nos yeux avaient fait leur mariage. Toi après et puis moi, à notre moment, nous avons levé la tête comme les bêtes des rivières et nous avons su qu'il fallait y aller. Enfin, quand on m'a eu arraché de toi à qui je me sentais tenir, plus que la peau saignante l'est au chevreau qu'on écorche ; quand on nous a eu attaqués par toutes les faces, quand on nous a eu perdus l'un pour l'autre, je suis restée comme une qui manque de tout et j'ai traîné la mort dans ma chair pendant ce temps où c'était le moment que je vive. J'avais faim et j'avais soif et c'était le moment où il fallait que je vive. Et quand on m'a donné le pain et le vin et tout ce qui est la nourriture, comment j'aurais trouvé le courage de les repousser ? Dis, comment ?

« Seulement, cette nourriture que j'ai eue, j'ai senti bientôt qu'elle était d'une substance empoisonnée. A l'amour que je voulais de toi pour bien me nourrir, cette chose, elle n'en était que la mauvaise image. Tiens, ce blé dénaturé qu'ils ont trempé dans du rouge pour qu'on n'en fasse pas du pain, tu le connais ? Eh bien, à côté du beau blé rond, bien sculpté, que tu cueilles sur l'épi, dont le lait jaillit sous ton ongle, tu la vois la différence ? Moi, je ne l'ai pas vue. Je n'avais pas encore des yeux qui savent voir, tu comprends ?

— Oui, dit Ollivier.

— Et d'avoir cru me nourrir de ce faux blé, de ce faux amour, j'avais fait le plus grand péché du monde, qui est de ne pas se chercher, de ne pas arracher au monde sa meilleure nourriture. Ce qui est venu après : les brutalités de mon père, ce mari, cet enfant, tout ça, tout ça, ça ne m'a rien été. Je disais toujours : « Tant pis pour moi, je paye. » Mais la grande force — et c'est pour ça que c'est toujours la peine de vivre — elle n'était pas morte en moi, elle voulait mon bonheur, elle l'espérait encore, c'est pour ça que le jour où je t'ai retrouvé, ma première parole a été de me dire : « Je le savais bien que je le reverrais, si j'avais pas dû le revoir, je serais morte. » Parce que la bête des rivières qui ne doit pas l'atteindre, la mer où l'on féconde, tout meurt en elle. Et moi, la grande force, depuis ma naissance, elle m'emportait vers toi avec plus de violence que le courant d'un fleuve.

Sylvaine s'arrête et sourit.

— J'ai beaucoup parlé, elle dit, mais il fallait que je t'explique. Et toi, pendant tout ce temps de ma pauvre vie inutile, toi, tu m'oubliais ?

— Ô non, dit Ollivier, seulement je ne sais pas parler aussi bien que toi. Mais t'oublier, je ne t'ai jamais oubliée. Je me suis découragé plutôt et j'ai désespéré.

— Ah ! dit Sylvaine, et sa voix se reprend à donner tout son élan, c'est que toi, tu es un homme ! Tu avais autre chose à faire qu'à penser à moi. Toi, parce que tu es homme, tu as eu toute la vie pour te guérir d'un amour manqué. Nous, les femmes, nous restons dans nos maisons et qu'est-ce que nous avons pour vivre ? Ce qu'on nous donne, sans même nous demander si ça nous plaît, ainsi qu'au mendiant des routes. On nous jette notre part de bonheur, comme un vêtement coupé en série, sans s'inquiéter s'il est à notre taille : « Prends ça, arrange-toi, si ça fait ton affaire, tant mieux. » Si ça ne nous va pas, nous restons nues dans le froid, dans l'indifférence du monde. Ou bien, nous cherchons à prendre autre chose, seulement nous n'avons pas de savoir. Alors, sans savoir, on choisit mal, contre le bon et même contre son goût. C'est ce que j'ai fait. C'est ça que je voulais te faire sentir et depuis que je t'ai retrouvé, je n'ai pas encore osé. J'avais peur que tu ne comprennes pas. Maintenant, je sais que tu comprends. Alors je veux te le dire...

Sylvaine appuie tout son corps contre celui d'Ollivier, debout devant la pierre du pressoir. Ses deux mains écartent l'étoffe de la chemise et sa bouche, écrasée contre la poitrine chaude, respire la moiteur odorante où elle s'enfonce. Avec le mouillé de ses lèvres, elle lèche ce goût d'herbe salée de la peau de l'homme, elle dit :

— Il faut me croire si je te jure que jamais je n'ai voulu être à un autre qu'à toi. Toujours, j'ai voulu que ce soit toi. Jamais je n'ai voulu que toi. Que toi ! Que toi !... crie-t-elle tout bas dans la poitrine de l'homme.

Elle y cache son visage et frotte ses cheveux contre la peau, enfin elle ose lever les yeux vers Ollivier pour entendre la parole de son regard et les larmes coulent par-dessous ses paupières, parce qu'elle sent que cette parole est douce.

— Je te crois, dit Ollivier, je te crois parce que je t'aime et de te croire, ça me fait t'aimer encore plus.

VI

Ce matin-là, un paquet d'oiseaux, niché dans le cerisier, est le premier à accueillir l'aurore. Ce cerisier, c'était Arnaude qui l'avait planté, en mettant en terre un bout de racine apporté des prairies. Antoine l'avait greffé avec un œil de la qualité « cœur de bœuf » et, cette année, l'arbre avait croulé de fruits. Il était placé de telle sorte qu'il recevait le premier rayon de soleil, entre deux pins et que ses racines avaient su, au travers de la maçonnerie, trouver l'humide de la citerne.

Les moineaux s'arrêtent net de jacasser, un volet vient de battre contre le mur. Sur le volet, la main de Sylvaine reste plate comme une larmeuse, à sentir ce bon soleil levant. Une main plus large vient de l'intérieur se poser sur la sienne comme une autre larmeuse en amour et Ollivier se met, lui aussi, à la fenêtre.

— Qu'il fait bon, dit-il, les gens qui ne sont pas levés à cette heure-ci perdent le meilleur du jour.

— Quand le jour vous plaît, dit Sylvaine, on a raison de vouloir vite le commencer. Mais moi, après t'avoir perdu, à la Tannerie, je me faisais appeler dix fois. Je ne me pressais pas d'ouvrir les yeux, je savais trop ce qui m'attendait : toute une masse d'instants qui m'enfonçaient dans une fièvre lente, comme dans une boue, où l'on étouffe en essayant de crier...

Elle se tait, toute gonflée de sa richesse d'aujourd'hui, comparée à sa pauvreté d'autrefois.

A ce moment, gouttes paisibles d'une eau calme, 5 heures sonnent à un clocher de la vallée. Ils les écoutent s'égrener dans ce silence, comblés d'un bonheur qui les engourdit.

— Si tu veux te recoucher ? dit Ollivier, je me débrouillerai seul pour le déjeuner.

— Oh ! non, dit Sylvaine, j'aime mieux te servir. Ici, ce n'est pas pareil, tu comprends ? Ici, j'ai envie de vivre.

Elle quitte la fenêtre et termine de s'habiller. C'est vite fait, le tiède de l'air vous baigne déjà dès le matin, elle se glisse seulement dans une robe de toile et des sandales blanches, puis elle ouvre la porte de la cuisine qui donne sur le terre-plein et elle va dans le bûcher.

— Tu veux du bois ? dit Ollivier qui est aussi sorti de la chambre, attends, je vais t'en couper.

Il revient, les bras chargés d'un fagot qu'il se met à casser en brindilles sur la terrasse. Le soleil tout neuf coule sa lumière blonde sur son torse nu. Le pantalon de toile bleue lui tient aux hanches sans ceinture, par la seule cambrure des reins bien faits. Sylvaine, qui attend son bois, prend plaisir à regarder cette poitrine bombée en bouclier et ces bras solides où les muscles jouent sous une peau brune, lisse comme la feuille de l'iris. Une brise matinale s'amuse à faire et à défaire les boucles de cheveux noirs, qui dansent sur le front d'Ollivier, tandis que ses yeux brillent entre l'épaisseur des cils.

— Voilà, dit-il, mais qu'est-ce que tu as à me regarder ?

— Tu me plais bien, dit Sylvaine, je le savais déjà, mais ce matin, je le vois encore mieux que d'habitude.

Sur quelques ramilles et quatre pommes de pin, elle équilibre ses branchettes, fait jaillir la flamme, et pose dessus la casserole d'eau pour le café.

— Il a pris tout de suite, dit Ollivier, tu es une vraie femme de la montagne pour l'allumer.

— Tu sais, répond-elle en riant, on dit que pour bien

faire le feu, il faut être fou, amoureux ou poète. Moi, je suis peut-être un peu tous les trois en même temps, c'est pour ça que je réussis vite.

— Tu crois que tu es tout ça ? dit Ollivier.

— Oui, des fois, je le crois, dit Sylvaine. Allez, je vais traire.

Ollivier lui rit de sa belle bouche dont les dents sont chacune une petite lumière où se reflète le matin, elle lui rit avec ses lèvres, rouges d'un sang heureux de courir dans la chair. « Comme tout est facile ! pense-t-elle. Tout a été si difficile pour moi pendant un temps et maintenant tout se fait tout seul. On dirait que les choses se mettent à mon service d'elles-mêmes. C'est ça le bonheur... »

Dans sa cabane, au fond de la petite cour, Cabrettoune l'a déjà entendue venir. Elle pousse vers Sylvaine ses tétines gonflées et le lait cingle d'un jet mince le pot de faïence jaune. Sylvaine caresse la chèvre et lui donne une croûte de pain, que la bête cale contre le mur pour la manger plus facilement.

— Elle a de moins en moins de lait, dit Sylvaine, et hier à l'attache, elle n'a pas cessé d'appeler et de remuer la queue. Elle veut le bouc.

— Ce n'est pas le moment, pourtant ? Les chevreaux viennent de naître chez les autres.

— Non, pas le moment de d'habitude, je sais, dit Sylvaine, seulement ta mère, étant malade, ne l'a pas fait passer et maintenant tout est dérangé pour la bête. Ça l'a troublée.

Sylvaine se tait brusquement. Elle vient de penser à autre chose. Elle vient de se souvenir de ce qu'Arnaude lui a raconté à propos de cette dernière fois où elle avait conduit sa chèvre au bouc. C'était en revenant qu'elle avait eu cette « sentie » de la présence d'Ollivier. Et Ollivier a dit l'autre jour... Elle demande :

— Tu as bien dit que tu étais revenu, une fois ?

— Revenu ? dit Ollivier.

— Oui, à ta maison. Pardonne-moi, d'une pensée que je suis passée à l'autre. De parler de la chèvre, ça m'a amenée à penser à ta mère et à cette fois où, en rentrant dans sa cabane au retour des Granges, elle a cru sentir que tu y étais venu.

— Ah ! dit Ollivier.

— Oui, elle me disait que tout était resté pareil : sa soupe d'épeautres sur son feu de racines de bruyères, la cuillère dans l'assiette, tout, et que pourtant elle a été sûre que tu étais venu ? Puis elle a trouvé de la cendre de ta cigarette.

— De ma cigarette ? J'ai jamais fumé, dit Ollivier.

— Pourtant... dit Sylvaine.

— Mais quand même j'étais venu, dit Ollivier.

Il baisse la tête, accablé par de lourds souvenirs.

— C'était bien vrai, alors ? dit Sylvaine.

— Oui... il n'y avait personne ; je suis entré, j'ai fait le tour, j'ai tout regardé, j'ai mangé, après je suis sorti pour revoir un peu le dehors.

— Mais, dit Sylvaine, pourquoi tu n'as pas attendu ta mère ? C'est incompréhensible.

— J'ai fait mieux que de pas attendre, dit Ollivier, je l'ai vue revenir avec la chèvre et je suis allé me cacher derrière les buissons.

— Mais pourquoi ? demande encore Sylvaine. Elle aurait été si heureuse !

— Je ne sais pas... dit Ollivier, je peux pas l'expliquer. C'est difficile à comprendre, même pour moi.

Il tord et détord ses doigts en faisant claquer les os de ses phalanges. On sent qu'il est énervé.

— Je sais pas, il répète. Bien souvent depuis, je me le suis demandé. Je crois... Voilà, écoute, je crois que de me retrouver dans cette maison d'où j'étais parti comme un voleur, de m'y retrouver avec le souvenir de mon abandon, de ma mauvaise action contre Félicien, de mon long silence envers les miens, je crois qu'y m'est monté une honte si grosse que j'aurais pas pu supporter le regard de ma mère. Oui... j'avais plus douze ans pourtant ? Eh ben, y faut croire que ses douze ans, devant sa mère on les a toujours, parce que quand je l'aie vue arriver, j'ai eu qu'un instinct, me cacher pour ne pas être vu.

— Elle aurait été si heureuse ! répète Sylvaine.

— J'avais peur de ses reproches, j'avais peur qu'elle pleure, j'avais peur de tout ce que je méritais qu'elle me dise, de tout ce que ça réveillerait.

— Elle était si bonne...

— C'est pour ça. Si elle avait été une de ces mères qui vous calottent, qui pour un oui pour un non, vous tournent la tête de place, je l'aurais affrontée, mais quand j'ai revu devant mes yeux, depuis ma cachette, cette bonne figure où le chagrin s'était marqué partout, le remords m'a cloué sur place. Et quand ma pauvre mère a eu refermé la porte de sa maison, je me suis levé et je suis parti comme un fou dans les bois. J'y voyais plus, le chagrin m'aveuglait, pourtant je suis parti, va comprendre...

— Tu as eu une drôle d'existence, dit Sylvaine.

— Oui, dit Ollivier, j'ai gardé pendant toute ma jeunesse ce goût des larmes de ma mère, que ma bouche, pressée de force, buvait contre ses corsages noirs.

Ollivier s'arrête. On entend le bêlé plaintif de la chèvre.

Sylvaine se tait aussi, puis, au bout de quelques minutes, elle dit :

— Pauvre Toune, elle en veut des petits ! Je la mènerai, moi. Si elle a des chevrettes, on pourra se faire un petit troupeau. Les bêtes auront de quoi pâturer et ça sera un bon profit.

— Fais à ton idée, dit Ollivier. Tu es plus paysanne que moi, à présent.

Sylvaine le voit triste, encore tout dans ses pensées. Elle rit :

— Qu'est-ce que tu veux, ce n'est pas sur tes bateaux, dans l'océan Indien, que tu pouvais t'occuper de marier les chèvres ! Toi, tu as eu le temps d'oublier ton enfance de la montagne, moi, c'est tout le contraire, j'étais presque de la ville, puisque j'ai été élevée dans ce pensionnat d'Hyères jusqu'à mes quinze ans, mais mon goût intérieur m'a toujours poussée vers le libre de l'air et de la campagne. Ça faisait le désespoir de ma mère, qui dans son orgueil, m'aurait voulue plus « demoiselle » comme elle disait...

— Alors, si elle te voyait maintenant femme de bûcheron, elle ne serait guère fière ?

— Ah ! non alors ! Mais ça, ça m'est égal.

Sylvaine rit encore. Un bouton de son corsage saute hors de la boutonnière.

— C'est épouvantable, elle dit, je grossis tous les jours.

Une courbe de sein se montre dans l'ouverture, Ollivier pose son regard comme une main sur la chair ronde. Il rit doucement :

— Toi aussi, tu me plais bien.

Sylvaine baisse les paupières. Elle vient de sentir combien leurs corps sont toujours mêlés l'un à l'autre et si proches malgré les vêtements qui les séparent. Elle s'arrache à son trouble en disant :

— Ah ! ça non, ça n'aurait guère plu à ma mère de me voir allumer le feu de bois dans ta cabane, mais moi ça me plaît et je suis heureuse, c'est l'essentiel. Dieu merci, ma mère n'est plus là !

— Ô, dit Ollivier, comment peux-tu dire ça si méchamment, alors que tu as si bien soigné la mienne, de mère ?

Le sourire de joie s'efface sur le visage de Sylvaine.

— La tienne, c'était une mère, dit-elle.

Tout en parlant, elle a jeté sur la table de la terrasse un carré de grosse toile, grenu et blanc comme de la brousse et elle a mis dessus le pain, le beurre, le café, le lait. A côté, des tomates crues en salade, du saucisson, du fromage.

— Le café au lait, c'est un repas de femme qui ne travaille guère, dit-elle, j'ai pensé que peut-être ça ne te suffisait pas, quoique tu ne dises rien ?

— Je t'avoue, dit Ollivier, que j'ai plutôt l'habitude de déjeuner à la fourchette, mais enfin...

— Il a fallu que je le devine, dit Sylvaine, tu n'as pas encore compris que je suis là pour faire les choses à ton goût ?

— Non, pas encore, dit Ollivier, il y a si longtemps qu'une femme ne s'est plus occupée de moi.

— Oh, dit Sylvaine, cependant tu n'en manques pas, de femmes qui t'ont aimé ? Je le sais bien, va, ne serait-ce que cette Nine... et puis ma tante Gina ?

Elle le regarde d'un air peureux en dessous. Et lui aussi lève vers elle le même regard en défense.

— Cette fois, dit-il, ce n'est pas ma mère qui te l'a dit, car je crois qu'elle ne l'a jamais su ?

— Non, cette fois, c'est mon père, dit Sylvaine, il m'a raconté ça pour me dégoûter de toi, quand il m'a juré que jamais tu n'avais répondu à son appel et que jamais tu n'étais venu à Bellaïgue. Cependant puisque pour certaines choses, il a menti, il a pu aussi...

Et cette fois au plein des yeux, courageusement, elle interroge Ollivier.

— Non, dit-il d'une voix dure jamais encore entendue, pour ça, il n'a pas menti. Je pourrai ne pas te l'avouer, mais je ne veux pas qu'il reste entre nous quelque chose de pas propre. C'est la vérité que j'étais avec ta tante Gina, je veux dire qu'elle était ma maîtresse.

— Ah ! dit Sylvaine.

Elle dit : « Ah ! » comme on dit : « Ah ! » quand, marchant dans la pierraille d'une colline, on voit se dresser d'entre les roches le fouet d'une vipère. Et elle attend pour savoir comment la vipère va mordre et si ça lui fera beaucoup mal.

— Il faut que je reparte de loin pour tout te faire comprendre, dit Ollivier. C'est pas commode, mais je pense que l'autre jour, tu m'as raconté comment ç'avait été pour toi et que j'ai compris. Alors, peut-être que pour moi aussi tu pourras comprendre. Tu m'as dit que pour Nine, c'était la grande force qui m'avait poussé et tu avais raison. Mais puisque tu la connais, cette grande force, tu sais qu'elle vous pèse longtemps sur les épaules ?

— Quand elle ne vous pèse plus, c'est qu'on est vieux, dit Sylvaine.

— Et j'étais pas encore tout à fait un homme ! Tu sais, je t'ai raconté comment, après avoir fait deux voyages avec mon oncle, puis une dizaine tout seul, j'en ai eu assez tout d'un coup, assez à tomber malade de l'envie de me sentir sur de la terre ? Bon. Juste à cette époque, un soir où, débarqué, je traînais à Marseille, sur la place de la Joliette, je tombe sur Provençal. Ce Provençal, tu sais, qui déjà du temps du bar de *la Girelle* voulait faire de moi un pêcheur ? Je le rencontre à Marseille, mais il n'y était qu'en passant — et regarde ce hasard — si je ne l'avais pas rencontré, je n'étais pas au Lavandou, je restais sans te connaître peut-être toute ma vie ?

— Oui, c'est un drôle de hasard, dit Sylvaine. Moi, si je ne m'étais pas évanouie, le jour des vendanges, mon père ne m'aurait jamais laissé aller chez ma tante.

— Moi, si j'avais pris les quais, comme j'allais faire, au lieu de descendre par la rue de la République, je ne voyais pas Provençal et je repartais le surlendemain pour un autre voyage. Et notre temps sur la terre, nous l'aurions fait chacun de notre côté...

— Oui, dit Sylvaine, mais tu as rencontré Provençal et tout a été changé. Alors ?

— Alors, il me saute au cou : « Ça va ? — Ça va. » Il me dit qu'il s'est installé au Lavandou, comme c'était son ancienne idée, qu'il a deux bettes et qu'il fait le pêcheur et le marchand de poissons. « Ça va, il me dit, mais ce n'est pas toi ! — Pas moi ? — Oui, ce jeune que j'ai, après en avoir eu plusieurs autres, ce n'est pas toi. C'est difficile. Un, il se saoule, l'autre, il court toute la nuit, le matin, il est esquinté, le troisième, il vend du poisson à son compte et il m'escane mon bénéfice. Enfin, j'ai des ennuis. Avec toi il me semble... » Je le prends au mot : « Tu me voudrais encore ? je dis. — Si je te voudrais ? Tiens, je prends le train à six heures dix pour Toulon, tu as qu'à être à la gare. Tu viens ? — Je viens », je dis. Nous sommes repartis ensemble, le lendemain, j'apprenais à lancer le borjin, quatre jours après, j'allais vendre le poisson jusqu'à Roquebrune. Et tu peux me croire que ça marchait. Quand j'arrivais sur les places, les femmes, elles semblaient comme folles, elles couraient de tous les côtés, on aurait dit que ma trompe en corne de bélier, elle les appelait pour autre chose que pour m'acheter du poisson. Mon cri : « Au peï ! Au peï ! » ça les faisait arriver, l'argent dans la main et le rire à la bouche. Cette odeur de marée dans leurs villages du fond des terres, ça leur plaisait. Je vendais tout, je redescendais la camionnette vide. Provençal s'était loué une petite maison sur le port. « Je te logerais bien, il m'avait dit, mais rapport à mes petites, ça ferait parler le monde. » Il avait avec lui ses deux filles qui s'étaient faites grandes et peut-être il aurait aimé que j'en prenne une pour femme ; mais elles me plaisaient ni l'une ni l'autre. Et c'est là qu'il faut que j'en arrive à te parler de ta tante. Tu te la rappelles, ta tante ?

— Oh ! oui, dit Sylvaine, elle était belle. Ce jour de la vendange dont je t'ai parlé, c'est sa beauté sous ce gros soleil, mêlée à cette odeur de raisin écrasé, qui m'a fait comprendre bien des choses.

— Cet effet, ç'a été le même pour moi le jour où je l'ai vue. Provençal me dit : « Tu devrais prendre pension à l'hôtel Laurade. La patronne fait une bonne cuisine et elle aime les jolis petits, tu y serais comme l'esquinade sous son rocher. Je t'y mène ? — Si tu veux », je dis. Encore un de ces hasards. J'avais presque donné ma parole à un autre qui tenait l'hôtel des Pescadous. Je la reprends et je vais chez ta tante, ce n'était rien. Pourtant de te connaître, avec tout ce que tu étais de neuf, ça a démoli dans une minute cette chose qui, depuis des jours, se préparait entre Gina et moi. Elle l'a compris après, elle m'a dit : « Si j'avais su que tu partes pas à Toulon comme tu devais le faire, j'aurais jamais amené ma nièce ici. » Parce que, en effet, je devais partir avec Provençal mener le yacht d'un riche monsieur qui voulait se promener dans la Méditerranée.

Et juste, mon copain, par un manque de service de son bras coupé, s'est blessé et il est entré à l'hôpital de Toulon. Alors moi, je suis resté au Lavandou, à continuer notre travail et c'est comme ça que j'étais là quand tu es venue.

— Toujours, toujours cette grande main du hasard, qui arrange les choses à son idée ! dit Sylvaine. Pour les uns ça tombe bien, pour les autres ça tombe mal.

— Et ta tante, elle a vite senti que depuis que tu étais entrée dans ma vie, les choses n'étaient plus les mêmes entre elle et moi. Seulement elle pensait, elle me l'a dit : « Sylvaine partira et moi je reste. » Et ce qu'elle ne m'a pas avoué, je l'ai compris. Elle devait combiner : « Moi je reste, et je serai là tous les jours avec mes caresses de femme. Et je le forcerai bien d'oublier. » Elle avait raison, pas tout à fait, puisque je ne t'ai pas oubliée, mais elle connaissait bien les hommes. Elle savait comme ils sont faibles et qu'ils se laissent faire facilement. Alors quand tu as été repartie...

— Oui, je vois ça, dit Sylvaine, et moi pendant ce temps, la flamme que j'avais emportée de toi me brûlait toute.

— J'étais seul, Provençal toujours malade, toi dans ta maison, derrière le rempart de tes parents, de ta manière de vivre, de ton ignorance de l'amour... Tu ne pouvais pas être ma maîtresse et dans ce temps, je croyais qu'aimer une femme, c'était rien que coucher avec elle.

— J'ai été défaite devant toi, dès que ton regard m'a touchée, dit Sylvaine. Je me mourais de l'envie d'être tienne.

— Oui, mais moi, je voyais trop ton innocence et je savais qu'on prend les jeunes filles que dans le mariage. Tu te rappelles que je t'avais promis de t'écrire et que je l'ai fait ?

— Ah, cette première carte ! dit Sylvaine. J'étais folle de la porter sur moi, il me semblait qu'elle devait me faire une marque comme une brûlure à l'endroit de ma peau où je la tenais, entre mes deux seins, tellement à toutes les heures, j'en sentais le feu caché me rentrer dans la chair. J'aurais voulu la montrer à tout le monde et je devais la garder secrète. Seule ma tante Théonie...

— Elle ressemblait à ta tante Gina ?

— Ô non ! dit Sylvaine. Ô non !

Elle ne put s'empêcher de rire en rapprochant dans sa tête tante Gina et tante Théonie.

— Ô non, elle dit encore. C'est comme si tu comparais une grosse vieille vigne lourde de raisin, avec un églantier sauvage qui ne donne que de mauvais fruits. Tante Théonie, elle n'avait jamais eu d'enfant, mais elle était mère comme ta mère qui a eu trois fils. Je n'avais qu'elle à parler de toi et de ce grand amour qui me brûlait vive. Et puis à Justine aussi, je l'avais montré, à Justine Marcelin, qui faisait les matelas chez nous et ça c'est encore une chose dans laquelle le hasard a mis sa main, puisque si longtemps après ça a fait que Justine m'a parlé de ta mère...

— Quand je t'ai eu écrit, j'ai attendu ta réponse, je me disais : « Je n'aurais jamais plus rien d'elle, c'est une jeune fille trop bien gardée et, pour l'épouser, je n'ai guère de situation. Le père ne m'acceptera jamais. » Gina m'avait expliqué que ton père était si dur et si sévère ! L'idée de paraître devant lui, qui était directeur de tannerie, avec mon maillot rayé de pêcheur et ma pauvreté, je m'en épouvantais comme d'une chose... Le mauvais temps de la mer me faisait moins peur, tiens ! Je me sentais plus fort pour me défendre contre la vague qui voulait manger mon bateau, que contre l'air de ton père me disant : « Alors, comme ça, vous voulez épouser ma fille ? » C'est pour ça que toujours je renvoyais, je renvoyais, quand tu m'écrivais de venir te demander en mariage.

— Et moi, j'en avais les yeux malades de fixer la route par laquelle tu viendrais, dit Sylvaine.

— Pourtant, ce dimanche où je devais aller à Bellaïgue, j'étais plein de courage. Tu m'avais écrit que ta tante Théonie partait pour son Ardèche et que tu ne savais plus comment nous ferions pour nous écrire. A présent que j'avais pris cette habitude de recevoir tes bonnes lettres, je sentais que ce serait terrible de m'en passer. Je me rappelle que le matin, levé de bonne heure, j'étais sur la presqu'île, perché en haut d'un pin, à surveiller l'arrivée des saoûpis. Tu les connais ces poissons ? Ils m'intéressaient parce qu'ils ont des drôles de manières. On ne les voit vers les bords qu'au printemps, quand les herbes d'eau salée sont bien grasses et en pleine pousse, alors ils s'amènent par bandes. Ils mettent tant de frémissement dans la mer, que tu les vois venir de plusieurs kilomètres. Provençal, lui, de son cabanon dans la colline de Saint-Clair, il les voyait arriver au large. Parce qu'il faut te dire qu'ils tiennent leurs têtes juste à fleur d'eau et que tous nagent ensemble, serrés les uns contre les autres, ça fait un mouvement de lumières auquel les bons pêcheurs ne se trompent pas. Alors on va vite chercher les filets, on les jette et tu peux croire que la pêche est bonne ! Dans les paniers plats des marchands de poissons, tu as dû en voir souvent de ces saoûpis ? En français, ça s'appelle des dorades rayées, parce que c'est traversé de raies dans le milieu du corps. Quand tu les vides, ça a le ventre bourré d'algues, c'est tout ce que ça mange.

« Provençal à son hôpital, j'étais seul sur la presqu'île, ce dimanche de janvier, à regarder sur la mer si je voyais pas venir des saoûpis. C'était beaucoup tôt en saison, mais les mimosas étaient tous ouverts dans les bois de Cavalière et je sais pas si tu te rappelles que l'hiver avait été beaucoup doux ?

— Je me rappelle, dit Sylvaine, les narcisses avaient pointé bien plus tôt que d'habitude.

— Moi, je sentais déjà une chaleur de printemps, dans l'odeur résineuse de ce pin où je m'étais perché et je me disais : « Je rentre, je m'habille en dimanche et je prends le train de dix heures pour Toulon. De là, les cars pour la vallée, il n'en manque pas. » Ça me faisait un peu souci de penser que je passerais devant ma montagne de Grand-Cap où j'avais laissé ma mère et Félicien, mais je me disais encore : « Quand j'aurai épousé cette jolie fille de parents bien, nous monterons là-haut avec elle, et ma mère aura plus facile pour me pardonner. » Voilà le point où tes lettres m'avaient mis, à croire que ton père m'accepterait !

— C'est que moi aussi, j'avais fini par le croire, dit Sylvaine.

— Alors je te dis pour faire comme j'avais combiné, je sautai de mon arbre et je rentrai à l'hôtel. Gina était seule dans la cuisine. Sans trop la regarder, je lui demande : « Vous auriez pas un peu d'eau chaude ? Je voudrais me raser et faire ma toilette en grand. Et puis un fer pour repasser mon pantalon ? — Tu pars ? elle me dit. — Oui. — Tu vas voir le pape, pour te mettre tant sur ton trente et un ? » Moi, je ris. Alors elle me rentre dans les yeux ses regards que tu sais s'ils étaient de la flamme et elle me questionne d'un air dur : « Où tu vas ? » J'aurais pu pas répondre, mais j'ai pas su, j'ai dit : « Je vais à Bellaïgue. — Ah ! je vois, tu vas faire la demande ? » Elle me jette ça dans la figure avec un air de se foutre de moi, alors, je redresse la tête : « Oui, je vais demander votre nièce en mariage. — Ah ! ça elle dit. Ah ! ça. Celle-là elle est bonne ! Elle se tordait de rire ! Et tu crois que mon beau-frère, qu'il a plus de billets de mille dans son coffre, que toi de puces de mer dans tes paniers, tu crois qu'il va te vouloir pour gendre, mesquinou que tu es ? Et qu'il va te faire ouvrir le portail en grand pour te recevoir et te venir au-devant ! : « Mais comment donc, cher milord, entrez ! ma fille est à vous, mon argent avec ! » Oui ! Une belle merde et un coup de pied dans le derrière, voilà ce que tu auras ! — Que vous êtes méchante, je dis, je vous ai rien fait pourtant ? — Ah ça, non, pour ça non, tu m'as rien fait ! Tu peux le dire ! Il m'a rien fait ? quel imbécile ! — Je vous ai donné du poisson quand j'en avais... — Ton poisson, elle crie, je m'en fiche pas mal de ton poisson ! Qu'est-ce que tu veux que ça me fasse ton poisson ! » Moi, de l'entendre crier comme ça, je restais comme un santon devant elle. « Ça va bien, elle dit, tout d'un coup calme comme la mer quand le mistral tombe, ça va bien, tu fais ce que tu veux, ton eau chaude la voilà, ton pantalon, mets-le sur la rampe de l'escalier, j'irai le prendre et je t'y donnerai le coup de fer, mets la veste avec si tu veux et même la cravate, il faut que tu sois beau, tu comprends. » J'étais sorti de la cuisine avec mon broc et après, j'ai entendu qu'elle prenait les vêtements devant ma porte. Je me rasai, j'étais content. Je pensais en dedans : « Je l'ai échappé belle ! Si j'avais couché avec Gina, j'aurais plus osé parler à Sylvaine. » Je me rappelle l'eau de Cologne que je m'étais versée sur tout le corps et qui me brûlait. Je m'étais arrangé comme si je devais devenir ton mari le soir même. J'avais mis ma chemise fraîche et j'attendais mon costume, quand Gina d'en bas de l'escalier me crie : « Reste encore en sale pour midi, mes fers sont pas assez chauds. Après le manger, je ferai vite ton repassage et tu attraperas facilement le train d'une heure dix. — Bon », je dis.

J'osais pas la contrarier, et expliquer que j'aurais préféré avaler un morceau sur le pouce et partir plus vite.

— Elle était déjà ta maîtresse ? demande Sylvaine.

— Je t'ai dit que non, mais je lui devais beaucoup de gentillesses.

— Oui, je comprends, dit Sylvaine.

— Le couvert, il était comme tous les dimanches mis dans la petite salle, pour elle et pour moi, qui mangeais à sa table. Elle m'offre : « Tu prends pas un anis ? » Avant que j'aie répondu, elle remplit deux verres et m'en avance un : « Hou, il est tassé ! » je dis. « Y te faut des forces ! » elle me répond. Je vois qu'elle plaisante, je prends le ton : « Il est si terrible que ça, le père de Sylvaine ? — Ô non ! lance-t-elle, c'était pour rire tout à l'heure. Et puis tu as du courage, tu es un homme ? » Je me disais : « Elle est drôle quand même cette femme... » Nous mangeons et un bon dîner, je te prie de le croire ; une grosse langouste qu'on lui avait commandée et que j'avais pêchée la veille. « Et le client ? » je dis. « Il mangera des patates à la place, notre bouche vaut la sienne. »

Ma bouche, elle était comme un four de boulanger,

Gina avait fait une de ces sauces à l'américaine qui était son secret. Ça brûlait. « Si tu aimes le vin blanc, elle dit, sers-moi et sers-toi, il y a rien comme lui pour éteindre les incendies. » Après, des petits pois primeurs, qu'on les donnait pas à ce moment, après, un poulet à la broche. C'est pour te dire. Elle me fait remarquer : « C'est le joli coq rouge, il prenait jamais les poules, tant pis pour lui. » Elle se versait des grands verres et à moi aussi, d'un vin blanc sec et d'un autre rouge vieux qu'elle avait mis sur la table en disant : « C'est du moulin-à-vent, tu connais pas ça ! Fais connaissance, tu le regretteras pas ! » Enfin, après la salade de céleris avec une espèce de sauce à la moutarde, après la crème, après le café, je veux me lever de table. Elle me retient : « Tu as bien le temps ! Il est jamais que midi vingt-cinq, nous avons mangé de bonne heure. Augustine va arriver. » Augustine, c'était la femme de ménage, tu l'as connue ?

— Oui, dit Sylvaine. Et moi, pendant ce temps...

— C'est pour t'expliquer. Alors elle dit : « Augustine va arriver, elle lavera la table, moi je repasserai ton costume et tu pourras partir. Tiens, prends une fine. » Elle me sert encore et comme d'un coup je m'étais envoyé le verre au fond de la gorge, elle m'en sert un autre. » « Celui-là, tu ne l'as pas senti. » Je me mets debout, je tenais guère bien. « Monte à ta chambre, elle me commande ; allonge-toi le temps que je donne mon coup de fer, tu as encore cinq minutes. Je t'enverrai le costume par Augustine. » Je la remercie : « Vous êtes bien gentille. » Je monte en me tenant à la rampe, je tire ma ceinture de cuir, je m'étouffais, il me semblait que le sang me pissait des yeux. En haut, je me mets tout nu, d'un coup. Ma chemise si fraîche tout à l'heure, elle me collait à la peau. Je voyais mon corps, il était plein et tendu comme une pêche de vigne. Je m'allongeai. Je me mis à penser à toi comme jamais j'y avais pensé, comme à une maîtresse, comme à une maîtresse que j'aurais voulu serrer contre ma peau... « Ah, si elle était là ! je me disais, si elle était là ! » Je t'ai eue ce jour-là, comme jamais. A ce moment, on frappe à la porte. « C'est

Augustine, avec le costume », je me dis. Je tire le drap sur moi, je crie : « Entrez ! » C'était ta tante.

— Assez, dit Sylvaine en mettant sa main sur le bras d'Ollivier, ça me fait trop de mal de t'entendre raconter ça. Quand je pense que moi, pendant ce temps-là, j'étais par terre dans le Rond des lauriers et que mon cœur se tordait dans ma poitrine, que j'aurais voulu l'arracher pour le jeter au loin comme une bête qui vous mord ! Ah ! quand je pense ! Et jusqu'au soir, jusqu'au soir où je ne voulais pas croire que la nuit arriverait sans que tu sois venu ! et toi, pendant ce temps...

— Que veux-tu... dit Ollivier.

— Toi, crie Sylvaine, toi, qu'est-ce que tu faisais pendant ce temps ? Dis, dis ? Qu'est-ce que tu faisais ? Tu étais couché avec elle ? Hé ? Je te déteste.

— Que veux-tu ? dit tristement Ollivier. Je suis qu'un homme.

« Après, je me suis réveillé à sept heures du soir, la chambre était noire, j'ai remis mon vieux costume et je suis descendu. Gina riait dans le bar avec des clients. Quand elle m'a vu, elle a voulu me prendre le bras, mais je me suis arraché d'elle et je suis sorti. Le temps s'était gâté, le vent soufflait en rafales et me jetait l'eau de la mer à la figure. Je suis resté assis sur le rocher de ma presqu'île, le vent me trempait d'eau de mer et en même temps je pleurais. J'avais froid, je restais là.

— Pourquoi tu restais là ? dit Sylvaine avec emportement. Tu pleurais, tu avais froid et tu restais là ?

— J'aurais voulu mourir, tellement je me dégoûtais... dit Ollivier.

— Mourir ? Mais tu es fou ? Mourir ? Et moi alors ? Qu'est-ce que je serais devenue, moi, si tu étais mort ? Dis ? Tu n'y pensais guère à moi ?

— Pour le bien que je t'ai fait ! dit Ollivier. Tu as dit tout à l'heure : « Je te déteste. »

— Ô mon petit, mon petit, pardonne-moi, gémit Sylvaine. J'ai dit ça... Je ne le pense pas, va, tu sais bien.

Elle prend Ollivier à pleins bras et elle frotte contre le sien, un visage mouillé de larmes et leurs deux visages sont mouillés de larmes chaudes qui se mêlent et font couler sur leurs mains pressées, la même rivière.

— J'ai bien supporté, dit Ollivier à voix basse, que tu me parles de Romain.

— Ô ! ce n'est pas pareil, dit Sylvaine, moi, je l'ai subi.

— Tu as cru que c'était moi, tu me l'as dit. Et moi, avec Gina, j'ai cru que c'était toi.

— Mais une femme, dit Sylvaine en levant la tête, elle ne fait que se laisser faire, tandis qu'un homme, il faut qu'il veuille. C'est beaucoup plus important pour un homme, de se donner.

— Tout le monde dit le contraire pourtant et que ça a bien plus d'importance pour la femme ?

— Oui, je sais, dit Sylvaine, tout le monde dit ça, mais ce n'est pas vrai, c'est moi qui te le jure.

Ils s'arrêtent de parler tous les deux, ils sont trop pleins de leur propre tourmente pour discuter d'autre chose. Sylvaine a pris la main d'Ollivier entre les siennes et elle la presse contre sa bouche avec humilité. Ollivier a posé son autre main sur la tête de Sylvaine, qui est appuyée contre la poitrine de son ami. Doucement, cette main caresse la courbe des cheveux et glisse vers l'oreille et la joue. Quand elle en vient à s'approcher de la bouche, Sylvaine avance ses lèvres chaudes de fièvre et baise également cette autre main.

Alors Ollivier abaisse la tête et sa bouche trouve celle de Sylvaine.

Le beau matin et son paquet d'oiseaux dans le cerisier, le déjeuner servi où les abeilles mangent le beurre, la cabane des Desmichels, le bois de Grand-Cap, la montagne entière, le souvenir de Romain, le souvenir de Gina et tout ce passé trouble qui avait semblé être quelque chose, rien n'existe plus devant les yeux fermés de ceux-là, qui ne sont plus sensibles qu'à eux-mêmes et à leur mutuel pardon.

Ce baiser les unit jusque dans leur plus profond, ils ne sont plus un homme et une femme, ils sont le couple.

VII

Un autre de ces matins, heureux de s'être encore une fois éveillés côte à côte, Sylvaine et Ollivier recommencent une de ces nouvelles journées de joie, dont ils prennent à peine l'habitude et ils se regardent, émerveillés de se voir l'un près de l'autre. Ollivier est prêt à partir au travail. Il a voulu continuer son métier de bûcheron à Montrieux et a refusé d'abandonner l'équipe tant qu'elle ne changera pas de coupe. Sa hache est à ses pieds avec un paquet de cordes.

Quand il a fini de manger, il allume une cigarette.

— Alors à midi ? demande Sylvaine. Ça te fait un grand chemin avec la chaleur, pour venir manger ?

— Je prends par le raccourci du bois, là-haut sous l'épine de roche. Ça ne me fait pas trop loin, tu sais, il y a de l'ombre. Et puis j'aime mieux venir.

— J'irai au-devant de toi, dans le sentier de Bramafan.

— Tu me feras bien plaisir, dit-il.

A ce moment, comme ils s'embrassent avant de se quitter et qu'Ollivier retient longuement Sylvaine contre lui, Michel, qui joue autour d'eux, lance un aboiement aigu et quelqu'un sort des arbres sous le terre-plein.

— Louisa ? dit Sylvaine étonnée. Il est arrivé quelque chose à mon père ? crie-t-elle.

— Non, non ! dit Louisa.

Elle met les deux mains sur sa poitrine pour faire comprendre qu'elle est essoufflée. Auprès d'eux, elle s'arrête et dit :

— Je suis montée beaucoup vite.

— Qu'est-ce qu'il y a ? dit Sylvaine qui est venue vers elle. Mon père est malade ?

— Asseyez-vous, dit Ollivier, vous n'en pouvez plus.

— C'est haut, vous savez ? dit Louisa. J'ai profité du premier car du matin jusqu'à Solliès-Toucas, mais depuis, il y a encore à grimper. Je suis un peu vieille pour les excursions.

— Mon père est malade ? redemande Sylvaine.

— Non, dit Louisa, mais il est beaucoup malheureux et il m'a envoyée vers toi…

Elle se tait, gênée devant ce garçon pour lequel Sylvaine a abandonné la Tannerie.

— Tu peux parler devant Ollivier, dit Sylvaine, qui a compris, je ne lui cache rien.

— Non, dit Ollivier, il vaut mieux que vous soyez seules, offre-lui le café, Sylvaine, et faites-vous vos confidences. Moi, d'ailleurs, il faut que je parte. Allez ! A midi.

— Attends, je t'accompagne un bout, dit Sylvaine. Je reviens, dit-elle à Louisa.

Elle court dans le sentier où il est déjà et c'est pour lui dire encore une fois au revoir.

— A midi alors ? j'irai t'attendre plus loin qu'hier, jusque sous Bramafan. Je te dirai les choses…

— Et si elle vient te chercher ? dit Ollivier.

— Comment me chercher ?

— Oui, pour toujours…

Sa voix a tremblé et il a saisi la main de Sylvaine.

— Ô ! dit Sylvaine, tu plaisantes ? Me chercher ? Pour me ramener ? Mais elle le sait bien, va, que je n'irai pas et que si le bon Dieu et le Diable en personne venaient me chercher, ce serait tout pareil.

— J'ai eu un peu peur… dit Ollivier.

Elle lui saisit la tête dans ses deux mains et l'embrasse sur tout le visage.

— Moi ? Moi ? Que je te quitte ? elle dit. Comment as-tu pu penser ?

Elle rit, mais leurs yeux à tous deux sont près des larmes.

— Tu ne sais pas ce que tu es pour moi, dit-elle d'une voix qui tremble.

— Bon, alors je peux partir tranquille ? demande Ollivier.

— Je pense bien !

— Va vite alors, dit-il tendrement, puisqu'elle t'attend. Et à midi.

— A midi, j'irai à ta rencontre.

— Oui, oui, dit-il, que je te voie vite !

Ollivier disparu au coude du sentier, Sylvaine revient vers Louisa.

— Alors ?

Louisa la regarde. Elle lui dit :

— Prends du café, il est encore tout chaud. Tu veux du lait ? Non ? Sers-toi de sucre. Alors, qu'est-ce qu'il y a de cassé ?

Louisa pose sa tasse pleine sans y toucher. On voit qu'elle est dans un grand trouble.

— Toi ! Te voir ici, dit-elle enfin. Comment peux-tu préférer ? Cette cabane, ce travail de femme de pauvre que jamais tu l'as fait... Ô ! quand je pense à ta belle maison, à ta jolie chambre, à tes meubles tout vernis, à tes robes !

— Tu as aimé quelqu'un ? dit Sylvaine d'une voix froide.

— Hé ? dit Louisa.

— Oui, je te demande si jamais tu as aimé quelqu'un ? Un homme ? Autrefois ? Quand tu étais jeune ? Je ne sais pas moi... Tu as été jeune pourtant ? Tu as bien dû aimer un garçon ?

Louisa baisse la tête.

— Il y a longtemps, elle dit, c'était un berger.

— Et lui, il t'aimait ?

— Je ne sais pas, je ne l'ai jamais su.

— Il ne te l'a pas dit ?

— Non...

— Il fallait le lui demander, dit Sylvaine en riant de la honte de Louisa. Tu vois, moi, je suis montée à Montrieux voir Ollivier, sans attendre que ce soit lui qui revienne. Et voilà ce que je voulais te faire comprendre : quand on aime et qu'on vous aime, tout le reste autour ça ne compte pas. Quelle joie veux-tu que ça me fasse de m'éveiller dans des meubles « vernis » comme tu dis, si je m'éveille en me désespérant de vivre ? Et d'avoir des robes, une belle maison et cetera, si j'ai tout ça autour de mon corps et rien dedans, pas de bonheur ? Pas d'amour ? C'est pour ça que je te demandais si tu avais aimé, parce qu'alors tu aurais pu comprendre.

— Je comprends, dit Louisa, seulement...

— Oui, seulement, tu aurais préféré qu'Ollivier soit riche. Eh bien, il ne l'est pas, voilà tout.

— Mais, dit Louisa, tu dois avoir de l'argent de chez toi ?

— Ça, c'est une autre affaire, dit Sylvaine. Puis elle redemande : Alors, pour mon père ?

— Voilà, dit Louisa, quand tu es partie, il y a quinze jours...

— Quinze jours déjà ? dit Sylvaine.

— Oui, quinze jours hier. D'abord ton père ne voulait pas le croire. A la fin de l'espèce de crise qu'il a eue après ton départ, il m'a dit en rouvrant les yeux : « Louisa, appelle-moi ma fille. » Je suis restée glacée sans savoir quoi répondre, alors il a regardé autour de lui ta place vide et les clés du secrétaire que tu avais laissées sur la table et il a dit : « Elle est partie, c'est vrai ? — C'est vrai », j'ai dit. Alors il a baissé la tête et il a demandé : « Mets-moi dans mon lit. » J'ai pas voulu appeler Madame Rousselet pour m'aider et je voyais que lui aussi il aimait mieux que nous restions seuls. Il devait avoir peur qu'on questionne où tu étais...

— Je n'ai pas honte, dit Sylvaine.

— Je sais, mais quand même... Dans la nuit j'ai vu la lumière qui passait sous la porte de sa chambre. J'ai dit : « Vous avez besoin de moi ? »

Il a dit « non ». Le lendemain matin, il avait pas trop bonne mine. Le premier mot, il m'a recommandé : « N'en parle à personne, elle reviendra. » J'ai dit : « Ô oui, bien sûr », mais je ne le pensais guère.

— Tu avais raison, dit Sylvaine, je ne reviendrai pas.

— Puis la vie a continué pareille, jusqu'à ce matin.

— Ah ! dit Sylvaine, et ce matin ?

Elle se sent d'un calme qui la surprend elle-même.

— Ce matin, je lui apportais son déjeuner comme d'habitude. Il était assis, le regard dans le vague, je lui ait dit : « Vous avez bien dormi ? Voilà le café. » Je lui ai mis le plateau sur le lit, alors comme si mon son de voix l'avait poussé, il est tombé de côté sur son oreiller, tout amoulonné en tas, avec ses poings serrés dans sa poitrine : « Hou ! » y criait. « Hou ! » y soufflait comme un cheval malade. « Vous êtes plus fatigué ? je dis, vous vous sentez mal ? — Hou ! y faisait toujours, et y tremblait tant que ça faisait trembler le lit et renverser le café au lait. Je savais plus que faire. A la fin, je dis : « Je vais chercher votre fille ? » Alors d'un coup y s'est arrêté de trembler, il a ouvert les yeux pour me regarder et de ses yeux, des larmes grosses comme des maisons se sont mises à couler en rivière sur ses joues. « Oui, il a dit, c'est ça Louisa, va me chercher ma petite, le chagrin me tue. »

— Il a dit ça ? dit Sylvaine.

— Il a dit ça, et y pleurait.

— Oui ! Je ne l'ai vu pleurer qu'à la mort de ma mère et à mon départ, c'est-à-dire quand ça lui faisait mal à lui, mais quand ça me faisait mal à moi, il n'a jamais pleuré.

— Tu es beaucoup rancunière, dit Louisa.

— Beaucoup, dit Sylvaine. Ma rancune, elle s'amasse depuis des années. Goutte après goutte, elle a fait comme ces fontaines d'eau calcaire qui durcissent tout et c'est encore une chance pour moi de ne pas être devenue un rocher complètement...

— Tu manques de bonté, dit Louisa, c'est ton père.

— Je le sais, dit Sylvaine. Si ce n'était pas mon père je

ne t'aurais pas écoutée cinq minutes. Enfin, qu'est-ce que tu es venue me dire ? Tu es montée seulement pour me dire que je manquais de bonté ? Ou tu te figurais que j'allais quitter Ollivier parce que tu me dirais « Ton père pleure » ?

— Moi, j'ai pas connu le mien, dit Louisa, il est mort que j'étais beaucoup petite, mais y me semble qu'un père, c'est quelque chose... C'est triste, tu sais, de voir un père qui mendie après sa fille. De le voir vous attraper les mains comme il faisait et de plus vouloir vous les lâcher et de vous parler contre la figure, avec des paroles d'homme des routes qui demande son pain ? Si tu avais entendu cette voix douce de malheureux qu'il avait et ce sourire de petit enfant... Ah ! oui, y a de quoi faire peine aux plus durs ! « Louisa, y disait, tu es brave, toi, Louisa. Tu as vu où est mon mal... Oui, c'est ma petite que je veux. Je l'ai eue ici, près de moi, pendant des années et je ne m'en apercevais pas. C'est drôle, hé Louisa ? Maintenant, c'est ma punition de tant la vouloir, que si je l'ai pas je meurs. » Et puis y s'est mis à me raconter des choses que jamais je les lui avais entendu dire, que quand tu étais petite, des fois, tu lui mettais les bras autour du cou, mais que lui, y prenait pas le temps de te gâter, que d'abord, y savait guère, parce qu'on l'avait pas élevé dans les caresses, que son père et sa mère s'embrassaient jamais que pour le jour de l'an et encore qu'y se cachaient de lui... Oui, y me racontait tout ça, en me mélangeant mes mains dans ses mains chaudes et y finissait toujours en répétant : « Mais, quand même, ma fille je l'aimais, tu peux en être sûre, maintenant, je le vois. »

— C'est peut-être vrai qu'il m'aimait ? dit Sylvaine.

— Si tu l'avais vu, tu l'aurais cru, dit Louisa.

— Peut-être. Alors tu es montée...

— Je suis montée. Je lui ai dit : « Pleurez plus, j'y vais tout de suite. » Et je suis venue. Y t'attend.

Sylvaine ne répond pas.

— Viens le voir au moins, dit Louisa, viens lui parler, viens lui dire quelque chose ! Tu peux pas le laisser crever comme un chien, dans son manque de toi et son gros désespoir ?

— Je veux remonter ici, dit Sylvaine, d'une voix brève.

— Tu remonteras. Qui t'a dit que tu remonteras pas ?

— Le monde entier me le dirait que ça ne changerait rien.

— Ah, toi, tu es bien de l'Ardèche ! Allez, va, sois brave... Descends avec moi, tu peux croire que tu feras une bonne chose, dit Louisa.

Debout, elle se penche sur Sylvaine et la tire vers elle. Sylvaine, qui a gardé jusqu'ici la tête repliée sur sa poitrine, lève les yeux vers la vieille bonne et elle voit une larme qui descend doucement sur la joue grise.

— Toi aussi ? dit-elle. Allez, j'y vais, je ne veux pas faire pleurer tout le monde.

— Ah ! dit Louisa. Tu es pas toute mauvaise.

— Tu es bien fière, hé ! Attends, reste là un moment, j'ai quelques petites choses à faire avant de partir. C'est que ce n'est pas tout, il y a Ollivier.

— Celui-là, tu l'aimes ! dit Louisa.

Sylvaine la regarde au plein du visage, avec ses beaux yeux vivants.

— Tu ne l'aimes pas toi, le pain que tu manges ? Et le vin que tu bois ? Et le sommeil qui te lève la fatigue ? Et l'air qui te coule dans les poumons ? Ollivier, c'est tout ça pour moi.

Louisa lui rend son regard profond sans lui répondre. « Si c'est une chose pareille, l'amour, elle pense, c'est bien beau et je regrette encore plus de l'avoir jamais connu. »

— Tu n'as pas bu ton café ? dit Sylvaine, et maintenant il est froid.

— Ça ne fait rien, dit Louisa, je le boirai comme ça. Dépêche-toi, c'est tout ce que je te demande, il doit tellement se languir.

« Voyons, se dit Sylvaine, Ollivier aura du saucisson, du beurre, des tomates en salade qui restent de ce matin. Le morceau de porc froid d'hier est encore entier. Je vais lui laisser deux œufs à côté, il saura bien se les faire cuire. » En parlant, elle dispose rapidement le couvert et les plats sur la table de la cuisine. « J'ai été bête, pense-t-elle encore. J'aurais dû prévoir que j'allais descendre et lui dire de manger à la cantine de Montrieux. Il va faire tout ce chemin à midi, pour ne pas me trouver à la maison, il ne va pas être content. Surtout que je lui avais promis d'aller à sa rencontre dans le bois... Oh ! que tous ces gens sont ennuyeux avec leurs complications : nous étions si bien, rien que tous les deux. »

Elle reste une minute, pensive, contre la table servie et une idée lui vient : « Je vais lui mettre un mot. » Elle écrit au crayon sur une facture qui traîne, que son père est malade et qu'elle est obligée de descendre, mais que n'importe quoi qu'il y ait, elle sera là le soir. Elle devine la contrariété d'Ollivier et se sent plus énervée que compatissante envers son père. Un mot cruel qu'elle se souvient d'avoir lu quelque part, quand, pendant ses nuits d'insomnie d'autrefois, elle dévorait tant de livres, lui revient à l'esprit : « Non, tout le monde ne peut pas être orphelin », elle pense, puis encore : « En somme, il vaut mieux que j'y aille, nous ne pouvons rester toujours fâchés. Je prévois qu'il va me dire : « Marie-toi au moins. Comme ça je pourrai recevoir ton mari. » S'il l'avait bien reçu il y a quinze ans, nous n'en serions pas là. Comment me retenir de lui répondre ces mots ? Alors on se disputera encore. Enfin, s'il accepte de recevoir Ollivier, ça sera la preuve qu'il reconnaît son erreur et nous pourrons peut-être être amis tous les trois, ou au moins faire semblant. »

Elle dit :

— Voilà, je suis prête Louisa. Allons-y.

« Elle s'est dépêchée, elle a encore un peu d'amitié pour son père », pense Louisa, tandis que Sylvaine se hâte en songeant : « Plus tôt je partirai, plus tôt je serai de retour. »

Elle revient sur ses pas pour enfermer Michel dans le bûcher « sinon il va me suivre... », puis une autre idée la fait entrer dans la chambre. Elle s'agenouille devant la cheminée, relève la crémaillère, tire à elle une boîte de fer, l'entrouvre, commence un geste :

— Ô puis non, ce serait trop bête ! dit-elle à voix haute.

Elle remet tout en place, se relève et sort.

Debout sur le terre-plein, elle jette vers le bois de Montrieux, masse verte emplissant tout l'ouest du paysage, un regard chargé d'amour, qui voudrait à travers l'espace trouver le regard d'Ollivier.

— Tu viens ? dit Louisa.

— Oui, dit-elle.

VIII

Tu ne me dis pas ça pour me faire plaisir ? demande Ollivier.

C'est dimanche. Depuis l'aube, toutes les cloches de la vallée, de Méounes jusqu'à la Farlède, n'arrêtent pas de faire leur chanson et d'appeler au rythme alterné de leurs battants « Ve-nez, ve-nez ». Mais il fait trop beau dehors, seules les vieilles femmes sèches et les fillles qui savent rencontrer leurs amoureux à la sortie sont allées à l'église.

— Certainement que non, dit Sylvaine, et s'il ne me l'avait pas réclamé de cette manière, je ne te l'aurais pas rapporté.

— Et tu as promis ?

— Sans promettre, dit Sylvaine. Il me faisait tellement de la peine, je l'ai regardé ces jours comme je ne l'avais jamais regardé, Louisa a raison, il a bien maigri et il n'a pas bonne mine. Je sais qu'il n'a pas été bon, ni même juste pour nous, mais que veux-tu c'est mon père…

— Oui, dit Ollivier, mais enfin tu m'as laissé libre ?

— J'ai dit que si à 11 heures et demie au plus tard, nous n'étions pas à la Tannerie, c'est que nous n'aurions pas pu.

— Et alors ?

— Alors quoi ? dit Sylvaine, il mangera seul avec

Louisa, ou peut-être il ne mangera pas du tout. Il a perdu son bel appétit d'autrefois. Il a recommandé à Louisa de voir de grand matin, Cyrille, le mari de l'épicière, pour avoir des truites et déjà hier, elle a commandé, devant moi, des écrevisses. Avec ça, je sais qu'ils ont tué un gros coq et qu'elle prépare un flan.

— C'est ennuyeux, dit Ollivier, qu'ils se dérangent tant.

— Écoute, dis-le-moi franchement, tu n'as pas envie d'y aller ? Ça te déplaît ?

— C'est pas ça... dit Ollivier, c'est plus compliqué.

— Tu n'as plus peur maintenant ? dit Sylvaine. Tu n'es plus pêcheur en maillot bleu et blanc qui avait davantage la frousse du père Resplandin que de la mer en colère ?

— Et qu'est-ce que je suis de plus ? demande Ollivier. Est-ce que tu trouves que je suis quelque chose de plus qu'à ce moment ? Toutes ces années qui depuis me sont tombées sur la tête, ne m'ont pas rendu plus riche ni plus considéré. Pour ce directeur de tannerie à qui sa fille a pu prendre cinquante mille francs sans que ça l'appauvrisse, je suis toujours, va, crois-moi, un bûcheron de la montagne qui, ayant baroulé sur les mers, n'en a pas rapporté un sou et lui a volé sa fille.

— Tu es l'homme que sa fille a choisi. Tu ne m'as pas volée, c'est moi qui me suis rendue tienne, c'est moi qui te voulais le plus autrefois et c'est moi qui suis montée te chercher à Montrieux. Tout ça, il le sait bien. Écoute, d'abord, je pense une chose : marions-nous. Ô moi, ça me serait bien égal d'être mariée ou pas mariée ! Mais d'abord ça me plairait de porter ce nom de Desmichels qui faisait tant d'orgueil à ta mère et puis, marié, tu entres d'emblée dans ma maison, tu comprends ?

— Je veux bien, dit Ollivier, moi je sais que c'est pour toute la vie que mon bonheur sera d'être avec toi. Et toi ?

— Tu sais bien que moi aussi, dit Sylvaine. Comme ça, mon père sera mis devant une chose faite et qu'il sera bien obligé d'accepter. D'ailleurs, tu vois qu'il en a l'idée lui aussi, puisqu'il m'a dit de t'emmener manger à Bellaïgue ? Tu peux être sûr qu'au dessert, il nous aurait posé la question…

— Oui, dit Ollivier.

— Alors on y va ? Je te sors ton complet bleu ?

— Écoute, Sylvaine.

— Quoi ? Qu'est-ce qu'il y a encore ? Quelque chose que tu n'oses pas me dire ?

— Ce n'est pas que je n'ose pas, au contraire. De te la dire, cette chose, voilà des jours que je me retiens. Mais à présent, puisque ça te plaît que je descende à la Tannerie et à te dire le vrai, ça me plaît aussi, à moi, d'entrer dans ta maison de jeune fille…

Assis devant Sylvaine qui le regarde, il tourmente l'une à l'autre de son geste habituel, ses mains où le maniement de la hache a laissé des ampoules durcies, enfin il les pose à plat sur chacun de ses genoux et met ses yeux droit dans les yeux de cette femme qui lui a tant donné. Il dit :

— Voilà, je veux que tu rendes l'argent.

— L'argent ? dit Sylvaine, d'un accent de surprise, mais elle a bien compris.

— Oui, les cinquante mille francs. Je ne les veux pas. Ils m'empêchent d'être heureux en plein.

Sylvaine hésite avant de dire :

— Je les ai rendus.

— Non, dit Ollivier, ne me mens pas, je savais bien que si je te le demandais, tu mentirais et c'est pour ça que je ne t'en parlais pas. Mais tu ne les a pas rendus, ils sont sous la plaque de la cheminée de la chambre, dans une boîte à biscuits.

— C'est vrai, dit Sylvaine.

— Je le sais, je te dis, je les ai vus. De temps en temps j'allais regarder, je disais en moi : « Peut-être qu'elle les rendra d'elle-même », et ça m'aurait fait encore plus de plaisir, mais je vois que c'était trop te demander. Quand ton père t'a fait appeler par Louisa et que, rentrant à midi, je ne t'ai pas rencontrée dans le bois d'abord, ensuite à la maison et que j'ai trouvé ton mot sur la table, j'ai pensé : « Elle les a rapportés », et je suis allé voir, mais le gros paquet de billets était toujours là.

— J'en ai eu l'intention, dit Sylvaine et puis...

— Et les autres fois ? Hier, avant-hier, jeudi, où tu es descendue ? Tu en as plus eu l'intention ?

— C'est tellement stupide ! dit Sylvaine.

— Y a bien d'autres choses qui ont l'air stupide et que pourtant tu les as faites ? Venir à mon devant à Montrieux, sans même savoir si t'aimais encore et si j'avais pas fait accord avec une autre, c'était pas stupide ? Et quitter ta grosse maison, pleine de tout et ton père, pour venir servir de fille à ma mère et ensuite de femme à moi, c'était pas stupide ? Pourtant dans ton cœur, tu as trouvé la raison qui t'approuvait et te montrait le profond de tout, n'est-ce pas ?

— Oui, dit Sylvaine...

— Eh bien, aujourd'hui, c'est pareil. C'est ton cœur et ton amour de la justice qui doivent te parler et tu dois les écouter. Cet argent, qui l'a gagné ? Dis ? Réponds ? C'est toi qui l'as gagné ?

Sylvaine baisse la tête. Elle dit :

— Non.

— C'est pas toi, tu le reconnais ? Et l'argent, à qui il doit revenir sinon à celui qui l'a gagné, qui l'a sué, qui l'a fait sortir de son travail ? Tu es pas de mon avis ? Non ?

— Oui, dit Sylvaine, seulement...

— Seulement tu t'es figurée que cet argent qui était à ton père, il était à toi et que si tu avais pas la patience d'attendre que ton père soit entre quatre planches, tu pouvais le prendre tout de suite, cet argent, et que tu ferais rien de mal. Pas vrai que c'est ça ?

— Oui, dit Sylvaine.

— J'avais bien compris. Eh bien, tu t'es trompée. Je te le dis, pour une fois tu as pas vu juste et la passion t'a aveuglée. Seulement, moi, je ne veux pas que nous commencions notre vie avec l'argent gagné par un autre, sans qu'il nous l'ait donné, tu comprends ? Je te l'ai dit déjà une fois, ce jour où tu me faisais visiter le moulin de Sinssol, en m'expliquant où tu ferais la salle de bains et le salon, mais tu l'as pris en riant et tu as pas eu l'air de comprendre. Moi, je n'ai pas fait que des belles choses dans ma vie, tu le sais, je t'ai fait voir comment j'étais dans le fond de moi, c'est loin d'être parfait, mais j'ai jamais pris l'argent de personne sans l'avoir gagné, sauf celui de Nine. Seulement, j'avais dix-sept ans, c'est mon excuse. Alors je ne veux pas le faire maintenant, tu comprends ? Y faut pas que ça te fâche, je t'en veux pas de l'avoir pris, je t'en veux pas de m'avoir dit que tu l'avais rendu sans que ce soit vrai, je veux que tu le rendes, pas plus, tu comprends ?

— Oui, dit Sylvaine.

— Tu te rappelles, après notre rencontre, quand tu m'as donné la bague que ma mère t'avait tendue à son moment de mourir, tu m'as dit : « Tiens, ta mère m'a recommandé que cette bague soit portée par la femme de son dernier fils, prends-la, si tu aimes quelqu'un, donne-la-lui. » Tu te rappelles comment tu es restée la main en l'air avec ton geste pas fini et ton anneau au bout des doigts, parce que je t'avais dit : « Tu ne vas pas me la rendre peut-être ? » Tu te rappelles ?

— Oh ! oui, dit Sylvaine, c'était la première fois que je t'avais revu. Juste au moment de te quitter, sur la route, au bord de la forêt. Tu me l'as prise au vol cette main, comme si elle avait été un oiseau dans l'air, tu l'as serrée dans la tienne par-dessus la bague et tu m'as dit . « Garde-la, si je l'avais donnée à quelqu'un, ça aurait été à toi. »

— Seulement, dit Ollivier, cette bague qui venait de la mère de ma mère, d'une brave femme et d'une autre brave femme, je l'aurais jamais donnée à une fille qui aurait volé son père.

— Je rendrai l'argent, dit Sylvaine.

— Bon dit Ollivier, alors je vais avec toi, sors-moi mon costume bleu.

— Ah, tu viens ? dit Sylvaine. Ah, je suis bien contente !

Elle se jette vers lui et le prend dans ses bras

— Tu es courageuse, dit-il en riant, ça te coûte cinquante mille francs cette conversation.

— Ô après tout, dit Sylvaine qui se met à rire aussi, ça m'est bien égal ! Moi, tu sais, c'était surtout pour toi, pour que tu travailles moins et que tu sois plus vite ton patron.

— Je ne l'ai jamais été, mon patron, sauf quand je faisais le charbon dans cette montagne de Grand-Cap avec mon père et mes frères. Je n'étais pas plus heureux pour ça, tu sais ? Mon grand désir de la mer m'empoisonnait tout.

— Tu ne vas pas avoir envie de repartir un de ces jours, au moins ? demande Sylvaine.

— Ô non ! Ô ça non, tu peux être bien tranquille ! J'en ai trop vu.

— Tu as été malheureux ? Jamais tu ne parles de tes voyages.

— Que veux-tu que j'en dise ? Moi, j'étais parti avec une idée de la mer qui, je le comprends maintenant était fausse du tout au tout. La mer, vois-tu, quand tu y es dessus, c'est comme une belle maison quand tu l'habites, tu la vois plus. Et puis, il faut reconnaître que j'en ai fait l'apprentissage à un mauvais moment. J'ai pensé souvent que si ma pauvre mère avait réfléchi qu'on était encore en pleine guerre sous-marine, elle aurait moins facilement donné l'autorisation que je parte. Encore heureusement que j'avais mon oncle Florestan ! Tu vas voir comment ça s'est passé :

— Oui, raconte-moi, dit Sylvaine.

— Dès qu'on a eu mis le pied sur le *Dupleix,* mon oncle me dit : « Tu resteras avec moi, je dirai que tu m'aides. » Le premier lieutenant arrive, lui dit qu'à chaque appareillage ou arrivée dans un port il devra se trouver sur la passerelle et de s'y rendre de suite. Bon, je le suis. Sur cette passerelle, je domine tout le navire, j'y vois le commandant et le pilote. Le premier lieutenant place mon oncle au chadburn. Je le vois qui se met à manier un levier qui se déplace sur un cadran indiquant la marche : « Avant, arrière, stop, lentement, demi-vitesse, tout... » Chaque fois qu'il fait fonctionner ce levier, une aiguille refait instantanément son geste et je comprends qu'il transmet les ordres du commandant et qu'un homme qui est dans la chambre des machines les reçoit. Ça, c'est ma première désillusion ! Je savais bien que les grands bateaux ne marchaient plus à la voile ni avec les rames, mais comme ça, c'était trop facile, je trouvais. Je ne devais comprendre que plus tard ce que voulait dire : « Tiens bon, choquez devant, parez derrière, larguez. » La machine se met lentement en route, ce bruit de gros cœur qui bat, je l'entendais pour la première fois. Je regardais Marseille s'éloigner de nous et sembler à la fin comme suspendue dans des nuages avec le brillant de sa Notre-Dame-de-la-Garde perçant le ciel. Passé les jetées, nous augmentons un peu de vitesse et nous mouillons en travers du phare de Planier, pour attendre les instructions de route. Je m'étonnais : « C'est à cause des mines, mon oncle m'explique, les navires ne partent jamais seuls en ce moment et ils ne savent même pas où ils vont aller. Ils reçoivent les instructions en cours de voyage et il arrive qu'elles soient changées plusieurs fois. Ah, ce n'est pas toujours drôle ! Tu as peur, petit ? — Non », je dis. Tu n'aurais pas voulu que je dise oui ? Mon oncle dit : « Va manger, et te coucher. » Vers 10 heures, dans le profond de mon sommeil, j'entends des voix le long de la coque et je comprends qu'un torpilleur nous donne l'ordre de partir, en disant qu'il nous convoiera ainsi qu'un autre bateau dont je ne me souviens pas le nom. « Destination inconnue », j'entends. Je me recouche, mais j'arrive pas à me rendormir. Le bateau remuait beaucoup. J'ai su qu'il était obligé de faire une navigation en zigzag pour éviter les torpilles. Mon oncle m'a raconté que vers le petit matin, l'officier de quart, ayant vu à quinze cents mètres une forme noire, avait cru d'abord à un sous-marin français, mais que, bien vite, il avait reconnu le sillage rapide d'une torpille. Tu parles l'émotion ! Un coup de barre sur tribord et l'engin passait à trois mètres derrière. Nous l'avions échappé belle et ça devait nous arriver encore, avant d'être en Extrême-Orient. C'était pas comme ça que je m'étais imaginé les voyages sur mer !

— Je comprends, dit Sylvaine.

— Une autre fois, c'est ce que je t'ai raconté : Pendant la traversée de New York, cette bataille du cuisinier et du charpentier, ce mousse qui s'ébouillante, ces cochons qui passent par-dessus bord... Comment veux-tu avoir le temps de regarder la mer pendant toutes ces histoires ! Mon oncle Florestan avait raison, je la voyais bien mieux la mer, de la pointe de Grand-Cap et elle était bien plus belle ! Une autre fois, le charbon qui était dans la cale qui s'enflamme... Bon ! Puis l'équipage qui se révolte, on punit les meneurs, on change le lest, on appareille, le second mécanicien se blesse. On arrive aux Açores par un temps bouché, ça nous retarde, on mouille à la Horta, on laisse le mécanicien à l'hôpital, il meurt. Au moment de partir, mon oncle est pris d'une fièvre terrible, il faut le laisser lui aussi. Tu me vois, repartant seul ? Ah, j'y pensais à ma forêt et à ma cabane, que mon oncle m'avait dit que j'y penserais ! Tu peux le croire.

— Et tous ces beaux pays que tu as vus ? demande Sylvaine, ça ne te faisait pas oublier tes bois ?

— Je n'oubliais rien, dit Ollivier, mais je me faisais l'effet d'être parti pour ne plus jamais revenir : mon frère Félicien, ma mère, ma maison, tout ce qui jusque-là m'avait semblé ma vie, ce n'était plus rien. Je crois que c'est pour sentir de cette façon que les gens font de grands voyages. A la Horta, mon oncle, en sortant de l'hôpital, s'est lié avec une femme du pays et il est resté là-bas. J'ai eu des nouvelles deux ou trois fois et après je n'en ai plus eu...

— Qu'est-ce qu'il est devenu ? dit Sylvaine.

— Je ne sais pas, dit Ollivier, mais s'il revient par ici, il m'avertira, parce qu'il m'aimait bien.

Ils restent un moment silencieux, puis Ollivier dit :

— Je ne sais pas pourquoi j'en suis venu à te raconter tout ça ?

— Pour rien ? dit Sylvaine, comme moi quand je te raconte les histoires de ma jeunesse, pour que nous nous connaissions mieux, pour que nous soyons ensemble dans le passé comme dans le présent.

— Oui, pour tout ça, dit Ollivier en riant, et puis aussi pour te faire oublier que tu venais de perdre beaucoup d'argent.

Il serre Sylvaine contre lui et l'embrasse dans le cou.

— Ô je m'en fiche pas mal ! dit-elle, puisque ça te fait tant plaisir d'être pauvre, eh bien, nous le serons, pourvu que tu m'aimes toi, tu sais, c'est tout ce que je te demande.

— Moi aussi, figure-toi.

— Pas possible ?

— Mais oui, madame Desmichels.

Sylvaine lui jette un regard heureux.

— Alors on se marie ?

— On se marie, dit Ollivier.

— Descendons vite le dire à mon père, dit Sylvaine, il sera bien attrapé que nous l'ayons décidé avant lui. Il est 10 heures, on s'habille.

— Habillons-nous, dit Ollivier, mais avant je veux voir l'argent.

— Toi, quand tu as une idée !

— Je veux te le voir prendre et te le voir mettre dans ton sac et quand nous remonterons ce soir, je serai tellement content de savoir qu'il n'est plus dans la maison, que je te ferai...

— Que tu me feras quoi ? dit Sylvaine.

Elle est toute contre lui, avec son corps gonflé de belle chair et son visage où le bonheur met une lumière et sa bouche pleine d'un tendre rire de femme comblée.

— Tu me feras quoi ?

— L'amour, chuchote Ollivier dans son oreille.

Elle dit :

Ça, je veux bien.

Ollivier écarte des deux mains l'étoffe du vêtement

matinal et il baise doucement un sein qui se presse vers ses lèvres.

— Ô l'amour... il dit, toi, tu veux toujours !

Ils sentent couler en eux le suc de la joie, comme celui d'un fruit mûr mordu à pleine bouche.

IX

Sylvaine se redit comme elle se l'est dit déjà une fois : « Voilà, c'est ça le bonheur. C'est quand tout paraît si facile qu'on ne comprend pas pourquoi ça n'a pas toujours été pareil. Cette maison de la Tannerie, est-ce que c'est possible que j'y aie passé tant de jours désespérée ? Il suffit qu'Ollivier y soit avec moi pour que j'oublie cette jeunesse inutile et gâchée qui a été la mienne... Et maintenant est-ce qu'on ne pourrait pas croire que c'est tout naturel de nous voir réunis là tous les trois ? »

— Je crois que Sylvaine est dans la lune, dit Émile Resplandin.

— Ou bien, elle ne veut pas de café ? dit Ollivier.

Ils se regardent en souriant.

— Oh ! je vous demande pardon ! dit Sylvaine, je rêvais.

— Tu étais loin ? demanda Ollivier.

— Non, dit-elle, au contraire, j'étais là tout près, au milieu de nous et par hasard, la réalité se trouve aussi belle que le rêve.

C'est la troisième fois depuis leur mariage que les Desmichels viennent à Bellaïgue. Maintenant Ollivier se lève sans honte, de lui-même, pour aider Louisa à installer l'infirme sur la terrasse. Il commence à se sentir chez le père de sa femme et un peu chez lui.

La première fois (mais c'est si loin, plus d'un mois déjà...), la première fois qu'il était entré dans cette maison derrière Sylvaine, il avait serré les dents en revoyant le dur visage qui l'avait si rudement repoussé, ce jour où il était venu demander la jeune fille qu'il aimait. Mais quand le père Resplandin lui avait tendu une main de vieillard où les veines couraient comme des serpents et, le regardant bien en face, lui avait dit :

— Pardonne-moi, garçon, je croyais bien faire en ne pas te voulant pour gendre, il y a des années. Il apparaît que j'ai eu tort et que j'étais un couillon, alors, touche-moi la main et rentre dans la maison, comme tu l'aurais fait ce jour-là, si je t'avais bien reçu.

— Je vous remercie, avait dit Ollivier.

Et Sylvaine avait dit :

— Je vous remercie bien, père, tout est effacé.

Le dîner avait bien été ce qu'on avait prévu, un gros dîner de campagne avec les écrevisses, les truites, la daube, le poulet rôti et presque pas de légumes. Louisa avait trouvé que les salades, les artichauts, les pommes de terre, c'était trop ordinaire pour un jour comme celui-là. Au dessert, comme Sylvaine l'avait deviné, son père, gorgé de viandes et égayé par le vin, avait commencé à faire finement allusion à un mariage.

— C'est entendu, avait dit tout de suite Sylvaine. La semaine prochaine, on nous affichera à Belgentier.

— Alors, je peux inviter les Rousselet ?

— Bien sûr, quand vous voudrez.

— Louisa, va chercher les Rousselet, avait crié le vieillard, va leur dire qu'ils viennent avec le petit, qu'il y a le flan, le café et la blanche !

Sylvaine et Ollivier riaient de voir le large rire de joie qui rougissait le visage de Resplandin. Ils songeaient chacun de leur côté, qu'ils préféraient à cette grosse fête la solitude de leur Grand-Cap, mais ils sentaient bien qu'ils ne devaient pas le faire voir.

Louisa était sortie. Sylvaine, retrouvant ses habitudes et constatant que le tiroir du buffet où étaient les petites cuillères ne s'ouvrait pas plus facilement qu'autrefois, disposait les tasses et les assiettes à gâteaux.

Ollivier la regardait et il se disait : « Oui, elle est faite pour être dame et comme son amour pour moi doit lui aider, quand elle se retrouve dans la pauvreté de ma cabane ! » Il en avait le cœur un peu serré et la peur qu'un jour elle eût assez de cette médiocrité. Mais il ne connaissait pas encore tout à fait Sylvaine et ne pouvait croire que l'amour partagé puisse lui tenir lieu de toute chose.

A ce moment, comme elle se tournait pour lui adresser un secret sourire d'entente, il se rappela le proverbe espagnol qu'elle avait fait sien et qu'elle citait souvent : « Mère, donne-moi le bonheur et jette-moi à la mer. » Il restait toujours un peu interdit quand il la sentait plus savante que lui, mais là, il pensa : « Oui, je comprends, ça veut dire que sur une mer déchaînée, sans rame, sans voile et sans gouvernail, on se débrouillera de se sauver si on a le bonheur. »

Les Rousselet, précédés de Louisa, avaient envahi la salle à manger. Il y avait le père, un grand garçon qui avait pris à la Tannerie l'emploi de Resplandin ; sa femme, effacée comme lui, mais qui, en ce moment, poussait triomphalement devant elle un ventre plein de sept mois de grossesse ; et un gros joufflu de deux ans, alourdi de bouillies, qui regardait passer les gâteaux.

Se soulevant autant qu'il le pouvait sur ses jambes mortes, Resplandin avait dit en montrant Ollivier :

— Je vous présente mon futur gendre.

Rousselet avait salué, tandis qu'il pensait à part lui : « Allons, le mariage finira tout de même par se faire », car autant que tous les gens de Bellaïgue, il connaissait à présent l'histoire de Sylvaine et d'Ollivier.

On avait parlé de tout et de tous, comme toujours, dans ces fins de repas, puis Rousselet avait dit :

— Alors maintenant, nous pouvons espérer avoir la grande maison.

— Comment ? avait demandé Resplandin.

— Oui, vous ne resterez pas tout seul ici, puisque

votre fille se marie. Vous irez sûrement habiter avec elle ? Et puisque votre gendre doit faire remarcher le moulin de Sinssol…

— Ah ! oui… avait dit Resplandin, tandis que Sylvaine et Ollivier se regardaient en dessous.

— Vous savez, avait continué le contremaître, si nous sommes à l'étroit dans la petite maison du fond du jardin ? Le petit couche dans notre chambre déjà et il va en venir un autre. Jamais nous n'arriverons à nous loger tous.

— Je sais bien, avait réfléchi Resplandin.

— Alors, je vous l'avoue, quand vous m'avez annoncé la bonne nouvelle, j'ai été égoïste et j'ai pensé un peu à nous. J'ai dit : « M. Resplandin va nous donner sa place et il ira rester avec ses enfants. » Non ?

— Non, dit Resplandin. Vous donner la place, ça se peut, mais rester avec les enfants, ça non. Les jeunes avec les jeunes, les vieux avec les vieux. Je ne suis pas seul, j'ai la brave Louisa pour me soigner et elle me soigne bien, ça tout le monde le sait. Alors qu'est-ce que vous voulez que j'aille embarrasser ces petits qui commencent à peine d'être ensemble, avec ma vieille carcasse à moitié dans le tombeau ?

— Ô père ! dit Sylvaine d'un air de reproche.

— Tu es bien gentille d'avoir l'air que ça te fait peine, mais pourtant dans le fond tu penses comme moi, va, j'en suis sûr.

— Sylvaine a adouci le mal de ma mère, dit Ollivier, je trouverai tout juste d'adoucir le vôtre.

Resplandin le regarde en plein du visage.

— Ah, je vois, il dit, garçon ! Ollivier qu'on t'appelle ! Ollivier Desmichels ! Toi, tu es encore de ceux qui veulent qu'y ait une justice sur la terre et quand ils la trouvent pas toute faite, ils la font.

— Oui, dit Ollivier.

— Eh bien, je t'en remercie, mais justement, pour cette justice — et il appuya sur le mot — il faut que je vous laisse seuls tous les deux faire votre bonheur. Ce bonheur que je vous ai empêché d'avoir plus tôt, croyant de bien faire certainement, ce bonheur, il faut vous le garder à vous deux, bien serré, comme un feu caché qu'on porte dans ses deux mains, avec ses deux mains bien fermées autour, pour que personne y souffle dessus. Vous comprenez ?

Et comme Ollivier se taisait, gêné, et que Sylvaine ne savait plus que répondre, car c'était la première fois que son père lui laissait voir un peu du tendre de son cœur, Resplandin se mit à rire et continua :

— Seulement, j'ai une autre combinaison, une combinaison, que non seulement elle m'arrangera, moi, mais encore beaucoup d'autres avec moi et des autres qui sont pas encore au monde, je me comprends. J'ai en vue d'acheter une propriété, un domaine, que ce n'est pas d'aujourd'hui qu'il m'a tiré l'œil et que je le désirais déjà quand j'étais venu me promener en faisant mon service, dans cette belle vallée du Gapeau. Mais en ce temps-là, lever les yeux sur ce bien, c'était les lever sur une fille de milliardaire, je n'y ai même pas pensé. Aujourd'hui les choses sont changées, oui, malheureusement pour certains, les choses ne sont plus comme dans ce temps et moi alors, je peux espérer...

Tout le monde s'était tu, ne comprenant rien à ce long discours.

Mme Rousselet grondait son petit qui avait fourré les doigts dans le reste du flan et le contremaître pensait qu'il avait des chiffres à finir. Resplandin s'aperçut de ce silence et dit :

— Je comprends que vous n'y comprenez rien à tout ce que je vous raconte ? Mais j'ai qu'une chose à vous dire, Rousselet : dans trois mois d'ici, peut-être avant, vous pourrez installer votre marmaille dans la grande maison de la Tannerie. Le père Resplandin sera ailleurs.

— Je serais bien content, dit Rousselet en se levant, maintenant si vous voulez me permettre...

— Oui, allez ! dit Resplandin, je sais ce que c'est le travail d'ici, même le dimanche.

Les Rousselet partis (et Sylvaine avait dit à Ollivier : « Accompagne-les jusqu'au jardin et restes-y un peu, je vais lui rendre l'argent. »), Louisa s'en fut à sa vaisselle, le père et la fille restèrent seuls devant la table désertée.

— Allons dans votre ancien bureau, père, j'ai à vous parler.

— Tiens ? dit Resplandin, comme ça se trouve. Moi aussi. Mais pourquoi dans mon bureau ?

— Parce que ce qui s'est fait là, doit se défaire là, dit Sylvaine.

— Bien, dit-il, je suis ton idée. Pousse-moi.

Elle avait fait glisser sur les roulettes le siège du vieillard, jusqu'à la petite pièce où ils avaient eu leur dernière explication.

Arrivée là, elle laissa le fauteuil devant la table et demanda :

— Père, voulez-vous me donner les clés du secrétaire ?

Il la regarda droit dans les yeux et elle soutint son regard.

— N'ayez pas peur, père, elle dit doucement, donnez-moi les clés du secrétaire.

— Prends-les, dit-il, elles sont dans le tiroir du bureau.

Elle alla au bureau, elle ouvrit le tiroir, prit dans sa main le petit trousseau froid aux doigts comme une rainette verte et ouvrit le meuble. Pendant tous ses gestes, elle sentait le poids du regard de son père s'appuyer sur elle et la fouiller. Elle ouvrit le meuble et rabattit le battant d'une main paisible. Elle trouva tout de suite le vieux portefeuille dans lequel elle avait pris les cinquante billets de mille. Il contenait d'autres billets et des papiers. Elle l'apporta sur la table devant son père.

— Mais... dit Resplandin.

Il était soulevé sur ses bras arc-boutés aux appuis du fauteuil.

— Regardez, dit Sylvaine.

Elle ouvrit le sac à main qu'elle avait apporté et défit la liasse de billets de mille qu'elle avait serrée par un élastique.

Elle les posa sur la table un par un en comptant : « Un, deux, trois, quatre, cinq, six, sept... Mettez la main dessus à mesure, dit-elle, autrement le vent va les faire envoler. »

Resplandin posa dessus sa lourde main.

— Huit, neuf... compta-t-elle.

Et à mesure, elle mettait les billets les uns sur les autres et à mesure, Resplandin plaçait dessus sa main lourde comme ces pierres dont on fait des presse-pressiers.

Quand elle eut dit : « Cinquante », elle dit : « Merci. Vous pouvez lever votre main. » Resplandin leva sa main. Alors Sylvaine plia les billets tous ensemble et les mit dans le vieux portefeuille, puis elle mit le vieux portefeuille dans le secrétaire, puis elle ferma le secrétaire à clé, puis elle remit la clé dans le tiroir du bureau. Et puis enfin, elle vint mettre ses mains sur les épaules de son père et elle dit :

— Voilà.

— Je ne comprends pas... dit Resplandin.

— Ollivier ne les voulait pas, dit-elle. Alors, moi non plus. Alors je vous les rends. Vous avez compris à présent ?

Et comme Resplandin la regardait avec ses yeux vides, elle dit en souriant :

— Retournons vite à la salle à manger maintenant, qu'il doit être revenu du jardin et il doit nous languir. Je vous pousse, père.

C'est à tout cela que Sylvaine rêve, dans cette troisième journée depuis leur mariage qu'ils sont venus passer à Bellaïgue. Et c'est en pensant à cela qu'elle se dit : « Voilà, c'est ça le bonheur. Cinquante mille francs de plus ou de moins, on dit que ça fait le bonheur ? Ce n'est pas vrai, moi je le sais bien ! Je ne dis pas que ça n'ajoute rien, puisque mon seul souci c'est de voir toujours Ollivier à sa coupe de bois et puis encore le voir, à ses heures de repos, faire le maçon et le charpentier, pour réparer le moulin de Sinssol. Mais si je n'avais pas ce souci, qui est un souci de manque d'argent et que je voie Ollivier ne plus être le même pour moi et ne plus m'aimer, qu'est-ce que ça me rendrait d'être riche ? »

A ce moment, comme si son père eût suivi sa pensée, il lui dit :

— Et votre moulin, où en est-il de ses réparations ? — Ca marche, dit tranquillement Ollivier.

— Ô ça marche ? dit Sylvaine, c'est toi qui le dis. En réalité, Ollivier a beau y passer tout son repos, ça ne va guère vite. Vous comprenez père, il y en a trop ! Jamais nous ne serons prêts pour accepter les moutures d'olives en décembre.

— Ce serait dommage, dit Resplandin, parce que justement, cette année, les arbres sont chargés jusqu'à terre et tout de suite ça vous ferait un bon profit.

— Si Ollivier m'avait écoutée, il aurait pris deux hommes, qui auraient commencé pendant la grosse sécheresse à recreuser l'ancien lit du torrent, pour mener l'eau des premières pluies d'automne jusqu'aux roues.

— Et pourquoi il ne le fait pas ? dit Resplandin, il semble bien que tu aies raison. Non, Ollivier ?

— Peut-être... dit Ollivier.

— Il ne le fait pas, dit Sylvaine, d'un air mécontent, parce que nous n'avons pas d'argent pour payer les hommes.

— Ah, c'est pour ça ? dit Resplandin avec un sourire malicieux. Et vous ne pouvez pas le dire ? Que tu n'aies pas voulu l'argent que je n'avais pas donné, garçon, je te comprends, mais tu ne refuseras peut-être pas celui que je te prêterai ?

— Alors oui ! dit Sylvaine.

— Allez, je me fais ton commanditaire et, dès demain, je veux savoir qu'il y a deux hommes avec toi au travail dans l'ancien lit du ruisseau. Il est temps que le gendre d'Émile Resplandin quitte de faire l'ouvrier chez les autres. Tu as compris, Ollivier ?

— Oui, père, dit Ollivier.

X

Le mardi, après cette journée de Bellaïgue, Sylvaine le matin est seule dans sa cuisine, lorsqu'une voix énergique appelle du dehors :

— Ô la maison !

Elle s'essuie les mains à son tablier et sort. Depuis l'aube, Ollivier est au travail dans l'ancien lit du ruisseau, avec Marcelin qu'il a loué, ainsi que l'aîné de ses fils, ce Justin, né le jour même où Marcelin avait manqué surprendre Arnaude cachant son garçon déserteur.

Quand Sylvaine est allée leur porter le déjeuner de 10 heures, fait de jambon, de pain et de vin, elle a trouvé les trois hommes acharnés après le fouillis qui avait envahi le creux déserté par l'eau. Il y a de tout là-dedans : des lauriers-roses, qui de ce moment même portent d'énormes bouquets de fleurs d'un rose de peinture, des touffes de narcisses grosses comme des bottes de poireaux, mais qui n'ont plus que les grelots jaunes de leurs porte-graines ; des enlacements de clématites à houppes de duvet qui s'accrochent aux moindres rameaux et les lient les uns aux autres ; des plantes de violettes et d'anémones qui ont déjà passé fleur et des aubépines qui n'ont plus entre leurs piquants que les baies rouges de leurs fruits. Justin, Marcelin, Ollivier, sacrant comme des diables, se débattent dans ces fourrés de branches qui les tirent de tous côtés par leurs habits et leurs cheveux.

— Si on n'arrive pas avec la hache, dit Ollivier, on y mettra la flamme. Mais dans ces mois de chaleur, c'est bien dangereux de faire feu. Les forêts du Var ne brûlent que trop vite.

Ils s'escriment avec le couteau, la faucille et le sécateur. Ils suent. Ils font sauter la chemise et les ruisseaux de sueur coulent sur leurs poitrines, entre les poils. Ils disent :

— Bon sang de sort ! Elles tiennent les racines !

Mais ils avancent malgré tout et déjà derrière eux on voit le lit préparé pour l'eau, tout rapproprié sur plusieurs mètres.

Sylvaine leur a mis les bouteilles de vin et d'eau bien au frais, dans un torchon mouillé, au creux d'un buisson. Elle a ramassé une touffe de narcisses, dont les bulbes argentés laissent tomber mille cheveux noirs où la terre reste prise, puis des racines arrachées de laurier-rose.

— Je les planterai dans le jardin de Sinssol, elle dit.

— C'est pas le moment de transplanter, dit Justin.

— Ô, dit Ollivier, elle, tout ce qu'elle plante, ça prend ! Elle le soigne tellement. Elle le regarde pousser et on dirait qu'elle l'aide.

— C'est parce que je les aime les plantes et elles le savent. Alors, pour me faire plaisir, elles fleurissent.

Les trois hommes rient de cette idée de femme et Sylvaine remonte à la cabane, car elle a le repas de midi à préparer pour les trois ouvriers. Et c'est pendant qu'elle effile les haricots verts qu'elle entend crier :

— Ô la maison !

Et qu'elle sort.

L'homme qui appelle, elle le reconnaît tout de suite, c'est un entrepreneur de Belgentier, Mignonné, un grand blond, fort, avec des yeux clairs qui vous regardent en pleine figure.

— Ô, madame Desmichels ! dit-il.

— Ô, monsieur Mignonné, quel bon vent vous amène ?

— Je viens voir les travaux, dit l'entrepreneur.

— Les travaux ? dit Sylvaine, et lesquels ? Mais venez d'abord vous rafraîchir un peu, que le soleil commence à tomber d'aplomb et à chauffer.

— Ah ! c'est pas de refus, parce qu'il fait pas froid pour monter par chez vous. Pour un beau mois de juillet, c'est un beau mois de juillet, ils moissonnent déjà du côté de Solliès-Ville.

— C'est plus bas qu'ici, dit Sylvaine, le blé y prend quinze jours d'avance. Nous, c'est presque la montagne.

Sylvaine a sorti deux verres et verse le vin d'orange dont Arnaude lui a laissé la recette.

— C'est bon, mais c'est amer, dit Mignonné.

— Je le fais comme ma belle-mère Desmichels, dit Sylvaine, je mets assez de camomille, ça désaltère mieux.

L'ayant éclairci d'eau fraîche, l'entrepreneur boit son vin d'un seul coup.

— Le rinçoulette ? demande Sylvaine.

— Non, merci...

Et l'entrepreneur met sa main sur le verre.

— Alors, voilà ce qui m'amène, dit-il. Je vois que le papa ne vous en a pas parlé et qu'il a voulu vous faire la surprise. Il a envoyé demander après moi dimanche au soir, au *Café de la Rivière* où il savait de me trouver et il m'a fait dire d'aller le voir sitôt que possible. J'y suis passé hier matin de ces heures et il m'a dit : « Voilà, Mignonné, j'ai besoin de toi, je veux faire un gros cadeau à ma fille. Le moulin de Sinssol est à elle de l'héritage de sa mère, j'aimerais le lui voir habiter au lieu de cette cabane de charbonnier. Tu comprends, ma fille, elle a été élevée dans une grosse maison et ça me plaît guère de la voir à l'étroit. Seulement, à cette bâtisse du moulin, il y a des énormes réparations et je comprends bien que jamais tout seul, et malgré sa grande bonne volonté, mon gendre arrivera à les faire. Alors, écoute-moi, tu vas monter un peu là-haut, mais vite, car ça presse... Ne me dis pas : « Resplandin je peux pas », parce qu'il faut qu'à l'automne ils puissent s'y installer.

Tu vas monter là-haut, tu te feras accompagner par ma fille qui est à la cabane et tous les deux, vous tirerez un peu des plans pour remettre la maison en état. Tu as compris ? — Oui, j'ai dit. — Après, tu viendras me dire le résultat, tu me feras un devis et tu commenceras. — J'ai dit, bon. » Alors au moment de partir, il m'a encore dit : « Fais bien tout dans les idées de ma fille. D'abord elle est intelligente et elle sait ce qu'elle veut, et puis l'essentiel c'est que ça lui plaise. Tu as qu'à te fier à elle, elle te fera un plan. »

— Ô le plan, dit Sylvaine, il y a longtemps que je l'ai fait ! Il n'y avait que le meilleur qui manquait.

— Alors, termina Mignonné, je suis venu au plus vite et maintenant si vous voulez, nous allons voir.

— Allez ! Seulement, dit Sylvaine, il faut que vous ayez la gentillesse de m'attendre une minute. J'étais en train de préparer des haricots verts pour une salade. J'ai Marcelin, de Bramafan et son fils Justin en plus de mon mari, parce que pour remonter à leur montagne à midi, il fait chaud. Alors j'ai du travail.

— Ils ont un chantier par ici ? demanda Mignonné.

— Chez nous, dit Sylvaine. Ils aident mon mari à défricher l'ancien lit du torrent pour faire reprendre son cours à l'eau et la ramener vers notre moulin.

— C'est un boulot ! Mais alors, vous comptez refaire les moutures d'olives ?

— Oui, dit Sylvaine, nous avons pensé que les gens seraient bien contents de nous les apporter, au lieu d'aller au moulin Giraud qui est si loin. Et puis nous ferons un peu meilleur marché pour les débuts. Nous prendrons dix sous de moins par double.

— C'est intéressant, dit Mignonné.

— Nous n'aurons guère de main-d'œuvre, vous comprenez, mon mari se débrouillera avec Marcelin et son fils. Moi, je me tiendrai aux écritures. Et la mouture sera bien faite, vous pouvez le croire ! Vous ne verrez pas rancir votre huile trois mois après, dans vos jarres, parce qu'on vous aura mélangé vos bonnes olives avec des olives tombées de l'arbre et ramassées par terre avec le ver.

— Hou ! Votre père a raison, dit Mignonné en riant, vous êtes une femme beaucoup intelligente et Desmichels, il a fait une bonne affaire.

Sylvaine se met à rire aussi :

— J'espère que vous nous donnerez votre pratique ?

— Certainement, dit Mignonné, plutôt à vous comme clients et puis je comprends que ce sera du bon travail. J'en ai, des oliviers, vous savez.

— Je sais, dit Sylvaine, vous avez la colline des Aiguiers, à Pierrefeu, le coteau derrière Solliès-Toucas...

— Et encore un grand morceau, les Perrières, vers Montrieux. Et moi, je n'ai rien arraché, j'ai laissé faire tous ces imbéciles, qui, pour remplir leurs bûchers, ou vendre le bois quinze francs les cent kilos, ont enlevé de leurs terres des arbres que ça vous crevait le cœur de les voir si bien portants. Maintenant, ils replantent, mais il faut un demi-siècle pour faire un olivier. Leurs os seront en poudre, à ces grands couillonnas, que leurs arbres donneront pas encore les fruits. Qué bestiasses ! C'est comme les paysans de Grasse, je l'ai vu puisque j'y suis allé bâtir une villa ! A un moment, après en avoir tiré des mille et des mille, ils se sont mis à arracher leurs jasmins, parce que ça se vendait plus et que dans les grandes parfumeries ils avaient remplacé les essences de fleurs par des autres qu'ils leur disaient « synthétiques ». C'était fait avec du charbon, des chimies, est-ce que je sais ? Des cochonneries, que pas une femme pourrait aimer de se les mettre sur la peau. Alors, pour quelque temps, on leur achetait plus leur jasmin et vous croyez qu'ils ont eu la patience d'attendre, sur leur tas d'argent en se disant : « Ça peut revenir ? » Jamais de la vie. Allez zou ! Ils ont tout arraché. Qué monstres ! De voir ça, ça me rendait malade. « Espérez ! » moi je disais à ceux qui me demandaient conseil, mais y a eu qu'une femme pour m'écouter, une vieille de Peyminade, qui s'était retirée sur sa propriété pour y vivre. Et elle continuait à cueillir sa fleur de jasmin avec sa bonne et son jardinier, à la faire rentrer et sécher dans sa maison que quand vous passiez la porte, la bonne odeur vous prenait par les pieds et vous faisait chavirer cul par-dessus tête. Elle faisait faire l'essence à son compte en louant les alambics et elle la gardait en dames-jeannes. Et celle-là, vous pouvez croire qu'après, elle s'est enrichie, quand tous ces gros messieurs des usines ont décidé de revenir à la fleur naturelle...

« Mais je vous retiens, dit Mignonné tout d'un coup, et vous avez du travail ?

— Ça ne fait rien, dit Sylvaine, c'est intéressant de connaître toutes ces choses, et en vous écoutant, j'ai fini de tirer les fils de mes haricots. Je n'ai plus qu'à les mettre à cuire et nous pourrons aller à Sinssol, mon eau doit bouillir à gros bouillons, j'en ai pour une minute et nous partons. A mon retour, ça sera cuit.

Elle entre dans la cuisine et revient presque tout de suite. L'entrepreneur regarde autour de lui :

— Ça a déjà changé ici, dit-il, depuis les temps anciens. J'y étais passé l'an dernier, il n'y avait pas de verdure autour de la maison et la terrasse s'écroulait.

— Mon mari a relevé le mur, dit Sylvaine, et il a planté ces piliers de bois. Les liserons se sont mis tout de suite à grimper autour et à s'étendre sur la cannisse qui fait toit. C'est joli, n'est-ce pas, toutes ces fleurs bleues ?

— Oui, c'est joli. Tout est plus joli et puis c'est propre, on dirait une terrasse de villa.

— Ma belle-mère était vieille, la pauvre, et malade. Elle faisait comme elle pouvait.

— C'était une brave femme, dit Mignonné, elle a eu bien des malheurs. Si elle pouvait voir sa maison comme elle est tenue, elle serait contente.

— Oui, dit Sylvaine, mais malheureusement...

Elle revoit Arnaude à sa première visite, lui disant : « Vous regardez mon intérieur ? C'est pas riche, mais je l'aime beaucoup. » Sylvaine aussi aime cette pauvre cabane où elle est venue un soir rejoindre l'homme auquel elle était destinée sur la terre. Et à cette minute, il lui semble qu'elle fait mal en se préparant avec tant de gaieté à choisir, pour elle et Ollivier, une nouvelle maison.

— Nous y allons ? dit Mignonné.

Passant par le travers des bois, ils voient de loin les trois ouvriers enfoncés jusqu'à mi-corps dans les broussailles. Sylvaine court annoncer la bonne nouvelle à Ollivier, puis revient rejoindre l'entrepreneur devant le moulin de Sinssol.

— C'est vieux, dit celui-ci, mais il y a de bons murs, de soixante au moins. Vous aurez ni chaud l'été ni froid l'hiver, et la terre peut trembler.

— Ça fait des larges appuis devant les fenêtres, dit Sylvaine, j'y mettrai des pots de fleurs.

Elle enfonce la grosse clé dans la serrure et pousse la porte huilée par Ollivier. Mignonné ouvre les fenêtres et fait plusieurs fois jouer les volets dans les gonds. Il regarde le plafond, passe la main sur les murs, frappe le parquet du pied.

— Ça peut aller, dit-il, c'est bien conservé. Il continue : Je l'ai connu, moi, votre grand-père Laurade, celui qui était le maître d'ici : c'était un homme ! Grand, gris, dans les cent kilos et toujours le mot pour rire. J'étais tout petit qu'il était vieux, mais propre et se tenant bien. C'était son père à lui qui avait commencé de faire les moutures. Ça aurait marché, mais il aimait trop les femmes et son fils a fait comme lui. Votre pauvre grand-mère, elle portait des banes comme les béliers chefs de troupeaux. Votre mère aussi je l'ai bien connue et pareil votre tante Gina, celle-là on l'a vue par ici dans sa jeunesse, puis je sais qu'elle s'est mariée, puis elle a divorcé et elle tenait un hôtel au Lavandou. Ça je l'ai su, je suis passé devant, j'ai vu écrit : « Hôtel Laurade ». J'ai dit : « Té, c'est là ? » Je suis rentré, elle m'a payé un verre, c'était une dégourdie, mais un peu folle comme son père. Vous la voyez toujours ?

— Non, dit Sylvaine.

Elle ouvre la porte de cette grande pièce où le jasmin est entré par une fenêtre et elle le fait voir à Mignonné.

— Ça, je voudrais bien le garder.

— Quoi ça ? Cette fenêtre défoncée et cet arbre qui vient dans la maison ?

— Ô ! ça non ! dit Sylvaine en riant, je sais bien que ce n'est pas possible, mais je vous en prie, quand vous arrangerez la fenêtre, ne coupez le jasmin que juste le nécessaire et qu'on le laisse venir au ras de l'ouverture.

— Ça vous fera monter des bêtes, dit l'entrepreneur.

— Je ne les crains pas, dit Sylvaine. Sous le porche de la cabane, quand nous prenons le café au lait le matin, il y a toujours deux souris qui viennent au long du parapet, elles savent bien qu'il y a des mies de pain et des bouts de gruyère pour elles. Sitôt que nous nous installons, elles arrivent et on voit briller leurs petits yeux noirs, à l'angle de la pierre. Elles viennent jusqu'à la table et ce qu'il y a d'amusant, c'est que dès qu'elles paraissent, il y a deux gros lézards, de ces salamandres tachetées qu'on appelle des larmeuses, parce qu'elles semblent toujours avoir une larme au coin de l'œil, vous savez ?

— Oui, dit Mignonné.

— Eh bien, les deux larmeuses, elles se collent contre la muraille, juste sur la route des souris et dès qu'elles passent, vite les larmeuses leur volent leur bout de pain ! C'est amusant, hé. Tellement que les souris ont compris et que maintenant, elles s'arrêtent au coin de la table et elles mangent là devant nous, sans avoir peur. Ça me fait bien plaisir.

Mignonné la regarde. Il dit :

— Vous êtes rigolote !

— C'est pour vous dire que je n'ai pas peur des bêtes, dit Sylvaine. C'est bon pour les dames de la ville de grimper sur les chaises en poussant des cris.

— Eh ben, moi, j'aime pas les chouettes, ma femme dit que ça porte malheur.

— Ô, dit Sylvaine, malheur à qui ? Malheur à elles, les pauvres, d'être laides et d'avoir un cri qui ne plaît pas aux gens. Moi, j'ai essayé d'en élever une, de petite chouette, qu'un paysan allait tuer. Je la gardais dans ma chambre de jeune fille, mais ma mère me l'a jetée par la fenêtre, un matin, en disant que c'était sale.

— Enfin, nous vous le garderons entier, votre jasmin, allez, ayez pas peur ! Moi aussi ça me fera plaisir, ça me rappellera ces jasmins de Grasse, que je vous racontais tout à l'heure et que ça sentait si bon. Alors, parlons peu parlons bien. Dans le dedans, qu'est-ce que vous voulez que je fasse ?

— Eh bien, dit Sylvaine, voilà :

Pendant qu'elle explique longuement la façon dont elle compte arranger la vieille maison, ils vont, comme en promenade, d'une pièce à l'autre, Mignonné mesurant avec le mètre qu'il a tiré de sa poche et faisant des calculs au crayon sur les murs.

Parfois Sylvaine les rectifie.

L'entrepreneur rit de la voir :

— Vous avez pas fait les études d'avocate, non ? dit-il à la fin.

Sylvaine rit à son tour.

— Vous voyez ce que je veux ? dit-elle.

— Je vois, dit l'entrepreneur. Y a pas, vous avez des bonnes idées.

— Quand commencez-vous ? dit Sylvaine.

— Eh bien, dit-il, demain matin. Je ferai monter les matériaux avec la camionnette et je prendrai deux manœuvres pour vous contenter et aller plus vite.

— Vous êtes bien gentil, dit Sylvaine. Venez dire un peu bonjour à mon mari et puis vous mangez avec nous, hé ?

— Je peux pas, dit Mignonné, ma femme serait en souci, elle est pas avertie.

— Je ne veux pas la faire inquiéter, dit Sylvaine, mais demain alors, voulez-vous ?

— Ô, ne vous dérangez pas, allez ! Je mangerai dans le bois, avec mes manœuvres, parce que pour redescendre c'est trop loin.

— Demain, vous dînerez avec nous, insiste Sylvaine, vous aurez le temps de manger sur l'herbe pendant tous les travaux.

— Eh bien, alors je vous remercie, c'est entendu. Maintenant je vais dire bonjour à Marcelin et à votre mari, puis je descends.

— Au revoir alors, dit Sylvaine et à demain. Je vous ferai un bon dîner.

Ils s'éloignent déjà, chacun de leur côté. Sylvaine pensant à ses haricots restés sur le feu, quand Mignonné s'arrête le pied sur une souche et dit en riant :

— Et puis vous savez, je lui dirai, à votre mari, je lui dirai : « Toi, par exemple, tu peux dire que tu as bien encapé en te mariant ! Parce que, tu sais, des bonnes femmes comme la tienne, ça se trouve pas sous le pied d'un cheval. »

Sylvaine rit à son tour :

— Je crois qu'il le sait, dit-elle, mais ne vous gênez pas de le lui dire, ça lui fera plaisir et à moi aussi.

Elle monte d'un pas vif vers la cabane et elle va si vite, préoccupée de son repas, qu'il faut que le facteur l'appelle à deux reprises :

— Madame Desmichels !

— Oui ? dit-elle et elle voit l'homme debout à quelques arbres d'elle.

— J'ai une lettre pour vous, et puisque je vous vois...

— Donnez, dit-elle, merci.

Le facteur repart vers le sentier et elle regarde l'enveloppe.

— Par exemple, se dit-elle, de Toulon et d'un notaire, qu'est-ce que ça peut bien être ?

Elle regarde encore le rectangle jaune.

— Et c'est adressé à Mme Desmichels, pas à monsieur. Qu'est-ce que c'est que ça ?

Tout en marchant, elle veut lire, mais il faut bien qu'elle s'appuie à un chêne, parce que l'émotion lui coupe les jambes.

— Par exemple ! elle s'exclame. Par exemple !

Et puis elle dit :

— Il est brave, quand même, si je lui avais déjà pas pardonné, cette fois, je m'y verrais forcée.

C'est de son père qu'elle parle. Dans l'enveloppe il y avait une feuille et cette feuille dit :

Madame Ollivier Desmichels,
Montagne de Grand-Cap
sous Bramafan (Var)

« Madame,

« J'ai l'honneur de vous faire savoir par la présente, que M. Émile Resplandin, demeurant à Bellaïgue, la Tannerie, vient de faire l'acquisition de la terre dénommée « Plan-Bernard », confrontant au nord la forêt de Grand-Cap, au sud la rivière du Gapeau, à l'est la campagne Venel et à l'ouest le moulin de Sinssol, votre propriété.

« M. Émile Resplandin ayant acquis cette pièce de terre, en a versé immédiatement le prix entre mes mains, et a demandé que tous les actes de cet achat soient passés en votre nom, ce qui a été fait. Vous êtes donc propriétaire en titre du terrain dit « Plan-Bernard » et je vous prie de venir en mon étude pour vous mettre au courant de toutes communications susceptibles de vous intéresser et me donner vos signatures.

« Signé : Maître Baudoin.
« Notaire.
« Place de la Marine.
« Toulon (Var). »

Sylvaine plie rapidement le papier et le glisse dans sa blouse. Elle était déjà presque arrivée à la cabane, elle bondit sur le terre-plein et entre dans la cuisine. La marmite bout à grand feu, elle plonge l'écumoire dedans et en retire un haricot. Elle souffle dessus pour le goûter :

— Ils sont cuits, dit-elle.

Elle prend la marmite par ses anses avec deux chiffons et la pose à côté du foyer. Elle couvre le feu de cendres et sort à nouveau, tirant si fort la porte que toutes les casseroles dansent contre le mur. Elle descend de la terrasse dans le bois et se met à courir entre les arbres. Elle saute les racines et les petits cistes, elle évalue de l'œil les raccourcis propices et enfin elle voit les défricheurs debout dans leur fourré.

— Ollivier ! crie-t-elle. Ollivier !

A entendre cette voix, Ollivier grimpe sur le bord du talus et crie aussi :

— Qu'est-ce qu'il y a ?

Son visage inquiet essaie de voir de loin Sylvaine.

— Viens vite ! crie-t-elle encore.

Et quand elle l'a rejoint, elle dit :

— Regarde. C'est le jour des surprises.

Ollivier lit le papier. Il manque de paroles :

— Ça... il dit, ça...

— La terre de ton grand-père Desmichels qui te revient, elle dit, tu y penses ?

— Oui, dit Ollivier, c'est trop beau.

Il baisse la tête, elle comprend qu'il a envie de pleurer.

Une grosse larme coule sur sa main que Sylvaine a prise et elle aussi ne sait plus que se taire. Quand elle retrouve la parole, c'est pour dire :

— Ce n'est que le commencement. Je le savais bien moi, qu'il y avait une justice.

XI

Enfin, vous êtes contents ? demande Émile Resplandin. C'est tout ce qu'il me faut.

Son vieux visage a un rayonnement qui le rajeunit et dont Sylvaine reste surprise.

Ils sont encore une fois réunis tous les trois, sur la terrasse de la Tannerie. Ollivier a poussé le fauteuil roulant jusque sous le gros tilleul, là où Louisa a mis le couvert. Juillet finissant pèse de tout son poids de chaleur sur la vallée et Resplandin s'est assoupi, engourdi de sommeil. Sylvaine fait un signe à Ollivier, tandis que Louisa s'occupe du service. Doucement, pour ne pas éveiller leur père, ils descendent ensemble l'allée étroite envahie de marjolaines. Sylvaine glisse sa main sous le bras de son mari.

— Viens, dit-elle.

— Où m'emmènes-tu ? demande Ollivier.

— Dans un endroit où j'ai eu beaucoup de bonheur et aussi beaucoup de peine par toi, dans ce Rond des lauriers où je t'ai attendu tant de fois, jusqu'à ce dimanche. Quand nous nous sommes revus au bois des Sources, ensuite, j'étais heureuse, mais je n'avais déjà plus autant la certitude que notre union se ferait. Ce bonheur d'être contre toi et de sentir ton amour, c'était d'une façon presque désespérée que je le prenais...

Ils sont arrivés dans le creux d'ombre et de fraîcheur

que font les lauriers taillés en cercle. Une herbe rase comme un velours s'y tient verte malgré l'été. Ollivier s'assied, Sylvaine s'allonge à terre contre lui et, renversée, lui met sous les mains la douceur de son visage et celle de son corps.

— Tandis qu'ici, dit-elle, j'ai été pleinement heureuse, heureuse comme l'est une jeune fille à peine sortie de l'enfance et qui ne sait rien d'autre, sinon qu'il vient de lui arriver une chose magnifique.

— Oui, tu étais bien jeune, dit Ollivier, et bien ardente pour être si jeune, je comprends que ton père se soit effrayé.

— Tu vas lui donner raison maintenant ? dit Sylvaine en riant.

— Non, mais je le comprends mieux depuis que je le connais.

— Surtout depuis qu'il t'a fait propriétaire de Plan-Bernard ?

Sylvaine rit à pleine bouche pour taquiner Ollivier.

— S'il a été dur autrefois, dit Ollivier gravement, il s'est bien racheté, en étant si bon pour nous.

— Et je ne sais pas ce qu'il combine, mais il y a encore quelque chose, paraît-il, « qui doit nous faire bien plaisir ». Il m'a dit ça lorsque nous sommes arrivés, mais je ne puis avoir idée de ce que c'est.

— Nous le verrons bien, dit Ollivier, en attendant c'est déjà bien gentil de m'avoir fait porter samedi matin par Mignonné la paye de Marcelin, celle de son fils... et la mienne encore.

— Il sait bien qu'il faut que nous mangions, dit Sylvaine.

Elle accepte avec beaucoup plus d'aise qu'Ollivier les générosités de son père et les trouve presque naturelles.

— Le défrichage a bien avancé, dit-elle, à la fin de la semaine prochaine je crois que tout sera propre, n'est-ce pas ?

— Je le crois, dit Ollivier et après, les orages de septembre auront vite fait de faire descendre les ruisseaux depuis le sommet de Grand-Cap. Coulepierre va se trouver plein et nous pourrons essayer de faire tourner les meules d'écrasage, histoire de se rendre compte de ce que ça donne.

— Et les premières olives qu'on y fera passer, ce sont celles des oliviers de Plan-Bernard. Nous irons les cueillir tous les deux, un peu chaque soir, sans nous aider de personne et c'est toi qui feras tourner les meules le premier et qui recueillera l'huile, tu veux ? Comme ça, notre huile, il n'y aura que nous qui y aurons touché.

— Que tu es jeune ! dit Ollivier en lui caressant les cheveux.

— Oui, tu m'as déjà dit ça, je sais, dit Sylvaine. Tu m'as dit ça quand je te faisais visiter le moulin et que je t'expliquais ce que je voulais qu'on y fasse pour avoir plaisir à l'habiter, et toi tu me disais : « Que tu es jeune ! » comme on dit à une enfant dont on ne veut pas contrarier les caprices, mais en sachant que ce ne sont que des caprices. Et pourtant qui a eu raison ? Hé ? Réponds ? Est-ce qu'on ne le répare pas, le moulin ? Est-ce qu'il ne sera pas bientôt comme je voulais qu'il soit ? Tu vois bien que mon idée était bonne, M. Mignonné l'a dit lui-même : « Ce sera bien divisé et ça fera un appartement agréable. » Nous aurons cinq belles pièces et les commodités que je trouvais nécessaires.

— Oui, dit Ollivier, mais ça s'est fait avec l'argent de ton père, et ça, tu sais que je ne l'aurais pas voulu ?

Sylvaine se soulève pour le regarder dans les yeux.

— Mais, dit-elle, nous le lui rendrons.

— J'y compte bien, dit Ollivier, seulement en attendant...

— Ô toi, alors, tu es compliqué ! gronde Sylvaine, riant à nouveau, il y en a tant qui seraient heureux !

— Je suis heureux, dit Ollivier, je n'en ai pas tant mérité...

Il a saisi dans ses bras les jambes de Sylvaine debout devant lui et il en baise tout doucement la forme à travers la mince étoffe de la robe.

Sylvaine lui met les mains sur la tête et elle fait boucler les cheveux bruns sur ses doigts.

— Tu as tout mérité, dit-elle, tout le bon qui pouvait te venir, tu l'as mérité par ton honnêteté et ton cœur.

— Mon cœur ? Tu trouves ? Tu trouves que j'ai eu du cœur, quand j'ai laissé ma mère et mon frère seuls et que je suis parti comme la dernière des brutes ? Et pour toi, même...

Il serre son visage contre les cuisses de Sylvaine et elle en sent les os durs s'enfoncer dans le tendre de sa chair.

— Ne reviens pas là-dessus, dit Sylvaine, c'est oublié.

— Jamais j'y ai tant pensé qu'à présent, moi, dit Ollivier.

Sylvaine se remet contre Ollivier.

— Il faut que je te dise une chose... Une chose qui peut-être adoucira ton remords de jeunesse. Ta mère, elle m'a raconté comment ça s'était fait, son mariage avec ton père. Tu le sais, toi ?

— Je sais qu'elle était fille de rémouleur des routes et que, par le grand amour qu'il a eu pour elle, mon père s'est fâché avec les siens.

— Oui, mais les détails ? Je suis sûre qu'à toi, elle ne te les a pas racontés ? Parce que les mères, elles ont toujours un peu honte de faire voir à leur fils comme elles ont été amoureuses pendant leur jeunesse. Et la tienne, bien sûr, c'est cette pudeur qui l'a retenue.

— Peut-être, dit Ollivier, car elle ne m'a dit que ce que je t'ai dit.

— Eh bien, à moi, elle n'a pas craint de tout avouer, parce que moi, tu comprends, je suis une femme, et même une étrangère, d'être femme, ça la rend plus proche d'une autre femme que de son propre fils. Alors, dans un de ces moments où elle se sentait si mal, ta mère a revécu devant moi ce temps de son grand amour pour ton père et celui de ton père pour elle. Ô, elle ne m'a pas dit de ces grands mots comme les amoureux en échangent sur les livres, mais elle m'a dit que, le soir de son mariage, elle était tellement toute à Antoine qu'elle n'a pas fait attention quand son père est parti en disant : « Alors, je repars sans ma fille ? » Ç'a été Nans, ce berger, tu sais, votre ami, qui lui a raconté que le vieux était sorti en rasant le mur et qu'une fois dehors il a encore dit en pleurant : « Ça me fait drôle… Ça me fait drôle… » Mais moi, disait ta mère en me racontant ça, est-ce que je le regardais seulement ? Je regardais mon Antoine et je me disais : « Qu'il est beau ! Et il est à moi maintenant, je suis Mme Desmichels ! et de me penser cette chose, je me sentais folle de joie. » Oui, elle m'a dit ça, ta mère, pour m'expliquer le regret qu'elle avait, dans ses dernières heures, d'avoir abandonné son père de cette manière et alors, elle me parlait du mien : « Ne fais pas comme moi, petite, même pour l'homme le plus beau de la terre et pour celui que tu aimes plus que tout, ne fais pas cette vilaine chose d'oublier celui qui, avec ta mère, t'a donné la vie. » Et puis surtout, elle me disait et là il faut que tu écoutes bien…

— J'écoute, dit Ollivier.

— Elle me disait : « Tu comprends, petite, je ne voudrais pas qu'un jour tu aies le remords que j'ai, et que si tu arrives à voir ton fils t'abandonner comme le mien l'a fait, tu puisses te dire que c'est la punition de ce que toi tu as fait à ton père. Voilà ce que je réfléchis quand je me vois seule avec mon mal et c'est ce qui me fait pardonner à Ollivier. »

— Elle t'a dit ça ? dit sourdement Ollivier.

Il prend Sylvaine à pleins bras.

— Ô, le bien que tu me fais, si tu savais ! dit-il. J'avais tellement peur qu'elle m'ait pas pardonné.

— Oui, va, elle t'a bien pardonné même ! Et une fois encore, elle m'a dit : « Si un jour tu es sa femme, dis-le-lui. »

— Merci, dit Ollivier, tu me lèves un poids de cent kilos de dessus la poitrine.

— Et moi, dit Sylvaine, si j'ai pu pardonner à mon père, c'est grâce aux paroles de ta mère. Il m'a semblé les entendre, le jour où Louisa est montée me chercher pour venir ici et c'est ça qui m'a fait descendre. Sinon, ma rancune m'en empêchait.

— Tu ne dois pas le regretter ? dit Ollivier, depuis tout va mieux pour nous.

— Ah, ce qui me plaît surtout, dit Sylvaine, c'est de te voir, toi, Ollivier, à la Tannerie ! J'ai tellement rêvé, pendant tant d'années et, à la fin, quand je croyais que ça ne pouvait plus venir, voilà que ça arrive. Je ne me lasse pas de te regarder, ici, tiens, avec tous mes lauriers d'enfance autour de toi, ou quand tu es assis sur la terrasse dans l'ancien fauteuil de ma mère.

— Ta mère, dit Ollivier, tu n'en parles pas souvent, tu ne l'aimais pas beaucoup ?

— Non, pas beaucoup, dit Sylvaine.

— Et pourquoi ?

— Je ne sais pas. Je ne comprends pas très bien. J'ai l'impression que je ne l'ai presque pas connue et pourtant j'ai passé dix-huit ans de ma vie auprès d'elle.

— C'est drôle, dit Ollivier.

— Oui, c'est drôle, dit Sylvaine.

Elle a remis les doigts sur la tête de son mari, dans les boucles.

— Tu regardes mes cheveux blancs ? dit Ollivier.

— On dirait pas que tu en as des centaines ? Pour quelques-uns...

— Tu m'aimes quand même ?

— Oh ! non, dit Sylvaine, pas du tout, voyons !

Ils s'embrassent en riant quand ils entendent la voix de Louisa qui crie :

— Hé, les novis ! Votre père vous appelle.

— On y va, dit Ollivier.

Et la main retenue par celle de Sylvaine, il revient avec elle vers la maison.

— Je crois que j'ai un peu dormi ? demande Resplandin.

— C'est la grosse chaleur, dit Ollivier.

Quatre heures sonnent à Belgentier.

— Déjà quatre heures ? dit Resplandin. Hou, mais il faut que je me dépêche ! J'ai à vous parler, moi. Vous soupez ici ?

— C'est-à-dire... commence Sylvaine.

— Demain, je voudrais être tôt sur le chantier, dit Ollivier, j'aimerais mieux me coucher de bonne heure.

— Nous mangerons à la nuit, voilà tout, dit Resplandin. Ou vous partirez avant, à votre goût, mais en attendant, asseyez-vous, parce qu'il s'agit de choses longues à dire.

Ollivier et Sylvaine prennent chacun une place et Louisa se glisse contre la murette pour s'en aller.

— Qu'est-ce qui te prend, toi ? dit Resplandin. Tu te crois de trop ! Allez, reste là et écoute, toi aussi. Ce que j'ai à dire, ça intéresse tout le monde.

Il pose bien ses deux mains à plat sur les accoudoirs, puis il commence :

— Voilà la chose : le dimanche où nous étions tous là comme aujourd'hui, mais ou en plus il y avait Rousselet, sa femme et son gosse...

— A propos, interrompt Louisa, y paraît qu'elle aurait les petites douleurs, Mme Rousselet.

— Ah ? dit Resplandin, alors raison de plus pour faire vite. Donc, ce dimanche-là, je n'ai pas voulu parler, parce qu'on n'était pas complètement en famille comme à présent et puis je n'étais pas assez sûr que je réussirais.

Il s'arrête et se tourne du haut de son corps vers Ollivier qui est un peu en arrière :

— Dis-moi, garçon, à la Guirande, il y a longtemps que tu n'y es pas allé ?

Ollivier reste interdit, tant cette question était loin de sa pensée.

— Je n'y suis jamais allé, dit-il. J'en ai beaucoup entendu parler à ma mère, mais moi j'étais encore trop petit quand, après la mort de grand-père, puis de mon oncle Sébastien, le domaine est revenu à mon oncle Pierre qui n'était pas bon pour nous. Une fois, de loin, ma mère m'a montré les toitures à travers les arbres, pas plus.

— Alors, ton oncle Pierre, tu ne le connais pas ?

— Non, dit Ollivier, tout ce que je sais de lui, c'est ce que mon oncle Florestan m'a raconté, qu'il est tout gavé de sa richesse et que ça l'empêche d'avoir du cœur. Ses sœurs mariées et les enfants de ses frères, il ne les a jamais regardés, c'est comme si nous n'existions pas.

Quand ma tante Marguerite a eu des ennuis avec son mari qui avait volé à l'arsenal, elle lui a écrit, mais il n'a jamais répondu, c'est mon oncle Florestan qui lui est venu en aide, à elle et à ses trois enfants.

— Et que le ménage de ton oncle Pierre allait mal, tu ne l'as pas su ?

— Oui, on m'a dit que cette fille de cafetier qu'il avait épousée pour son argent, elle courait avant le mariage et qu'elle a continué après. Il paraît que les valets de ferme de la Guirande en savaient quelque chose. Et puis, un beau jour, elle a fichu le camp avec un type en emportant le magot.

— C'est tout ?

— C'est ce qu'on m'a dit.

— Alors, j'en sais plus que toi, dit Resplandin. Quand ma fille a voulu de force entrer dans cette famille Desmichels qui est la tienne, j'ai tenu à savoir où elle allait et j'ai pris mes renseignements. Sur ton père, ta mère, tes frères et toi, j'ai appris de quoi être sûr que vous étiez de braves gens, mais c'est là aussi que j'ai connu la dureté de cœur de ton oncle de la Guirande et ce qui vient de lui arriver il y a un mois.

— Quoi ? dit Ollivier.

— On l'a emmené à la maison de Pierrefeu. Il est devenu fou.

— Fou ? crie Ollivier.

— Oui. Fou. Fou en plein, à hurler, à jeter des coups de bras et de jambe contre tout le monde, à se mettre debout sur la grande fenêtre de la paillère et à gueuler qu'il fallait le regarder, qu'il allait ouvrir ses ailes et s'envoler. Alors on mettait vite un tas de foin par terre, il se jetait dans le vide et il tombait dessus. Puis, quand on le relevait et qu'on le portait dans la maison, le pantalon éclaté, tout sali qu'il s'était pissé dessus, il se mettait à pleurer comme un enfant en disant que sa femme l'avait fait cocu et qu'elle était partie avec son argent...

— Le pauvre ! dit Ollivier.

— Oui, dit Resplandin, c'est un pauvre homme.

Enfin, un jour, il s'est remonté sur l'appui de la grange, mais cette fois il avait pris le fusil et il criait : « Je vous canarderai tous, tas de marque-mal ! tous ! Que vous m'avez pris ma femme et mes sous ! Que vous m'avez fait mon malheur ! Vous y passerez tous, vous entendez ! » Et il s'est mis à tirer. Tout le monde, à la ferme, se cachait, qui dans les bâtisses, qui derrière les bottes de paille... Les coups pétaient dans toutes les directions ! Il a fallu un jeune, un courageux, qui a monté doucement l'escalier de la paillère et qui, arrivant dans son dos, lui a jeté un sac sur la tête et l'a renversé. Les autres valets, qui se tenaient tout prêts, sont montés aider, parce que tu peux croire que de la force, il lui en restait, à ce qu'on m'a dit ! Ils l'ont porté tout ficelé dans sa chambre et quand les docteurs sont venus, ils ont signé l'ordre de transfert à l'hôpital des fous.

— Et depuis ? dit Ollivier.

— Depuis, il y est. Il est plus calme, il paraît. Il se promène dans la cour, il se croit chez lui, il dit qu'il faudra greffer le platane à œil dormant et tailler la vigne vierge avant janvier si on veut qu'elle donne de beaux raisins. Il n'y a qu'une fois où il a parlé aux folles. Alors, il y en a une qui lui a dit par hasard : « Je m'appelle Solange », le nom de sa femme, alors il s'est jeté sur elle et il a voulu l'étrangler, il a fallu lui remettre la camisole.

— Je ne l'ai pas connu, dit Ollivier, je sais qu'il était guère bon, mais quand même ça me fait de la peine.

— Je te comprends, dit Resplandin, les vôtres, c'est toujours les vôtres : Le sang saigne ! Aussi, si je t'ai parlé de tout ça, c'était pas pour te peiner, mais parce que ça t'expliquera bien des choses.

« Alors, tu vois l'homme, où il en est ? L'homme, le maître, le chef de la Guirande ? Celui qui avait en main toutes les clés de toutes les portes que ton arrière-grand-père Desmichels, puis ton grand-père, puis ton oncle Sébastien avaient toujours mis dans les serrures comme il le fallait et d'une manière que les portes s'ouvraient sans grincer ? Et tout d'un coup, tu te rends compte, ce fou qui tombe là-dedans, ce bon ordre qui datait de tant d'années ? Tu les vois, les valets qui rigolent de sa misère, de son cocuage ? Qui lui mettent par-derrière les cornes sur la tête et puis qui poursuivent les servantes et pensent plus qu'à leur foutre la main au cul ? Ah ! c'était une propre pagaye, à ce qu'on m'a dit, depuis ces mois que ton oncle Pierre avait plus sa raison ! Enfin on l'a emmené à Pierrefeu... Y avait plus que ça à faire.

— C'est pénible, dit Ollivier.

— Oui. Et celui qui connaît votre famille et qui m'a raconté tout ça, il est venu me dire aussi que la Guirande allait se vendre, parce que lui, s'il peut pas l'acheter par manque d'argent, il tient à ce qu'elle tombe dans de bonnes mains...

— Mais qui c'est celui-là ? interrompt Ollivier.

— Tu le sauras, dit Resplandin, je te parle pour que tu le saches. Moi, j'avais mon idée, m'en aller d'ici. Tu le sais, Sylvaine, depuis que je ne m'occupe plus de la Tannerie, la voir marcher, sans pouvoir y mettre la main, ça me fait mal, je préfère m'en aller. D'autre part, vous avez entendu Rousselet ? Il en peut plus d'être à l'étroit. Alors j'ai décidé d'acheter le domaine et d'aller y habiter.

— La Guirande ? dit Ollivier.

— Oui, la Guirande. Et j'aime mieux te le dire tout de suite, c'est fait. Il y a dix jours que le notaire de Toulon m'a apporté les actes à signer. C'est ce même jour où ayant su que ton oncle Pierre avait acheté ce morceau de Plan-Bernard, vendu par ton grand-père pour l'enlever à son fils Antoine, je vous en ai fait la donation.

« Et maintenant, le maître de la Guirande...

— C'est vous, dit Ollivier.

Un peu d'amertume a passé dans sa voix. Il ne peut accepter avec indifférence que ce domaine, qui depuis plus d'un siècle a été l'orgueil des Desmichels, n'appartienne plus à sa famille. Il serre ses mains l'une contre l'autre, comme il fait toujours quand il est soucieux.

— On dirait que ça ne te fait pas plaisir ? demande Émile Resplandin.

Sylvaine regarde les deux hommes. Elle commence à en vouloir terriblement à son père de leur avoir raconté cette longue et douloureuse histoire, pour le seul plaisir de leur annoncer à la fin qu'il est devenu le maître de la Guirande. Elle voit la peine d'Ollivier et elle voudrait le prendre à pleins bras pour le consoler.

— Ô, dit enfin Ollivier, j'aime mieux que ce soit vous ! Mais ce domaine, il y avait si longtemps qu'il était aux Desmichels...

— Tu parles beaucoup vite pour un homme de bon sens, dit Resplandin.

« J'ai dit : « Le maître de la Guirande maintenant... » et toi, tu as achevé : « C'est vous. » Tu sembles dire vrai et pourtant tu te trompes.

— Si ce n'est pas vous ? dit Ollivier.

— Si ce n'est pas moi, c'est un autre, oui. Tu es fin ! Mais celui-là, personne de nous ne le connaît.

— Ah ! dit Ollivier.

Sa tête se brouille, il ne comprend plus.

— Non, dit Resplandin, personne ne le connaît, parce qu'il n'est pas encore de ce monde.

Il est secoué par un gros rire de joie.

— C'est votre héritier, dit-il, le petit que vous aurez et qui portera le nom de Desmichels. Tu as compris, cette fois, garçon ?

XII

C'est un drôle d'homme que ton père quand même, dit Ollivier. Qui aurait attendu ça de lui ?

— Oui, dit Sylvaine, je suis encore plus surprise que toi et il me semble que ce n'est pas celui que j'ai connu jusqu'à présent. Comme quoi, il ne faut jamais se vanter de savoir le fond des êtres.

Ils sont arrivés en vue du domaine de la Guirande. La grosse maison semble une poule accroupie avec des poussins qui sortent de-ci de-là et ces poussins, ce sont tous les petits toits de granges, des écuries, des loges à porcs, des celliers, des remises. Les tuiles rondes en brillent dans le matin, mouillées par les premières rosées des nuits de septembre. Le bel été s'est rafraîchi dans les pluies d'automne et Ollivier a connu la joie de voir ruisseler l'eau dans l'ancien lit de Coulepierre. Il a prédit :

— D'ici un mois, il y en aura assez pour faire tourner les roues.

— D'ici un mois, le moulin sera en état et nous pourrons aller nous y installer, a ajouté Sylvaine. Ça ne t'ennuiera pas trop de quitter ta maison ?

— Non, dit Ollivier, je comprends bien que l'hiver ce ne serait pas drôle pour toi et puis au moulin, au moins, nous serons toujours ensemble.

Ce matin, où ils arrivent tous deux par la longue allée

de platanes qui réunit la route de Solliès au grand portail du domaine, Sylvaine lève la tête vers le cintre qui s'arrondit au-dessus d'eux et, dans la pierre de voûte, elle lit la date à haute voix :

— Mille sept cent dix-huit, dit-elle, c'est respectable !

Pressant le bras d'Ollivier pour un arrêt, elle ajoute :

— Donne une pensée à ton père Antoine qui s'en est allé par-là, avec son petit baluchon de linge et d'habits sur le dos, ce jour où ton grand-père lui a demandé : « Ça ou la fille ? » Ça, c'était tout ce que nous avons devant les yeux aujourd'hui et les richesses secrètes que ton grand-père avait fait étaler dans la cour pour le tenter : Tu entends ça d'ici ? « Ça ou la fille ? — La fille », a répondu ton père Antoine et il est parti. Ta mère avait raison de lui en avoir gardé la reconnaissance jusqu'à la mort, parce que c'est une des plus belles choses qu'un homme puisse faire, de mettre par-dessus tout la femme qu'il aime. Tu ne trouves pas ?

— Ô oui ! dit Ollivier. Moi, j'étais encore petit quand ma mère me racontait cette histoire et je ne pouvais pas en comprendre le fond, mais maintenant je suis fier de mon père en pensant à ça.

— Moi aussi, dit Sylvaine, j'en suis fière.

Ils sont entrés dans la grande cour. Sur les dalles irrégulières entre lesquelles ont germé des plantes grasses, Sylvaine croit voir, comme Arnaude les lui a décrits, les moutons et les chevaux rangés autour du berger Nans et Sylvaine croit le revoir lui-même, ce serviteur que son amour d'Antoine avait dressé contre le maître.

Une grande table est encore là, sous un chêne, vers l'angle de la cour. Les valets doivent y manger aux jours d'été. C'est sur cette table que le père Desmichels avait fait sept tas de pièces et de billets. Sur cette marche d'escalier usée par les pas, la mère Félicie Venel, de Méounes, s'était assise entre ses filles et pleurait. A ses pieds, se tenant tranquille comme savent se tenir tranquilles les bêtes qui vous regardent pleurer, il y avait alors Michel, le chien de sanglier, père de cette Michelle qui avait été l'amie d'enfance d'Ollivier et de qui

Arnaude avait gardé un petit : « Famille de gens, famille de chiens, disait-elle, quand c'est de bonne graine, il faut pas la laisser perdre. »

Ollivier marche en avant vers la maison sans s'attarder aux détails. Ses souvenirs le retiennent moins que ceux dont Arnaude a nourri sa garde-malade par des récits de chaque soir.

Sylvaine court pour le rejoindre, mais alors, elle s'aperçoit que leur chien qu'elle a amené vers eux par le chemin à travers bois, est resté immobile sous le cintre du portail.

— Eh bien, viens Michel ! dit-elle, toi aussi tu es chez toi.

Émile Resplandin s'est fait porter sur la terrasse, malgré la fraîcheur. On comprend qu'il veut accueillir ses enfants devant sa nouvelle demeure. Sylvaine se penche pour l'embrasser et lui demande :

— Eh bien, père, vous vous plaisez ici ?

— Beaucoup, dit-il, j'ai dormi hier au soir mieux que jamais. Seulement tu vois, l'aménagement n'est pas terminé encore...

— Je comprends ça, il y avait quelque chose ! dit Sylvaine qui était allée aider Louisa et les hommes à faire les caisses à la Tannerie.

Ayant serré la main d'Ollivier, Resplandin ajoute :

— Qu'est-ce qu'on peut amasser comme cochonneries pendant vingt ans de mariage ! J'ai fait faire une malle de vêtements et de linge qui venait de ta mère. Tu la feras prendre. Y a ses bijoux aussi, je te les ai mis de côté.

— Ô moi, vous savez, les bijoux... dit Sylvaine.

Elle regarde à son doigt la mince lanière d'or, usée par les travaux pénibles, qui est passée de la main d'Arnaude à la sienne et elle pense que ce sera toujours le seul bijou qu'elle aimera à porter.

— Alors ? dit Resplandin en se retournant vers Ollivier, ça te plaît de te trouver dans le domaine des Desmichels ?

— Ça me fait drôle... dit Ollivier.

— On voit que ça a souffert. J'ai connu tout ça beaucoup mieux tenu. Regarde, dans le pré, là, il y a des cerisiers qui ont eu des branches cassées par le vent et on ne les a pas coupées, elles fatiguent les arbres.

— Je les couperai si vous voulez, dit Ollivier.

— Il paraît que dans le bas, continua Resplandin, il y a un champ de narcisses, des « Gloriosa », de ceux qui font la fleur blanche à cœur jaune qui a tant de parfum. Il y a trois ans qu'ils n'ont pas été dédoublés, les bulbes doivent avoir dix peaux les unes sur les autres, si on ne les dédouble pas encore cette année, ils mourront d'étouffement.

— Il faut aussi les changer d'endroit, ils demandent une terre neuve, dit Ollivier.

— Oui. Quand je les ferai enlever, je t'en enverrai un tombereau ou deux à Sinssol, tu t'en feras un champ.

— Je veux bien, dit Ollivier. Ah ! vous savez, la vigne de Plan-Bernard ? Comme vous le pensiez, il y a tout à faire. Le sauvage a repris le dessus et il s'y traîne partout des branches de trois mètres qui donneront pas de raisin.

— Pour cette année, c'est foutu, mais si tu recaves, si tu plains pas le fumier et que tu sulfates plusieurs fois en son temps, tu la sauveras peut-être ?

— Ô oui ! dit Ollivier, y a du travail, mais je la sauverai.

— Cette vigne de Plan-Bernard, dans sa bonne santé, elle donnait le meilleur vin de tout le domaine. Quand ton père s'est révolté, ton grand-père lui en a fait servir, espérant que ça le retiendrait. Tu le sais, ça ?

— Oui, dit Ollivier.

Sylvaine écoute parler les deux hommes et depuis quelques minutes, son regard ne quitte plus le visage de Resplandin.

« Il est bien renseigné ? » pense-t-elle.

— Oui, dit-elle à la fin, Ollivier le sait, parce que son père Antoine le lui a raconté quand il était petit. Moi, je le sais, parce que la mère d'Ollivier m'a bien souvent parlé de ces choses quand je la soignais. Mais vous, père, comment l'avez-vous su tout cela ?

Une grosse malice éclaire le visage de Resplandin.

— Je l'ai su... dit-il.

Ollivier a relevé la tête.

« C'est vrai ? semble-t-il demander, comment il l'a su ? »

— Le grand-père est mort, continue Sylvaine, le père d'Ollivier, Sébastien, Louise, tous ceux-là sont morts, même Justine Marcelin qui savait les histoires de la Guirande comme celles de partout, elle est morte. Il reste l'oncle Pierre qui est aux fous, Marguerite et Rosine que vous ne connaissez pas et cet oncle Florestan, le plus jeune de tous, dont personne n'a jamais plus eu de nouvelles...

— Hé oui ! dit Resplandin, je me suis intéressé, voilà tout.

Sylvaine le regarde encore plus, lui trouvant un drôle d'air.

— C'est bien la moindre des choses, dit-il, que de s'intéresser à un domaine important comme celui-ci, qu'on paye avec son bon argent, dont on compte tirer jouissance le petit restant de sa vie et puis laisser, tout embelli et rajeuni, au garçon que votre fille vous promet de vous donner.

Sylvaine rit de le voir rire.

— Ô mais je n'ai rien promis du tout, moi ! Est-ce que je le sais seulement si j'aurai un petit ? Et puis, si c'est une fille ?

— Elle sera Desmichels quand même, dit Resplandin, et quand même le bien retrouvera son nom ancien, et ça sera grâce à moi.

— Nous n'avons pas encore pensé à avoir un enfant, dit Sylvaine en regardant son mari, nous sommes assez heureux comme ça.

— Vous autres peut-être, mais moi, il m'en faut un.

Ollivier rit aussi.

— Ça va bien, on vous en fabriquera un pour vous remercier, dit-il.

— Ah, tu me contentes ! dit le vieux.

De la maison viennent des bruits de meubles remués et les échos d'un travail de mise en place.

— Si j'allais aider Louisa ? dit Sylvaine.

— Elle est aidée, répond Resplandin. Elle a deux ouvriers de la Tannerie que Rousselet a envoyés, puis un autre homme qui vient d'arriver.

— Rousselet doit être content ? demande Sylvaine.

— Ô oui ! surtout que sa femme a accouché et que dès les relevailles, il va l'installer dans notre ancienne maison, avec les deux gosses.

Sylvaine se lève et elle va jusque dans le large couloir d'entrée où passent et repassent les travailleurs.

— Oui, dit-elle en revenant, il y a bien trois hommes avec Louisa. Mais il y en a un qui n'a pas l'air de faire grand-chose, il était appuyé au mur quand je suis entrée et il m'a regardée d'un genre de regard... et on aurait dit qu'il nous écoutait. Qui est-ce, celui-là ?

— C'est un... dit Resplandin.

— Mais, dit Sylvaine, père, je pense à une chose : vous, cloué dans ce fauteuil, comment allez-vous vous débrouiller pour faire marcher le domaine ?

— C'est vrai ! dit Ollivier, c'est une grosse charge.

— Ça marchera, dit Resplandin, vous verrez si ça marchera !

— Et vous n'êtes pas paysan ? dit Sylvaine.

— Je l'ai été dans mon jeune âge, tu l'oublies. Et puis j'aurai une bonne aide.

— Vous voulez parler de nous, père ?

La voix de Sylvaine est inquiète.

— Parce que nous, vous savez...

— Vous préférez rester chez vous, pas vrai ?

— Ce n'est pas ça, mais Ollivier a tellement à faire et moi aussi, si nous voulons redonner la vie à ce vieux moulin de Sinssol. Et puis il y a la terre de Plan-Bernard ? Ollivier vous l'a expliqué : la vigne est toute par terre, en branches folles. Les oliviers, nous les avons passés en revue, ils ont été négligés. Cette année, ils donneront à peine l'huile pour la maison et quelques olives vertes et noires pour la conserve, ce sera tout. Il faudra labourer le grand morceau qui touche le bois, pour y mettre ces bulbes de narcisses que vous nous promettez. Vous voyez d'ici quel travail ? Avec ça, je veux avoir un beau potager. Quand on trouve sous la main tous les légumes du pot-au-feu, c'est commode et ça fait une belle économie. J'ai déjà acheté les graines et Ollivier doit me faire des châssis sous le mur de la terrasse, qui est bien au levant. Pour les fleurs, ça c'est mon affaire et vous pouvez croire que je compte en avoir. Mes boutures d'œillets et d'anthémis sont en train de prendre et, dès le temps venu, je vais commander des rosiers. Nous avons à faire.

Le père Resplandin à son tour regarde le visage de sa fille, tout éclairé d'une grosse joie, qui lui met dans les yeux comme deux petites lanternes de fête.

— Et qui t'a dit que je vous demanderai de m'aider ? interrompt-il.

— Mais... dit Sylvaine déroutée, je le pensais, parce que vous n'avez guère que nous et que je ne voudrais pas vous voir dans l'ennui.

— Ah ! Tu crois que je n'ai que vous ? dit Resplandin. Et tu crois que je ne sais pas que si je vous demandais d'abandonner Sinssol pour venir remettre la Guirande en état, vous en seriez bien embêtés, même que ce soit le domaine des Desmichels ?

— C'est que... dit Sylvaine.

Ollivier écoute, n'osant plus rien dire.

— C'est que vous préférez rester seuls, va, ça je le sais. C'est que vous auriez encore mieux aimé passer votre hiver, serrés dans votre cabane de charbonnier, comme deux taupes dans leur trou, pourvu que vous restiez tous les deux seuls, pas vrai ?

— Alors ? demanda Sylvaine.

— Alors, j'ai pris mes précautions d'avance, parce que ce coup, je l'avais prévu.

Ollivier relève la tête.

— S'il le fallait... dit-il, mais c'est vous qui nous avez donné Sinssol et Plan-Bernard.

— Et ça te crèverait le cœur de les laisser en plan,

n'est-ce pas, garçon ? Je te le dis, je l'ai prévu, alors j'ai pris mes précautions. J'avais pas encore acheté le domaine que déjà je m'étais procuré un homme. Et c'est un bon homme et si vous voulez le savoir, c'est cet homme qui me l'a fait acheter, le domaine. Ce domaine, je l'ai acheté pour trois personnes : pour le petit d'abord, l'héritier, celui que Sylvaine me marchande ; après, pour moi, parce qu'il me fallait un coin tranquille où finir de vivre ; et puis pour ce bon homme que je vous dis, qui va être le bras de la Guirande, comme moi j'en serai la tête. Et vous savez les enfants, elle est encore solide ma tête, c'est moi qui vous le dis !

— Mais, qui est-ce cet homme ? demande Sylvaine, nous le connaissons ?

— Oui, dit Resplandin. C'est celui que tu viens de voir, debout contre le mur du vestibule et de qui tu as dit qu'il avait l'air de ne rien faire.

— Ah ! dit Sylvaine.

— Oui, c'est celui-là. Et Ollivier aussi le connaît.

— Moi ? dit Ollivier.

— Et je vais vous l'appeler, pour vous le faire mieux voir.

Il tourne le haut de son corps vers la maison et, se rejetant autant que possible en arrière, avec l'aide de ses bras sur les accoudoirs, il crie :

— Tu viens ?

Puis, regardant à nouveau Sylvaine et Ollivier, au plein de leurs visages étonnés, il ajoute :

— Nous allons un peu rire.

Ce « Tu viens ? » ce devait être un signal. Un « Je viens » lancé par une voix plus rauque, arrive de la maison et presque aussitôt un homme apparaît sur le seuil où il se tient debout, sur la plus haute marche.

— Florestan ! crie Ollivier.

— Il l'a reconnu tout de suite, dit Resplandin.

Florestan et Ollivier se serrent comme deux lutteurs défaillants qui savent qu'ils tomberaient si l'un lâchait l'autre. On entend le rire nerveux qu'Ollivier a dans ses moments d'émotion et quelque chose de pareil y répond chez Florestan, mais qui ressemble davantage à des sanglots.

Sylvaine, la gorge nouée, regarde ce groupe de grosse amitié qui tient tout le seuil de la Guirande.

Resplandin s'essuie les yeux.

— Ces monstres ! dit-il, ils me feraient pleurer.

Dans le grand silence qui suit, on entend la voix de Florestan qui, ayant dénoué l'étreinte, regarde Ollivier.

— Je te retrouve, il dit, et je retrouve ce domaine que je croyais perdu pour moi et pour toujours. Je retrouve tout en même temps. C'est trop beau.

— C'est toi ? dit Ollivier, c'est toi ? Tu as toujours de ces manières de vous tomber dessus...

— Extraordinaires, hé, petit ? Que veux-tu, j'aime beaucoup faire les surprises.

— Mais tu es plus à la Horta ?

— Il faut bien le croire ! dit Resplandin, qui n'arrête pas de rire.

Ollivier entend ce rire et il voit Resplandin qui se frotte les yeux et il voit Sylvaine qui les regarde.

— Tu vois, il dit, c'est ma femme. C'est Sylvaine. Viens l'embrasser. Sylvaine, c'est mon oncle Florestan. Embrasse-le.

Alors Louisa ose sortir sur la porte et regarder. Tout le monde a l'air heureux. C'est beau.

XIII

— Nous voilà comme de braves parents qui ont établi leurs enfants, dit Sylvaine.

— Je crois bien que c'est plutôt ton père qui s'est chargé de ce rôle ? remarque Ollivier en riant.

— Je veux signifier par là que maintenant que mon père et l'oncle Florestan sont bien installés avec Louisa, dans cette belle maison de la Guirande, que nous savons ton oncle tranquille et mon père bien entouré, nous pouvons être heureux.

— Je te comprends, dit Ollivier.

Puis il se met à réfléchir et enfin il demande :

— Tu as porté dans les comptes les cinq cents francs qu'on a rendus à ton père, dimanche dernier ?

— Oui, dit Sylvaine.

— Ce ne sont que les deuxièmes, dit Ollivier, ça ne va pas vite !

— Tu ne vas pas te mettre en souci pour ça ? dit Sylvaine. Mon père, d'abord, il n'en a pas besoin et puis il sait bien comment vont nos affaires et que nous faisons ce que nous pouvons.

— Je respirerai quand ce sera remboursé, dit Ollivier.

— Tu es nigaud ! dit Sylvaine. J'en ai parlé avec mon père, ce mercredi où je suis descendue à Solliès. Je lui ai dit ce gros mauvais sang que tu te faisais, en voyant que la mouture n'avait pas assez rapporté pour pouvoir lui rendre son argent d'un coup. Et c'est lui qui m'a dit de te dire que tu étais nigaud et qu'il savait bien, quand il nous a fait cette avance, que nous ne pourrions jamais nous libérer tout de suite.

— Il est trop brave, dit Ollivier, et encore il nous a fait cadeau de la voiture...

— Je ne pouvais plus guère descendre à pied par les sentiers, dans l'état où je suis, dit Sylvaine, il le voyait bien. Il m'a fait rire : « Tu remarqueras, il a dit, que c'est encore au petit que je fais ce cadeau, pas à toi ! »

Ollivier répète :

— Il est brave.

— Il dit encore qu'il ne faut pas le remercier, parce que tout ce qu'il nous donne, dit-il, c'est par égoïsme. Tu as vu ce qu'il a fait graver dans la pierre, au-dessus du portail d'entrée de la Guirande ?

— Oui, dit Ollivier, ce sont ces paroles que tu avais lues à Abriès, dans les Hautes-Alpes. Je me rappelle jamais bien ?

— C'est, dit Sylvaine : « Faites poids et mesures, car comme vous mesurerez, il vous sera mesuré. »

— Ah, oui ! dit Ollivier.

— Alors, mon père dit qu'il n'a jamais rien su de si beau dans toute sa vie et que s'il avait eu ces paroles gravées sur le devant de la Tannerie, comme il les a fait graver sur le devant de la Guirande, ça l'aurait empêché de faire bien des injustices.

Et puis il ajoute que maintenant, il trouve que jamais il ne fait trop poids et mesures « parce qu'il veut qu'on les lui fasse à lui quand il sera très vieux ». Et c'est pour ça qu'il dit que c'est par égoïsme.

— Tous les égoïstes comme lui, dit Ollivier, et tout marcherait mieux.

Ils s'arrêtent de parler parce qu'un homme vient de passer sur la terrasse du moulin.

— Ô Justin, crie Ollivier, qu'est-ce que tu fais ?

— Je viens chercher la brouette pour transporter les pierres, dit l'homme, je suis en train de nettoyer la pointe de terrain près du Gapeau.

— Tu as besoin de moi ? demande Ollivier.

— Non, dit l'homme.

— Demain nous commençons à labourer derrière les oliviers de Plan-Bernard, pour mettre le blé.

— Bien, dit l'homme, et il passe.

— C'est un bon garçon, ce fils de Marcelin, dit Sylvaine, sa grand-mère Justine serait contente de le voir à notre service.

— Il soigne bien le cheval et c'est un gros dévoué.

— Tu laboures demain ? dit Sylvaine.

— Oui, je mets du beau grain, la terre a été bien préparée, je crois que ça rendra.

— Tu as vu que les narcisses ont pointé ? dit Sylvaine.

— Cette année, ils seront pas des plus précoces, mais l'an prochain, en janvier comme maintenant, ils seront fleuris et on pourra commencer les expéditions.

— Surtout, les « Gloriosa », ça se vend bien.

— On arrivera ! dit Ollivier. Ça a déjà changé.

— Ô oui ! dit Sylvaine.

Ils sont accoudés tous les deux à une des fenêtres de la maison de Sinssol, sous laquelle on entend à présent gronder le torrent de Coulepierre qui a fait tourner les meules au mois de décembre dernier. Des olives de Plan-Bernard, de celles de la Guirande, de celles que l'entrepreneur Mignonné a fait porter, une huile jaune et épaisse comme du miel a coulé d'entre les pierres d'écrasage. Les clients ne sont pas venus en masse, mais beaucoup ont promis leur récolte pour l'année suivante, après avoir vu comment la mouture a été faite.

La grande salle, où Félicien se cachait des gendarmes dans les infers, a perdu ses toiles d'araignées et ses rats. Elle est maintenant luisante d'une propreté dont les ampoules électriques, placées par Ollivier, reflètent le brillant. « On dirait un peu la chambre des machines d'un navire », pense-t-il et cette idée lui plaît, quoiqu'il préfère de beaucoup sa terre de Sinssol à la mer.

— Je te l'avais bien prédit, lui répète Florestan. Cette garce de mer, pour l'aimer, il ne faut pas être de la race de paysans provençaux comme nous. Prendre la bette, le dimanche, quand on habite vers la côte, aller pêcher une ou deux rascasses et quelques verdets pour faire la bouillabaisse, ça je ne dis pas ! Mais partir des jours et des jours et ne plus pouvoir toucher la terre de notre main, ne plus savoir, en maniant son grain, si elle se pourrit ou si elle se tient en bonne santé, rester des mois, des années, sans entailler un arbre pour lui glisser une greffe sous la peau, ne pas pouvoir regarder, pendant des vingt matins de suite, s'il n'est pas temps de desserrer un peu le brin de laine qui tient tout, c'est une vie ça ?

« Moi, si je l'ai faite, cette vie, vous le savez, ç'a été à cause des mauvaises manières de mon frère Pierre. Je ne veux pas en dire du mal parce que, le pauvre, où il est, il est assez malheureux, mais c'est sa méchanceté et son orgueil de maître du domaine qui m'ont chassé de chez moi et jamais je n'aurais pu espérer y retourner sans M. Resplandin ! »

— Hou ! que tu parles bien, Florestan ! a dit Resplandin, tu n'as pas besoin de m'appeler : « Monsieur » pour ça. On voit que tu es toujours dans les livres à tes repos, tu sais les belles manières ! Mais appelle-moi : « Mestre », c'est le nom qui me plaît le mieux et ça me baptise provençal, moi qui suis de l'Ardèche.

Sylvaine et Ollivier, tout en pensant à des choses différentes, mais qui touchent chacune à ce qui est leur vie de tous les jours, dans la vieille bâtisse de Sinssol où ils sont installés depuis trois mois, se serrent côte à côte à cette embrasure de fenêtre. Ils découvrent la masse verte du bois qui monte jusqu'à Grand-Cap et, au-dessus, la longue barre de roche blanche qui va rejoindre Montrieux et au-dessus encore, jaillissant comme une aiguille de pierre du centre d'un volcan, la masse rousse de Grand-Cap. A droite et à gauche, ils ont leur bien qui s'étage en terrasses, maintenues par des murettes et coupées par de petits escaliers dallés qui les font communiquer. Chaque planche est en culture : ici des pommes de terre qui feront primeur en février, ici des petits pois déjà fleuris de blanc, là des salades, des choux, du persil, des poireaux, tout le menu potager de la maison. Ailleurs, des plantations d'oignons à lis : « Je crois déjà en sentir le parfum », pense Sylvaine. Plus loin des cultures de bulbes de tulipes et de griffes d'anémones.

— Tout ça, dans deux mois, ce que ça va être beau ! dit Sylvaine.

Elle a traduit la pensée d'Ollivier et en regardant les yeux de son mari, elle y voit briller le même grand feu de joie qu'elle sent dans les siens. Elle se penche vers lui et l'embrasse sur la joue.

— Tu es heureuse ? dit-il.

— Ô oui !

— Moi aussi, dit Ollivier.

Leurs regards descendent vers la terrasse à carreaux rouges où Michel, leur chien, s'amuse avec trois petits chats nés d'un mois, qu'il lèche tour à tour consciencieusement. C'est amusant à voir et Sylvaine s'y complaît, quand un appel leur arrive :

— Maître ? crie Justin.

— Oui ? répond Ollivier, qu'est-ce que c'est ?

— J'ai découvert une chose... dit Justin qui s'est approché, venez un peu !

— Tu viens, Sylvaine ? dit Ollivier.

— Qu'est-ce qu'il a trouvé ?

Ils dégringolent en riant et se tenant par la main le sentier rocailleux qui descend vers la terre proche du Gapeau, où se tient Justin.

— Ne va pas si vite, dit Ollivier, si tu tombais...

— C'est mon père qui m'en voudrait ! dit Sylvaine.

— Moi aussi, dit Ollivier.

— Tu aimerais mieux un garçon ou une fille ? dit Sylvaine.

— Pareil, dit Ollivier, ce sera mon petit.

— Si c'est un garçon, on l'appelle Antoine, si c'est une fille, Arnaude. Comme ça, ils se trouveront patrons de la Guirande, sous leur ancien nom. Ce sera comme si ton père ou ta mère étaient revenus.

Ollivier serre tendrement contre lui la taille épaissie de Sylvaine.

Ils sont arrivés auprès de Justin et Ollivier dit :

— Alors, qu'est-ce que tu as trouvé ? Un trésor ?

— Aussi bien, dit le garçon, un four à pain.

— Non ? dit Sylvaine.

— Ça par exemple ! dit Ollivier. Moi, je l'ai jamais vu !

— C'est parce qu'il était tellement caché, entre ce vieux pan de mur que vous m'aviez dit de faire sauter et ces aubépines qui le serraient comme dans des mains.

— Ça par exemple ! redit Ollivier, mais nous allons nous mettre à faire notre pain ?

— Ô oui ! crie Sylvaine, ça, ça me plairait !

— Et pourquoi pas ? dit Justin, on mangerait du meilleur pain que celui du boulanger. Vous aurez votre blé, vous pourrez moudre sous les pierres d'écrasage du moulin à huile et moi, le pain, je sais le faire, j'ai été six ans boulanger à Aix.

— C'est vrai, dit Ollivier, ton père me l'a raconté. Mais sérieusement, tu crois qu'on pourrait ?

— Mais bien sûr qu'on pourrait, dit Justin. Regardez, c'est tout en bon état.

— Ô oui, Ollivier ! Ô oui, Ollivier ! dit Sylvaine. Ollivier se penche vers le dégagement des broussailles et il voit l'espèce de meule creuse en pierres, qui est un ancien four à pain. L'arrondi est fait de larges dalles épaisses et régulières qu'on a arrangées comme des briques, les ajouts d'un rang au milieu du plein de l'autre rang. Après la hauteur d'une murette, le dôme se rejoint en une voûte bien cimentée. L'intérieur est propre et sec.

— Mais c'est vrai que c'est en bon état ! dit Ollivier. Eh bien, je te le promets, Sylvaine, si Justin s'en charge, nous ferons notre pain bientôt avec le blé de notre terre.

— Et vous verrez le goût ! dit Justin. Ça sera pas du pain trop blanc comme celui des villes, mais il sera autrement bon.

— Eh bien, finis ton déblayage, dit Ollivier, et quand

nous aurons notre blé, nous essaierons une première fournée.

Il remonte avec Sylvaine vers la maison.

— Si on passait par le travers du bois ? dit-elle. Ça n'allonge guère et c'est tellement plus beau.

— Tu n'es pas fatiguée ? demande Ollivier.

— Ô non ! dit Sylvaine orgueilleusement.

— Tu es courageuse.

— Je suis heureuse, c'est tout. Le poids de la joie, ça se porte facilement.

Le soleil de janvier glisse ses rayons obliques sur le sol où les aiguilles de pin brillent de l'humide nocturne. Sylvaine et Ollivier vont d'arbre en arbre entre les troncs où de larges plaques rouges suent la résine. Ollivier ramasse une pomme écailleuse toute rongée.

— Il y en a des écureuils ici ! dit-il. Quand je venais veiller avec Félicien, je les voyais qui jouaient dans les branches. Une fois...

Il s'arrête, il vient de penser à cette nuit du rendez-vous de son frère, quand il était venu se coucher contre le soupirail pour écouter et qu'il avait entendu la plainte amoureuse de Nine. « Que c'est loin tout ça, se dit-il, et comme l'amour, c'est quelque chose de bien plus beau, de plus terrible encore, que cette plainte de plaisir que j'entendais pour la première fois. L'amour... il se dit encore, Sylvaine... Elle, oui, elle a su aimer, elle a payé cher pour m'avoir tant aimé. Et moi, je suis venu après presque toute ma vie passée en l'oubliant, je suis venu et elle m'a rempli les mains de tout... Les femmes, les bonnes femmes, c'est quelque chose, quand même ! C'est comme l'air qu'on respire, on y fait pas attention. Quand on l'a pas, cet air pour respirer, on meurt, mais quand on l'a, on en profite sans prendre garde que c'est ça qui vous fait vivre. »

— Tu ne parles plus ? dit Sylvaine, tu penses à quoi ?

Ollivier lui presse le bras.

— A toi, dit-il, et au grand bonheur de t'avoir.

— Moi, dit-elle, je pense à ce bon pain que nous allons faire et comme je l'aimerai !

— Ô, mais, dit Ollivier, ne va pas t'imaginer... Bon ? il le sera, parce qu'il sera fait d'une manière naturelle, mais il sera pas doré et joli comme celui des magasins. Ce pain des riches que le boulanger fait, le meilleur en a été enlevé, tu comprends : le meilleur, le gluten, l'écorce du grain de blé, là où le soleil fabrique sa bonne chimie ! Ce qui reste ensuite, c'est très joli, mais ça n'a plus ni parfum ni goût. Seulement, je te le dis, c'est du pain blanc, du pain de luxe. Ça fait drôle, ces deux mots ensemble, « pain » et « luxe », tu ne trouves pas ?

— C'est vrai, dit Sylvaine, je n'avais pas remarqué.

— Nous, ce vrai pain que nous mangerons ici, dans notre vieille maison que le torrent fait trembler, il y sera resté tout le cœur du blé, mais il sera un peu noir... Ce sera du pain des pauvres, tu comprends ?

— Oui, dit Sylvaine.

Elle lui met ses deux mains sur les épaules. Ils se regardent dans le profond des yeux.

— C'est ça, dit Ollivier, que je te ferai manger et déjà, c'est rien que ça que je te fais manger, depuis que tu as quitté ta vie de fille riche pour venir partager la mienne... Du pain des pauvres.

— Je le sais, dit Sylvaine, je l'aime, il est bon.

Bandol, 12 octobre 1935 - 21 mars 1938.

Achevé d'imprimer en novembre 1982
sur les presses de l'imprimerie Bussière
à Saint-Amand (Cher)
pour le compte de France Loisirs
123, boulevard de Grenelle, Paris

Dépôt légal : novembre 1982.
— N° d'édit. 7484. — N° d'imp. 2544. —